文化与诗学

文艺美学与现代转型

2019年第1辑（总第28辑）

ECNUP

华东师范大学出版社

全国百佳图书出版单位

图书在版编目(CIP)数据

文化与诗学:文艺美学与现代转型/李春青,赵勇主编.
—上海:华东师范大学出版社,2019
ISBN 978-7-5675-9879-9

Ⅰ.①文… Ⅱ.①李… ②赵… Ⅲ.①文艺美学—研究 Ⅳ.①I01

中国版本图书馆 CIP 数据核字(2019)第 250453 号

文化与诗学·2019 年第 1 辑(总第 28 辑)

主　　编 李春青　赵　勇
执行主编 陈雪虎
责任编辑 任红瑚
封面设计 淡晓库

出版发行 华东师范大学出版社
社　　址 上海市中山北路 3663 号　邮编　200062
网　　址 www. ecnupress. com. cn
电　　话 021-60821666　行政传真　021-62572105
客服电话 021-62865537
邮购电话 021-62869887　地址　上海市中山北路 3663 号华东师范大学校内先锋路口
网　　店 http://hdsdcbs. tmall. com

印 刷 者 北京密兴印刷有限公司
开　　本 700×1000　16 开
插　　页 1
印　　张 21
字　　数 270 千字
版　　次 2019 年 12 月第一版
印　　次 2019 年 12 月第一次
书　　号 ISBN 978-7-5675-9879-9
定　　价 65.00 元

出 版 人 王　焰

目录

古典文教与美育

文艺美学与现代转型

当代文化与文论

名文重译

文化与诗学资料

书　评

古典文教与美育

博雅：中华美育关键词——以《文心雕龙》为中心

李建中　李　远[1]

【摘要】“博雅”是中华美育的核心关键词，博者大通，雅者正也，刘勰的“博雅”观是博观雅正，集中体现于《文心雕龙》一书。刘勰提出“圆照之象，务先博观”，通过“六观”之法，建立起对文学文本全面客观的认识。其思想对同时期的书画理论及艺术审美产生深远影响，也为当下培养通识型人才提供了思想资源。刘勰以具有“雅正”特点的儒家经典作为“博观”的对象，将“悦读”经典的理念贯穿其中，在情、智、行三个方面对阅读者产生影响。通过“博观”和“悦读”经典，培养具有君子人格和自由精神的大通之才，这是中华美育的目标和追求，与西方博雅教育理念亦有契合之处。

【关键词】博　雅　文心雕龙　君子

谈到“博雅”这个关键词，我们就不得不谈到“博雅教育”。对于“博雅教育”，学界一般认为这是一个西方概念，源头可追溯至古希腊的术语eleutherion epistemon 和古罗马术语artes liberales以及 liberaliter educatione，其意义是面向自由人阶层的教育。中世纪时，博雅教育的观念被概念化为“七艺”，到十六世纪时，英文形式的liberal education开始

[1] 李建中，武汉大学文学院教授，博士生导师；李远，武汉大学文学院文艺学博士研究生。

出现，并逐渐成为一种具有影响力的教育观念。至二十世纪，其语义更偏向“自由教育”。

中华美育即通过中华民族的审美与艺术传统，培养具有完整人格的人，这与西方的博雅教育有共通之处。当我们回头审视中国古代美育思想时，不难发现，“博雅”作为中华美育的关键词，一直存在其中，并逐渐成为中华审美教育的传统。中华美育的重要目标在于“成人”，那么，“何以成人”与“以何成人”的问题，是值得我们思考的。其实，无论是儒家的“依仁游艺”，抑或是道家的“乘物游心”，其核心均指向“博雅”。刘勰的博雅观是“博观雅正”，集中体现在《文心雕龙》一书中。充分认知和理解《文心雕龙》中的博雅思想，发挥其在中华美育中的独特功用，对当下的博雅教育无疑具有借鉴意义。

一、圆照之象，务先博观

《文心雕龙》中记载了魏武帝对“寡闻”的看法：“故魏武称张子之文为拙，然学问肤浅，所见不博，专拾掇崔杜小文，所作不可悉难，难便不知所出。斯则寡闻之病也。”[1]所见不博，则所写之文经不起考证，那么就无法创作出高质量的文学作品，由此可见文学创作中“博”之重要。对于“博”的含义,《说文解字》曰:“博，大通也。从十尃。尃，布也。亦声。”[2]《庄子·逍遥游》曰：“且夫水之积也不厚，则其负大舟也无力。”[3]没有厚积之水，大舟只能独自倾覆沉沦。无独有偶，在进行审美活动时，倘若我们对审美对象没有清晰的认识，就会陷入认知的偏差和错谬。为避免上述情况的发生，刘勰提出了“博观”之法：“凡操千曲而后晓声，观千剑而后识器；故圆照之

[1]（南朝梁）刘勰著，范文澜注：《文心雕龙注》，人民文学出版社，1958 年，第 615 页。
[2]（汉）许慎撰，（清）段玉裁注：《说文解字注》，上海古籍出版社，1981 年，第 89 页。
[3]（清）郭庆藩：《庄子集释》，王孝鱼点校，中华书局，2012 年，第 8 页。

象，务先博观。”[1]对于审美对象，只有通过不断的观察和学习，阅尽千帆，方可知解其中深意。刘勰在《神思》篇中说：“人之禀才，迟速异分；文之制体，大小殊功。”[2]造成文思迟缓或敏捷的一个重要原因，就在于是否“博观”。没有深厚的积累，就无法形成迅捷的文思，也写不出深入人心的作品，因此，刘勰认为，“积学以储宝，酌理以富才”[3]，才能认识事物的本来面貌。博雅之士，在进行文学创作时才会“藻溢于辞，辞盈乎气，苑囿文情，故日新殊致”[4]。

为了达到客观认知文学文本的目的，刘勰又提出了“六观”的方法：“是以将阅文情，先标六观：一观位体，二观置辞，三观通变，四观奇正，五观事义，六观宫商。斯术既行，则优劣见矣。”[5]刘勰认为，通过对文体、文辞、文学的继承与发展、表现手法的运用、事类的运用和音律六个方面的全面考察，读者就能洞悉文章的意义之所在。

刘勰的博雅观不仅仅体现在其文学批评和文学理论中，还体现在其思维方式上。刘勰在进行文学批评时，采用的是“擘肌分理，唯务折衷”（《文心雕龙·序志》）的思维方式。采用这种思维方式的原因，在于前人的思维方式大多存在“各照隅隙，鲜观衢路”（《文心雕龙·序志》）“东向而望，不见西墙”（《文心雕龙·知音》）的弊端，因而无法对文学史进行整体观照。有鉴于此，刘勰认为文学批评应当“振叶以寻根，观澜而索源”（《文心雕龙·序志》），在体系和逻辑上要“敷理以举统”，“笼圈条贯”（《文心雕龙·序志》），以“圆照之象，务先博观”（《文心雕龙·知音》）为方法，以“弥纶群言，研精一理”（《文心雕龙·论说》）为目标，对文学文本做细致全面的考察，同时还要“统其关键”，“管其枢机”（《文心雕龙·神思》），做到“乘

[1]（南朝梁）刘勰著，范文澜注：《文心雕龙注》，人民文学出版社，1958年，第714页。

[2] 同上，第494页。

[3]（南朝梁）刘勰著，范文澜注：《文心雕龙注》，人民文学出版社，1958年，第493页。

[4] 同上，第254页。

[5] 同上，第715页。

一总万，举要治繁”（《文心雕龙·总术》），从而把捉文学理论的根本规律。

刘勰的“博观”理论也一定程度上影响到当时与后来的绘画创作。与刘勰同时代的谢赫，在绘画领域中提出了“六法”理论：“虽画有‘六法’，罕能尽该；而自古及今，各善一节。六法者何？一，气韵生动是也；二，骨法用笔是也；三，应物象形是也；四，随类赋彩是也；五，经营置位是也；六，传移模写是也。”[1]可以说，谢赫的“六法”理论，是中国绘画理论上较为全面、详尽的创作准则。李泽厚、刘纲纪先生认为，《文心雕龙》影响了谢赫的“六法”[2]。“六观”与“六法”均强调博览典籍，充实自我，学以致用，在此基础之上，才能创作出打动人心的作品。唐代王维的《山水诀》也受到了刘勰的影响：“夫画道之中，水墨最为上，肇自然之性，成造化之功。或咫尺之图，写百千里之景。东西南北，宛尔目前；春夏秋冬，生于笔下。”[3]要在“咫尺之图”上呈现百千里的景象，唯有“博观”。只有切身体验大自然，才能于方寸间绘大故事。北宋的郭熙则是一位深切贯彻“圆照博观”思想的绘画理论家，他在《林泉高致·山水训》中说：“欲夺其造化，则莫神于好，莫精于勤，莫大于饱游饫看，历历罗列于胸中，而目不见绢素，手不知笔墨，磊磊磕磕，杳杳漠漠，莫非吾画……”[4]“饱游饫看”即“博观”，只有遍历山川草木，才能成竹于胸，达到“神与物游”的境界，从而真正领悟到绘画的奥义所在。在“博观”的基础之上，才能达到“圆照”的状态，郭熙说：“山有三远，自山下而仰山巅，谓之高远；自山前而窥山后，谓之深远；自近山而望远山，谓之平远。高远之色清明，深远之色重晦，平远之色有明有晦。高远之势突兀，深远之意重叠，平远之意冲融而缥缈。”[5]只有通过对无数山川做细致的观察，才能得出对高远之山、深远之山

[1] 陈传席：《六朝画论研究》，中国青年出版社，2014 年，第 214 页。

[2] 李泽厚，刘纲纪：《中国美学史》，安徽文艺出版社，1999 年，第 775—777 页。

[3] 周积寅：《中国画论辑要》，江苏美术出版社，2005 年，第 17 页。

[4]（北宋）郭思：《林泉高致》，杨伯编著，中华书局，2010 年，第 51 页。

[5] 同上，第 69 页。

和平远之山的普遍认识，从而达到一种“圆照之象”，获得“江山之助”，创造出细腻而富有感染力的作品。清代学人廖景文在《罨画楼诗话》中说道：“我辈才识远逊古人，若跼蹐一隅，何处觅佳句来？”[1]想要获得刘勰所说的“江山之助”，不遍历风景、饱览群书，是无法达到的。

文学创作需要“博见”，成人亦是如此。想要成为“大通之才”，“博观”是不可或缺的一环。孔子可谓是最早实践“圆照博观”思想的教育家，他从不限制学生学习的内容，而任其自由发展：“天命之谓性，率性之谓道，修道之谓教。”[2]与此同时，通过“礼、乐、射、御、书、数”的六艺之学来促进学生的全面成长与进步，以礼教化，以乐冶情，以射强身，以御健体，以书明史，以数明智，从而建构起完备的教育体系与内容，促进学生的全面发展。在《庄子·天下》篇中，庄子认为“道术”裂变为“方术”是一件十分可悲的事情。“道术”是体察宇宙万物之理的大道，“方术”则“多得一察焉以自好。譬如耳目鼻口，皆有所明，不能相通”“各为其所欲焉以自为方”[3]。然而，在现代学术“分科治学”的现状下，知识分子成为了《庄子·天下》篇所说的道术裂变为方术之后的“一曲之士”，学生也受到分科思维的影响。当下，大学教育对于培养通识型人才提出了具体要求，不仅重视智育，同时更加重视美育的功用，一改往昔只注重培养专业型人才的观念。为此，广泛涉猎、进行跨学科研究是培养专业型人才的必由之路，刘勰的“圆照博观”思想给我们提供了一个很好的借鉴，对通识型人才的培养模式指明了方向。

二、典雅者，熔式经诰也

“博观”是刘勰所推崇的方法，那么，“观什么”就显得尤为重要。对于“观什么”这个问题，刘勰提出“宗经”的观点：“三极彝训，其书言

[1] 里克：《历代诗论选释》，昆仑出版社，2006 年，第 222 页。
[2] 王文锦译解：《礼记译解》，中华书局，2001 年，第 773 页。
[3] （清）郭庆藩：《庄子集释》，王孝鱼点校，中华书局，2012 年，第 1064 页。

经。经也者，恒久之至道，不刊之鸿教也。”[1]只有从经书中学习，才能明事理，体万物，获得永恒的道：“是以子政论文，必征于圣；稚圭劝学，必宗于经。”[2]这些经书所表现出的一个集中特点，就是“雅”。《毛诗序》中说：“雅者，正也。言王政之所由废兴也。”[3]所以，《诗经》中周王朝的正声雅乐便被称为“雅”，具有教化人心、宣讲王政的作用。刘勰说：“典雅者，熔式经诰，方轨儒门者也。”[4]在刘勰看来，符合儒家经典思想的文字，可以称其为“典雅”，值得去阅读和效仿。雅正的语言也是文章无穷无尽的来源：“若禀经以制式，酌雅以富言，是仰山而铸铜，煮海而为盐也。”[5]刘勰提倡阅读具有“雅正”特点的儒家经典，同时也提出了他所反对的文章风格与特点，可以分为以下三个方面。其一是反对新奇诡异。他在《序志》篇中说：“辞人爱奇，言贵浮诡，饰羽尚画，文绣鞶帨，离本弥甚，将遂讹滥。”[6]一味求新，反而无法将经典中的思想正确表达，从而破坏文章的体制，从而对读者产生误导。以诗歌为例，刘勰强调“乐心在诗，君子宜正其文”（《文心雕龙·乐府》）。但是，刘勰不是完全反对文章求奇，他反对的是“摈古竞今，危侧趣诡”[7]的新奇。其二是反对“为文造情”。《情采》篇云：“盖风雅之兴，志思蓄愤，而吟咏情性，以讽其上，此为情而造文也；诸子之徒，心非郁陶，苟驰夸饰，鬻声钓世，此为文而造情也。”[8]刘勰推崇“为情造文”，提倡吟咏情志的率真文章：“是以在心为志，发言为诗……人禀七情，应物斯感，感物吟志，莫非自然。”[9]所以，《诗经》的文风为刘勰所推崇，就在于

---

[1]（南朝梁）刘勰著，范文澜注：《文心雕龙注》，人民文学出版社，1958 年，第 21 页。

[2] 同上，第 16 页。

[3]（北宋）朱熹：《诗集传》，见《朱子全书》（第 1 册），上海古籍出版社、安徽教育出版社，2002 年，第 345 页。

[4]（南朝梁）刘勰著，范文澜注：《文心雕龙注》，人民文学出版社，1958 年，第 505 页。

[5] 同上，第 23 页。

[6] 同上，第 726 页。

[7] 同上，第 505 页。

[8] 同上，第 538 页。

[9] 同上，第 65 页。

其有性情而讽其上。如若“为文造情”，则会“繁采寡情，味之必厌”[1]；其三是反对缺乏“风骨”。刘勰认为：“练于骨者，析辞必精，深乎风者，述情必显。”[2]我们常说“建安风骨”，是因其诗歌中语言明朗骏爽，遒劲有力，感情充沛。如曹孟德《龟虽寿》一诗，表现其老当益壮、胸有大志、惜时奋发的雄壮之情，具有极强的感染力。文章若缺乏风骨，则会“振采失鲜，负声无力”[3]。在明确刘勰反对文章风格的三个方面后，我们会发现他强调“雅正”的意义之所在。对于审美教育而言，经典阅读是一个十分重要的环节。从经典中，明白事理，练达人情，才能成为一个具有健全人格的人。如果文本选择出现偏差，则会对阅读者的价值观念产生错误的引导，从而影响其一生的价值判断与价值选择。因此，倡导经典阅读，在任何时代都不会过时，都具有明理教养的重要作用。

所以，要培养具有完整人格的人，必须满足三个要求。一是“博观”，此为馈贫之粮。二是阅读经典，且需要从小进行训练：“童子雕琢，必先雅制，沿根讨叶，思转自圆。”[4]然而，审美教育不仅要做到阅读经典，更需要“悦读”经典，这也是中华美育的第三个要求。如果说“阅读”经典是一个被动接受的行为，那么“悦读”经典则是一个主动探索的行为。从“阅读”到“悦读”，化被动为主动，在某种程度上也体现了博雅教育的内涵，即所谓的自由的、自足的教育。“悦读”经典也将在情、智、行三个方面对读者产生深刻的影响。第一是“情”，带着情感去阅读经典，体悟作者的意图，从而更好地领悟和体会古代圣贤“为天地立志，为生民立道，为去圣继绝学，为万世开太平”[5]的远大理想和抱负。与此同时，阅读经典的过程中，以经典陶冶性情，逐渐向“文雅”的君子形象靠拢。第二是“智”，在经典阅

[1]（南朝梁）刘勰著，范文澜注：《文心雕龙注》，人民文学出版社，1958 年，第 539 页。

[2] 同上，第 513 页。

[3] 同上，第 513 页。

[4]（南朝梁）刘勰著，范文澜注：《文心雕龙注》，人民文学出版社，1958 年，第 506 页。

[5]（北宋），张载：《张载集》，中华书局，1978 年，第 320 页。

读的过程中，深化对文本的认知和思考，从《论语》中学习“仁义”思想，从《老子》中体味“无为而治”，从《孟子》中感悟“民贵君轻”。经典中的智慧，不仅适用于作者们所处的时代，更适用于当下，有助于我们更好地思考人与人、人与社会、人与自然的关系，从而在纷繁复杂的现代社会里，找到心灵的栖居之处。第三是“行”，“纸上得来终觉浅，绝知此事要躬行”[1]。阅读经典后，不能只有感悟，还需要在生活实践中身体力行，做到“知行合一”。例如，对待伤害自己的人，不应“以怨报怨”，而应“以直报怨”[2]，才能做到“谦谦君子，温文尔雅”，这与博雅教育所提倡的培养绅士的宗旨相吻合，也是当下博雅教育所要达到的目标之一。

因此，“雅正”是经典作品中所体现的风格特征，同时也是悦读经典之后所应该达到的目标。通过主动地、广博地阅读经典作品，才能体现审美教育的功用之所在。

三、知音君子，垂意国华

“人”这个关键词，自古以来就受到人们的重视。据统计，《全唐诗》收录的诗作计48900余首，其中出现频率最高的字是“人”，共出现了39195次。刘勰在《文心雕龙》中，也充分肯定人之为人的重要地位：“惟人参之，性灵所钟，是谓三才；为五行之秀，实天地之心。”[3]如果我们观照整部《文心雕龙》，会发现其对于文学理论的阐发，很多都是借助文学创作者来实现的，其核心关键词也是“人”。刘勰《文心雕龙·知音》篇在感叹“知音其难”时，列举了“知音者”常犯的三种错误：文人相轻，贵远（古）贱近（今），信伪迷真。这些都不是刘勰所推崇的“人”，他所推崇的“人”是“君子”。而中华美育的目标，就在于培养具有君子人格的人。

[1] （南宋）陆游著，游国恩、李易选注：《陆游诗选》，人民文学出版社，1957 年，第 190 页。
[2] 杨伯峻：《论语译注》，中华书局，1980 年，第 156 页。
[3] （南朝梁）刘勰著，范文澜注：《文心雕龙注》，人民文学出版社，1958 年，第 1 页。

如果我们阅读先秦以来的典籍，会发现君子的人格内涵，主要体现在“博”和“雅”两个方面。中国古代对于“君子”的首要标准，就是博学。《礼记·中庸》云:“博学之，审问之，慎思之，明辨之，笃行之。”[1]《论语·雍也》曰:“君子博学于文，约之以礼，亦可以弗畔矣夫！”[2]《礼记·儒行》云：“丘闻之也，君子之学也博，其服也乡，丘不知儒服。”[3]《礼记·曲礼上》记载：“博闻强识而让，敦善行而不怠，谓之君子。”[4]拥有广博的学识，对事物都有所认知和了解，是君子必备的能力。同时，君子也应当具备“雅”的特质。在这里，“雅”具有两层内涵。一是君子应当表现出仪表端庄、行事严正的威仪。《论语·学而》曰：“君子不重，则不威。”[5]《史记·孔子世家》云:“闻君子祸至不惧，福至不喜。”[6]二是君子应当具有“文雅”的特质,《诗经·小戎》中说：“言念君子，温其如玉。”[7]《论语·里仁》云：“君子怀德，小人怀土。”[8]谦谦君子，温润如玉；重德重仁，端庄威严。君子的形象在儒家典籍中十分具体，对当下审美教育培养具有君子人格的人也有着十分重要的借鉴意义。

《文心雕龙》作为一部文学理论著作，认为博雅之士才能创作出富有新意的文学作品:“智术之子，博雅之人，藻溢于辞，辞盈乎气，苑囿文情，故日新殊致。”[9]具有“博雅”特质的君子，是刘勰所推崇的。与此同时，他在《程器》篇中提出了对君子的具体要求：“是以君子藏器，待时而动，发挥事业，固宜蓄素以弸中，散采以彪外，楩柟其质，豫章其干；摛文必在纬

[1] 王文锦译解：《礼记译解》，中华书局，2001年，第789页。
[2] 杨伯峻：《论语译注》，中华书局，1980年，第63—64页。
[3] 王文锦译解：《礼记译解》，中华书局，2001年，第885页。
[4] 同上，第24页。
[5] 杨伯峻：《论语译注》，中华书局，1980年，第6页。
[6] （汉）司马迁撰，（南朝宋）裴骃集解，（唐）司马贞索引，（唐）张守节正义：《史记》，中华书局，1982年，第1917页。
[7] 程俊英、蒋见元：《诗经注析》，中华书局，1991年，第340页。
[8] 杨伯峻：《论语译注》，中华书局，1980年，第38页。
[9] （南朝梁）刘勰著，范文澜注：《文心雕龙注》，人民文学出版社，1958年，第254页。

军国，负重必在任栋梁，穷则独善以垂文，达则奉时以骋绩：若此文人，应梓材之士矣。”[1]他认为，君子应该内修道德，外修文采，穷时以文立志，达时驰骋疆场。君子不仅应当注重自身的品德修为，同时也需要通晓军政大事，成为文武兼备的大通之才。刘勰反对文人的“务华弃实”，他在《程器》篇中列举十六位文人的事迹，指出这些文人只注重文采的锤炼而不注重道德的修养，其文与其人毫不相符，即元好问所说“心画心声总失真，文章宁复见为人”[2]。刘勰也反对当时重武轻文的思想，倡导文武双修：“文武之术，左右惟宜，却縠敦书，故举为元帅，岂以好文而不练武哉？孙武兵经，辞如珠玉，岂以习武而不晓文也？”[3]刘勰的这些思想，与西方的“博雅”思想不谋而合，对当下重智育而轻美育、强调专业教育而忽视通识教育的现状，无疑具有强烈的启发意义。

在十七八世纪的英国，liberal education，指的是绅士教育（gentleman’s education，gentlemanly education），liberal一词是对绅士品格的描述，将liberal一词和知识、教育联系在一起时，liberal最基本的含义是“适合于绅士的”（becoming a gentleman）。[4]如果说十七八世纪英国的博雅教育的目标是为了培养绅士的话，那么今天我们推行博雅教育的目的，就在于培养具有君子人格的人。二十世纪以来，对于liberal education的理解，更多偏向“自由主义中的教育”（哈佛红皮书，1945）。自由，也是我们目前教育中的一个重要问题。早在春秋战国时期，孔子就率先开展了自由教育的实验。孔子认为“君子不器”（《论语·为政》）[5]，即君子不应当成为具有某种特定功用的器物，不应当成为我们今天所说的具有某一特定专业知识的专才，不能被束缚于一个具体的专业和具体的领域，而应该博采众长，具有“雅”的特质，全面且自由

[1] （南朝梁）刘勰著，范文澜注：《文心雕龙注》，人民文学出版社，1958 年，第 720 页。

[2]（金）元好问：《元好问诗编年校注》，狄宝心校注，中华书局，2011 年，第 51 页。

[3]（南朝梁）刘勰著，范文澜注：《文心雕龙注》，人民文学出版社，1958 年，第 720 页。

[4] 沈文钦：《西方博雅教育思想的起源、发展和现代转型：概念史的视角》，广东高等教育出版社，2011 年，第 143 页。

[5] 杨伯峻：《论语译注》，中华书局，1980 年，第 17 页。

地发展，成为明大道的通达之才。《论语·述而》云：“志于道，据于德，依于仁，游于艺。”[1]以上四点是孔子认为的君子所应达到的行为准则，其中的“游于艺”，不仅是游于六艺之学，掌握丰富全面的知识，同时也是游于经典当中，理解其中的思想文化精髓，收获“雅正”的气质。如果把游于六艺视为“博”，那么游于经典可以视为“雅”，若君子既“游于博”又“游于雅”，就能达到真正自由的状态。

与此同时，孔子提倡有教无类，提倡课堂上的自由讨论，使得中国教育进入了一个新的发展阶段。这些都为今天博雅教育的实践提供了方法和路径，也为培养具有自由精神的人打下了坚实的基础。如《论语·先进》篇中记载孔子与子路、曾皙、冉有、公西华四位弟子畅谈人生志向之事，曾皙如此作答：“莫春者，春服既成，冠者五六人，童子六七人，浴乎沂，风乎舞雩，咏而归。”[2]为何只有曾皙的答案让孔子发出“吾与点也”的赞叹，就在于他的沂雩之乐，不仅游于天地之间，同时也游于礼乐之间，获得了身与心的双重自由。刘勰也十分强调文学创作中应具有自由的状态：“故寂然凝虑，思接千载；悄焉动容，视通万里；吟咏之间，吐纳珠玉之声；眉睫之前，卷舒风云之色。”[3]只有达到“神与物游”的状态，摆脱形体对于文思的限制，才能创作出优秀的文学作品。

不仅儒家强调培养自由的人格，道家也崇尚主体的精神的自由，强调“法天贵真”。例如，《庄子·逍遥游》中就体现了自由的思想，这也是庄子的核心思想之一。庄子在探讨生命如何获得绝对自由时，认为人只要做到“乘天地之正，而御六气之辩”[4]，达到“无己”“无功”“无名”的状态，便可游于无穷，使灵魂达到绝对的无待的自由。其实，儒家提倡的“游于艺”和道家强调的“逍遥游”，在本质上有共通之处，其目的都在于使人获得主体

[1] 杨伯峻：《论语译注》，中华书局，1980 年，第 67 页。

[2] 同上，第 119 页。

[3] （南朝梁）刘勰著，范文澜注：《文心雕龙注》，人民文学出版社，1958 年，第 493 页。

[4] （清）郭庆藩：《庄子集释》，王孝鱼点校，中华书局，2012 年，第 19 页。

的精神的自由，从而在面对纷扰的“人间世”时，作出正确的价值选择与价值判断。

我们在中华美育中强调“博”与“雅”，就在于二者能够使我们摆脱外在的束缚，让我们获得真正的自由。同时，值得我们注意的是，如果将刘勰所处的时代与我们当下所处的时代相比较，竟是非常相似。刘勰所处的魏晋南北朝时期，正是儒释道三种思想相互碰撞交融的时代。面对佛教的盛行以及玄学的兴起，刘勰在《文心雕龙》这部著作中融合了儒释道三家的思想，并多次强调了“博雅”的重要性。反观今日，我们也处于一个外来文化强势来袭的时代，如何博取各种思想、各种文化的精髓，为我所用，就显得尤为重要。因此，博雅教育是全面、客观认识事物及培养君子人格的必由之径。通过阅读经典，使受教者具有渊博的学识、卓越的见识，并逐渐形成“雅正”的气质。通过“博观”，使受教者达到“圆照”的境界。今天，我们需要培养一批通天地、通古今、通文理、通知行的大通之才，从而打破学科间的界限和壁垒，给学生以自由，给老师以自由，给知识以自由，给人性以自由。

诠释何以成为历史——对由诠释定考据方法的反思

陈佩辉[1]

【摘要】研究方法的创新与多元能促进哲学史研究的开展，但方法本身也带着我们自身固有的“偏见”，很可能使得我们丧失研究的客观性和准确性，因此需要对其进行不断的批判。本文主要批判由文本诠释考证文献年代这一方法，以此来反思现存研究中的“偏见”，这一研究进路在史料不足的早期道家哲学研究中广泛存在，其带来了很多研究突破，但也会带来很多问题。为了避免得出错误的见解，我们需要在批判中对其不断改进。

【关键词】文本诠释　文献考证　偏见

研究方法或进路对于学术研究至关重要，但研究方法在一定程度上潜藏着作者的“偏见”，这里的“偏见”不是传统意义上的与正义及理性对峙的偏见，而是伽达默尔继承其师海德格尔有关偏见的学说后所纠偏的“偏见”[2]。理解所固有的历史性构成了偏见，它是理解文本的出发点，而且是无

[1] 陈佩辉，北京大学哲学系中国哲学专业博士研究生，研究方向为儒家经典与思想。

[2] 伽达默尔认为“偏见”一词正由于启蒙运动才具有我们所熟悉的否定性意义，实际上偏见就是一种判断，他是在一切对于事情具有决定性作用的要素被最后考察之前被给予的。在法学词汇里，一个偏见就是在实际终审判断之前的一种正当的先行判决，对于一个处于法庭辩论的人来说，给予他一个先行判断，这当然会有损于其取胜的可能性，所以这个词具有否定性意义，但是这个否定性只是结果上的，而其依据恰恰是其肯定的有效性，先行判决作为先见的价值与每一种先见之明的价值一样。所以没有理由不顾其本来意义而在贬义上使用“偏见”一词。参阅伽达默尔:《真理与方法——哲学诠释学的基本特征》，洪汉鼎译，商务印书馆，2010年，第383–385页。

法逃脱的，但在伽达默尔那里，偏见不是静止的、固定的、僵死的，而是在不断地形成，不断地发展的，因此是动态的，是保持敞开的。在理解过程中，不仅解释者有自己的偏见所形成的视域，而且，作为被理解对象的文本也有自己的视域，同样有其自身的历史的固定性，完成对文本的理解即是“视域溶合”[1]，也即理解者现在的视域与过去的视域的溶合。通过“融合”就扩展了理解者的视域，也改变了之前的偏见，构成之后理解文本的偏见。这就要求我们在进行各种研究时要自觉地对自身的“偏见”或者“前理解”，尤其是对研究方法，保持一种警惕，自觉地对其进行反思和批判。本文尝试考察中外著名学者在《老子》《庄子》研究中存在的问题，来反思由诠释定考据方法的不足，同时考察诠释的逻辑维度如何与历史维度相互关照，也期望在反思与批判中研究者自身所具“偏见”的结构能有所改进。

一、文本诠释的逻辑维度与历史维度

本文所言及的由文本诠释考察文本年代并非仅仅客观意义上的文本解读来梳理文本历史，而是基于带有各种预设与立场的文本解释先验地确定文本年代，将对文本内容的再诠释作为历史真实发生的事实，混淆文本诠释的逻辑维度和历史维度。由诠释定考据的方法其实就是黑格尔著名的“历史的与逻辑的之统一”的变形，著名哲学史家张岱年先生在《中国哲学史方法论发凡》一书第五章[2]详细论述了“历史的与逻辑的之统一”这一研究方法。张先生指出正是黑格尔提出“历史的与逻辑的之统一”的，他进一步解释说“黑格尔认为历史上出现的哲学概念、范畴的先后次序，就是绝对理念中诸

[1] 伽达默尔：《真理与方法——哲学诠释学的基本特征》，洪汉鼎译，商务印书馆，2010年，第433-444页。

[2] 张岱年：《中国哲学史方法论发凡》，中华书局，2012年，第61-70页。

概念的逻辑次序，这就是历史的与逻辑的之统一”[1]。张先生认为黑格尔的这一观点有积极因素即认为哲学史有个发展过程，每个哲学家都有中心观念。与此同时张先生也指出了黑格尔这一观点的不足即关于概念的逻辑次序的安排有很多牵强之处。

显然借助于这一研究方法可以帮助我们理清哲学发展的总体方向，在相关事实的支撑下可以帮助我们勾勒出某个哲学流派发展的历史进程，在帮助我们成体系地重塑思想史、文化史方面有莫大助益。在中国哲学界，道家哲学研究中运用这一方法最经典的例子是汤用彤先生的《魏晋玄学论稿》[2]，他主要从魏晋思想中的内在理路分析其发展演变。后来的关于魏晋玄学的许多著作如余敦康先生的《魏晋玄学史》[3]等也沿袭采用了这一思路。不可否认，这一方法有助于我们把握魏晋玄学，如汤用彤先生在魏晋玄学方面的杰出成果奠定了魏晋玄学研究的方向，成为研究魏晋玄学的必读之作[4]。但是这一方法在分析哲学演变时有许多不足。首先，思想发展的方式有很多种，其展开的进路是遵循本体论或形而上学到宇宙生成论、政治思想、社会思想的变迁还是恰恰相反从社会思想、政治思想等开始进而反思出本体论或形而上学，这两种情况在逻辑上都有可能。其次，这一方法具体运用到特定的历史时空之中，则会出现“现实与可能”的矛盾，一定时空内的历史事实只有一种

[1] 这里张岱年先生还特意引了黑格尔在《哲学史讲演录·哲学史导言》的话“我认为哲学体系在历史中的次序同观念的逻辑规定在推演中的次序是一样的。我认为，如果从出现在哲学史中的各个体系的基本概念身上清除掉属于其外在形式、属于其局部应用范围等等的东西，那么就会得出观念自身在其逻辑概念中的规定的不同阶段。”参阅张岱年：《中国哲学史方法论发凡》，第 61 页。

[2] 汤用彤：《魏晋玄学论稿》，三联书店，2009 年。

[3] 较之于汤用彤先生的分析，余敦康先生的分析更接近于黑格尔的“正－反－合”的思想发展范式，并大量引用黑格尔《逻辑学》和《精神现象学》的原文及思想来分析魏晋玄学的发展脉络。比如通过黑格尔自我意识的发展来分析嵇康阮籍的思想。具体参见余敦康：《魏晋玄学史》，北京大学出版社，2004 年，第 38–39 页。

[4] 然而必须指出，已经有学者对汤用彤先生的经典著作的某些方面提出了根本性质疑，认为不考虑当时的历史处境与政治关切，对于理解魏晋时期的思想演变是不充分的。而且在某些方面造成了误解，比如汤用彤先生在王弼文本中寻找法家的身影，这显然与王弼在《老子指略》中对法家的批判相违。具体请参阅杨立华：《郭象〈庄子注〉研究》，北京大学出版社，2010 年，第 1–31 页。

"可能"是真实发生的，但是这个真实在可能世界中却有多种"可能"，甚至在逻辑上互相对立的"可能"都是存在的，而按照概念或思想发展的次序出现的可能是所有可能中最理想[1]的一种，那么这种方法得出的推理性结论很有可能不是历史上真实发生的，而且由于关注的史料不同，会导致很多众说纷纭的结论。再次，必须肯定思想的发展史在较长时期内与基于文本诠释的逻辑展开是一致的，比如从宗教到哲学、从宇宙论到本体论等，但短期内的波折很难断定。仅仅通过文本诠释很难判定波折发生在什么时间，当史料自身无法标明其确切时代时，那么很可能把史料时代的前后次序颠倒而造成严重的误解。因此，以此来描述思想史或文化史的进程很难得到历史学家的认同，也很难得到其他哲学史学者的认同，因为他们在文本诠释上也具有不同的立场与诠释，没有客观的标准，最后只能自说自话，错把诠释当历史，从而削弱研究的客观性和可信性。

二、从老庄先后看研究者的矛盾与偏见

由于史料的缺乏，自20世纪20年代古史辨运动以来，关于老子和庄子谁先谁后的问题说话不一，以胡适先生、陈鼓应先生为代表的"老先于孔"说，以梁启超先生为代表的"老后于孔先于庄周"说，以日本学者帆足万里、钱穆先生以及葛瑞汉（A.C.Graham）为代表的"老后于庄"说。[2]关于《庄子》内、外、杂篇的先后也是众说纷纭，刘笑敢先生总结了四种不同的观点：一，内篇早于外杂篇，且内篇为庄子所作。二，内篇晚于外杂篇，外杂篇为庄子所作。三，内篇与外杂篇已被晋人郭象搞乱，研究庄子思想应以《逍遥游》《齐物论》二篇为依据，打破内外杂篇的界限来选择有关资料。

[1] 之所以称其为最理想的可能是因其完全依照所谓的概念发展规律。

[2] 参阅朱谦之：《中国哲学史史料学》，中华书局，2012年，第76–80页；陈鼓应：《老庄新论》，商务印书馆，2008年，第19–21页；刘笑敢：《庄子哲学及其演变》，中国人民大学出版社，2010年，第29页注2。

四，内、外、杂篇基本上都是庄周的著作。面对纷纭的说法，刘先生依据“内篇虽然用了道、德、命、精、神等词，但没有使用道德、性命、精神这三个复合词（由词根和词根合成的词），而在外杂篇中，道德、性命、精神这三个复合词都反复出现了”这一事实，并结合汉语词汇发展的历史，认为《庄子》内篇早于外杂篇，这一观点获得了国内学术界主流的认可与好评[1]，再次确立了第一种观点的主流地位。在史料相对缺乏的情况下，研究者们诉之于社会背景分析、文本诠释定文本先后等方法以求能梳理出思想史发展的内在脉络，以此确定早期文本的写作年代以及流传演变情况。池田知久教授的《道家思想的新研究——以〈庄子〉为中心》就是在这一背景下写出的。

根据其对道家思想的诠释，池田教授认为“全部《庄子》中最早部分就是开始以思索‘道’这一终极性、根源性实在为中心的《齐物论》中的‘南郭子綦、颜成子游问答’”，[2]并以此作为道家思想的起点。道“就是世界真实的面貌自身，又是使世界真实的面貌成为可能的终极的根源，思想家们称其为‘一’‘无’，依靠人类之知绝对无法把握”。[3]作者根据其他文献材料，将这一开端的时间定为以公元前300年为中心的战国中期。之后的所有道家思想都是在这一时间段之后发展起来的。依于这一展开，池田教授划分了三个时期，即初期道家（战国中期到末期）、中期道家（战国末期到西汉初期）、后期道家（西汉初期到武帝期）；并描绘了这个展开的具体表现，比如，他认为初期的道家主要关注怎样才能把握“道”这样的问题，与之不同，在中期和后期，他们的主要关心转移到如何能将所把握的“道”应用于现实社会生活中去[4]。

关于《老子》成书年代，池田教授就是主要依据其对道家思想的再诠

[1] 刘笑敢：《庄子哲学及其演变》，第25-29页。

[2] 池田知久：《道家思想新研究——以〈庄子〉为中心》，王启发、曹峰译，中州古籍出版社，2009年，第20页。

[3] 同上，第126页。

[4] 同上，第20页。

释来确定的。在第二章第四节“战国末期时期编纂的《老子》”[1]中，他认为《老子》的编纂在战国末期至西汉时期，是在《庄子》某部分写出来之后，但未全部编纂之前成书的，而且是在短时期内完成的。除《庄子》外，最早言及老子及其思想的是《荀子》和《吕氏春秋》，但没有引用《老子》的具体句子，所以《老子》还没有出现。从《荀子·天论》中所受老子影响可以看出道家形而上学由“一之无”（战国中期）发展到“二世界论”（战国末期）的痕迹。在《韩非子》中出自韩非之手的篇章中完全没有老子的思想，所以《老子》的编纂应该是在韩非卒后至西汉初期进行的。在《庄子·养生主》中的“秦失、弟子问答”中，将老聃当作尚未通达死生之理的未成熟者来批判，说明《老子》成书晚于《庄子·养生主》。

从上面的分析中，我们可以看出池田教授由文本诠释勾勒的“老后于庄”说的合理性，可以说是“自成其理”的，采用此种进路阅读文献也能使我们更加容易地理解从先秦到汉初道家哲学的发展史，对于文本的解读也更加合理，但是这个“老后于庄”说还需要克服几个挑战才能真正地合乎事实，而不仅仅合乎所谓的理性推理，如果不能克服遇到的问题，那么池田教授研究成果的可信度就大大降低了。

以陈鼓应先生为代表的学者们主张“老先于孔”，他反对池田教授等人对司马迁的怀疑，认为司马迁写史的原则是有闻必录“信以传信，疑以传疑”，因此《老庄申韩列传》中关于老子的记述是可信的，孔子问礼于老子也是真实的。他提出成书于战国中期的《论语》《墨子》中皆有引自《老子》的思想痕迹，反对老子晚出。这与池田教授引用《荀子》《吕氏春秋》中反映的老子思想证明老子晚出所用方法是一样的，但结论迥异。这一切都与其假设前提有关，陈鼓应先生认为老子是中国第一个哲学家，是百家之祖，当然在其他文献中寻找支持其结论的证据，而在池田教授这里，则忽略《论

[1] 池田知久：《道家思想新研究——以〈庄子〉为中心》，王启发、曹峰译，中州古籍出版社，2009年，第52-63页。

语》《墨子》中的道家思想成分。陈鼓应先生特别批判部分学者老子晚出说背后所依据的黑格尔的所谓文本诠释定文本历史。他认为黑格尔“先拟定一套‘正—反—合’的框架，让思想史按照它所构造的模式来展开”，这种方法有偶合历史的地方，但严谨的历史学家是不会如此的。此外，思想的发展进程不是一帆风顺的，中间会有曲折、有倒退，运用先验模式是很难得到合乎历史事实的结论的[1]。

上述陈鼓应先生的挑战是来自理论方面的，因为没有坚实的实物证据支持，很容易遭受反驳。而新出土的郭店简本《老子》使得池田教授关于“老后于庄”说的某些细节内容出现了修正的必要性。关于郭店简本《老子》大部分学者同意把其定位为战国中期（公元前300年前）甚至更早的文本[2]，也即是很可能早于或与思想家庄子所处的时代相同，这样就和池田教授的道家的学说起始于庄子发现“道”以及以此为基础的“老后于庄”说相矛盾。郭店简本《老子》在实物证据上向池田教授的观点及其方法提出了挑战。

面对这一重大考古发现及其带来的挑战，池田教授在研究郭店楚简中发现了支持其学说的证据，首先对墓的下葬时间提出质疑，而其主要依据是经过文献比照、分析在郭店楚简《穷达以时》中发现了他认为是来自荀子《天论》“天人之分”思想[3]的文章，认为前者大体沿袭了后者的思想，略有修正，

---

[1] 陈鼓应：《老庄新论》，第 15—75 页。

[2] 关于郭店本《老子》，考古学界根据墓的主要特点将墓的下葬年代定为战国中期偏晚（公元前 4 世纪末期），郭店楚简的年代下限应略早于墓葬年代。参阅湖北省荆门市博物馆：《荆门郭店一号楚墓》，《文物》，1997 年第 7 期。哲学界大部分学者对于下葬时代及简本《老子》时代考证无异议，如王中江先生在综合其他学者观点基础上认为《老子》原本在时间上不仅早于《孟子》《庄子》，而且肯定比战国初还靠前。参阅王中江：《郭店竹简〈老子〉略说》，收入《简帛文明与古代思想世界》，北京大学出版社，2011，第 548 页。但少部分学者如王葆玄认为下葬年代应为战国后期（公元前 278—公元前 227 年）。不过其说也受到了其他学者的批评。参阅刘传宾：博士论文《郭店楚简研究综述（文本研究篇）》，收入中国知网：http：//www.cnki.net/。

[3] 池田教授认为《荀子·天论》“天人之分”的思想，是荀子在齐稷下游学时期受庄子学派“天人”关系论的强烈影响下而对其做的反动，即从否定“人”到肯定“人”。而荀子游学与稷下的时间约为公元前 265—前 255 之间。参阅池田知久：《道家思想新研究——以〈庄子〉为中心》，第 72–73 页。池田知久：《池田知久简帛研究论集》，曹峰译，中华书局，2006 年，第 84–168 页。

更接近之后的《吕氏春秋·慎人》以及《荀子·在宥》，因此下葬年代定为公元前265—前255年稍后，并且荀子学派受到庄子学派天人理论的影响。并认为以《老子》思想中有荀子思想的地方为出发点，对解释郭店简本《老子》能作更合理的说明和分析。这样池田教授"成功地"将郭店竹简《老子》放入其文本诠释定历史先后的模式中，成为受庄学影响而写成的《老子》。

然而池田教授的应对遇到了问题，首先其结论与他在本书其他地方认为《老子》的编纂在韩非卒后至西汉初期进行相矛盾，因为前者的时间为公元前265—前255年，而韩非卒于公元前233年。这里池田教授有明显的牵强之处，即运用"编纂"这一词汇来模糊表达《老子》的形成，说郭店简本不是节抄本而是正在形成中的，但是郭店简本《老子》有通行本约五分之二的数量，池田教授认为《老子》编纂是在很长时间内完成的，即可认为是不断叠加以接近通行本的数量，那么这个编纂时间从郭店简本开始应该是更合理的。在其对郭店楚墓下葬年代的质疑中，明显可以发现其往后推定的偏见[1]。其次，运用《穷达以时》与《荀子》中的相似之处来推定郭店楚墓的下葬时间显然不能提出坚实的证据，因为《穷达以时》中的"天人之分"与《荀子》中所说的"天人之分"的含义是不同的[2]，池田教授分析中的关键部分中关于《穷达以时》与《吕氏春秋·慎人》思想是共通的且同为荀子学派所作的观点也受到了国内学者如王中江先生的反驳[3]，由此池田教授对郭店楚墓下葬年代的质疑被许多学者否定[4]，在更为具体细致的分析方面，李锐教授很深

[1] 推定时间可以往前推也可以往后推，池田教授明显选择了往后推，然后再寻找证据支持其自身观点的所谓证据。参阅池田知久：《池田知久简帛研究论集》，第 32 页。

[2] 庞朴、梁涛、李英华等学者持此说，参阅李锐：《郭店楚简〈穷达以时〉再考》，收入谢维扬、朱渊清主编：《新出土文献与古代文明研究》，上海大学出版社，2004 年，第 269 页。

[3] 王中江先生通过对"穷"字的分析，认为《吕氏春秋·慎人》是与《穷达以时》不同系列的文献，也同《穷达以时》没有直接的衍生关系。参阅王中江：《〈穷达以时〉与孔子的境遇观和道德自主论》，收入《简帛文明与古代思想世界》，第 239–263 页。

[4] 如刘笑敢先生认为："考古学界认为依据楚墓研究的断代分析，郭店楚墓的年代当在公元前 278 年以前。然而，仍有少数海内外的学者对此提出挑战，不相信考古学家的结论，认为郭店楚墓有可能晚至于战国末期。显然，我们并不能由此而否定考古学研究的方法。"参阅刘笑敢：《庄子哲学及其演变》，第 19 页。

入地对池田教授的“荀子学派受到庄子学派天人理论的影响”观点进行了反驳，并认为其陷入了其“单线的思想链条”的偏见之中[1]。

我们审视一下池田教授的“偏见”，他提到了自己的学术研究方法是严谨的实证主义，但是其诠释却依据于其假定的开端，这个开端往往与很多因素有关，比如学术背景、知识结构、学术地位及学者所持立场，这是很难避免的“偏见”。但是一味地寻找有利于己方的证据忽视不利于己方的坚实证据，未免成了误见。池田教授在《池田知久简帛研究论集》的“致中国读者”中说要“将新出土资料与传世文献有效结合起来”并将此作为自己严格遵守的研究原则[2]。他认为如果对新出土资料采取无视或轻视的态度，已不可能取得学术上的进展，同理，我们也应该承认轻视或忽视传世文献中不利于己的文献也不可能取得学术上的进展。通过我们上述的分析，显然池田教授在某种程度上没有做到严格遵守其所言的“原则”，没有做到不断地修正其“偏见”。

三、广泛存在的问题

池田教授的“偏见”遭到了多数学者的挑战，与此相应的结果是其研究成果的准确性也随之遭到质疑。然而，不得不指出，池田教授运用文本诠释考证文献年代并不是个例，在当前道家哲学研究中还是广泛存在的，只是呈现得更加隐蔽，比如前文提到的刘笑敢先生的经典著作《庄子哲学及其演变》中对内、外、杂篇年代先后的判别背后也某种程度上暗含了文本诠释考察文本演变的因素，只是他以汉语词汇发展的历史为判断标准。单词到复合

[1] 李锐认为池田知久没有提出直接的材料以证明《荀子》中的“天人之分”的思想早于《穷达以时》，其对《穷达以时》、《荀子》中“天人相分”概念的分析也不确切，有待进一步讨论。并指出池田知久为了其学说的稳固而刻意“提前”《天论》篇的写作年代，以免造成《吕氏春秋·慎人》的编写年代与荀子的年代相冲突。需要特别指出的一点是李锐敏锐地意识到池田知久教授的“方法”存在问题，并引用胡适先生关于思想线索分析法的不足即不能避免主观的成见，认为思想上逻辑的先后，并不必定是遵循历史时间的先后。参阅李锐：《郭店楚简〈穷达以时〉再考》，第 272–274 页；李锐：《新出简帛的学术探索》，北京师范大学出版社，2010 年，第 185–210 页。

[2] 池田知久：《池田知久简帛研究论集》，第 3–5 页。

词可以说是一个汉语发展长期的变化过程，运用此方法应该有一个比较长的时间距离，如果恰好处在单词复合词并用的时间段，那么就很难用这个方法验证文献的成书先后，李锐根据新出土郭店楚墓竹简《唐虞之道》篇出现的“性命”[1]这一语汇以及相关传世文献中出现的“道德”这一语汇（李锐认为皆在不晚于公元前300年），并且指出“道德”这一语汇在外杂篇中的意义并不是今日所言的道德[2]，读作“道、德”更为合适，同样“性命”读作“性、命”更为合适，“精神”读作“精、神”更为恰当。这几个“词汇”可能只是词组，而不是新的词汇[3]。因此认为刘笑敢先生的汉语词汇发展法论证并不足以证明《庄子》内篇比外杂篇早出。

面对李锐等学者的质疑，刘笑敢先生在《庄子哲学及其演变》的增订版引论中作出了回应：“我的考证是以当时学术界的共识为背景和出发点的。一个最基本的共识就是《庄子》书中有庄子的作品和后学的作品……在这个大背景下，我发现内篇只有‘道’‘德’‘命’‘精’‘神’，没有‘道德’‘性命’‘精神’这三个复合词……大家就都认为内篇早于外杂篇已得到有力的证明。”[4]并声明其从来没有单纯地将复合词的使用当作可以用于考证的普遍方法，因此他的结论也不会因为简帛文献的出土而受影响，并且有的简帛文献实际上却是支持了他的发现[5]。刘笑敢先生认为如果他考证的前提不变，那么这一方法就是合适的，与此相关的结论就不变，而近几十年这些前提都没有得到有效的驳斥，因此他的观点不需要作根本性修改。至于“性命”在郭简中的出现，他认为这个不是其论证的必要条件，即使有也不能推翻其结

[1] 李锐：《新出简帛的学术探索》，第 44 页。

[2] 郑开教授在《‘道德之意’要论》中认为晚至西汉的司马迁在《老子韩非列传》中说的“老子乃著书上下篇，言道德之意五千言”的“道德”也应读作“道、德”。该文收入赵保佑主编《老子思想与人类生存之道》，社会科学文献出版社，2011 年。

[3] 李锐：《新出简帛的学术探索》，第 48–51 页。

[4] 刘笑敢：《庄子哲学及其演变》，第 7–8 页。

[5] 同上书，第 9 页。

论。然而，学界很多学者大都因其词汇考证法而信服其结论[1]。显然这个误解本身也暗示了刘笑敢先生所谓的共识其实也是假设性的，反倒因为其考证方法而增强了可信度，这就陷入了循环论证。因为传世文献较少，可能只是当时文献的一小部分，“性命”一词在庄子生活的年代大为流行也是有可能的，比如，有些词汇的古义在今日依然会使用，如“汤”在“赴汤蹈火”中依然保留其“热水”意义，因此，理论上刘笑敢的先生的结论是存在质疑空间的。但其站在了有利于其自身观点的立场上，这样刘笑敢先生也陷入了其“偏见”之中，执己见以为真理。

四、结语

以文本诠释考证文献年代，对于史料欠缺的古代思想史的重构非常必要，在这方面也的确起到了很大的作用。但是这个方法如本文中所说有很多不足，很有可能让研究者带着“有色眼镜”去编织历史事实，故意忽略有别于研究者“偏见”的其他可能性，进而不能客观地对待史料。因此在使用该方法时需要研究者谨慎地使用，区分诠释与历史，认识到诠释落实为历史过程中需要多方面的历史证据而非仅仅依赖文本诠释，要随着历史事实的新发现而有所调整，不能固执于“偏见”之中。同时，研究者也不能视诠释为真理，要把自身所持的观点当作一种接近历史事实的假设，其观点是有待于后续发现以及逻辑思考的检验。也要采取多种进路研究同一现象，以补单一进路之不足。对自身观点所具有的缺陷不要讳莫如深、刻意回避，在与其他观点对话中弥补不足，对于他人的优点要虚心接受，即使遇到根本性的挑战也要接受新观点、新方法。这样学术的良性对话才能展开，新旧观点不断碰撞，从而产生新的洞见，研究者的“偏见”也才能不断修正，形成新的“视域”，而非变为“误见”。

[1] 如陈鼓应先生为其书作序即指出刘先生最重要贡献就是运用汉语词汇发展的客观历史考证《庄子》内篇早于外杂篇。参阅刘笑敢：《庄子哲学及其演变》，第 IV—V 页。

“诗言志”考辨[1]

洪 涛[2]

【摘要】“诗言志”是中国诗学的开山纲领，在早期的诗学论述中，何以“诗”和“志”总关联在一起？本文试图从文字学的角度出发，考察“诗”和“志”的内在渊源，认为“诗”和“志”最初都根源于先民生活中占主导地位的“寺”，而“寺”乃是古人的实体度量单位，是在生产和分配活动中建立起来的一套行为规范。“寺”藏之于心谓之“志”，发而为言谓之“诗”。

【关键词】诗言志 寺 诗 志

“诗言志”被朱自清先生称之为中国诗学的开山纲领，寥寥三个字蕴涵了中国诗学发生乃至生长的重大信息，但是关于“诗言志”的诠释至今仍是一个众说纷纭的问题。随着近些年地下文献的出土，一些涉及早期诗论的资料，尤其是郭店楚简和战国楚竹书的发现，为这一命题的阐释提供了新的可能。本文拟在前贤今人已经取得的研究成果基础上，结合相关出土文献对这一命题作一考辨，试图说明这一命题所蕴涵的原始语义。

“诗言志”最早见于《尚书·尧典》。但是据学者们的考证，今文《尚书》

[1] 本文系 2018 年全国哲学社会科学重大招标课题“中国汉传佛教文学思想史”（项目批准号：18ZDA239）前期阶段性成果之一。

[2] 洪涛，南京大学文艺学博士，南京审计大学文学院副教授。研究方向：中国诗学，文艺美学。

中涉及西周以前的历史文献都是战国时代的拟作或著述。蒋善国先生《尚书综述》综合古今各家考证成果，勘定《尧典》作于墨子之后，孟子之前。[1]因而“诗言志”出自舜之口是不可信的。即便如此，这一考证只能说明这种观念的晚出，而无法证伪“诗言志”仍是早期关于诗的一种普遍观念，从我们目前所见的文献中，最早关于诗的描述总是和“志”关联在一起的：

《礼记·乐记》：诗，言其志也；歌，咏其声也；舞，动其容也。

《礼记·孔子闲居》：子曰：志之所至，诗亦至焉；诗之所至，礼亦至焉；礼之所至，乐亦至焉；乐之所至，哀亦至焉。

《左传·襄公二十七年》：诗以言志，志诬其上，而公怨之，以为宾荣，其能久乎！

《庄子·天下》：诗以道志，书以道事，礼以道行，乐以道和，易以道阴阳，春秋以道名分。

《荀子·儒效》：诗言是其志也，书言是其事也……

既然关于诗的最早的理解总是和“志”关联在一起，那么诠释“诗言志”这一命题的可能路径也就是回答诗最初何以和“志”联系在一起，而对这个问题的回答又必然回到诗和志原初的语义中。

在进入这个问题之前，我先作一些概念上的清理，澄清作为文本的诗和观念的诗的差异。在某种意义上讲，“诗言志”这个命题的诠释之所以莫衷一是，很大程度上源自概念辨析上的含糊不清。探讨作为一种文本的诗的最初产生情形，也就是考察最初产生的诗歌，对浩瀚漫漶的历史而言，显然是不可能的。我们所谓对诗的考察，是指诗的观念的形成，也就是开始于对诗的命名的那一刻。在“诗”这个概念形成之前，我们是不可能谈论诗的。在命名的那一刻，包含着对这一概念的全部规定，也是我们理解和诠释的规定。语言命名的那一刻也已经不可追寻，但命名的信息还是可以在文字这个

[1] 蒋善国：《尚书通论》，上海古籍出版社，1986 年，第 168 页。

活化石中去寻觅。因而，我们找寻诗最原初的规定，还得要从“诗”这个汉字入手。

在中国文明最初的文字符号甲骨文和金文迄今已经译读的数千字中，尚未有“诗”字存在。据有的学者推测，“诗”字到西周才出现，并只在上层人士中使用。[1]学界对“诗”的释读主要依两种路径：一种认为“诗从志”（即把“寺”等同于“志”），一种认为“诗从寺”。前者以杨树达先生为代表，后者以叶舒宪为代表。杨树达先生1935年写有《释诗》一篇短文，集中探讨了古代训诂学中“诗即志”的通训，认为：

> 《说文三篇上言部》云：“诗，志也，志发于言。（《韵会》引《说文》有此四字，是也，今本脱。）从言，寺声。”古文作，从言，㞢声。按志字从心㞢声，寺字亦从㞢声，㞢寺志古音无二。古文从言㞢，言㞢即言志也。篆文从言寺，言寺即言志也。《书·舜典》曰：“诗言志。”……盖《诗》以言志为古人通义，故造文者之制字也，即以言志为文。其以㞢为志，或以寺为志，音同假借耳。[2]

杨氏把“寺”作为“志”的假借，并将“诗言志”作为其立论重要依据。其观点为以后闻一多先生、朱自清先生所认同，并且就“志”的内涵作了进一步阐释。当代学者王一川从比较诗学的角度出发，接着杨树达、闻一多、朱自清等人的思路，作进一步的申发：

> “诗”与“志”本来是一个字。而“志”从“心”从“㞢”，本义为停止在心上或藏于心里，即记忆或回忆。因此，“诗言志”的本义是说诗传达那保存在人心中的东西，即诗言回忆。[3]

[1] 陈良运：《周易与中国文学》，百花洲文艺出版社，1999年，168页；叶舒宪：《诗经的文化阐释》，湖北人民出版社，1994年，135页。

[2] 杨树达：《积微居小学金石论丛》，中华书局，1983年，25—26页。

[3] 王一川：《中国“诗言志”论与西方“诗言回忆”论》，《文化：中国与世界》第2期，三联书店，1986年，179页。

这样就把东方古老的“诗言志”和西方同样古老的“诗言回忆”沟通起来，使这一观点似乎更具有说服力。问题是，将“诗”的“寺”视作“志”的假借，并且最终将“诗”和“志”看成一个字，显然无法回答“诗”这一观念形成时自身所蕴涵的特殊规定性，即使是源自某种本义，但是之所以字形最后不断地发生改变，也源自意义不断地发生衍变，在“诗”这个文字最终被确定之时，也正是对其基本意义规定完成之时。因而这种以声证义训诂路径固然可以推究原始，但无法对这一概念自身的完满性作出有效说明。而且当“诗”和“志”落入语义循环论证中，彼此都无法在对方中获得合理解释，况且正如叶舒宪所指出的，当杨树达先生试图以《尚书·尧典》的“诗言志”来证明其观点时，有以“后出典籍中的‘诗言志’之说，反推古文从‘㞢’之诗字和篆文从‘寺’之诗字皆为从‘志’之假借”的伪证之嫌。[1]正是对“诗”这一原始语义解释的怀疑，学界有人提出了不同的观点，即是以叶舒宪为代表的“诗从寺”说。

叶氏认为与其如杨树达先生将“诗言志”视作“诗”作为“志”的假借的证据，倒不如把“诗言志”之说看成是从㞢或从寺之诗字的衍生物。换句话说，“志”当是“㞢”与“寺”之同音假借，“㞢”和“寺”才是构成“诗”的核心和主体。或者说“寺”是“诗”概念形成之前最接近它的概念。叶氏的这一观点的灵感显然来自宋代王安石的《字说》，王安石以其一贯的会意法释字，将“诗”解释成“寺人之言”，这本来多少有些作为笑料的阐释，却被叶舒宪认为在无意中触及了诗的本来面目。因而叶氏把对诗的阐释中心放在“寺”上，由于“寺”字古写法上半为㞢（ ）下半为手（ ），进而把“之”解释作卜辞中与宗教祭祀活动相关的“㞢”，而“㞢”在甲骨文中多作祭名，而且“寺”在甲骨文中通“持”，由此，进一步把“寺”与“祭祀主持”联系起来。那些上古时代宗教仪式的主持人，如《诗经》中提及的“寺人”，就被叶氏视作最初的诗人，而“寺人之言”，即“诗”，则主要是指

[1] 叶舒宪：《诗经的文化阐释》，湖北人民出版社，1994 年，137 页。

举行各种原始礼仪时使用的祝辞、颂辞与套话等。[1]叶氏对“诗”的这一阐释路径无疑为“诗从志”的释诗困境提供转机，但是支持叶氏主要证据之一的“净身祭祀”及相关的阉宦制度在古代中国存在可能性的证据不足，一些学者因而对“寺”的本义进行了新的探索。在叶氏研究成果的基础上，刘士林对作为“诗”的主体的“寺”进行了重新诠释，认为“寺”的古文字上半部为“ ”，是人足的象形，下半部为“ ”，是手的象形，他从上古实体度量的文化背景出发，指出“寺”的本源乃是古人的实体度量单位，是古代生活中必需的一种标准系统在文字符号上的反映，与先民的生产与分配活动相关。联系到上古的政教合一，这一双用作公共单位的“手”“足”在当时可能是一双非常具体的手足，很可能就是氏族首领的手足。

不过随着文明的发展，这种氏族首领的实体性，日渐被语言符号系统即统治者政令来替代。发展到后来，也慢慢演变成用这一具体手足赖以栖身的地点，也就是所谓的议事场所，如“公堂”或“廷”，来指称它，即将作为手足的“寺”换喻为作为“廷”的寺，这就是为什么汉代许慎这样解释“寺”：“寺，廷也，有法度者也。”而依据刘氏对中国古代文化“诗礼同源”精神结构的设想，“寺人”对生产资料和食物的分配中逐渐形成伦理规范及相关的仪式就是最初的“礼”，也就是最初的“诗”。因而诗最初是作为“法度之言”出现的，它一开始和礼乐结合在一起的，更多地展示为一种仪式化活动，只不过随着诗礼和诗乐的逐渐分离，才剩下我们今天所见到《诗经》这种样式光秃秃的歌辞。[2]刘氏的这一诠释之路，从文化人类学角度切入论证，颇有说服力，在我们无法找到关于诗的起源更好的解释之前，或许是最接近真相的一种。这种阐释理路既符合诗歌发生发展从功利到审美历史演变的一般规律，也与中国礼乐文化的独特精神渊源一脉相通。

如果构成“诗”原始语义的主体是“寺”，“诗”最初是某种“法度之

[1] 参见叶舒宪：《诗经的文化阐释》第二章，湖北人民出版社，1994年。

[2] 参见刘士林：《中国诗性文化》第六章，江苏人民出版社，1999年。

言”，那么这就为我们阐释“诗言志”确立了一个可靠的前提。接下来的问题是，何以中国诗学在最初关于“诗”的观念是和“志”关联在一起的，而回答这一问题，同样也需要挖掘“志”的原始语义。

关于“志”原初意义，学界目前大都认同闻一多先生的考释。闻一多先生在《歌与诗》一文中指出“志”有三个意义：一是记忆，二是记录，三是怀抱。而这三个意义正代表了诗发展的三个主要阶段。而他推断的依据也是以形证义，志字从㞢，卜辞作㞢，从止下一，像人足停止在地上，所以本训停止。志从心，本义是停止在心上，停在心上也可以说是藏在心里，所以《荀子·解蔽》篇说：“志也者臧（藏）也”,《诗序》疏说：“蕴藏在心谓之志”。藏在心即记忆，所以志又训记。等到文字产生之后，就用文字记载代替记忆，所以记忆之记又孳乳为记载之记。记忆谓之志，记载也谓之志。古时几乎一切文字记载皆曰志,《左传》《国语》中就有大量这样的例子。而到了诗史分家之后，志就主要指“怀抱。”[1]闻一多先生对“志”的解释紧扣“诗”的历史形态的演变，从而将“诗”与“志”互训，应该说是非常精辟的。在此基础上，我们要追问的是，最初促使原始人需要记忆的内容到底是什么？这个问题也许才是“志”真正所包含的语义所在。我们在对概念进行追溯时，需要回到概念原初的语境中，这样概念才不至于是一个空洞的能指。对原始人而言，任何观念是和其时的实际需要联系在一起的，他们不会单纯产生一个我们今天所谓的记忆的观念，而毋宁说他们记忆内容的本身就是他们的记忆。对于文字产生之前先民“志”（记忆）的内容我们已不能得知，但是我们可以根据有文字记载的历史进行合理推断。

按照闻一多先生的大胆解释，古时几乎一切文字记载皆曰“志”，我们可以折中讲，“志”是最早的“史”，“志”作为“古史”在流传下来的文献中有据可查。郑樵《通志总序》云：“古者记事之史谓之志。”肯定“志”是“古史”，但具体记述什么，却有不同意见。刘起釪先生认为：“这种作为史

[1] 《歌与诗》，《闻一多全集》（第十集），湖北人民出版社，1993 年，第 8 页。

书专名的‘志’，又往往记载着当时政治生活中所应注意的要求、或某种规范，某种指导行为的尊重等种种近似于格言的守则性的话。”[1]王树民先生以为：“（志）其本身亦随时间而有发展，大致早期的‘志’，以记载名言警句为主，后经发展，也记载一些重要的事实，逐渐具有史书的性质。其后则追记远古之事，杂记明神之事，泛记当时之事，成为别具一格的史书了。”[2]虽然两人观点有些出入，但认定“志”最初是记载某种对生活起指导意义的规范性的言论却是一致的。我们可以合理地推测，对于还没有个人观念的先民而言，他们的观念必然是某种集体意识，最初最需要他们记住的无疑是关于这个集体生活的行为规范，而这个规范的制定和执行者正是氏族的首领。因而“志”在最初隐含的具体语义总是和规范和准则联系在一起的，是个体对共同准则的吁求和认同，它是一种以个体的方式来承载集体意识。由于早期规范的制定者是部落首领，就是我们前面提到的“寺”，“寺”后来也渐渐延伸为“法度”之义，如果“志”的原义和规范准则相关，而“志”字比“寺”字晚出，按照前面引述的杨树达先生“㞢寺志古音无二，相互假借”的说法，我们由此可以进一步大胆推断，“志”这个字也是从“寺”演化而来的。对于这一点，我们可以从文字演进形态上找到明确的证据。

与“诗”一样，“志”同样不见于甲骨文，我们现在所见到的“志”是战国文字。在楚竹简出土之前，我们所能见到最早保存“志”的初体的文献是“中山王方壶”的铭文，其中有“赒渴志尽忠”句。“志”写为“”，从㞢从心。戴家祥先生主编的《金文大字典》所录的“志”的金文仅此一例。[3]但此未必就是“志”字产生最初写法，如果我们能在“寺”与“志”之间，找到它演变与过渡的痕迹，就能看出两者之间的意义渊源。郭店楚简《语丛一》中有“诗所以会古今之志也者”的简文，其中“志”被写成“”，

[1] 刘起釪：《古史续辨》，中国社会科学出版社，1991年，第617页。

[2] 王树民：《释“志”》，《文史》三十二辑，中华书局，1990年。

[3] 戴家祥：《金文大字典》，学林出版社，1995年，1821页。

从心从寺。[1]无独有偶，信阳楚简“戋人刚志”的“志”也是写作“”。[2]一般学者将“志”的这种写法视作战国文字的繁化现象，不过，在我看来，将之视作“寺”向“志”的衍变也许更接近真相，虽然在郭店楚简中，“志”的写法还有我们见到通常的写法（如： ），这一书写特点，呈现出早期文字在意义逐渐发生分化之后，形象在承传革新中增删变化的历史过程。从时间上看，学术界一般将郭店楚简的年代界定在公元前300年左右，而“中山王方壶”，其制作年代，据专家推测，大致在公元前307年—309年。[3]两者年代相当，郭店楚简早于“中山王方壶”也不是没有可能。如果“”可以视作“志”初期写法留存的历史形态，那么就能明显看出“志”和“寺”的渊源关系。正如上文所言，“寺”的原始语义是部落或集体中维持共同行为的“准则”“法度”，那么“志”就是“心之法度”，是存在于先民内心神圣的共同生活准则。这些准则主要出自“寺”——也就是部落首领之口，必然是口传或信史记述的主要内容。

从人类学的角度看，在原始人那里本不存在我们后来意义上的私人性记忆或情感活动，藏于内心的或者说构成他们个人内在世界的也只能是这种集体意识，因而，“寺”所蕴涵的规范和禁忌构成了他们内在心理世界的主体，某种意义上说，最初先民还没有严格意义的心理世界，他们的内在世界和外在世界是浑然为一的。只是随着文明的演进，原来那个浑一的世界才逐渐分化，在中国，大约在殷周之际，伴随着奴隶制的出现，中国人也开始了精神上私有化进程，原来作为集体意识的“志”才慢慢替换成个体心理，“志”成为个体心理行为的指称，但是它的内涵本身并没有随即转换，只不过是将一种集体意识变成以个体心理的形式来承载。大约在更晚的时候，面对着愈

[1] 荆门市博物馆编《郭店楚墓竹简》，文物出版社，1998 年，第 80 页。当然在此书中此字被释读成“恃”，显然不太合适，学者现在一般都认为应释为“志”字。

[2] 见《信阳楚墓》图版 115 所载 1 — 02 号简，文物出版社，1986 年。

[3] 李学勤、李零:《平山三器与中山国史若干问题》,《考古学报》1979 年第二期，亦载《李零自选集》，广西师范大学出版社，1998 年。

来愈繁复的政治文化活动，文化分化也随之加剧，历史记述也呈现多样化的趋势，出现多种记史的样式，逐渐取代原来浑一的“志”，“志”作为史的功能逐渐弱化，由综合走向单一，成为诸多史书中的一种，这一点在司马迁的《史记》、班固的《汉书》以及现在还在延续的“地方志”等现象中还可以找到佐证。与之相对，随着个人意识的逐渐发展，作为心理意识的“志”却逐渐强化，越来越成为心理意识的主导，大约在这个时候，“志”这个文字开始产生，需要特别加上“心”的形旁来指示“志”的心理性质。[1]但是即使“志”最终无可挽回地成为个人心理标志，作为顽强的集体意识，它仍然召唤着已经从群体中分裂的个体，成为个体对“大同”理想的缅怀和追求，规约着“志”在中国文化传统中基本走向。

“志”这种语义嬗变的痕迹，非常清晰地保存在先秦的文化典籍中。这就是为什么“志”在先秦典籍中有两种看似完全不同的意义用法，即作为史的“志”和作为心理的“志”。一方面，先秦典籍大量称引“志曰”，表明了“志”作为古史的性质，只不过由于在历史的演变中，“志”的功能逐渐演变，加上后来或多或少偏离其原初的面目，这使得其内容显得杂芜。《国语》中，楚大夫申叔对当时存在的九类文献的特点分别有一个评价，其中就谈到“志”，不过当时称为“故志”，表明其“古史”性质。申叔认为，“志”主要功能是“知废兴者而戒惧焉”，表明了其着意于兴亡成败经验的规戒性质，多少还保留了“志”内涵的原始风貌。[2]另一方面，“志”作为个人心理，在先秦文献的语境中，却殊少后来所隐含的个人情感的意味，多与某种准则或政治关联。如《尚书·般庚》有“各设中于乃心”，饶宗颐先生便认为

[1] 据陈良运先生的说法，“志”可能是晚至春秋时代才出现。陈良运：《中国诗学体系论》，中国社会科学出版社，1992 年，第 34 页。

[2] 关于“志”作为古史记述的类型以及在典籍中征引的情况，王树民先生《释“志”》一文与陈来先生《古代思想文化——春秋时代的宗教、伦理和社会思想》一书有较详细的讨论。参见陈来：《古代思想文化——春秋时代的宗教、伦理和社会思想》，北京三联书店，2002 年。

“‘设中于心’便是‘志’”，“‘志’可说是一种‘中心思维’”[1]。这和“志”的原初语义是吻合的。《论语》中孔子与学生“言志”，便多指与政治相关的“邦国之志”。孟子将“志”视作“气之帅也”，也是在“寺”作为“领导”、“准则”的意义上谈论“志”的。在先秦文献中，这种例子比比皆是。朱自清先生和钱穆先生在解读先秦文献中“诗言志”时候，都注意到其时所指的“志”都更多地与政治相关。[2]当代学者在关于“诗言志”的诠释中，基本倾向于将“志”视作关于政教的“宏大叙事”，在中国早期诗学中“‘志’并非指个人主观情感，而是指关乎国家及公共生活不可缺少的共同伦理准则，这个原则要求每个参与公共生活的人必须遵守它”。[3]所以许慎以“意”释“志”，应该说得之皮毛，孔颖达以“情”释“志”，称“情、志一也”更失之千里，即使到了宋代，张载仍目光如炬，明确指出“以意、志两字言，则志公而意私”。“志”的这种原始语义不能不说是根深蒂固，这也就说明了为什么在先秦乃至整个诗学传统中，“志”总是关联着政治伦理的“大叙事”。当然，随着个人逐渐觉醒，“志”也慢慢从集体意识走向个体情感，在中国诗学中，这应该是在六朝以后才发生的事，其显著标志就是陆机以“缘情”说抗衡“言志”说。

当追溯了“诗”和“志”最初的语义之后，我们最终发现了“诗”和“志”的内在关联。由此，可以合乎逻辑地推测，“诗”和“志”最初都根源于在先民生活中占据主导地位的那个“寺”，即在生产和分配活动中建立起来的协调人与神关系以及人与人关系的准则，无论是围绕这种准则所展开的宗教仪式还是原始歌舞，都可能是“诗”原初的形貌，也是先民关于内在世

[1] 饶宗颐：《诗言志再辨——以郭店楚简资料为中心》，武汉大学中国文化研究院编《郭店楚简国际学术研讨会论文集》，湖北人民出版社，2000 年。

[2] 朱自清先生指出：“这种志，这种怀抱是与‘礼’分不开的，也就是与政治、教化分不开的。”朱自清：《诗言志辨》，《朱自清全集》第六卷，江苏教育出版社 1990 年，134 页。钱穆先生谓“诗言志，必有一所与言之对象，所谓志，乃专指政治方面而言，也不似后代诗人之就于日常个人情感言。”钱穆：《中国文学论丛》，三联书店，2002 年，第 250 页。

[3] 郜积意：《使用与阐释：先秦到汉代〈诗经〉学的理论描述》，《浙江学刊》，2000 年第 5 期。

界最主要的记忆。认识到“志”作为个体心理活动并在文字上进行标识，是文化逐渐分化以后的事情，比“寺”字要晚出的多。“诗”和“志”这两个文字出现的时间应该相近，都是西周以后的事。在这个时候，随着文明的逐渐分化，文化种类日渐繁复，需要将不同的门类进行区分并加以标识，“志”加上“心”形旁表示其心理的性质，“诗”加上“言”旁表示其作为歌辞的性质。[1]在这个时候才会形成真正关于“诗”（包括其他文化形态）的观念，文字的出现乃至定型化表明作为一种真正的“志”和“诗”的观念产生，尤其是在面对文化分化的时候，这个文字势必蕴藏了其之所以为是的特殊规定性，折射了对于“诗”最初的理解。在先民看来，诗是协调人与人、人与神生活准则的神圣言辞，是对一直以来深藏于心共同伦理规范的言说和吁求。唯其如此，这种神圣的意识藏于内心就是“志”，说出来就是“诗”。《诗大序》那一段话贴切地传达了这一点：“诗者，志之所之，在心为志，发言为诗。”关于《诗大序》的著者，学界一直有争论，随着战国楚竹书《孔子诗论》篇的发现，专家们倾向于《诗大序》基本上是春秋解诗精神的延续。[2]因而《诗大序》这一大段言辞应该是早期对于诗的认识。正因为“诗”在最初是作为调和群体生存规范的神圣言辞，“诗”才成为春秋时期贵族最重要的学习文献，被广泛地应用于政治生活中，孔子甚至认为“不学诗，无以言”，所以《诗大序》说它“经夫妇，成孝敬，厚人伦，美教化，移风俗。”这是对“诗”原初的意义具体形象的最好阐释。

“诗”和“志”不仅具有内涵上根源的一致性，而且初期在形式上也具有渊源关系。从泛文学演变的规律而言，韵文的产生必然早于散文，那么，

---

[1] 饶宗颐先生在《诗言志再辨——以郭店楚简资料为中心》一文中还特别列举了“诗”字在早期文字中的异文，其中就有以“寺”字表示“诗”字，还以“[古文字]”表示“诗”，如果以“[古文字]”和现在“志”字形相对照，就更能看出以“寺”为中心演化繁简相生的端倪。饶宗颐：在《诗言志再辨——以郭店楚简资料为中心》武汉大学中国文化研究院编《郭店楚简国际学术研讨会论文集》，湖北人民出版社，2000 年，第 11 页。

[2] 可参见《文艺研究》2002 年第 2 期刊发的《战国楚竹书　孔子诗论》与先秦诗学学术研讨会相关论文。

最初无论是口头承传还是文字记载的“志”就正是我们今天诗的形式，也即韵文的形式，或者说就是最初的诗。但是，如我在前面提及的，随着事务日繁，记述分化，作为“古史”的“志”的功能逐渐被兴起的当时使用更加便利的其他文献类型所代替，它们大都是散文的形式，“志”也逐渐从原来韵文的“史”演变成众多“古史”中的一种，变成后来所见到散文样式。而诗则一直保留着“志”最初的韵文形态。闻一多先生也因而断言，“古代诗所管领的乃是后世史的疆域。”[1]在这个意义上“诗”就是“史”，在内容和形式上，“诗”都保留了“史”最初的形态，后世也试图从“诗”中寻找历史的精神，寻找最初先民的精神世界。所以郭店楚简《语丛一》有“诗所以会古今之志”的提法。在新发现的《战国楚竹书》的《孔子诗论》中有“孔子曰：‘诗亡[illegible]志，乐亡[illegible]情，文亡[illegible]意’”之句。[2]“[illegible]”这个字马承源先生将之释为“离”，李学勤先生将之释为“隐”，廖名春将之释为“吝”。[3]无论哪种释读，都表明“诗”和“志”的特殊关联。但从上文关于“诗”和“志”的原始语义的考察看，廖名春先生的释读可能更合适一些，春秋时代对“诗”中“志”的理解接近原义，“诗”中之“志”是没有个人的贪吝之志的。正因为“诗”与“志”内容和形式上都具有根源上的一致性，所以早期论诗频频“诗”“志”并举，将“志”视作“诗”最重要的特征。

诚然如许多学者所言，“诗言志”这一提法产生的最初语境可能是“赋诗陈志”，是一种“用诗之志”，还并非后来的“作诗言志”，但这依然只有建立在当初对“诗”和“志”之间内在关联的深刻理解上才是可能的。在后来关于“诗”的创作中，这依然是最重要的诗学定律。当然，随着文化历史的变迁，“诗”和“志”的内涵也在不断地发生着变化。“诗”一开始作为某种神圣言说当初自然享有崇高的地位，最初的诗人也就是处于权力的中心“寺”，但是随着“礼崩乐坏”文明的变迁，“寺”集团也开始从中心流落民

[1] 《歌与诗》，《闻一多全集》（第十集），湖北人民出版社，1993 年，第 11 页。

[2] 见马承源主编，《上海博物馆藏〈战国楚竹书（一）〉》，上海古籍出版社，2001 年。

[3] 见《上博馆藏战国楚竹书研究》，上海书店、世纪出版集团，2002 年。

间，在这一过程中，伴随着“寺”的变迁，“诗”相应也发生了变化，其一显著的标志就是私人性成分增加，民间性话语的成分增加，出现所谓“变风变雅”。“诗”从调和群体关系以及天人关系的神圣言说逐渐成为个人话语。虽然作为儒家代表的孔子汲汲于对周文明重建的历史情怀，为力图恢复天人和谐的“三代之治”，试图重新确立“诗”的经典地位，还原“诗”原初所具有的中心话语的性质（《诗经》之后三百年间无人作诗，恐怕也多少惮于这一经典巨大心理威压），后来儒家论诗也基本遵循这一路径，这使得一定程度上“诗”在中国一直享有崇高地位，但是“诗”毕竟还是从那种神圣言辞中挣脱出来，变成街头巷尾的个人的歌吟。同样，“志”的内涵也从最初排斥个人情感的集体意识慢慢嬗变成以包含私人情感为重要特征的个体心理。从春秋及以前的志不含情，到战国末秦汉时期的以志为主，志情并举，再到魏晋时代的以情为主、情志并举，“志”的内涵也一直在发生改变。但无论如何，“诗言志”作为中国诗学的基本纲领，最终塑造了中国诗学的精神品格。

中国美育史中的仪式原型
——从《牡丹亭》中的《关雎》公案说起[1]

徐　承[2]

【摘要】 从上古的民间仪式活动开始，到周朝作为庙堂仪式的礼乐活动，再到始于先秦、兴盛于汉唐两宋的以象征主义解释为核心的《诗》教，又至始发于魏晋、全盛于晚明、流播于清代的情教，古代中国的美育发展历程几乎可以看作是生命之教与德教前后转化、交相更替、互为对峙的二元历史。《牡丹亭·惊梦》中"花神"的仪式表演可以视作汤显祖对《关雎》所代表的上古仪式生命之教的跨越千年的情感共鸣和舞台延续。纵观中国美育史，尽管民间仪式的生命之教与庙堂仪式的德教长期处在相互纠缠、彼此对抗的状态当中，但《牡丹亭》的重大意义在于，它是历史上第一次由一位文人自觉地从民间仪式中汲取力量，大胆讽刺《诗经》德教的虚伪本质，高调宣扬情爱作为生命本源的正面价值，由此发挥出以民间仪式表演为原型的戏剧所具有的天然的生命之教的美育功能。

【关键词】 美育　仪式　原型　戏剧　《牡丹亭》《关雎》

[1] 本文系全国教育科学规划教育部青年课题"现代民主教育思想与中国心性论美育传统的会通研究"（编号：ELA140378）的阶段性成果。

[2] 徐承，文学博士，杭州师范大学艺术教育研究院研究员，主要从事比较美学与美育哲学研究。

时至今日，学界在这一点上大概已经形成共识：戏曲《牡丹亭》的故事反映了中国古代诗教的某种内部矛盾——剧中私塾先生陈最良奉杜宝命为杜丽娘讲授《诗经》，本意是为了阐扬妇德，却不料因此而引发后者春情萌动，乃有游园惊梦之举。已故学者徐朔方认为："她（杜丽娘）的人生第一课就是《诗经》首篇《关雎》。在她的父亲和陈最良看来，《关雎》说的是'后妃之德'，是最适当的教本；但在不按照封建道德标准而思想的杜丽娘，却直觉地认出了这是一首热烈的恋歌。这次启蒙教育对她有很大的影响，其结果就是《惊梦》。"[1]然而最近，青年学者李思涯敏锐地指出，陈最良为杜丽娘说《关雎》并未全然依照代表着诗教正统的《毛诗》注解，而是"采用了解诗传统中少数人的释义方法"，这才激发了杜丽娘的男女情思。[2]李思涯对徐朔方所下的杜丽娘乃是完全"直觉地认出了"《关雎》本质的判断给予更正，补充了陈最良曲解《毛诗》这个外部机缘，但对于《关雎》的本来面目，李思涯仍基本沿袭徐朔方的"一首热烈的恋歌"的看法，并给予颇具浪漫主义风格的申说。

在笔者看来，《牡丹亭》中的《关雎》公案其实包含着更为宏富的文化史意涵。《关雎》所代表的"风"诗就如同一个内蕴丰赡的历史标本，透过它不仅可以一览诗教的内容、礼教的形态，还可以窥见上古诗乐舞仪式的演出场景。如果我们从仪式——原型批评的视角出发，重新审视《关雎》等"风"诗在历史上曲折的生存轨迹，同时把视野扩展至《牡丹亭》本身所具有的仪式意义，追究它与"风"诗的仪式意义之间的内在关联，继而考量这几种仪式原型对受众所产生的不同的感化作用，那么，我们或许可以为中国美育史勾勒出一条别开生面且具有深刻现实意义的线索。

[1] 徐朔方：《前言》，载《牡丹亭》，人民文学出版社，1963 年，第 2 页。

[2] 李思涯：《〈牡丹亭〉中〈关雎〉的意义》，《文学评论》2015 年第 3 期，第 201 页。

一、诗教公案

《牡丹亭》第五齣，南安太守杜宝为使独女杜丽娘“知书知礼”，为她延请了一位老儒陈最良作教书先生，专门教习“六艺之教”中的《诗经》，原因是“《诗经》开首，便是后妃之德”。[1]“后妃之德”的说法出自《毛诗序》。《毛诗序》开宗明义：“《关雎》，后妃之德也，风之始也，所以风天下而正夫妇也，故用之乡人焉，用之邦国焉。风，风也，教也。风以动之，教以化之。”[2]言下之意是，《关雎》乃圣王宫中之人所作之诗，它所代表的“风”诗具有以圣王道德教化天下的伦理美育功能。杜宝请陈最良教杜丽娘《诗经》的用意正在于此。

《牡丹亭》第七齣，陈最良号称以《毛诗》和“毛注”教授杜丽娘，可他一开口解说，就偏离了“毛注”的思想：“关关雎鸠，在河之洲。窈窕淑女，君子好逑。好者，好也；逑者，求也。……窈窕淑女，是幽闲女子，有那等君子好好的来求他。”[3]这就把“君子好逑”解释成了君子追求淑女。然而《毛传》对此的注解是：“逑，匹也。言后妃有关雎之德，是幽閒贞专之善女，宜为君子之好匹。”[4]唐孔颖达进一步疏解道：“后妃既有是德，又不妬忌，思得淑女以配君子，故窈窕然处幽閒贞专之善女，宜为君子之好匹也。以后妃不妬忌，可共以事夫，故言宜也。”[5]这里出现了两个女子，主角是以关雎为喻的后妃，她没有嫉妒心，寻思得一淑女以配君子，从而共事一夫，所以这有德之后妃宜为君子之好匹。这一解释与《毛诗序》的提法基本一致，《诗大序》中提到：“是以《关雎》乐得淑女以配君子，忧在进贤，不

[1] （明）汤显祖：《牡丹亭》，载《汤显祖全集》第三册，北京古籍出版社，1999 年，第 2079 页。
[2] （汉）毛亨传、（汉）郑玄笺、（唐）孔颖达疏：《毛诗正义》，北京大学出版社，1999 年，第 4–6 页。
[3] （明）汤显祖：《牡丹亭》，载《汤显祖全集》第三册，北京古籍出版社，1999 年，第 2084–2085 页。
[4] （汉）毛亨传、（汉）郑玄笺、（唐）孔颖达疏：《毛诗正义》，北京大学出版社，1999 年，第 22–23 页。
[5] 同上，第 23 页。

淫其色。哀窈窕，思贤才，而无伤善之心焉，是《关雎》之义也。”[1]总之，代表着儒家经学正统的“毛注”对“君子好逑”的解释乃是有德之后妃宜为君子之好匹。如果如陈最良般把“逑”释作“求”，把“君子好逑”理解为“有那等君子好好的来求他”，那整首诗就显不出所谓的“后妃之德”了，其“风天下而正夫妇”的伦理美育功能也不免要落空。

果然，陈最良刚说完“有那等君子好好的来求他”，丫环春香就接口问：“为甚好好的求他？”陈最良似是无心地斥一句“多嘴哩”，之后便应杜丽娘之请而把《诗经》大意敷演一番：“论六经《诗经》最葩，闺门内许多风雅。有指证姜嫄产哇，不嫉妬后妃贤达。……有风有化，宜室宜家。……《诗》三百,一言以蔽之，没多些，只‘无邪’两字，付与儿家。”[2]此处陈最良对《诗经》主旨的概括，却不仅符合孔子“思无邪”[3]的教诲，也与官方经学所认可的“毛注”契合无间，总算回归到诗教传统。然而这样的高台教化已经不能吸引杜丽娘的兴趣，她的心思早就随着春香的那句“为甚好好的求他”而飞到天边云外去了，这才有了《惊梦》一齣中杜丽娘满腔春情一发而不可收的局面。至此，诗教的伦理美育模式遭到否弃，杜丽娘形象所代表的情本美育思潮登上了舞台。

汤显祖安排陈最良曲解《毛诗》、“逗引”丽娘，当然有他的特别用意。在进入对汤显祖及晚明文人的美学、美育思想的辨析之前，我们还是先回到《诗经》，看看在中国文化史和美育史的开端处，曾经发生过什么，才会导致后人产生激烈的“情”“理”之争。

二、庙堂仪式

《史记·孔子世家》说：“古者《诗》三千余篇，及至孔子，去其重，取

[1] （汉）毛亨传、（汉）郑玄笺、（唐）孔颖达疏：《毛诗正义》，北京大学出版社，1999年，第21页。
[2] （明）汤显祖：《牡丹亭》，载《汤显祖全集》第三册，北京古籍出版社，1999年，第2085页。
[3] （魏）何晏注、（宋）邢昺疏：《论语注疏》，北京大学出版社，1999年，第14页。

可施于礼义。"[1]从美育史的角度看，"孔子删诗"是《诗》文本被儒者高度伦理化、诗教的伦理美育传统得以在文本基础上迅速发展的一个标志性事件。按照《史记》的说法，只有删订后的定本，才能当得起孔子的这番定性："《诗》三百，一言以蔽之，曰：'思无邪。'"[2]然而，司马迁所说的"三百五篇孔子皆弦歌之……礼乐自此可得而述"[3]的诗乐合一的盛况，却似乎只是一次回光返照。朱自清指出："孔子时代，《诗》与乐开始在分家。从前是《诗》以声为用；孔子论《诗》才偏重在《诗》义上去。到了孟子，《诗》与乐已完全分了家，他论《诗》便简直以义为用了。从荀子起直到汉人的引《诗》，也都继承这个传统，以义为用。"[4]按照朱自清的观点，《诗》三百删定以后，诗与古老的乐舞仪式相分离的趋势进一步加剧，最终演变为孤立的文本形态。与此同时，历代儒者纷纷以儒家伦理强制阐释《诗》义，逐渐形成一个以"思无邪"为旨归而罔顾诗中原义的诗教（亦即以诗义的伦理教化为中心的美育）传统。

那么，在《诗》转向"以义为用"以前，早期的诗篇尤其是"风"诗的演出和创作状况究竟是怎样的呢？《牡丹亭》中陈最良曲解《毛诗》，是歪打正着地释放了《关雎》的原义吗？《关雎》究竟是圣王宫中之人所作之诗，还是情人之间的"一首热烈的恋歌"，抑或另有复杂的历史形态？

诗在上古本是仪式乐歌的歌词，这种仪式乐歌是周代礼乐的重要组成部分。要辨明礼乐中的乐歌的历史变迁，就要厘清"制礼作乐"和"礼崩乐坏"这两个概念。

青年学者马银琴认为，周公的"制礼作乐"虽然"只是周代礼乐制度形成过程的一个开始"，但它反映了周代礼乐的一些根本特征：礼乐活动是由原始祀天祭地的宗教活动发展而来的，周礼是政治化、制度化的仪式；周

---

[1]（汉）司马迁：《史记》第二册，中华书局，1999 年，第 1559 页。

[2]（魏）何晏注、（宋）邢昺疏：《论语注疏》，北京大学出版社，1999 年，第 14 页。

[3]（汉）司马迁：《史记》第二册，中华书局，1999 年，第 1559 页。

[4] 朱自清：《诗言志辨》，广西师范大学出版社，2004 年，第 105 页。

代仪式乐歌的创作是与政治化、制度化的礼纠缠在一起的，用于体现和固化“尊尊亲亲”的社会秩序。[1]

“礼崩乐坏”原指东周时期社会秩序变乱、礼乐制度遭废弃、地方诸侯不尊周天子而僭用礼乐等现象。从艺术史的维度观察，“礼崩乐坏”所带来的严重后果就是诗乐分离，或者说仪式音乐的失落。朱自清曾指出：“到春秋时止，诗乐还没有分家。……诗与乐分家是有一段历史的。孔子时雅乐就已败坏，诗与乐便在那时分了家。”[2]马银琴在《两周诗史》中详细描述了这一诗乐分离的历史过程，并提出：“周代礼乐制度的发展经历了以乐教为中心到以德教为中心的转变与发展。”[3]

笔者不否认马银琴所述的诗乐分离过程，但对她的理论判断表示怀疑：诗义之教诚然是以德教为中心的，但乐教难道不也是以德教为中心的吗？荀子《乐记》[4]和《礼记·乐记》[5]这两种儒家音乐文献，不正大肆渲染了乐教在施行德教方面的无与伦比的强烈效果？

在笔者看来，礼乐教化代表了西周官方美育的基本方式，也代表了后来儒家的理想的美育方式，即，通过仪式和仪式化的乐歌等感性手段来感化观礼的人群，使之接受一套特定的社会伦理秩序的规训。在这些具有道德意义的感性手段中，相较于以语言为载体的诗义，音乐尽管道德指向性不那么明确，但毫无疑问具有更加强烈的感化效果；而当音乐被仪式化以后，其原本模糊的道德指向性也变得明确起来，从而成为首要的德教（伦理美育）手段。这就是孔子面对“礼崩乐坏”的社会现象，悲愤失望之余仍勉力重兴诗教的内在原因——作为理想美育方式的仪式化音乐已经逐渐失落而难以复得，礼乐全盛时期的德教眼看难以为继，儒者接下来所能做的就只能是通过

[1] 马银琴：《两周诗史》，社会科学文献出版社，2006 年，第 102 页。

[2] 朱自清：《诗言志辨》，广西师范大学出版社，2004 年，第 16–17 页。

[3] 马银琴：《两周诗史》，社会科学文献出版社，2006 年，第 295 页。

[4] （清）王先谦撰：《荀子集解》，中华书局，1988 年版，第 379–382 页。

[5] （汉）郑玄注、（唐）孔颖达疏：《礼记正义》，北京大学出版社，1999 年，第 1081–1123 页。

文献编订、文本阐释等工作，尽力发扬诗义之教，为德教重辟一条新路。理解这一问题的关键在于，伦理美育的本质乃是由道德观念引导的“感性教育”，因此德教并不等同于依赖语言及其意义的“道德说教”，它完全可以借助非语言的感性手段——尤其是仪式和仪式化的音乐——来施行。“制礼作乐”的过程表明，礼乐作为中国古代以统治集团意志强制推行的权威仪式，从其制作之初就充当着规训臣民的德教（伦理美育）工具。因此，诗义之教跟乐教在以德教为中心这一点上是一脉相承的，只不过诗义之教后来日益走向“断章取义”[1]，而在道德阐释方面越来越离谱，从而也越来越矛盾百出、捉襟见肘，终成一纸笑谈罢了。

现在的问题是，诗义之教在道德阐释方面的“离谱”究竟远离的是怎样的原谱？诗乐未分之时的“风”诗究竟具有怎样神秘的面目，以至于它在诗乐分离后开展诗义的德教时仍会让人产生非道德的直觉性联想？

宋儒朱熹认为，“‘风’者，民俗歌谣之诗也。……诸侯采之以贡于天子，天子受之而列于乐官”；《国风》首卷《周南》系周公“采文王之世风化所及民俗之诗，被之管弦，以为房中之乐，而又推之以及于乡党、邦国”；而《关雎》却是“宫中之人，于其始至，见其有幽闲贞静之德，故作是诗”。[2]既然《国风》及其首卷《周南》初始均为民俗歌谣，其开篇《关雎》为何又是宫人之作？朱夫子之言若非加诸复杂离奇的揣想，很难自圆其说。

有关这一问题，马银琴给出了一个乐与诗分别创作、各有先后的思路，认为《关雎》的音乐部分更加古老，经历了由乡乐而至王室房中乐终至王室正乐的过程，而其歌词部分（“诗”）则相对晚出，是由东周平王时代的忧国诗人创作的，合乐之后形成了王室仪式正乐的乐歌。[3]马银琴对《关雎》原创情形的判断主要依据《史记》“周道缺，诗人本之衽席，《关雎》作”[4]的

[1] 朱自清：《诗言志辨》，广西师范大学出版社，2004 年，第 15–19 页。

[2] （宋）朱熹注：《诗集传》，凤凰出版社，2007 年，第 1–2 页。

[3] 马银琴：《两周诗史》，社会科学文献出版社，2006 年，第 258–260 页。

[4] （汉）司马迁：《史记》第一册，中华书局，1999 年，第 365 页。

说法，该说法明显受《鲁诗》学派的影响，倾向于把《关雎》的诗义要旨认作“刺时”。当然，不管是《鲁诗》学派的“刺时”说，还是《毛诗》学派的“美后妃之德”说，有一点是大同小异的，即，把《关雎》视作周代礼乐这一庙堂仪式的代表性曲目，强调仪式过程中的政治教化功能，强调其对儒家社会伦理的阐扬。

三、民间仪式

无论古人朱熹还是今人马银琴，他们的看法都不足以解释，为何以《关雎》为代表的“风”诗，明明承担着德教的任务，其内容却常常让人产生非儒家伦理的直觉性联想。《关雎》文本中所遗留的浓烈的情色意味总是能够“先声夺人”，占据接受者感性体验的中心；而无论孔子及其弟子们如何解释《关雎》其实是“以色喻于礼”[1]，这种经由隐喻推导的道德联想总是在逻辑顺序上慢半拍，也在实际的育人效果上难以深入人心。

有鉴于此，晚近以来，不断有学者对《关雎》中的情色描写予以正面肯定，而不主张以道德隐喻来遮蔽诗本义对“情”的表现。清代崔述论及《关雎》时提出：“细玩此篇，乃君子自求良配而他人代写其哀乐之情耳。”[2]“五四”新文学运动中，多位新诗诗人兼现代学者受西方浪漫主义文学的影响，主张把《关雎》主旨理解为男子爱上女子，如胡适[3]和闻一多[4]，而刘大白则索性直言“其实这都是那位单相思的诗人，想象中的预备；而此诗不过是一篇片恋的恋歌罢了”[5]。前文述及徐朔方谓杜丽娘学习《关雎》时

[1] 《孔子诗论》，载马承源主编：《上海博物馆藏战国楚竹书（一）》，上海古籍出版社，2001 年，第 139 页。

[2] （清）崔述：《读风偶识》，载《崔东壁遗书》，上海古籍出版社，1983 年，第 532 页。

[3] 胡适：《论〈野有死麕〉书》，载顾颉刚编著：《古史辨》第三册，上海古籍出版社，1982 年，第 443 页。

[4] 闻一多：《风诗类钞乙》，载《闻一多全集》第四册，湖北人民出版社，1993 年，第 503 页。

[5] 刘大白：《白屋说诗》，中国书店，1983 年，第 22 页。

“直觉地认出了这是一首热烈的恋歌”，就是沿袭了刘大白的说法。

不难发现，这一系主张“某男情歌说”的现代学者多数持有以下两点看法：其一，《关雎》并非宫廷仪式乐歌，而是一首民间歌谣；其二，《关雎》的“诗”是由某位个性鲜明的“诗人”凭借其强烈的个人情感和非凡的文学才能创作出来的，并且这一创作在某种程度上是“诗人”把自己代入诗中的“君子”角色进行文学想象和拟写的过程。

对诗人的个性、才能、想象力的倚重，属于浪漫主义抒情诗的创作观。换言之，“某男情歌说”的支持者在一定程度上把《关雎》视作了浪漫主义抒情诗——这无疑是新文学运动中西潮涌入、新诗勃兴，学者在此基础上重审中国文学史的结果。

但是，按照现今的中国文学史常识，中国古代出现以个人才具抒写私人情感的诗歌创作活动，那是直至汉末、魏晋时代，文人形成了主体意识，文学创作趋于独立自觉，士人的审美关注集中于个体的独特性之后才发生的。对于《诗经》中的“风”诗，法国人类学家葛兰言的这一分析判断显然更符合我们对文学创作活动的基本认识：“在这些上古歌谣中，一个显著的事实是，诗歌中不含任何的个人情感。……全都在一个纯粹程式化的背景里，体验着完全相同的没有个性的情感……绝非诗人的创作。诗歌缺乏个人性，这必然可以假定，诗歌的起源是非个人性的。”[1]

根据葛兰言的人类学考察与推断，“风”诗的原始样态，既不是某位诗人用以抒写个人情感的抒情诗作，也不是宫廷乐歌，而是集体创制的民间歌谣。这一判断可与历史上的许多文献参照对证。如清人方玉润认为《关雎》是“咏初婚”的“民间歌谣”，他一方面发挥朱熹“文王之世风化所及民俗之诗”的传统思想，强调《关雎》中正和平的风格乃是出于文王与后妃之德的“化民成俗”，另一方面则明确排除了朱熹“宫人作诗”的自相矛盾的说

[1] ［法］葛兰言：《古代中国的节庆与歌谣》，赵丙祥、张宏明译，广西师范大学出版社，2005 年，第 73–75 页。

法。[1]民歌风格是否出于圣王道德之风化，这一问题很难考证，方玉润给出这一假设，也是“仁者见仁”之举；至于“咏初婚者”一说，似乎是为了配合《关雎》曾作为“房中乐”的历史记载而提出的假设。作为儒家学者，方玉润的假设必须符合德教的指导思想，但他坦承“风者，皆采自民间者也”，坚定否弃与之相矛盾的“宫人作诗”说，则使“风”诗的本来面目渐趋明朗化。

方玉润之后，越来越多的学者倾向于把“风”诗视作民间歌谣。但在民歌论阵营内部，也出现了两种不同的观点。第一种从浪漫主义文学观出发加以推导，把这些民歌理解为由某一诗人个体所创作的抒写个人情感的抒情诗，这一观点的代表学者就是之前提到的胡适、闻一多、刘大白、徐朔方等人；第二种则借助人类学方法，从原始形态社会的一般习俗出发加以推导，把这些民歌理解为初民在特殊社会活动中集体创制的歌谣，葛兰言便是这一派学者的主要代表。

葛兰言如此分析《诗经》“风”诗的原初创作和表演情形：“根据《诗经》中表现的田园主题和乡村景物，个人情感的缺乏，简单直白的艺术手法，对称的形式，进行曲的步调，以及似乎适于轮流对歌和需要借助手势补充语言表达的特点，我认为,《诗经》中的歌谣是在乡村的即兴对歌中产生的。”“在古代农民共同体举行的季节节庆过程中，青年男女在竞赛中相互挑战，轮流演唱，歌谣就是这样创作出来的。”[2]比较而言，葛兰言的分析、判断比抒情诗论者更符合“风”诗现存的文本特征。

根据葛兰言的说法，无论后来被采入宫中“制礼作乐”时是否被重新配以符合宫廷礼仪要求的音乐，“风”诗在其原初的创作、演出阶段就已经是一种仪式乐歌，只不过这些仪式并非由宫廷贵族所主导的浸润着统治伦理的庙堂仪式，而是各地的农民共同体出于其公共生活习俗而开展的民间仪式。

[1]（清）方玉润：《诗经原始》，中华书局，1986 年，第 71 页。

[2]［法］葛兰言：《古代中国的节庆与歌谣》，赵丙祥、张宏明译，广西师范大学出版社，2005 年，第 78、183 页。

质言之，“风”诗的本来面目可能是一种集体创制的民间仪式乐歌。译者赵丙祥如此概括葛兰言所描述的这种上古民间仪式的活动过程和社会学意义：“葛兰言从《诗经》的情歌中读出了上古的仪式集会。男女两性在春季的特定时间里，在一个特定的场景中举行集会，这种场景一般是山麓、河边等。他们分为两队，相互唱和，‘爱情’就是从中产生的，然后他们就缔结‘婚约’，而婚礼则在秋季举行。……在举行集会时，村落的日常边界被打破了，人们超越日常生活的界限，缔结了一种社会共约。因此，集会的圣地也由此而拥有了神圣的力量，山川的威力是由社会赋予的，而不是相反。……这是古代节庆的基本特征：它们本身就是性爱仪礼的活动，成为构建社会秩序的模式。”这种经由人类学一般经验所推导出的上古民间社会活动，尽管也只是诸多有关“风”诗原初情形的假说之一，但目前看来，似乎是最能有效解释“风”诗文本特征及其所裹挟的神圣情感和象征意涵的一种假说。

四、生命之教与德教的对峙

仪式无疑具有强大的教育功能，但除非在仪式过程中植入对思想观念的灌输式宣讲，否则，仪式教育就不是一种直截了当的说教，而是一种通过仪式的感性活动对参与者或观礼者予以情绪感染从而使其发自内心地转变、深化思想观念的审美（感性）教育。就此而言，无论是作为庙堂仪式还是民间仪式，“风”诗的美育功能都不容小觑。与经历了“制礼作乐”这一系统的秩序化、道德化过程的“风”诗庙堂仪式相比，“风”诗民间仪式只是体现了一些朴素的社会秩序和道德关系，其最主要的美育功能，并非为政治教化服务的伦理美育、以审美因素为特定道德理念之传播工具的德教，而是一种通过人际情感的感染、感动来促成个体自我感悟、自我成长的生命之教。生命之教体现了民间仪式之美育功能的特殊性与复杂性——其发端是集体仪式氛围中公共情感的张扬，而其落脚点则是集体中某一个体的自我感悟与成长。

立足于民间仪式的生命之教是如何转化为立足于庙堂仪式的德教的？这里涉及一个民歌的宫廷化过程。在葛兰言看来，民间歌谣具有神圣的特征和象征的可塑性，因此有可能被当作道德教化的训辞，于是古老的歌谣被用作新的目的，赋予新的意义，在宫廷中被演唱，宫廷中创作的诗歌也与它们的差别甚微。[1]

《关雎》等诗歌与婚礼相关，这一点说明方玉润称《关雎》为"咏初婚者"的说法并非空穴来风。根据葛兰言上述思想，同时结合前文所得出的一些历史结论，我们大致可以推测出"风"诗所经历的曲折的发展过程：作为民间仪式乐歌，"风"诗本就具有神圣庄严的特征，于是它们被搜集起来，采入宫中，供官家"制礼作乐"，重新制作成庙堂仪式乐歌，成为国民道德教育（用以建立"尊尊亲亲"的社会秩序）的一项重要内容；后来礼崩乐坏、诗乐分离，孔儒在"思无邪"这一道德原则的指导下，删订编纂出一个统一的文本，并借助从仪式乐歌中保留下来的象征力量对《诗》文本作出陈陈相因的符合儒家道德论的象征主义解释；当《诗》被奉为官方教育体系的"六经"之一以后，其道德教育内容日趋僵化，对自然人性的压制日益紧迫，终于在明代以后遭到民间文艺形式的有针对性的批评，《牡丹亭》的出现即可视为对《诗经》德教的一种强烈反弹。

从这样一种史观来看，《牡丹亭》中的《关雎》公案便有了特别的意义。汤显祖安排陈最良曲解"毛注"，暗示了《诗》教作为美育其实具有两重性：渊源于庙堂仪式、立足于象征主义解释的德教在实际教学过程中常常因其违背自然人性而流于表面，难于深入人心；而时不时对人产生深刻内在影响的，却是保存在《诗》文本中的由上古民间仪式的生命之教所遗留下来的对人情的强大感染力，后者甚至能推动人脱离《诗》文本的官方解释，开展"越礼"的联想。汤显祖在《牡丹亭题词》中说："如丽娘者，乃可谓之有情

[1] ［法］葛兰言：《古代中国的节庆与歌谣》，赵丙祥、张宏明译，广西师范大学出版社，2005 年，第 193–194 页。

人耳。情不知所起，一往而深。”[1]为何“情不知所起”？盖因她在读《关雎》时受陈最良、春香的挑动，从诗歌语言所保留的古老的乐歌形式中依稀听到了初民在约婚仪式中深情对唱的声音，感受到了那种生于公情、止于私情的难以名状的情感状态，生发出自己内心中对男女之情的集体无意识。剧中春香解释杜丽娘为何要去游园时说：“只因老爷延师教授，（小姐）读到《毛诗》第一章，‘窈窕淑女，君子好逑’。悄然废书而叹曰：圣人之情，尽见于此矣。今古同怀，岂不然乎？”[2]“圣人之情”是杜丽娘在《诗经》德教语境下说出的话语，其实真正触动她心弦的，当然不是被儒家道德规范所约束的圣人之情，而是先民在自然生命秩序框架下萌发的具有普遍性的男女之情。

上古的民间约婚仪式原是以自然风物与人世的类比来引发仪式参与者的联想的，这种类比思维仍隐藏在《诗》文本的字里行间，不仅促使杜丽娘悄然感慨诗中以雎鸠为喻的淑女“有那等君子好好的来求他”却又“求之不得”[3]的怅惘，更导致她深深动情于眼前“原来姹紫嫣红开遍，似这般都付与断井颓垣”的青春无寄的遗憾，从而“因春感情”，联想到自己“吾今年已二八，未逢折桂之夫；忽慕春情，怎得蟾宫之客”，[4]这才引出全剧为情死、为情复生的感天动地的传奇故事。

回到中国美育史的话题。德教和生命之教的最大区别，在于被儒者标举为万古不变之“天理”的道德准则，其实只是维护社会各阶层之权力关系的观念原则，那是会随着社会关系的变迁而松动乃至改变的；而生命之教所根系的人与人之间的情感尤其是男女相悦之情，却随着生命的延续与更新而永葆青春。当然，以庙堂仪式为原型的德教作为一种美育（感性教育），也需利用人的情感对之进行道德感化，但这种情感由于不是出自生命的根本处，而是人为制造出来包装特定的道德观念的，俗话叫做“煽情”，因此其道德

[1]（明）汤显祖：《牡丹亭》，人民文学出版社，1963 年，《作者题词》。

[2]（明）汤显祖：《牡丹亭》，载《汤显祖全集》第三册，北京古籍出版社，1999 年，第 2093 页。

[3] 程俊英、蒋见元：《诗经注析》上册，中华书局，1991 年，第 4 页。

[4]（明）汤显祖：《牡丹亭》，载《汤显祖全集》第三册，北京古籍出版社，1999 年，第 2096–2097 页。

观念也常常给人以“伪善”之感。“煽情”与“伪善”，正是中国古代从礼乐教化到《诗》教这一伦理美育传统所具有的最大的伦理美学问题！

汤显祖创作《牡丹亭》，在某种意义上也可以说是有感于德教与生命之教之间的这种对峙，而想要抑止“煽情”与“伪善”的德教，恢复和发扬亘古以来的生命之教的一项举措。他在论《牡丹亭》之创作时强调“理之所必无”“情之所必有”，[1]高扬“情”而贬抑“理”，恰与《诗》教代表人物朱熹的这句名言针锋相对：“圣贤千言万语，只是教人明天理，灭人欲。”[2]理学家所说的“理”，不仅指天地运行之“物理”，还包括为人处世的“道理”，亦即“圣人”为世人所制定的道德准则。如朱熹就对理与性以及做事的道理亦即道德准则作了贯通式的诠解。[3]由此可见，汤显祖之扬“情”抑“理”，其实质正是发扬生命之教而抑止德教。晚明文学家、戏曲家冯梦龙曾更定汤显祖的传奇剧本《牡丹亭》，为之修订词谱、制订曲律，使这部“案头之书”成为宜于表演的“当场之谱”；他在中国美育史上有一个重要贡献，就是提出了“情教”之说：“我欲立情教，教诲诸众生。……六经皆以情教也，《易》尊夫妇，《诗》有《关雎》……岂非以情始于男女。”[4]冯梦龙借以树立情教的思想基础，也是把《关雎》的主旨理解为对男女之情的表现。如今看来，不妨把情教视为生命之教的某种变体。

在中国历史上，历次尚情思潮的出现几乎都是对被权力推至高峰的儒家德教的反拨，如汉代独尊儒术、经学盛行、《诗经》被经典化，至魏晋就在名士群体中出现了“越名教而任自然”的崇情思潮；宋代理学一统天下，至明代即有心学起来取代理学，并在此基础上发展出晚明的尊情思潮。考虑到魏晋的崇情思潮、晚明的尊情思潮都是以诗文创作为载体的，诗文的传播过程其实也是一种感性教化过程，那情教确然在冯梦龙为之命名以前就已经

[1] （明）汤显祖：《牡丹亭》，人民文学出版社，1963 年，《作者题词》。

[2] （宋）黎靖德编：《朱子语类》第一册，中华书局，1986 年，第 207 页。

[3] 同上，第 63–64 页。

[4] （明）冯梦龙：《情史》，载《冯梦龙全集》第 7 册，凤凰出版社，2007 年，第 1–3 页。

实际存在于历史当中了。放眼长时段的中国历史，从上古的民间仪式活动开始，到周朝作为庙堂仪式的礼乐活动，再到始于先秦、兴盛于汉唐两宋的以象征主义解释为核心的《诗》教，又至始发于魏晋、全盛于晚明、流播于清代（以《红楼梦》为高峰）的情教，古代中国的美育发展历程几乎可以看作是生命之教与德教前后转化、交相更替、互为对峙的二元历史。

五、仪式与戏剧

仪式与戏剧之间具有天然的亲缘关系。葛兰言在描述与“风”诗相关的民间节庆及其仪式场景时，不仅指出这种仪式中包含着大量表演与戏剧因素，还点明其神圣、庄严的仪式性在技术上出自超越了日常语言的诗性语言及其音乐化、姿势化（舞蹈）的表演。[1]这一观察结果具有普遍的理论意义。现代的艺术发生学说，多倾向于把戏剧艺术的起源追溯至仪式中的表演。胡志毅提出：“现在许多学者都认为戏剧起源于仪式。……戏剧作为一种行动的模仿，应该是仪式中的参与者对神的‘行动的模仿’。”[2]从这个意义上说，民间仪式中表演者对神或神秘自然力量所采取的诗化的行动模仿，是戏剧艺术最根本的审美原型。

据说，中国戏曲的诞生直接导源于宋元时期民间仪式传统和民间表演传统（如百戏、讲唱、戏弄等）的多元融合。[3]这样看来，《牡丹亭》中包含有某些仪式因素也就不足为奇了。在第十齣《惊梦》中，杜丽娘与柳梦梅梦中相会，赴花前石边恩爱，此时出现了一段对神的行动的模仿，一段具有强烈仪式色彩的表演：

[1] ［法］葛兰言：《古代中国的节庆与歌谣》，赵丙祥、张宏明译，广西师范大学出版社，2005 年，第 184–187 页。

[2] 胡志毅：《神话与仪式：戏剧的原型阐释》，学林出版社，2001 年，第 3–4 页。

[3] ［美］高友工：《中国之戏曲美典》，载《美典：中国文学研究论集》，生活·读书·新知三联书店，2008 年，第 309–317 页。

〔末花神束发冠红衣插花上〕催花御史惜花天，检点春工又一年。蘸客伤心红雨下，勾人悬梦彩云边。吾乃掌管南安府后花园花神是也。因杜知府小姐丽娘，与柳梦梅秀才，后日有姻缘之分。杜小姐游春感伤，致使柳秀才入梦。咱花神专掌惜玉怜香，竟来保护他，要他云雨十分欢幸也。

【鲍老催】单则是混阳烝变，看他似虫儿般蠢动把风情搧。一般儿娇凝翠绽魂儿颤。这是景上缘，想内成，因中见。呀！淫邪展污了花台殿。咱待拈片落花儿惊醒他。〔向鬼门丢花介〕他梦酣春透了怎留连？拈花闪碎的红如片。

秀才，才到得半梦儿，梦毕之时，好送杜小姐仍归香阁。吾神去也。〔下〕[1]

这是一段“花神”的独白与独唱，在实际的舞台表演中，还必须加入独舞（在一些当代的昆剧表演如白先勇制作的青春版《牡丹亭》中，“花神”的角色被群体化，独舞演变成群舞）。中国的古典艺术向来讲究“含蓄”，总是尽量避免对男女欢爱场面的直接“表演”；但是出于民间仪式原型古老而强大的情感力量和惯性力量的推动，作者专门安排了这一段“对神的行动的模仿”，让两位主角藏身幕后，借神秘的“花神”形象以第二人称从旁叙述，既遵循了“含蓄”的美学原则，又完成了呈现男欢女爱的仪式要求。“鲍老催”这一唱段，便是典型的“诗乐舞”综合的仪式表演：从“神”的超越的旁观视角，以非日常的神圣庄严的诗性语言，融合了音乐的曲调韵律以及身体在空间中的节奏化舞动，造就了这一段堪称全剧高潮的仪式性表演。对观众而言，这一诗化仪式表演为他们带来了高峰体验，其间强烈的感化效果与剧中丽娘接受《毛诗》“后妃之德”教化的效果形成巨大的反差，在张力中观众个体纷纷得到出于本心的情感发展与思想体悟，实现了各自的生命启蒙。

思及“花神”的表演内容对历代《牡丹亭》观众的教育意义，如果我们

[1]（明）汤显祖：《牡丹亭》，载《汤显祖全集》第三册，北京古籍出版社，1999 年，第 2098–2099 页。

把“花神”仪式视作汤显祖对《关雎》所代表的上古仪式生命之教跨越千年的情感共鸣和舞台延续，又有何妨？纵观中国美育史，尽管民间仪式的生命之教与庙堂仪式的德教长期处在相互纠缠、彼此对抗的状态当中，但《牡丹亭》的重大意义在于，它是历史上罕见地由一位文人自觉地从民间仪式中汲取力量，大胆讽刺《诗经》德教的虚伪本质，高调宣扬情爱作为生命本源的正面价值，由此发挥出以民间仪式表演为原型的戏剧所具有的天然的生命之教的美育功能。

六、重建美育原则

经过对中国美育史的这番案例考察与分析后，让我们回到普通美育哲学的话语域，探讨历史经验能为当下美育建设提供怎样的启示。

如果我们把美育看成是一种以审美感化为途径的人文教育，那么，理想的人文教育必不能囿于德教或生命之教中的任何一端，而必须二者兼顾，让它们在审美的、感性的语境中相互开放，共同发挥作用。如果单单执著于德教，把某时某地某一特定人群的道德观念当作历久不变的绝对真理予以教条式的推广，那就会不可避免地产生诸如“煽情”“伪善”之类的伦理问题，最终造就的只能是有违人之常情的“空心人”；同样，如果单单执著于生命之教，任生命的情欲自由张扬，那受教育者在面对现实社会关系时也不免会无所适从，成为悖理的“怪人”——这也是为什么杜丽娘、林黛玉、贾宝玉等人物作为文学艺术形象深受读者喜爱，但如出现在现实生活中则会让人有些难以接受的原因。恰当的美育原则或许应该是：在合宜的审美形式的庇护下，以真诚的生命之教为基础，同时不仅发扬生命的情感本能，更注重展现生命中超越于动物性的人性价值——同情，使之向着带有一定社会性的道德情感——宽容、公义、正直、虔敬等——发展扩充；另外，还须防范这些道德情感沦为固化的道德教条。如此，则使生命之教也具有了丰沛的伦理内涵，不至于停留在情欲和本能的水平，也克服了传统德教所难以规避的“伪善”的问题。简言之，作为人文教育的美育应该是对理想的人性光辉的阐扬。在这个意义上，无论《诗经》或是《牡丹亭》，其美育价值仍有其历史局限，我们期待当代中国能有更多、更好的艺术创作，为促进人的健康发展——从身体感官到精神思维、从人际情感到公共道德——贡献力量。

“红楼十二伶”与间色法考辨[1]

魏　颖[2]

【摘要】“间色法”是《红楼梦》的叙事结构方式之一。“红楼十二伶”与“金陵十二钗”之间存在身份地位主宾互补，人物形象彼此映衬以及人物命运相互暗示的关系。这两组人物群像在小说中以一主一宾，一正一闰（副）的方式出现，彼此相生而相应，相间而相成，构成一个有机、完整的“千红一窟（哭）、万艳同杯（悲）”的意象体系。“红楼十二伶”的小荣枯相当于绘画中的“间色”，不仅隐喻了贾府兴衰，补充并映衬了“金陵十二钗”的悲剧，而且折射了清康熙–雍正时期的社会政治文化，成为封建贵族生活崩溃的象征性缩影。

【关键词】间色法　“红楼十二伶”　意象体系　隐喻　泰极生否

《红楼梦》既非单纯的社会政治小说，也不是纯粹的言情小说，所包含的思想、情感、政治、文化是非常复杂丰富的，“作品虽然主要以贾府的盛衰为场景，以贾宝玉、林黛玉、薛宝钗的爱情和婚姻的悲剧为主要线索，以十二钗的命运遭际为纲领，但曹雪芹实际上并没有局限在这里，而是把他的如椽之笔伸展得更深更广，触及到从人生到社会、从经济基础到上层建筑的

---

[1] 本文为2018年湖南省哲学社会科学规划办成果立项项目“性别视角中的女性形象与文化语境研究”（编号18CGA006）的阶段成果。

[2] 魏颖，文学博士，中南大学文学与新闻传播学院副教授。

各个侧面。”[1]即《红楼梦》是个宏大而复杂的形象体系，小说通过各种艺术手法和叙事结构方式将众多的人物、场景、故事相互交错又彼此联系，综合为浑然有机的整体。

本文从“间色法”切入，探讨“红楼十二伶”（简称“十二伶”）作为与“金陵十二钗”（简称“十二钗”）相补充的一组群体形象，不仅与“十二钗”彼此映衬、相互为济，构成一个有机、完整的“千红一窟（哭），万艳同杯（悲）”的意象体系，而且有其独特的艺术魅力和深层隐喻意义。

一、“间色法”溯源

在中国古代色彩体系中，“正色”“间色”与“五行”“五方”相配属，具有丰富的文化内涵。据《礼记·玉藻》记载：“衣正色，裳间色。”古人的衣服分为衣和裳两部分，上为衣，下为裳，在色彩上有正色和间色的分别。那么，何为正色，何为间色呢？具体来讲，正色即青、赤、黄、白、黑五种原色，也称“五方之正色”，其数目和地位是稳定的，任何色彩相杂都不可能得到五原色，而五原色相混却可得到丰富的间色。朱熹四传弟子陈澔对“间色”的注释为：“木青克土黄，故绿色青黄，为东方之间色；火赤克金百，故红色赤白，为南方之间色；金白克木青，故碧色青白，为西方之间色；水黑克火赤，故紫色赤黑，为北方之间色；土黄克水黑，故骝黄之色黄黑，为中央之间色也。”[2]根据阴阳五行原理，中国古人将色彩分为青、赤、黄、白、黑五种原色，这五原色为五方之正色，与五行之间存在着对应关系，木为青、火为赤、土为黄、金为白、水为黑；与正色相对，间色就是在五原色基础上按照色彩的相生和相克顺序而进行的色彩混合。

在古代礼制中，正色与间色作为辨明人的身份、等级、贵贱的工具，不

[1] 刘梦溪：《曹雪芹和他的文学世界》，收入《红楼梦十五讲》，北京大学出版社，2007年，第26页。

[2] （元）陈澔注、金晓东校点：《礼记》，上海古籍出版社，2016年，第343页，第344页。

可混用，孔子曾云：“恶紫之夺朱也”。（《论语·阳货》）朱为赤色，即正色，正色在中国古代的大多数朝代为贵族阶层专用，代表正统、高贵；而紫是杂色，即间色，间色在古代色彩观念中有非正统、不受重视、地位低下的意味；孔子认为色彩不能逾越所代表的礼制，作为间色的“紫”不能取代作为正色的“朱”，“恶紫夺朱”后来成为固定的成语，比喻以邪代正，以异端充正理。

在中国画艺术中，正色与间色往往相搭而生、浓淡相间，构成天地自然的奥义，如沈宗骞在《芥舟学画编》谈到：“五色原于五行，谓之正色，而五行相错杂以成者谓之间色，皆天地自然之文章。”[1]中国画中的设色颜料不仅使用正色，而且要使用间色，即将两种以上的颜料“相错杂以成”；无独有偶，笪重光在《画筌》中也提到“间色”：“间色以免雷同，岂知一色中之变化；一色以分明晦，当知无色处之虚灵。”[2]所谓“独木不成林，一色不成春”，通过“间色”，能够使画面颜色参差错综，深浅明暗层次繁复，避免色彩雷同。

文学和绘画具有相互阐释、相互借鉴的相通之处。脂砚斋将中国绘画的设色方法借用过来，点评《红楼梦》的笔法：“金玉姻缘已定，又写一金麒麟，是间色法也，何颦儿为其所惑？故颦儿谓‘情情’。”[3]《红楼梦》的情节起伏曲折，富于参差变换，且相间互补，气脉贯通，与曹雪芹深谙文理和画道，擅于借鉴中国画的设色法，灵活运用到小说创作中不无关系。对于“间色法”，周汝昌是这样解释的：“‘间色法’原是有的，如清人沈宗骞《设色琐论》有云：‘八九月间其气色乃乍衰于极盛之后，若遽作草枯木落之状，乃是北方气候矣；故当于向阳坡地仍须草色芊绵，山木石用青绿后，不必加以草绿，而于林木间间（jiàn）作红黄叶或脱叶之枝，或以赭墨间（jiàn）其

[1] 冯其庸、李希凡主编：《红楼梦大辞典》，文化艺术出版社，2010 年，第 439 页。

[2] 潘运告主编：《清人论画》，潘运告译注，湖南美术出版社，2004 年，第 279–280 页。

[3] 曹雪芹、脂砚斋：《脂砚斋重评石头记庚辰校本》第四册，杜泽逊审订，国家图书馆出版社，2017 年，第 3 页，标点符号笔者所加。

点叶，则萧飒之致自呈矣。’可知‘间色法’即突出法、启发法，正表其虽微而显之气机，绝非一设间色，即是‘次要’、‘陪衬’之闲文漫笔。”根据中国画的“间色”原理和脂评，周汝昌推断《红楼梦》中的“金玉之说”其实包含两段姻缘：“‘和尚送金锁’而且‘镌上字样’的那‘金’，是假；麒麟（直到清虚观中，宝玉才知湘云有金麟，与金锁的大事宣扬正相背反）的‘金’，才是真。”“湘云的金与宝玉的玉，已是（最终）定局，又写一个道友赠给的金麟，乃是‘间色’之法，使整个情节更加奇情异采，柳暗花明”。[1]梁归智也有类似结论：“‘间色法’是绘画上的一种技法，在底色上再上一层颜色，这里借用来说明宝钗的金玉姻缘和宝、湘的金麒麟姻缘交错的写作法。正是由于宝钗和湘云的婚姻对象都是宝玉，‘间色法’才比喻得十分恰当。”[2]如脂砚斋、周汝昌、梁归智等所述，薛宝钗有“金锁”，史湘云有“金麒麟”，而与贾宝玉的“玉”成就了两段“金玉姻缘”，一明一暗，参差错综又相互为济，相当于绘画中的“间色法”。对《红楼梦》的笔法，脂砚斋还做过精辟概括：“事则实事，然亦叙得有间架、有曲折、有顺逆、有映带、有隐有现、有正有闰，以至草蛇灰线、空谷传声、一击两鸣、明修栈道、暗度陈仓、云龙雾雨、两山对峙、烘云托月、背面〈传〉〔傅〕粉、千皴万染诸奇”。[3]这里的“间架”“映带”“有正有闰”以及“烘云托月”“背面傅粉”“千皴万染”等就涉及文章叙事艺术中相辅相成、彼此映衬的“间色法”。

迄今为止，学界对《红楼梦》中“间色法”的阐释还是主要掺杂在对脂评和史湘云命运的研究中，且大多还停留在艺术修辞的层面。笔者结合脂评、中国古代色彩体系和绘画中关于“间色”与“间色法”的论述，将小说中的“间色法”概括为一种叙事结构方式，即在主要的叙事意象、人物形象上再补充次要的叙事意象、人物形象，使主要叙事意象与次要叙事意象，主

[1] 周汝昌：《献芹集：红楼梦赏析丛话》，中华书局，2006 年，第 136–137 页。

[2] 梁归智：《红楼梦探佚》，北京师范大学出版社，2010 年，第 27 页。

[3] 朱一玄编：《红楼梦资料汇编》，南开大学出版社，2001 年，第 84 页。

要人物形象与次要人物形象相互关照，彼此映衬，类似于在绘画中以“正色”与“间色”相搭而生的方式存在，构成主与宾、正与闺（副）相互补充、相间相成的有机联系。“间色法”不仅具有疏通行文脉络、贯串叙事结构的功能，而且使小说情节曲折而富有层次，人物个性更加充实、鲜明，反映社会生活更加丰厚、宽广。《红楼梦》多处运用了“间色法”，譬如在重点刻画“十二钗”命运的同时，以映带的方式描写了“十二伶”，这就是脂评中没有论及，但又非常典型的“间色法”。

二、“十二伶”与“十二钗”

《红楼梦》对“十二”这一数字情有独钟，不仅有“十二钗”“十二伶”，有太虚幻境的十二位舞女，她们演唱了《红楼梦》十二支曲；而且薛宝钗所服用的“冷香丸”，其配方剂量均为“十二”；薛姨妈差周瑞家的送宫花，也恰好是十二支……甲戌版《红楼梦》有脂砚斋侧批：“凡用十二字样，皆照应十二钗。”[1]“十二伶”的塑造，以及《红楼梦》十二支曲，十二宫花等，终究是为了照应小说的主要角色“十二钗”。虽然“十二伶”与“十二钗”社会地位悬殊、文化人格迥异，却是一主一宾、一正一闺成正衬互补的排列组合，而不是逆向反衬的排列组合，这主要表现在以下几个方面。

（一）“十二钗”与“十二伶”在身份地位上形成了主宾互补关系。在第5回贾宝玉游太虚幻境中，“十二钗”（黛玉、宝钗、湘云、元春、迎春、探春、惜春、妙玉、李纨、王熙凤、巧姐、秦可卿）是纳入金陵省“正册”的十二位出身贵族或嫁入贵族世家作为正室的女子；如香菱，被薛蟠强买过来做妾，因为不是正室，就纳入副册；如袭人、晴雯这样的大丫鬟则纳入“又副册”；“十二伶”（宝官、玉官、龄官、芳官、藕官、蕊官、文官、艾官、茄官、葵官、药官、荳官）处在社会最底层，属于“无册可录”的女子。小

[1] 朱一玄编：《红楼梦资料汇编》，南开大学出版社，2001年，第181页。

说借人物之口折射了封建时代优伶社会地位的低下——赵姨娘骂芳官“你是我银子钱买来学戏的，不过娼妇粉头之流！我家里下三等奴才也比你高贵些的”[1]，这从一个方面反映了封建社会视优伶为娼妓隶卒的传统观念；在贵族小姐贾探春眼里，“十二伶”不过是供主子们消遣的“顽意儿”：“那些小丫头子们原是些顽意儿，喜欢呢，和他说说笑笑；不喜欢便可以不理他。便他不好了，也如同猫儿狗儿抓咬了一下子”。（第60回）依照封建社会的等级制度，“十二钗”的社会地位远远高于“十二伶”，“十二钗”相当于“主”，象征着色彩体系中尊贵的“正色”；“十二伶”则相当于“宾”，象征着卑贱的、不受重视的“间色”。虽然“十二伶”的文化素养不可与“十二钗”同日而语，但因会唱戏，也就具备了和“十二钗”相似的内在诗情；无论是“十二钗”，还是“十二伶”，她们都是才貌双全的“异样女子，或情或痴，或小才微善”（第1回），都在大观园展示了其青春活力与个性生命，都经历了人生的悲欢与荣枯，且都与男主人公贾宝玉有着或深或浅的因缘。可以认为，“十二钗”与“十二伶”以“正色”“间色”相搭而生的方式有机联系，构成了主宾顾盼、两相和洽的互补关系。

（二）“十二钗”与“十二伶”构成彼此映衬、关照的“形影”关系。譬如黛玉和龄官，两人都敏感、自尊、倔强、才华出众，黛玉作诗是“十二钗”中出类拔萃的，龄官唱戏则是“十二伶”中最出彩的。元妃省亲，“十二伶”的表演都很出色，得到元妃特别嘉奖和赏赐的却只有龄官一人；在宝玉眼里，龄官“眉蹙春山，眼颦秋水，面薄腰纤，袅袅婷婷，大有林黛玉之态”（第30回）；龄官画蔷颇有“林风”，让宝玉一见之下误以为龄官是模仿黛玉葬花。诚如民国红学家徐复初所言：“龄官忧思焦劳，抑郁愤懑，直于林黛玉脱其影形。”[2]值得一提的是，龄官与贾蔷的爱情戏与宝黛的“木石姻

[1] 本文所引《红楼梦》原文，均出自中国艺术研究院红楼梦研究所校注的《红楼梦》，人民文学出版社，2008 年。

[2] 徐复初：《红楼梦附集十二种》，收入王振良编：《民国红学要籍汇刊》（影印本）第三卷，南开大学出版社，2017 年，第 277 页。

缘”相互映衬：在“识分定情误梨香院”中，龄官傲然拒绝了宝玉“赔笑”央她唱“袅晴丝”的要求，此情节与宝玉向黛玉转赠北静王的鹡鸰香串，黛玉掷而不取的情节有异曲同工之妙，因为龄官、黛玉都是心有所属，情有独钟之人。在小说的爱情叙事中，如果说宝玉、黛玉的“木石姻缘”属于浓墨重彩的“正色”，那么贾蔷、龄官的“木石姻缘”则为轻描淡写的“间色”，彼此相间而相生，使小说中的情事波澜起伏，相互为济且自然成文。

无独有偶，湘云与芳官之间也存在“形影”关系——两人都性情豪爽，娇憨率真，且体态风流，爱女扮男装，酷似宝玉。在情节构思上，第62回湘云醉眠芍药裀与第63回芳官醉眠宝玉之侧相互关照，如洪秋蕃的点评：“湘云醉眠一回笔墨深隐，犹恐读者不能领悟，故特写一芳官以衬托之。湘云先划拳，芳官亦先划拳；湘云酒醉，芳官亦酒醉；湘云醉眠石，芳官亦醉眠石。石即玉，玉即石，特特相犯，可知专为衬托前文。”[1]洪秋蕃认为“芳官醉眠纯是为湘云写照”，湘云醉眠于青板石凳，青板石凳是“石”，象征了青埂峰下的顽石；芳官醉眠于宝玉之侧，宝玉是“玉”，其实是青埂峰下的顽石化身，因此“石即玉，玉即石”，芳官与湘云都是醉眠于石（玉），两者之间存在暗合和关照之处：芳官醉眠前与宝玉先划拳，宝玉“倚着一个各色玫瑰芍药花瓣装的玉色夹纱新枕头”，照应了湘云醉眠前也是与宝玉先划拳，醉眠时则用“鲛帕包了一包芍药花瓣枕着”。芳官是湘云的“影子”，“芍药花瓣”成为联系两人醉眠的物质纽带，在小说中关照得蕴藉而灵动——枕“芍药花瓣”的是湘云与宝玉，而非湘云与芳官，这就是“特特相犯”又“特犯不犯”，“犯”是以相类似的人物和事件进行照应、衬托，“不犯”是因为具体内容各有千秋、大异其趣。将芳官影射湘云，不仅使身份地位不同但性情相貌相似的人物形象相互映衬，使其主要个性更加鲜明突出，而且通过描写芳官香梦沉酣于宝玉之侧，象征性地暗示了后40回佚稿中宝玉与湘云遭

[1] 洪秋蕃：《红楼梦考证》，收入王振良编：《民国红学要籍汇刊》（影印本）第五卷，南开大学出版社，2017 年，第 74 页。

逢家庭巨变后所成就的“金玉良缘”。

（三）“十二钗”与“十二伶”的命运存在相互暗示、转化的关系。关于“十二伶”的来历，第16回介绍是贾蔷从姑苏采买来的12个女孩子。姑苏即今天的苏州，是戏曲演员的出产地，明中叶以后，买卖和蓄养奴婢合法化，王侯缙绅、豪商富室往往通过市场方式从姑苏购买优伶。优伶的出身很复杂，有部分优伶本身是官宦人家子弟，因获罪被抄家，入官后被沦为贱民，可以贩卖。据史料记载，雍正初年，曹雪芹的舅祖李煦被抄家，入官人口“计仆人二百七十名”[1]。贾蔷采买的这12位女伶是否为因抄家被入官的贱民，小说没有明说，只是通过王夫人之口有所交代：“这学戏的倒比不得使唤的，他们也是好人家的儿女，因无能卖了做这事，装丑弄鬼的几年。”（第58回）这里的“好人家”不排除非同寻常的官宦之家。

“十二钗”的归宿在前80回除了秦可卿早夭，余者皆不确定，相对而言，“十二伶”的命运在前80回则多有交代：在第58回，因宫里老太妃薨，贾府遣散“十二伶”，除了药官已夭，龄官、宝官、玉官离去，其余 8位女伶都表示不愿离开贾府，因此被分散在园中供公子小姐们使唤。留下来的女伶好景不长，绣春囊事件发生后，贾府开始内抄，王夫人命她们“一概不许留在园里，都令其各人干娘带出，自行聘嫁”。芳官、藕官、蕊官寻死觅活不愿聘嫁，芳官跟了水月庵的智通，蕊官、藕官跟了地藏庵的圆信，各自出家了。徐复初点评曰：“芳官等出家是将来惜春、紫鹃出家引子。”[2]在某种程度上，“十二钗”与“十二伶”的命运存在着相互暗示、相互转化的关系：“十二伶”也曾是“好人家”的女儿，在大观园中也曾享受恩宠（如龄官受元妃赏赐，芳官得宝玉娇宠），最终都离开大观园，不是出家就是流离失所，预示了“十二钗”后来从富贵荣华堕入贫贱、漂泊的命运。

---

[1] 刘水云：《明清家乐研究》，上海古籍出版社，2005 年，第 126 页。

[2] 徐复初：《红楼梦附集十二种》，收入王振良编：《民国红学要籍汇刊》（影印本）第三卷，南开大学出版社，2017 年，第 355 页。

三、“十二伶”的深层隐喻

“十二伶”在《红楼梦》中不仅有其独特的艺术魅力，而且与“十二钗”辉映成趣、相互为济，构成一个有机、完整的“千红一窟（哭），万艳同杯（悲）”的意象体系，从而使小说的“大旨谈情”超越了一般的儿女之情，具有借“闺阁昭传”寄托家国兴亡之感的思想高度。“十二伶”的深层隐喻意义可以从以下三个方面来分析。

其一，“十二伶”的演出有“泰极生否”的文化隐喻意义。在“荣国府归省庆元宵”中，元妃点了四出戏，此处脂评为第一出《豪宴》“伏贾家之败”；第二出《乞巧》“伏元妃之死”；第三出《仙缘》“邯郸梦中伏甄宝玉送玉”；第四出《离魂》“伏代（黛）玉死”，所点之戏剧伏四事，乃是“通部书之大过节、大关键。”[1]脂砚斋认为元妃点的四出戏皆是小说的“伏笔”，暗示了贾府由盛而衰的发展趋势及主要人物的悲剧命运。这四出戏来源于中国的古典传奇：《豪宴》取自明末戏剧家李玉的传奇《一捧雪》，该剧围绕争夺“一捧雪”玉杯，写家破人亡的故事；《乞巧》即清代戏剧家洪昇的《长生殿》传奇中第22出《密誓》，写七夕之际杨玉环和李隆基在长生殿盟誓，愿“生生世世，共为夫妇，永不分离”，此后不久，杨玉环被逼自缢于马嵬坡；《仙缘》出自明代汤显祖的传奇《邯郸记》，是一出黄粱一梦的悲剧；《离魂》即汤显祖《牡丹亭》第二十出《闹殇》，写的是杜丽娘后园寻梦，归来相思成疾，在抑郁中离开人世。这四出戏皆为悲剧，由“十二伶”在贾府“烈火烹油、鲜花着锦之盛”的时刻演出，不仅与小说正文融为一体，使小说情节更为丰富，而且有“泰极生否”的文化隐喻意义：在《周易》中，泰卦的极点就是泰极而否的时刻，启示人们盛极而衰、物极必反是事物发展的必然趋势。小说中为迎接元妃省亲而建造大观园，包括蓄养家乐耗费了大量人力财力，为后来贾府获罪被抄埋下了祸根，应验了秦可卿托梦王熙凤时的

[1] 曹雪芹、脂砚斋：《脂砚斋重评石头记庚辰校本》第二册，杜泽逊审订，国家图书馆出版社，2017年，第164页。

预言：“月满则亏，水满则溢”，“乐极生悲”，“登高必跌重”（第13回）。

其二，“十二伶”的小荣枯隐喻了贾府兴衰。从元春才选凤藻宫，贾蔷由姑苏采买回十二个女孩子到“十二伶”粉墨登场，为元春省亲以及各种节日庆典演出，是贾府的兴盛期；从“宫中一位老太妃欠安”，到老太妃薨，“十二伶”组成的家班遭遇解散，是贾府的衰败期；从绣春囊事件引发贾府内抄，到芳官、蕊官、藕官等被驱逐出贾府，是贾府的崩溃期。“十二伶”和贾府主子们一样也经历了悲欢离合、世事变迁，正如甄士隐在《好了歌》中所唱：“衰草枯杨，曾为歌舞场。蛛丝儿结满雕梁，绿纱今又糊在蓬窗上。说什么脂正浓、粉正香，如何两鬓又成霜？昨日黄土陇头送白骨，今宵红灯帐底卧鸳鸯。……择膏粱，谁承望流落在烟花巷！”根据前80回的暗示及脂评，贾府后来被锦衣军查抄了，在“衰草枯杨，曾为歌舞场”处脂批曰“宁、荣既败之后”；在“蛛丝儿结满雕梁”处脂评为“潇湘馆、紫芸轩等处”；在“说什么脂正浓、粉正香”处脂批为“宝钗、湘云一干人”[1]……在后40回佚稿中，贾府彻底败落，“十二钗”中的迎春嫁给了骄奢淫逸的孙绍祖，不久被虐待致死；探春远嫁海外；惜春出家；湘云、妙玉、巧姐或沦落烟花巷，或被官卖，充当达官贵人娱乐的工具……可以认为，“十二钗”的悲惨命运是贾府崩溃的集中体现，并与“十二伶”的命运有着奇妙关联，“十二伶”的小荣枯相当于绘画中的“间色”，补充并映衬了“十二钗”的悲剧，成为封建贵族生活崩溃的象征性缩影。

其三，“十二伶”的命运折射了康熙-雍正时期的社会政治文化。清朝文网森严，出于避祸心理和审美需要，曹雪芹将涉及官场政治的内容写得云龙雾雨，但还是留下了不着痕迹的笔墨：明代以降，随着私有制和商品经济的发展，上流社会豢养家乐戏班蔚然成风，其中，尤以吴中地区（姑苏一带）的家乐戏班最为鼎盛，家乐主人往往从吴中地区购买歌儿舞女，或邀请吴中曲师充当家乐教习，所以《红楼梦》点明“十二伶”是从姑苏地区采买而

[1] 朱一玄编：《红楼梦资料汇编》，南开大学出版社，2001年，第97–98页。

来；清灭明后的顺治年间，频繁的征伐使满清贵族没有多少闲暇养优蓄乐，直到政局相对稳定的康熙时期，满族贵族及八旗将帅的蓄乐现象才日渐普遍。康熙皇帝本人就是戏迷，康熙年间颁敕的允许外官携带大量奴仆的政策，促使在职官吏养优蓄乐之风盛行。曹雪芹的祖父曹寅曾组建家庭戏班，“据尤侗《西堂余集·自撰年谱》记载，康熙三十一年秋，曹寅家班曾在苏州拙政园演出尤侗的《李白登科记》(即《清平调》)。”[1]曹寅还亲自创作《北红拂记》杂剧，由家班演出，名噪一时。曹雪芹的舅祖李煦也是昆曲迷，不仅自己蓄养家乐，而且在苏州选拔“内廷供奉”的昆伶，以备康熙南巡时积极安排接驾演出。康熙六次南巡，四次都由曹寅安排接驾，落下巨大亏空，康熙对此也很清楚，他曾说：“曹寅、李煦用银之处甚多，朕知其中情由。”[2]在《红楼梦》中，元妃省亲，贾府安排“十二伶”演出，得到元妃赞许，在一定程度上就影射了康熙南巡的历史事件；家乐戏班在康熙晚期越演越烈，成为官场腐败、贪污受贿、官纪弛懈的一大痼疾。雍正即位后，鉴于养优蓄乐之风日炽，为整饬吏治，颁布了“禁外官蓄养优伶”的法令：

雍正二年十二月十八日，奉上谕，外官畜养优伶，殊非好事，朕深知其弊，非倚仗势力，尤害平民，则送与属员乡绅，多方讨赏，甚至借此交往，夤缘生事。二三十人，一年所费，不止数千金。如按察使白洵终日以笙歌为事，诸务俱已废弛。原任总兵阎光炜将伊家中优伶，尽入伍食粮，遂致张桂生等有人命之事。夫府道以上官员，事务繁多，日日皆当办理，何暇及此。家有优伶，即非好官，着督抚不时访查。至督抚提镇，若家有优伶者，亦得互相访查，指明密摺奏闻。虽养一二人，亦断不可徇隐，亦必即行奏闻。其有先曾畜养，闻此谕旨，不敢存留，即行驱逐者，免其具奏。既奉旨之后，督抚不细心访察，所属府道以上官员，以及提镇家中尚有私自畜养者，或因事发觉，或被揭参，定将本

[1] 吴新雷：《昆曲史考论》，上海古籍出版社，2015年，第87页。
[2] 参见冯其庸：《解梦集》，文化艺术出版社，2007年，第18页。

省督抚照徇隐不报之例从重议处。[1]

上述法令颁布后，在职官宦的家乐活动受到遏制或转入隐蔽状态。这一政治事件在《红楼梦》中留下了隐约的“雪泥鸿爪”：宫里的一位老太妃薨，皇上敕谕天下“凡有爵之家，一年内不得筵宴音乐，庶民皆三月不得婚嫁。”“又见各官宦家，凡养优伶男女者，一概蠲免遣发”（第58回），王夫人、尤氏等便议定蠲免遣发梨香院的女伶，女伶却有多半放弃了获得自由身的机会宁愿留在贾府，从一个侧面反映了当时社会贫富悬殊，在富人家做奴隶生活水平远高于平民。诚如刘梦溪所言：“如果没有康熙和雍正政权交替时期统治集团内部的斗争和由此引起的曹雪芹家族的巨大变化，《红楼梦》这部作品是不可能产生的。”[2]可以认为，“十二伶”从组建、兴盛到解散，不仅表现了曹雪芹所生活的时代优伶俯仰随人的命运，而且含蓄地影射了康熙-雍正年间的政治斗争，社会历史文化状况，因此“十二伶”的命运是曹雪芹在历史、现实基础上的想象创造。

综上所述，对“间色法”进行深入研究和探讨，不仅有助于了解《红楼梦》笔法的曲折和叙事结构之精微，而且有助于把握小说的整体艺术构思，进而为寻绎后40回佚稿的主要情节和人物命运奠定基础。在《红楼梦》中，“十二钗”与“十二伶”以一主一宾、一正一闺的方式出现，彼此相生而相映，浓淡相间而相成，如同画家胸有成竹，落笔之前整幅画的构图和来龙去脉已经成型，曹雪芹也是意在笔先，胸中罗列万物而能涉笔成趣，使其笔下的“十二伶”与“十二钗”得趣合天且随自然而出，组合成有机的“千红一窟（哭），万艳同杯（悲）”的意象体系。如果说“十二钗”的命运相当于绘画中的“正色”，“十二伶”的小荣枯则相当于绘画中的“间色”，补充并映衬了“十二钗”的悲剧，不仅隐喻了贾府兴衰，而且折射了康熙-雍正时期的社会政治文化，成为封建贵族生活崩溃的象征性缩影。

---

[1] 王利器辑录：《元明清三代禁毁小说戏曲史料》，上海古籍出版社，1981 年，第 31 页。

[2] 刘梦溪：《〈红楼梦新论〉自序》，《红楼梦学刊》，1980 年第 4 辑，第 151 页。

变化改制之义
——《周易》影响下的章学诚经世观

刘洪强[1]

【摘要】《周易》是章学诚文史校雠之学的重要来源，也是其“六经皆史”“改制”等历史观的经学来源。本文试图对章学诚经世思想背后的《周易》观以及两者之间的互动关系进行探索，在此基础上归纳和探析章学诚变易观背后舍《春秋》而用《周易》的趋向，认为章学诚思想既有严谨、制度论的一面，又有变化乃至改制的一面，细究章氏思想，其变化之义与《周易》有着莫大关系，这在一定程度上缓解了其思想体系中的“制度论”趋向。

【关键词】《周易》 章学诚 经世 经史 变化改制

章学诚的经学观与政治观之间存在着复杂的互动关系。实际上，章学诚推重《周官》，主张“制度兼盖万有”[2]，其礼学观带有很强的“以官代礼”倾向。与此同时，章学诚并非一个简单的“权威论”和“制度论”者。正如他在《礼教》篇中所指出的，其经学观本身就容纳了变化之义：

> 或曰：周公作官礼乎？答曰：周公何能作也，鉴于夏、殷而折衷于时之所宜，盖有不得不然者也。夏、殷之鉴于唐、虞，唐、虞之鉴于

[1] 刘洪强，清华大学马克思主义学院博士后。

[2] 章学诚：《章学诚遗书》，文物出版社，1985 年，第 7 页。

羲、农、黄帝，亦若是也，亦各有其不得不然者也，故曰：“道之大原出于天也。”孔子曰：“吾学《周礼》。”学于天也，非仅尊周制而私周公也。[1]

周公制作《周官》并非凭空而作，周公制作同样须“鉴于夏、殷而折衷于时之所宜”[2]，这是“时会使然”[3]，周公制作本身是一个历史的过程，既然是历史则必然容纳变化，有其不得不然之势，这正是章学诚《原道》篇的宗旨：“夫道备于六经，义蕴之匿于前者，章句训诂足以发明之。事变之出于后者，六经不能言，固贵约六经之旨而随时著述以究大道也。”[4]“书有体裁，而文有法度，君子之不得已也。苟徇俗而无伤于理，不害于事，虽非古人所有，自可援随时变通之义，今亦不可尽执矣。”[5]

章学诚的政治和历史观既有尊重时制的一面，又有改易变化的一面。实际上，与乾隆时期对于政治的谨慎态度不同，在嘉庆亲政初期，章学诚却出人意料地迸发出了一种强烈的经世冲动。这从其致王杰信中对财政亏空问题讨论、致尹壮图信中对畅通言路之讨论、致曹锡龄信中对考试制度和人才选拔机制改革问题的讨论以及其《大学衍义书后》一文中海运与漕运孰优孰劣问题的关注中可以窥见。《章氏遗书》中所收录的《上梁相公书》《上朱石君书》《上执政论时务书》《上韩城相公书》《再上韩城相公书》《三上韩城相公书》《上尹楚珍阁学书》《与曾定轩侍御论贡举书》均为讨论时政之作。在这些文本中，章学诚对乾隆晚年弊政的揭露和批评不可谓不犀利，甚至于在某种程度上提出要“回到雍正”问题[6]，相较于嘉庆帝亲政后王念孙所上《陈剿贼六事》一折中援引经义对乾隆弊政的委婉批评，章学诚这一表述有些出人

[1] 章学诚：《章学诚遗书》，第 7 页。

[2] 同上，第 7 页。

[3] 章学诚著、吕思勉评：《文史通义》，上海古籍出版社 2008 年，第 38 页。

[4] 同上，第 41 页。

[5] 仓修良编：《文史通义新编》，上海古籍出版社，1993 年，第 742 页。

[6] 章学诚：《章学诚遗书》，文物出版社，1985 年，第 327–329 页。

意表。章学诚论述中同样存在着对于现实的批判性。在这个意义上，章学诚又并非一个简单的“权威主义者”。

尽管章学诚在晚年迸发出对于政治讨论的热情和改变的思想，但是章学诚的变化改制之义并非如西汉儒者与晚清今文学家般源自于《春秋》，而是与《周易》有着密切的关系。正是在这个意义上，《周易》“变易”思想影响下的政治观与龚、魏等人基于《公羊》学的政治观区别开来，前者可以称之为《周易》变化之义，后者可以称之为《春秋》改制之义，两者在经世意蕴上虽有相似之处，却在改革诉求的程度及士人在政治中地位问题上有着一定的区别。

本文试图对章学诚经世思想背后的经学观以及两者之间的互动关系进行探索，并试图在此基础上归纳和探析章学诚变易观背后舍《春秋》而用《周易》的趋向，进而界定其与后世道咸经世学派之界限。

一、《易》非言道之书

《周易》是章学诚在五经中称引较多的一经，《易教》是《文史通义》的开篇。章学诚在著作中喜引《周易》之义。在《原学》中，他以《周易》中“成象之谓乾，效法之谓坤”作为立论依据，概括道、学之间关系；在《书教》中他以《周易》中“圆神、方智”区分史学著述之流变；在《礼教》中，他以《周易》中的“知以藏往，神以知来”概括藏往之学与知来之学，对“无心得而但只比类求备”的考据学进行批评，指出其“可以藏往而不可以知来”[1]。就政治观而言，《周易》赋予章学诚的思想以变化之义，在一定程度上缓解了其思想体系中的“制度论”趋向。

与此同时，《周易》也是对章学诚阐发“六经皆史”之义最具挑战性的“经”之一，如胡适就认为：“‘六经皆史也’一句孤立的话，很不容易懂得；

[1] 章学诚：《章学诚遗书》，第7页。

而《周易》一书更不容易看作‘史’，故先生的《易教》篇很露出勉强拉拢的痕迹。”[1]章学诚本人对此也有所认识，在《易教》开篇，他提出“六经皆史”这一命题后，自设问答，“或曰：《诗》《书》《礼》《乐》《春秋》，则既闻命矣。《易》以道阴阳，愿闻所以为政典，而与史同科之义焉。”[2]

实际上，作为《文史通义》的首篇，《易教》并非如胡适所说的“勉强拉拢”，而是寄托着深刻的作者之意。

章学诚以《周易》为政典，并非“离事而言理”之空言。所谓“六经皆史”，即六经皆为“未尝离事而言理”[3]，与史一般同为先王之政典。论证《易》为政典，符合“未尝离事而言理”的定义，是章学诚《易教》之主旨。在一定意义上，论述《诗》《书》《礼》《乐》《春秋》为史相对较为容易，而将被视为“卜筮之书”[4]、以“道阴阳”为主要内容之《易》视为“史”“政典”则颇费周章，甚至可称之为苦心孤诣。

《四库全书总目提要》将历来说《易》之书分“两派六宗”[5]，所谓两派为象数、义理两派，六宗为汉儒之象数，京房、焦延寿之“入于禨祥”，陈抟、邵雍之“务穷造化”，王弼以老、庄说《易》，胡瑗、程子以儒理说《易》，李光、杨万里以史事说《易》。尽管流派众多，却几乎没有专门以政典说《易》之书。前儒论《易》，多从数与理的角度入手。所谓“数者难测，变动不居；理者易明，守之有则”[6]，故而相当一部分学者将《周易》视为言道说理之书，注重《周易》的精微之意。《礼记·经解》对于《易》之阐发，指出“洁净精微，易教也”[7]。庄周认为“《易》以道阴阳”，郭象注之为“《易》

[1] 胡适：《章实斋先生年谱》，北京师范大学出版社，2014 年，第 213–214 页。
[2] 章学诚著、叶瑛校注：《文史通义校注》，中华书局，1985 年，第 1 页。
[3] 仓修良编：《文史通义新编》，第 1 页。
[4] 永瑢等：《四库全书总目提要·周易正义》，中华书局，1965 年，第 1 页。
[5] 同上，第 1 页。
[6] 唐文治：《十三经提纲》，华东师范大学出版社，2015 年，第 1 页。
[7] 郑玄注、孔颖达等正义：《礼记正义·经解》，上海古籍出版社，2008 年，第 1903 页。

明卦兆，通达阴阳”[1]。程、朱等人说《易》“主乎理”[2]，以《周易》为阐发本体论之书。近人唐文治在《十三经提纲》中对《易》学大旨进行归纳，认为“《易》者，心学之书也”[3]。

章学诚对前儒以理、心说《易》的观点提出质疑：

> 《周官》太卜掌三《易》之法，夏曰《连山》，殷曰《归藏》，周曰《周易》，各有其象与数，各殊其变与占，不相袭也。然三《易》各有所本，《大传》所谓庖羲、神农与黄帝、尧、舜，是也。(《归藏》本庖羲，《连山》本神农，《周易》本黄帝。) 由所本而观之，不特三王不相袭，三皇、五帝亦不相沿矣。盖圣人首出御世，作新视听，神道设教，以弥纶乎礼乐刑政之所不及者，一本天理之自然，非如后世讬之诡异妖祥，谶纬术数，以愚天下也。夫子曰：“我观夏道，杞不足徵，吾得夏时焉。我观殷道，宋不足徵，吾得坤乾焉。”夫夏时，夏正书也。坤乾，《易》类也。夫子憾夏、商之文献无所徵矣，而坤乾乃与夏正之书同为观于夏、商之所得；则其所以厚民生与利民用者，盖与治历明时，同为一代之法宪；而非圣人一己之心思，离事物而特著一书，以谓明道也。夫悬象设教，与治历授时，天道也。《礼》《乐》《诗》《书》，与刑、政、教、令，人事也。天与人参，王者治世之大权也。韩宣子之聘鲁也，观书于太史氏，得见《易》象、《春秋》，以为周礼在鲁。夫《春秋》乃周公之旧典，谓周礼之在鲁可也，《易》象亦称周礼，其为政教典章，切于民用而非一己空言，自垂昭代而非相沿旧制，则又明矣。[4]

章学诚首先否认了《易》与“诡异妖祥，谶纬术数”之关系，他认为：“盖圣人首出御世，作新视听，神道设教，以弥纶乎礼乐刑政之所不及者，

[1] 郭象注：《庄子注疏》，中华书局，2010年，第556页。

[2] 唐文治：《十三经提纲》，华东师范大学出版社，2015年，第1页。

[3] 同上，第1页。

[4] 仓修良编：《文史通义新编》，上海古籍出版社，1993年，第1–2页。

一本天理之自然，非如后世讬之诡异妖祥，谶纬术数，以愚天下也。”这其实针对的京房、焦延寿、陈抟、邵雍等人“入于禨祥”“务穷造化”之象数之学。[1]其次，他也反对将《易》视为一种哲学（哲理）之书，他指出：“盖与治历明时，同为一代之法宪；而非圣人一己之心思，离事物而特著一书，以谓明道也。”[2]《易》并非圣人脱离具体之情况和事变而穷尽心思以求道之书，非“空言立教”，而是“切于民用”之“政教典章”[3]，这与王弼以老庄说《易》，胡瑗、二程等人以儒理说《易》也划清了界限，章氏之《易》学观非传统之“两派六宗”所可统摄。

章氏这个看法，不仅与前代易学家及刘知几等人不同，即使与同时代主流之看法也有所差异。不过章氏《易》学观与《四库总目提要》在某些方面有一致之处。比如章学诚认为“古人不著书，古人未尝离事而言理”[4]“《易》以天道而切人事”[5]。《四库总目提要》认为：“圣人觉世牖民，大抵因事以寓教。《诗》寓于风谣，《礼》寓于节文，《尚书》《春秋》寓于史，而《易》则寓于卜筮。故《易》之为书，推天道以明人事者也。”[6]两者在不离事物、以及《易》借助天道以明人事这点上是一致的，此外两者在对于《左传》中之《易》占也多存肯定态度，在注重源流之方法也有共通之处。[7]两者之区别在于章氏以《易》为政典，而《四库总目提要》更加强调《易》“切于日用”“以因象立教者为宗”之特点。[8]

通过以上论述，章学诚认为，《周易》非言道之书；《周易》为《周礼》，关于这一点在《礼教》中也提及[9]。章学诚《春秋》和《周易》在“天

---

[1] 章学诚撰、吕思勉评：《文史通义》，上海古籍出版社，2008 年，第 1 页。

[2] 同上，第 2 页。

[3] 同上，第 2 页。

[4] 同上，第 1 页。

[5] 同上，第 8–9 页。

[6] 永瑢等：《四库全书总目提要 · 周易正义》，第 1 页。

[7] “《左传》所记诸占，盖犹太卜之遗法。”永瑢等：《四库全书总目提要 · 周易正义》，第 1 页。

[8] 永瑢等：《四库全书总目提要 · 周易正义》，第 1 页。

[9] 章学诚：《章学诚遗书》，文物出版社，1985 年，第 8 页。

道”“人事”合一这个意义上是一以贯之的。具体来说，“《易》以天道而切人事，《春秋》以人事而协天道”[1]。

二、变化改制之义

注重阐发变化、改制之义，近似于公羊学中《春秋》之地位。《周易》何以称“易”？历来有“三易”之说法，《易纬·乾凿度》云：“易一名而含三义，所谓易也，变易也，不易也”，其中三者针对的分别是易之德、气、位[2]。东汉郑玄据此进一步阐发：“易一名而含三义：易简，一也；变易，二也；不易，三也。”[3]唐代孔颖达认为：“《易》者，变化之总名，改换之殊称，自天地开辟，阴阳运行，寒暑迭来，日月更出，孚萌庶类，亭毒群品，新新不停，生生相续，莫非资变化之力，换代之功。”孔颖达着重从“变化运行”之角度发挥《周易》“顺时变易，出入移动”的“变化之义”，以在历史变化之中多体现之“度时制宜”为“作《易》垂教之本意”。[4]因而与通常以“易简”之义借助《易经》以阐发简易为政的看法有所不同。

对于孔颖达的观点，章学诚深以为然：“先儒之释《易》义，未有明通若孔氏者也。”[5]他还进一步阐发到：“《易》为王者改制之巨典，事与治历明时相表里，其义昭然若揭矣。”[6]这实际上,《周易》为王者改制之典，与“治历明时”之义相通。所谓“治历明时”在下文中，章学诚进一步明确，即汉代所谓改正朔等之义，在这一论述中，章学诚《周易》改制与西汉儒者对《春秋》改制有相通之处。在这个基础上，他对后代学者“拟《易》”之作提出批评：

---

[1] 章学诚撰、吕思勉评：《文史通义》，上海古籍出版社，2008 年，第 9 页。

[2] 王弼等注、孔颖达疏：《周易正义》，北京大学出版社，1999 年，第 4 页。

[3] 同上，第 4 页。

[4] 同上，第 4–6 页。

[5] 章学诚撰、吕思勉评：《文史通义》，上海古籍出版社，2008 年，第 4 页。

[6] 同上，第 4 页。

后儒拟《易》，则亦妄而不思之甚矣！彼其所谓理与数者，有以出《周易》之外邪！无以出之，而惟变其象数法式，以示与古不相袭焉，此王者宰制天下，作新耳目，殆如汉制所谓色黄数五，事与改正朔而易服色者为一例也。[1]

在章学诚看来,《易》作为“王者改制之巨典”[2]，由于时代的更替，不同时代有着不同的制度，“三王不相袭”“五帝不相沿”[3]，“夏曰《连山》，殷曰《归藏》，周曰《周易》，各有其象与数，各殊其变与占，不相袭也”[4]。董仲舒有“王者必受命而后王，王者必改正朔，易服色，制礼乐”[5]之论，这进一步显示,《易》“作新视听”的作用与汉儒基于《公羊学》而主张的改正朔、易服色、制礼乐等举措有着相似之处。

在《易教》之中，章学诚主要发挥“三易”之“变易”之义。在他看来,《易》不仅是政典，而是一个讲变化之道的政典，其地位类似于《春秋》在汉代发挥之作用，是为朝廷改制服务的。在排斥《公羊》学的前提下，他其实是以《周易》“变化之义”济《周礼》之周密静态之典章制度。在这个意义上，章学诚所理解之《周礼》已经带有很强变化和行动论特点，已经容纳了时势之变迁，因而在某种程度上不同于王莽、王安石较为僵化和静态之《周礼》观，而在一定程度上接近于西汉之《春秋》学。

他更加重视的是《易经》对于变化之道的阐发以及作为王者改制之典的作用，如他称赞孔颖达以“变化之总名，改换之殊称”释“易”，为超出前代儒者见识的“明通”之解，而对许慎、郑玄、朱熹等从“道问学”或文字训诂的角度对《周易》所作之阐发不满，将之视为“因文生解”的“一端之

[1] 章学诚撰、吕思勉评：《文史通义》，上海古籍出版社，2008年，第2页。

[2] 同上，第4页。

[3] 同上，第1页。

[4] 同上，第1页。

[5] 苏舆：《春秋繁露义证》，中华书局，1992年，第185页。

言”[1]，未得古人之大体。

改制与变化并不可简单等同。孔颖达变化、改换的《易》学观与章学诚的见解只有一步之遥，却仍未臻于“昭然若揭”[2]之境地。在孔颖达的基础上，章学诚又有所推进，赋予《周易》以改制之义，所谓“《易》为王者改制之巨典，事与治历明时相表里，其义昭然若揭矣”[3]，“知上古圣人，开天创制，立法以治天下，作《易》”[4]。

其实，以《易》讲述变化之道在明代阳明及其阳明后学身上也有所体现。王守仁因事被系诏狱时即在狱中研习《周易》。被贬贵州龙场驿后在玩易窝中以《易》“洗心”。流风之下，阳明后学多注重“易”理，以至于《清史稿·儒林传》称之“明人以心学窜入《易》”[5]。王守仁时常以《易》之变动不居注解良知之生生不息、心性之活泼泼，他提出：“良知即是‘易’：‘其为道也屡迁，变动不居，周流六虚，上下无常，刚柔相易，不可为典要，唯变所适。’此良知如何捉摸得？见得透时便是圣人。”[6]换言之，阳明注重阐发《周易》中之易简、变化之义，同时以之注解良知之难以捉摸。

泰州学派重要代表人物罗汝芳以《易》理阐发变化之道：

> 问：“孔子，圣之时，似多得之学《易》而然？”
>
> 罗子曰：“《易》象之赞，必曰：‘时义大矣哉！’又曰：‘六位时成，时乘六龙以御天。’所以‘君子动静不失其时，其道光明’，而‘随时变化以从道’也。吾夫子平生得力全在于此，惟孟氏独能知之，乃特称之曰：‘孔子圣之时也。’是以其立教乎人也，则曰‘当其可之谓时’；其悦乎心也，则曰‘学而时习之’。惟其教之当可也，故自不觉其倦；惟

[1] 章学诚撰、吕思勉评：《文史通义》，上海古籍出版社，2008 年，第 4 页。
[2] 同上，第 4 页。
[3] 同上，第 4 页。
[4] 同上，第 6 页。
[5] 赵尔巽等撰：《清史稿·儒林传》卷四百八十；《四库全书总目提要》则有：“明自隆、万以后，言理者以心学窜入易学”的说法。永瑢等：《四库全书总目提要》，商务印书馆，1933 年，第 97 页。
[6] 王阳明撰、邓艾民注：《传习录注疏》，上海古籍出版社，2012 年，第 162、282 页。

其习之以时也，故自不觉其厌。《论语》开卷，便将一生精神全付打出，可见浑然一团体仁，顷刻便充塞天地，而贯彻古今，是何等家风，何滋味也。吾人可漫漫轻看出也哉？”[1]

问：“孔子之‘时’与颜子之‘复’，同异何如？”

罗子曰：“颜子之‘一日复礼’，是复自一日始也，自一日而二日三日，以至十百千日，浑然太和元气之流行，而融液周遍焉，即时而圣矣。故复而引之纯也，则为时；时而动之天矣，则为复。时其复之所由成，而复，其时之所自来也欤！”[2]

问：“颜子复礼之‘复’，固《易经》复卦之‘复’矣。但本文复不徒复，而必曰复礼，不徒曰复礼，而必曰克己者，何也？”

罗子曰：“复本诸《易》，则训释亦必取诸《易》也。《易》曰‘中行独复’，又曰‘复以自知’。……今细玩《易》谓‘中行独复’，‘复以自知’，浑然是己能与胜处，难说《论语》所言，不与《易经》相通也。”[3]

罗汝芳以《周易》阐述变化之道理，用之于修身。罗汝芳反复陈说、阐发“生生之谓易”[4]，将易与知行关系进行阐述，分析“知行属人”与“知行属天”[5]。不过罗汝芳在对《周易》变化之义的挖掘推崇和挖掘背后，有着与章学诚有所区别的《易》学观和政治观。章学诚主张“六艺失官守而后有师教”[6]，他注重经、传之区分，在章学诚看来，经为先王之政教典章而非空言著述，只有《诗》《书》《礼》《易》《乐》《春秋》为六经，后世九经、十经、十三经、十四经的说法，则属后儒“取先圣之微言，与群经之羽翼皆称

[1] 罗汝芳：《罗汝芳集》，凤凰出版社，2007年，第25页。
[2] 同上，第25页。
[3] 同上，第26页。
[4] 同上，第32页。
[5] 同上，第31页。
[6] 章学诚著、吕思勉评：《文史通义》，上海古籍出版社，2008年，第27页。

为经……盖尊经而并及经之支裔也”[1]。关于经之定义和范围，章学诚认为：“然则今之所谓经，其强半皆古人之所谓传也。古之所谓经，乃三代盛时，典章法度，见于政教行事之实，而非圣人有意作为文字以传后世也。”[2]；他认为经为周公之旧典，传为孔子及其后学之传述，所谓“周公集治统之大成”“圣如孔子而不必为经”。[3]就《周易》来说，章学诚推尊《周易》的卦辞、爻辞等所谓经，而将通常认为是孔子所作《彖辞》《象辞》《文言》《说卦》等所谓“十翼”视为传。如上引文所显示，罗汝芳未如章学诚般推尊周公，以之为“集千古之大成”，反而时有以孔子为“集大成者”的趋向，他注重引申、发挥《象辞》、《系辞》等所谓“十翼”中的义理。对于孔子历史地位，罗汝芳认为：“宇宙乾坤，聚精会神，才生得一个孔子”[4]。罗汝芳对孔子的推崇与王阳明弟子、泰州学派的创始人王艮的看法是一以贯之的，王艮屡屡推崇孔子：“仁且智，所以为孔子”[5]，在提到学圣人之志时，王艮仅提到“尧舜、文王、孔子”[6]。王艮主张“《六经》正好印证吾心，孔子之时中，全在韦编三绝”，他在教授弟子之时，常让弟子反复体会陈献章“若能握其要，何必窥陈编”之意。明儒注重《易传》、推重孔子，章学诚则坚持“《易》乃先王政典而非空言”[7]，以《易经》为主，区分周公之《易》与孔子之《易》。

因而尽管章学诚与阳明后学有着千丝万缕的联系，章学诚思想本身的《周官》主义倾向使得他与阳明后学尤其是王艮一派已经有所差异，前者仍秉承孟子所持孔子为集大成的说法，章学诚则基于六艺为王者之政典的看法认为周公为集大成者。近代学者在点评章学诚《原道》篇时指出：“孔子言孟子集大成，是言气质天德。此言周公集大成者，是言制作王道。分别自无

[1] 章学诚著、吕思勉评：《文史通义》，上海古籍出版社，2008 年，第 27–28 页。

[2] 同上，第 27–28 页。

[3] 同上，第 28–36 页。

[4] 罗汝芳：《罗汝芳集》，凤凰出版社，2007 年，第 22 页。

[5] 王艮著、陈祝生编：《王心斋全集》，江苏教育出版社，2001 年，第 4 页。

[6] 同上，第 7 页。

[7] 章学诚著、吕思勉评：《文史通义》，上海古籍出版社，2008 年，第 31 页。

疑，惜先生言之未明。”[1]此言可谓卓伦。在一定意义上，章学诚的经学观则建立在明末清初浙东学术的史学转向和乾隆时期礼学的复兴基础上，更加注重史学并推重《周官》。

如上所述，在《周易》变化之义上，章学诚与孔颖达、王艮、罗汝芳等人相同，在改制之义则对他们观点有着进一步的发展和突破。在章学诚那里，《周易》不仅具有变化之义，且具有与《春秋》在汉代发挥的作用类似的改制之义。章学诚论述中多有对《周易》与《春秋》相通论的阐发。

三、《易》与《春秋》相通论

实际上，章学诚在《易教》中论述《易》与《春秋》相通。“《易》辞通于《春秋》之例”[2]“笔削不废灾异,《左氏》遂广妖祥，象之通于《春秋》也。”[3]关于六艺的关系，章学诚提出六经相通论，如所谓“《易》象通于《诗》之比兴;《易》辞通于《春秋》之例”[4]。《诗经》比兴之意，在于托物言志，对于人事的指向性，在于其政治指向性。《春秋》更是政治之书。

章学诚强调六经相通论的目的在于论证《周易》并非脱离事物而言理的载道之书。章学诚本人也认识到“夫悬象设教，与治历授时，天道也。《礼》《乐》《诗》《书》，与刑、政、教、令，人事也”[5]。也就是《周易》与其他诸经在内容上存在差异，前言以言天道为主，后者则切近人事。但“六经皆史”的论断，要求《周易》也是政典，应当不离事物而言道，而非悬空言天道。故而有必要论证。为了解决这一困境的途径就是六经相通论。正是基于这样一个考虑，章学诚才费尽笔墨，沟通六经，经过如此一番处理，在《易

[1] 刘咸炘：《文史通义识语》，《推十书》（增补全本）甲辑第 3 册，上海科学技术文献出版社，2009 年，第 1069 页。

[2] 章学诚著、吕思勉评：《文史通义》，上海古籍出版社，2008 年，第 6–8 页。

[3] 同上，第 6–8 页。

[4] 仓修良编：《文史通义新编》，上海古籍出版社，1993 年，第 9 页。

[5] 同上，第 9 页。

教下》最后一句，章学诚终于得出了“《易》以天道而切人事，《春秋》以人事而协天道”[1]。换言之，《周易》并非空言天道之书，而是如同《春秋》般，为事与义的合一。至此，《易教》的任务也就大功告成了。

在诸经之中，除《易》之外，《春秋》最注重变化，多次为改制所用。我们看章氏之比附：

> 《易》象通于《诗》之比兴；《易》辞通于《春秋》之例。严天泽之分，则二多誉，四多惧焉。谨治乱之际，则阳君子，阴小人也。杜微渐之端，姤一阴，而已惕女壮；临二阳，而即虑八月焉。慎名器之假，五戒阴柔，三多危惕焉。至于四德尊，元而无异称，亨有小亨，利贞有小利贞，贞有贞吉贞凶，吉有元吉，悔有悔亡，咎有无咎，一字出入，谨严甚于《春秋》。盖圣人于天人之际，以谓甚可畏也。《易》以天道而切人事，《春秋》以人事而协天道，其义例之见于文辞，圣人有戒心焉。[2]

章学诚试图论证《周易》如同《春秋》般，具有“严天泽之分”“谨治乱之际”“杜微渐之端”“慎名器之假”具有政治之功效，而且书法谨严，前者不正是董仲舒、司马迁所谓“《春秋》辨是非，故长于治人”“《春秋》以道义。拨乱世反之正，莫近于《春秋》”“《春秋》者，礼义之大宗也。夫礼禁未然之前，法施已然之后；法之所为用者易见，而礼之所为禁者难知”[3]。这一系列论述，正与《礼记·经解》所谓“属辞比事”[4]、范宁《春秋穀梁传序》所谓“一字之褒，宠逾华衮之赠。片言之贬，辱过市朝之挞”[5]。

我们看章学诚对《易》定位：

> 盖圣人首出御世，作新视听，神道设教，以弥纶乎礼乐刑政之所不

[1] 仓修良编：《文史通义新编》，上海古籍出版社，1993年，第9页。
[2] 同上，第9页。
[3] 司马迁：《史记·太史公自序》，中华书局，1999年，第3297–3298页。
[4] 郑玄注、孔颖达等正义：《礼记正义·经解》，上海古籍出版社，2008年，第1903页。
[5] 范宁注、杨士勋疏：《春秋穀梁传注疏》，上海古籍出版社，1990年，第7页。

及者，一本天理之自然，非如后世讬之诡异妖祥，谶纬术数，以愚天下也。[1]

在章学诚看来，圣人出来经世，“作新视听”即为“改制”，“神道设教”类似于董仲舒在《天人三策》中所提到的教化问题，在这个意义上，“《易》为王者改制之巨典”[2]，作用近似于西汉之《春秋》。

章学诚进一步澄清了《周易》为王者改制之书论述中的困境。就是如何处理“《易》历三圣”，章学诚对此断然否定。夏、商、周三《易》之间有着不同的传承体系，夏《归藏》本自庖羲，商《连山》本于神农，周《周易》本黄帝[3]，是一种断裂性的关系，其中作《易》者为文王。[4]

《周易》周代创制、改制。这一论断的成立还有一个困难之处，周文王作《周易》时，仍为商朝的诸侯，而非天下之共主，因而他没有制作之权：

文王拘幽，未尝得位行道，岂得谓之作《易》以垂政典欤？曰：八卦为三《易》所同，文王自就八卦而系之辞，商道之衰，文王与民同其忧患，故反覆于处忧患之道，而要于无咎，非创制也。周武既定天下，遂名《周易》，而立一代之典教，非文王初意所计及也。[5]

政典的形成须借助王者之创制、制作，按照传统“文王作彖，周公系爻，孔子赞《易》”“人更三圣，世历三古”的说法[6]，文王、周公、孔子均参与《周易》的创作。在章学诚看来，“《易》历三圣”这一论断并不成立。文王虽“三分天下有其二”[7]，然其时天下尚未一统于周，他也没有在天下层

[1] 仓修良编：《文史通义新编》，上海古籍出版社，1993 年，第 1 页。
[2] 同上，第 4 页。
[3] 同上，第 1 页。
[4] 同上，第 2 页。
[5] 同上，第 2 页。
[6] 王阳明著、邓艾民注：《传习录注疏》，第 241–242 页；班固：《汉书 · 艺文志》，岳麓书院，2008 年，第 678 页。
[7] 朱熹：《四书章句集注》，中华书局，1983 年，第 108 页。

面“得位行道”，其文王称号也为后来武王所追授，文王由于身处臣位而并无制作之权。为解决文王无创制之权却作《周易》这一困境，章学诚指出：“八卦为三《易》所同，文王自就八卦而系之辞，商道之衰，文王与民同其忧患，故反覆于处忧患之道，而要于无咎，非创制也。周武既定天下，遂名《周易》，而立一代之典教，非文王初意所计及也。”[1]换言之，文王本无意“创制”，其对《易》之演绎仅具有“与民同其忧患”之意义，在文王之时，《周易》并非政典。武王平定天下之后，名之为《周易》，这非文王之所意料。

关于孔子在《周易》形成中的贡献，章学诚认为孔子出于理势之不得不然，故“述而不作”，作《易传》以申前圣之义蕴：

> 夫子生不得位，不能创制立法，以前民用；因见《周易》之于道法，美善无可复加，惧其久而失传，故作《彖》《象》《文言》诸传，以申其义蕴，所谓述而不作；非力有所不能，理势固有所不可也。[2]

由上可见，尽管章学诚否认孔子为集大成者，但他推尊周公、以《易》为“王者改制之巨典”的观点，与孔子作《春秋》、为汉制法的说法，在先圣为后世确立一种典章制度这个层面是一致的。尽管章学诚否定孔子为汉制法，却不否认周公为当代和后世制法。因而《周易》在章学诚政治观中的地位相当于《春秋》之于汉儒。换言之，章学诚在一定意义上将《周易》《春秋》化了。

余　论

在沟通《周易》和《春秋》的同时，章学诚也对《周易》与《春秋》作出了区分。章学诚看来，创制之主体必须是圣王，而非有德无位之士人。基

[1] 章学诚著、吕思勉评：《文史通义》，上海古籍出版社，2008 年，第 2 页。

[2] 仓修良编：《文史通义新编》，上海古籍出版社，1993 年，第 2 页。

于这一立场，他提出“六经不可拟”的论断，并对汉代扬雄《太玄》、宋代司马光《潜虚》等“拟经”之作进行批评，只有“王者宰治天下”方可“作新耳目”“作新视听”，士人而作经则属“万无可作之理”“其故总缘不知为王制也”[1]，不仅为“不知妄作”，且有“僭窃王章”之罪[2]，所谓“儒者服习六经，而不知经之不可以拟，则浅之乎为儒者矣！”[3]。

按照这个逻辑，《春秋》作为六经之一，是“先王得位行道，经纬宇宙之迹”，而非有德无位之孔子“托之空言之作”，章氏屡次强调孔子为“述而不作”。对《春秋》的相关问题，或阐发、或悬置、或认可，对于孔子作《春秋》，章学诚则始终心存疑虑，认为非“作”而当为“述”，承认《春秋》为孔子所作，则挑战了六经皆“先王得位行道，经纬宇宙之迹”，并进而对于“六经皆史”“六经皆先王政典”[4]等论断构成冲击。在此基础上，章学诚区分了《周易》的经与传。章学诚认为《周易》之卦辞、爻辞为周公之旧典，“十翼”则为孔子所作之传，两者不可等同，失“官守”而后有“师教”，六艺从官守而成为师教之过程，同样是孔子删述六经之过程：“三代之衰，治教既分，夫子生于东周，有德无位，惧先圣王法积道备，至于成周无以续且继者，而至于沦失也，于是取周公之典章，所以体天人之撰而存治化之迹者，独与其徒，相与申而明之。此六艺之所以虽失官守，而犹赖有师教也。”“经传人我之名，起于势之不得已，而非其质本尔也。”[5]换言之，经的形成经历了一个过程，先是周公之典守，再到孔子之删述。前者为“创制立法”，后者为“述而不作”，孔子“有德无位”自然无创制之权。在公羊学体系中，《春秋》为孔子为后世所立之法。[6]正是在这个意义上，章学诚之“创

[1] 章学诚著、吕思勉评：《文史通义》，上海古籍出版社，2008 年，第 4 页。

[2] 同上，第 1–3 页。

[3] 同上，第 31 页。

[4] 同上，第 1 页。

[5] 章学诚著、吕思勉评：《文史通义·经解》，上海古籍出版社，2008 年，第 26–30 页。

[6] 公羊寿传、何休注、徐彦疏：《春秋公羊传注疏·哀公十四年》，上海古籍出版社，2014 年，第 626–628 页。

制”与《公羊学》意义上“新王必改制”[1]区别开来。

章学诚有创制、制度等观点，却不似汉儒借助于《春秋》之义阐发，其关于时势变迁理论在某种程度上，源于《易》，或者说借助《易》之形式。章学诚通过第二章对章学诚《春秋》观的梳理可知，章学诚已经通过周孔之辨摒弃了汉儒孔子为后世立法的论断，因而其创制与变化之观点，需要借助于《易》，他强调《易》为“王者改制之巨典”[2]，正是因为借助于《易》，章学诚缓解了推崇《周官》所带来的“制度主义”倾向。

[1] 苏舆：《春秋繁露义证》，中华书局，1992 年，第 17 页。

[2] 章学诚著、吕思勉评：《文史通义》，上海古籍出版社，2008 年，第 4 页。

文艺美学与现代转型

倒退的革新——清末民初作为方法的语文学论争[1]

诸雨辰[2]

【摘要】 清末民初知识精英们围绕语言文字问题形成了一系列论争，既回应了启蒙的政治运动，更深刻体现了他们的文化反思。本文重点关注“五四”运动前后一段时间内，章太炎、鲁迅、周作人、胡适等人关于语文学的思想观念。一方面，他们解放文体、译介西方思想、使用白话文等意识具有充分的现代性，另一方面，他们又分别受到乾嘉汉学、夏目漱石、晚明思潮等的深刻影响，呈现出既向前革新又向后倒退的复杂性。文言与白话具备书写与口说、形象与声音、传统与当下、典雅与通俗的多重对立关系，建构了东、西方文明冲突的概念隐喻空间，成为清末民初知识精英介入文化矛盾与社会现实的重要方法。

【关键词】 语文学　言文一致　白话文运动　现代性

“五四”白话文运动是中国文化史的重要转折点。章太炎、鲁迅、周作人、胡适等人围绕文言文与白话文形成了一系列论争，并最终形成以白话代替文言的总体潮流。长期以来，学界从社会运动、思想史、文学史、语言学等角度对“五四”白话文运动与汉语言文字的建构历程加以研究，产生了不

[1] 本文系教育部人文社会科学研究青年基金项目“清代散文批评的理论演进及文献研究”（18YJC751073）阶段性成果。

[2] 诸雨辰，文学博士，北京师范大学文学院讲师。

少有价值的思考，尤其是立足当下对“白话—文言”二元对立的语言观[1]、“语言工具论”“声音中心主义”的反省等[2]。随着研究不断深入，学者们也日益重视对晚清以来思想演变线索的全面梳理，重审时人理路，当然也仍还有进一步阐发的余地。

而从方法论上说，人文学科的特殊性决定了研究不能仅仅依赖“优—劣”与“是—非”判断，而有必要通过“真—伪”判断，探索古人在历史语境中提出问题的方式、阐释的逻辑等是否成为“真问题”，从而论定其价值所在[3]。值得追问的是，在清末民初语境下语文学是如何成为问题的？知识精英们的语文观在何种逻辑下展开，又如何阐释？只有回溯他们建构理论的逻辑及内在意蕴，才能发现古典与现代、东方与西方交流互动背景下，知识精

[1] 林少阳教授对“排他性白话文”进行了深刻的反思，参见《鼎革以文——清季革命与章太炎“复古”的新文化运动》，上海人民出版社，2018 年，第 81 页。本文对白话文运动的思考，受林少阳教授启发颇多，特致谢忱！

[2] 如高玉分析了“五四”时期胡适等人的主张，认为其理论表述与现实之间存在较大距离，反对把语言视为工具的观点，进而提出思想革命依托于语言运动的观点。见高玉：《语言运动与思想革命——五四新文学的理论与现实》，《文学评论》2002 年第 5 期。朱恒、何锡章从对“声音中心主义”和语言的“工具论”批判入手，重新审视了白话文运动的语言学缺陷。见朱恒，何锡章：《“五四”白话文运动的语言学考辨》，《文学评论》2008 年第 2 期。陈雪虎发掘了章太炎“以文字为准”的革命潜义，进而基于语文现代性和文化重建的立场讨论了章氏的文学复古主张。见陈雪虎：《“文”的再认：章太炎文论初探》，北京大学出版社，2008 年。王本朝梳理“五四”一代支持与反对白话文的观念，从文章观念角度探讨白话文的写法与观念上的离合。见王本朝：《白话文运动中的文章观念》，《中国社会科学》2013 年第 7 期。邓伟从黎锦熙的国语运动叙述、胡适的白话文运动叙述以及围绕《吴歌甲集》有关的方言文学语言争论三个方面建构“五四”时期的语言文字论述逻辑。见《试析五四时期语言文字建构的若干逻辑——以国语运动、白话文运动、方言文学语言为中心》，《文艺理论研究》2016 年第 1 期。商伟则指出胡适的白话文观念是对欧洲“vernacular”的误读，白话不是欧洲意义上的地方语，而且中国的语言始终保持“言文分离”的现象，因而“五四”白话文运动始终是在误解中曲折展开。见商伟：《言文分离与现代民族国家：“白话文”的历史误会及其意义（上）》，《读书》2016 年第 11 期。李春阳对《中国大百科全书》“白话文运动”词条进行了症候式阅读，细致辨析了其中诸多的误读与矛盾，勾勒了从“五四”到 21 世纪以来，现代汉语发展中语言与文字的发展历史以及文学与语言的关系等诸多命题，可谓对现代白话文运动总的概括。见李春阳：《什么是白话文运动——对〈中国大百科全书〉“白话文运动”词条的症候式阅读》，《社会科学论坛》2011 年第 2 期。李春阳另著有《白话文运动的危机》，生活・读书・新知三联书店，2017 年。重申文言在语文教育和白话成长中的地位。

[3] 对于“优—劣”、“是—非”、“真—伪”判断之研究范式的讨论，参见郭英德：《“以经术、文章主持风会”——阮元“文章之学”新诠》，《文学评论》，2018 年第 6 期。

英们语文观念的深刻性与复杂性，也才能理解其在中国现代性展开过程中的价值。

一、“识字”与语文之“质”

作为坚持“国粹”，重视训诂、考据与史学的代表人物，章太炎常被视为复古的典型。1906年，章太炎由孙中山接往日本，他在《东京留学生欢迎会演说辞》中说：“自然本种的文辞，方为优美。可惜小学日衰，文辞也不成个样子。若是提倡小学，能够达到文学复古的时候，这爱国保种的力量，不由你不伟大的。”[1]讨论“爱国保种”的政治目的而以“小学”“文学复古”为方法，这些观念使他似乎站在了反潮流的一面，胡适就曾不客气地批评说：“他的复古主义虽能‘言之成理’，究竟是一种反背时势的运动”，“章炳麟的文学，我们不能不说他及身而绝了。”（《五十年来中国之文学》）[2]

胡适的判断基于东西方新旧思想的对立框架而展开，语言是思想的载体，要改革思想就首先要改革语言，这也是当时思想界的共识之一。裘廷梁认为“愚天下之具，莫文言若”[3]，故而启蒙的基础是改革语文。康有为也希望简化语文：“夫语言文字，出于人为耳，无体不可，但取简易，便于交通者足矣，非如数学、律学、哲学之有一定而人所必须也，故以删汰其繁而劣者，同定于一为要义。”[4]他们相信语言的简化符合世界发展的大趋势，刘师培引斯宾塞“世界愈进化，则文字愈退化”之说，认为文学的发展是“由文趋质，由深趋浅”，“皆语言文字合一之渐也。”从语言切入，他们更关注的是启蒙，启蒙依赖教育，而教育的基础在识字。刘师培说：“达泰氏（但丁）以本国语言用于文学，而国民教育以兴。盖文言合一，则识字者日益多。”

[1] 章太炎：《东京留学生欢迎会演说辞》，《民报》，1906 年第 6 号。
[2] 胡适：《胡适文集》，北京大学出版社，1998 年，第 231–232 页。
[3] 裘廷梁：《论白话为维新之本》，《无锡白话报》，1898 年第 1 号。
[4] 康有为：《大同书》，上海古籍出版社，2014 年，第 63 页。

（《论文杂记》）[1]其后，更激烈地要求变革语言者，则有《新世纪》杂志的吴稚晖等人，他们基于进化论与欧洲中心的观念，宣扬废止汉语而改用万国新语，目的依然在于接受西方思想。总之，在当时思想界的主流论述中，口语和文言的不同已被置换为启蒙与否的差异，在这个意义上看，章太炎的观念似乎真有些“反背时势”了。然而，外部语境提供了观察章太炎思想的坐标，却难以确论孰是孰非。值得思考的是章太炎要如何回应思想界的挑战，又如何提出问题并论证其合理性？

刘师培是章太炎在《国粹学报》的战友,《论文杂记》连载于1905年《国粹学报》第1至5期，因而刘师培“由文趋质”以及“识字日多”的观点是章太炎必须回应的。而将《论文杂记》与章太炎1906年于《国粹学报》连载的《文学论略》，特别是1910年修订的《文学总略》对读，则可发现章太炎对刘师培隐晦的回应。

一般认为，章太炎对新文学的贡献是扩大了“文”的范围，他强调“文学者，以有文字著于竹帛，故谓之文。”“是故榷论文学，以文字为准，不以彣彰为准。”[2]所谓“彣彰”即指阮元“惟沉思翰藻，乃可名之为文也”（《书梁昭明太子文选序后》）[3]的骈体文学观。在章太炎看来，“沉思翰藻”之“彣”，既是狭隘、又是后起的概念。而文章/文字由“质”趋“彣”的过程，不但将应用文体摈于美文之外，还丧失了文字原初的准确性。举例来说，时人以“常”释“经”，以“转”释“传”，以“伦”释“论”，为文体附加了义理色彩。章太炎则以训诂学指出：“绳线联贯谓之经，簿书记事谓之专，比竹成册谓之仑，各从其质以为之名。”（《文学总略》）[4]如此便把附加于文体之上的衍生观念消解了，这才是其所谓文字之“质”。

阮元之说在章太炎看来本不足辩，那么如此大费周章地讨论“文辞”之

[1] 刘师培：《中国文学讲义》，广陵书社，2016 年，第 171 页。
[2] 章太炎：《国故论衡》，商务印书馆，2012 年，第 73–74 页。
[3] 阮元：《揅经室集》，中华书局，1993 年，第 608 页。
[4] 章太炎：《国故论衡》，商务印书馆，2012 年，第 79–80 页。

“文”与“文字”之“质”，究竟有何指向呢？这不由让人想起刘师培。刘师培与阮元同乡，在文学上也继承阮元以骈文为正宗的观点。章太炎对阮元的攻击，恐怕根本上是为了回应刘师培“由文趋质”的语文观[1]。章太炎强调“文字初兴，本以代声气，乃其功用有胜于言者”，言语在发展过程中，并不是像刘师培预想的“由文趋质，由深趋浅”，而是“万类坌集，棼不可理，言語之用，有所不周，于是委之文字。”（《文学总略》）[2]人们在使用语言时，言语流动性较强，容易丧失其“质”，而通过小学追溯文字之本义，反而比口语更能保存其原质。语言文字之准确应用，是客观理性地理解世界的媒介，语文学在章太炎这里也就真正成为了值得研究的问题。

钱穆概括章太炎的语文观说:“非为慕古，欲使雅言故训，复用于常文。”（《余杭章氏学别记》）[3]其说甚是，章太炎是在追求语言向古文字的准确性靠拢。而与此同时，他也把方言纳入自己的理论之中，所谓“今者音韵虽宜一致，而殊言别语，终合葆存。但令士大夫略通小学，则知今世方言上合周汉者众。”（《汉字统一会之荒谬》）[4]这恰是另一层面的“言文一致”，即力图在音韵训诂基础上，实现更广泛意义上口说之“言”向准确之“文”的靠拢。1906年章太炎《新方言》之作，明显径取扬雄《方言》之意，有着以方言“合周汉”的学术魄力。

就废止文言一派来说，其文字改革的目的都是为了有助于识字。章太炎也讲识字，但他的逻辑恰恰相反，不是因为文之“质”便于“识字”，而是必须先“识字”才有文之“质”。如此我们便可明白，章太炎的思考其实是与当时的思潮同步的。“文”与“质”、“识字”同样落实在其“言文一致”论中，只不过他选择了“文学复古”的方向而已。而章太炎的“文学复古”

[1] 这一判断，亦可参见木山英雄：《文学复古与文学革命——木山英雄中国现代文学思想论集》，赵京华编译，北京大学出版社，2004 年，第 221 页。

[2] 章太炎：《国故论衡》，商务印书馆，2012 年，第 80 页。

[3] 章念驰：《章太炎生平与学术》，上海人民出版社，2016 年，第 25 页。

[4] 章太炎：《汉字统一会之荒谬》，《民报》，1907 年第 17 号。

同样蕴含着启蒙的内涵："彼意大利之中兴，且以文学复古为之先导，汉学亦然，其于种族固有益无损。"（《革命道德说》）[1]"文学复古"借鉴于西方的"文艺复兴"，即希望通过"文"实现民族国家的建构，以包括语言文字、典章制度、人物事迹在内的"国粹"激励"爱国爱种"之心，这种启蒙正可谓"鼎革以文"。

有趣的是，"识字"为"质"之根本，这一逻辑反而来自阮元。阮元推崇司马相如、扬雄、枚乘等向来被认为是"雕虫小技"的赋家，因为在他看来，"古人古文小学与词赋同源共流，汉之相如、子云，无不深通古文雅训。"（《扬州隋文选楼记》）又说"岂有不明音韵篆文训诂，能土拟相如、子云者哉？"（《与学海堂吴学博兰修书》）而骈文"耀采腾文，骈音丽字"的前提，亦在"洞穴经史，钻研六书"（《四六丛话序》）[2]的小学基础。这些几乎是前所未有之论，正反映出阮元迫切渴望以音韵、训诂之学，恢复"文"的纯洁雅驯。章太炎固然反对阮元骈文之说，然而从理论的阐释方式上看，阮元所求之"彣"与章太炎所求之"质"，其前提都是"识字"，这一逻辑又何其相似。表面是否定阮元，实则是继承阮元，向前革新与向后倒退的矛盾体在章太炎身上发生了奇妙的共生。

二、文之"洁癖"与"言文一致"

一般认为，章太炎以小学学养、国粹意识而求语言之"质"的语文观不但使其文章艰深难懂，同时也影响了"五四"之前鲁迅的文风。鲁迅自己说："又喜欢做怪句子和写古字，这是受了当时的《民报》的影响。"（《坟·题记》）[3]如果说章太炎是为了回应"言文一致"思潮而从文质关系角度提出其复古的语文观，那么身处完全不同语境下的鲁迅，其语文观又是如

[1] 章太炎：《革命之道德》，《民报》，1906 年第 16 号。

[2] 阮元：《揅经室集》，中华书局，1993 年，第 388、1071、738 页。

[3] 鲁迅：《鲁迅全集》第一卷，人民文学出版社，2005 年，第 3 页。

何提出的？他在什么意义上受到章太炎影响，又在什么意义上自成逻辑呢？

鲁迅于1902至1909年留学日本，其间写作《中国地质略论》（1903）、《斯巴达之魂》（1903）、《文化偏至论》（1907）、《摩罗诗力说》（1907）、《破恶声论》（1908）等理论文章，翻译了凡尔纳的小说《月界旅行》（1903）、《地底旅行》（1906），又与周作人合作编译了《域外小说集》（1909）。鲁迅在这一时期的文章，特别是翻译文章，一面使用古字古义，一面使用音译的专有名词，造成“诘屈聱牙”的效果，一般认为这与其当时师从章太炎学习《说文》密不可分。《说文》为鲁迅使用古字提供了知识基础，因而说鲁迅受章太炎影响自然不无道理。然而，周作人却另有解释：“此所谓文字上的一种洁癖，与复古全无关系，且正以有此洁癖乃能知复古之无谓。”（《关于鲁迅之二》）[1]他不承认使用古文是为了复古，而强调其为“文字上的一种洁癖”。那么，周作人的辩护是否成立呢？

据周作人回忆，鲁迅留日期间最关注的日本作家是夏目漱石，而此时夏目漱石正关注从本体上解释“文学为何物”的问题。他在留英期间受英国文学观念冲击，开始反思日本文学史叙述中欧洲中心的线性史观。1907年，夏目漱石发表《文学论》，并在序言中提起少时喜读《左传》《战国策》《史记》《汉书》等“汉文学”。而接触英国文学后，他的文学观念受到了颠倒、扭曲，开始对“汉文学”有所反省，也由此生出了“不安”。柄谷行人解释这种“不安”说：

> 漱石在某一时刻突然发现自己已经做出了选择。就是说，“风景之发现”并不是存在于过去至现在的直线性历史之中。已经习惯风景的人看不到这种扭曲。漱石的怀疑正是由此开始，“有被英国文学所欺而生不安之感念”，即生存于此种“风景”里的不安。[2]

“风景之发现”是日本现代文学形成的标志，它建立在消除汉字影响的

[1] 周作人：《青年时代的鲁迅》附录三，河北教育出版社，2001年，第131页。

[2] 柄谷行人：《日本现代文学的起源》，赵京华译，中央编译出版社，2017年，第12页。

基础上。汉字深厚的文化传统使语言的能指与所指高度一致化，见柳而思送别，望月而思故乡，中国文化传统成为日本人理解世界的“先验的概念”[1]。而要建构现代性反思，就必须在语言层面形成不习惯的张力与扭曲，打破语言的惯性。因此，日本学者高度重视“言文一致”，以日语的书写取代汉语文言文，消解蕴含在文言文中“先验的概念”。而经由“言文一致”的推动，日本人得以重新“发现”了“风景”，获得内在的主体性，从而形成了日本现代小说诸种新思潮。

身处日本，并关注夏目漱石的周氏兄弟不可能不知道日本的“言文一致”运动以及夏目漱石对文学的反省。日本的“言文一致”最初也基于声音中心主义以及启蒙的观念，然而经由夏目漱石的“不安”，语文学的核心已经变成如何经由“文”而形成内在主体性，同时也创造出不受“先验的概念”束缚的客观对象。汉字影响准确表义，所以用日本口语取代文言文汉字，就是让语言透明化，消解先验的、形象化的概念，从而恢复表达的准确性与在场感。这一逻辑又何尝不与章太炎“使雅言故训，复用于常文”的思路相一致呢？

鲁迅的文字“洁癖”，恰恰是在译介西方文学与思想时大量使用古文。鲁迅在日本接触到尼采等欧洲哲学家的思想，然而这种思想冲击如何传达给国人呢？通行的白话难以传达思想上的扭曲与颠覆感，反而是雅洁的古文更有效果。鲁迅在《破恶声论》中说：“且又日鼓舞之以报章，间协助之以书籍，中文之词，虽诘屈聱牙，难以尽晓，顾究亦输入文明之利器也。”[2]周作人也认为要通过译介欧洲近代小说，为尚未进化的中国小说开辟道路，正应“以雅正为归，易俗语为文言”[3]。“文字之洁癖”之所以成为有价值的问题正在于此，即在译介文章中有意识地使用雅洁的文言，在准确表达域外语义的

[1] 本居宣长批判日本山水画的“场”为“汉意”，认为日本人观察事物时已经到了只有通过汉文学的概念才能观察的程度。参见柄谷行人：《日本现代文学的起源》，第21页。

[2] 鲁迅：《鲁迅全集》第八卷，人民文学出版社，2005年，第26页。

[3] 周作人：《小说与社会》，《绍兴教育会月刊》，1912年第5号。

同时，借助语言的张力而启迪新知。在这个意义上，留日时期周氏兄弟关于语言文字的主张看起来是复古，却又是实实在在的开新，是一种向后倒退的革新。

三、探寻语文普遍性的可能

夏目漱石在意识到东西方文明冲突后，并未接受欧洲中心的线性史观，而是生发了反省意识。他在《创作家的态度》中表示："不应该以基于某个时代、某一个人的特性来区分作品，而是应该以适用于古今东西，离开作家与时代的，仅在作品上表现出来的特性来区分作品。"[1]这种反思正体现出夏目漱石在获得了主体性的自我认同后，超越线性文学发展观，寻求文学普遍性的努力。

与日本的情况不同，清帝逊位以后，民国知识分子还来不及在汉语中建构西方意义上由个性到同一性自我认同（identity），新一轮的救亡思潮就中断了启蒙的现代性设计。适合政治革命宣传需要的白话文更加势不可挡，就连鲁迅、周作人、钱玄同等跟从章太炎学习《说文》的一辈，在"五四"以后也放弃了以古文求雅洁的思路，转而成为白话文学革命的先锋。此时反观依旧坚持文言文立场的章太炎，当然就会像胡适所评价的"反背时势"了。换言之，"文学复古"在排满革命时尚且有助于激发民族意识，而在清帝逊位之后，革命的含义发生变化，复古的合法性在新的时代语境中受到动摇。那么，章太炎的坚持又该如何解释？淡出革命而投身学术的他，是否有可能继续"五四"一代未尽的语文学理路呢？

以夏目漱石为参照，普遍性问题可以说是语文现代性的关键，而中国语言的普遍性问题恰是中西交流史上一个有趣的命题。早在1689年，德国哲学家莱布尼兹（Gottfried Wilhelm Leibniz）就通过耶稣会士介绍，对中国

[1] 柄谷行人：《日本现代文学的起源》，赵京华译，中央编译出版社，2017 年，第 6 页。

语言与哲学产生了兴趣。1696到1703年，莱布尼兹先后与在华耶稣会士白晋（Joachim Bouvet）通过9封书信，二人探讨了《周易》与二进制算法的关系。通过白晋的转述，莱布尼兹发现，汉语中观念的表达可以以“主词—谓词”的组合形式展开，这使他相信文言文与数学，正可以构成其理想的人类思想的符号系统，形成一种普遍性的语言[1]。

莱布尼兹并不懂汉语，他的构想或多或少有想象的成分。而有趣的是，乾嘉时期在阮元的观念中，同样认同文言文与数学具有普遍语言的特性。他说：“古人简策繁重，以口耳相传者多，以目相传者少，是以有韵有文之言，行之始远。不第此也，且以数记言，使百官万民易诵易记，《洪范》《周官》尤其最著者也。”（《数说》）[2]韵文与数学，都是“行之始远”的语言媒介，而阮元的韵文发展之后正是其“沉思翰藻”的文言之文。此外，钱大昕也认为数学是东西方同一的东西：“布算既成，校之无累黍之失，无他，此心同，此理同，此数同也。”（《赠谈阶平序》）[3]乾嘉时期的学者早已开始探寻东西方文化差异下，具有普遍性的沟通媒介了。而阮元将韵文与数学并观的表述，尤其与莱布尼兹的构想相似。

而就其交往而言，乾隆曾命钱大昕翻译润色传教士蒋友仁的《地球图说》，其后阮元为其绘制了地图以及演算图，他们都直接接触过耶稣会士，也就有可能通过耶稣会士了解白晋甚至莱布尼兹等对应中国哲学、语言的看法[4]。而无论阮元是否了解莱布尼兹的理论，在“言文一致”成为问题的六十年前，乾嘉汉学家们正是将语义精确的文言视为沟通远人的普遍语言。深通汉学的章太炎，无疑很清楚阮元关于普遍语言的说法。阮元的“文言说”固

[1] 简言之，莱布尼兹的逻辑学认为所有命题都有一个“主词—谓词”形式，这样所有命题就都可以通过概念的数字化来表示，而人类可以通过乘法运算将简单概念整合成为复杂概念，从而建立理解人类思想的“人类思想的符号系统”。参见〔美〕加勒特·汤姆森：《莱布尼兹》，李素霞、杨富斌译，中华书局，2014年，第24–25页。

[2] 阮元：《揅经室集》，中华书局，1993年，第606–607页。

[3] 钱大昕：《潜研堂文集》，江苏古籍出版社，1997年，第362页。

[4] 阮元生前还编有一部中外天文学家列传——《畴人传》，莱布尼兹传在其去世后由后继者编入《畴人传四编》。

然狭隘，但是他认定文言与数学作为普遍语言的思路，则可以成为支撑章太炎追求“使雅言故训，复用于常文”从而抵抗万国新语的思想动力。在这个意义上，章太炎“复古”的新文化运动，既接续着乾嘉汉学的思想光芒，又向着语文现代性的方向开新。

四、从晚明理解“五四”

在探讨章太炎以复古的方式接通语文的现代性的同时，还有必要审视胡适对新文学的表述。1917年，胡适在《文学改良刍议》中提出“八不主义”，次年又在《建设的文学革命论》中表述为：有话说，方才说话；有什么话，说什么话。话怎么说，就怎么说；要说我们自己的话，别说别人的话；是什么时代的人，说什么时代的话。[1]他以口语为进化，以文言为落后，并以此建构起“文学革命”的合理性。“文学革命”是否合理是见仁见智的问题，但至少可以追问，胡适的文学革命果然就是“新”的吗？

周作人可能就不这么看，在他的理解中，胡适不过“是复活了明末公安派的‘独抒性灵，不拘格套’和‘信腕信口，皆成律度’的主张。”（《中国新文学的源流》）[2]这里似乎有意反驳胡适线性进化的语言观与文学史观。在周作人看来，文学不存在胡适预设的从文言到口语的必然方向，而是迂回发展，当他梳理了明清文论史后，自然就发现胡适的理论与晚明性灵派的相似性。更重要的是，周作人相信“古文和白话并没有严格的界限，因此死活也难分。”[3]就像夏目漱石反思日本文学史家对浪漫主义、现实主义等的线性叙述，周作人也批评胡适《白话文学史》歪曲了白话文的概念。而仔细考辨周作人的理论逻辑，则更为复杂有趣。

周作人认为传达思想感情的方法很多，“用言语传达就比较难，用文字

---

[1] 胡适：《建设的文学革命论》，《胡适文集》第三卷，人民文学出版社，1998年，第60页。

[2] 周作人：《中国新文学的源流》，华东师范大学出版社，1995年，第57页。

[3] 同上，第59页。

写出更难。”这里已经涉及言语，尤其是文言难以准确表意的现代性意识了，日本“言文一致”的口语转向便是由此展开的。然而周作人笔锋一转，接着却从“言不尽意”的哲学思辨，退到对明末“信腕信口”性灵文学主张的讨论，并认为这“是从‘言志’的主张中生出来的必然结果。”[1]从使用文言到使用白话是一种革新，而将语言变化的理由归结为“言志”与“载道”的二律背反，最终甚至落脚在反摹仿层面，不能不说周作人论述新文学的源流，也是相当古典式的。

从另一个侧面看，周作人是专意从文学的角度讨论语言文字问题，他在《国语文学谈》(1925)中就明确表述道：“我想一国里当然只应有一种国语，但可以也应当有两种语体，一是口语，一是文章语”，而口语和文章语“两者的发达是平行并进”，区别只在应用场合的不同，前者“是普通说话用的”，后者“适于表现复杂的思想感情之用”[2]。白话文与古文的对立，在周作人看来是现代文章语不发达的结果。于是，在语体论的框架中，周作人巧妙地消解了古文与白话的对立，将其视为文学写作中的方法论，而他自己的文学写作，也形成了文言与白话相融的独特风格[3]。

从语文论争的历时线索看，周作人化言文差异为语体差异，固然是排除了纠缠于其中的观念偏见，具有清晰的学术性与逻辑性。可是周作人没有意识到，与章太炎“以有文字著于竹帛”的无比宽泛，因而也就而充满现实性的“文学复古”相比，他的思路再一次使文学内向化了，这同样不能不说是向后倒退的革新。

[1] 周作人：《中国新文学的源流》，华东师范大学出版社，1995年，第62页。

[2] 周作人：《艺术与生活》，河北教育出版社，2002年，第63页。

[3] 在这个意义上，木山英雄对周作人给予了高度评价，认为“在这里有着鲁迅也不能企及的周作人作为文学启蒙家的优秀一面，同时也展示出了另一个精神面貌，即用普通的视线将充满混乱和奇诡的转型期的诸种问题加以批评的伦理批评家。”见《文学复古与文学革命——木山英雄中国现代文学思想论集》，赵京华编译，北京大学出版社，2004年，第129页。

五、作为方法的语文学论争

百年以后，脱离了晚清至“五四”的历史语境后，语文体似乎已成为不是问题的问题，语文当然是建立在口语之自由性与书面语之严谨性基础上的共生体。那么如鲁迅留日期间，在实践文言文时回避于论争之外，或者如周作人历经反思之后，以语体论消解语文问题的策略，在今天来看反而是更合理的。然而思想史不问对错，更重要的是如何审视这数十年间关于语文问题的持续争论？

概言之，语文学对清末民初知识分子来说是一种方法论性质的论争。无论是康有为的启蒙需求，还是章太炎以国粹激发民族意识，抑或胡适以白话文推动其文学改良，对语言文字的探讨都是其重要的切入点。而之所以说是作为方法的语文学，更在于晚清至“五四”一代精英们对于语文的讨论，不断处于倒退与革新并存的矛盾循环之中。

最不存在矛盾的是《新世纪》一派全盘西化的主张，以欧洲中心主义与声音中心主义作为其内在逻辑。但这种没有矛盾的逻辑反而问题最大，它将西方文明视为权威输入，却并未充分理解西方文明的内核。鲁迅的《摩罗诗力说》便指出：“德法二国之外形，亦非吾邦所可活剥；示其内质，冀略有所悟解而已。”[1]而真正对西方文明形成“悟解”的，反而是那些存在理论张力的语文观念。

清末民初知识精英面临的问题是中国传统文明的整体性崩溃，西方文明的存在既是威胁也是诱惑。这在整个东亚文化圈都是如此，伊藤虎丸对日本现代化的批判，即指出日本缺乏“精神=抵抗=发展”的思想运动，所以“容易接纳西洋近代，急速实现‘近代化’，但反过来说，也就并没经历过与西洋近代真正交锋所产生的‘回心’，而不过是‘转向’，不过是由‘奴隶’变

[1] 鲁迅：《鲁迅全集》第一卷，人民文学出版社，2005年，第71页。

成了‘奴隶主’”，于是“对先进国的劣等感和对后进国的优越感”（伊藤虎丸《鲁迅与终末论》）[1]居于日本一身，并最终导致了日本走向歧途。

伊藤虎丸所谓的“回心”，包含“通过内在的自我否定而达到自觉或觉醒的意思”[2]。而章太炎等人向后倒退的革新，不正是既是基于对现代性语境的理解，又基于传统思想与现代性对抗的复杂精神运动吗？章太炎曾撰文反对议会制，鲁迅也撰文反对君主立宪，这些看似反动的观点，内在逻辑都认为当时的中国缺少接受西方思想的“精神”。没有这种“精神”而把西方文明作为既成品而接受，其结果只能造就一个虚构的现实，辛亥革命的昙花一现正是其在政治上的反映。

当然，更深层的还是中西跨文化对话的问题。而切入文化问题的思考，语文学就成为一个非常重要的“方法”。文言与白话，在语义概念上存在着书写与口说、形象与声音、传统与当下、典雅与通俗的多重对立关系。正适合中国遭遇西方文明时，文化空间的概念隐喻图式，从而将语文学的学术场域，映射为文明冲突与对话的场域。同时，语言文字的本质在“人”的使用。而“五四”精神正在于从外在的权威中发现精神自由的“人”以及把这样的“人”解放出来。这一过程需要对现实经验的逻辑性重构，将现实对象化、将权力重新合理化。语言文字的逻辑性重构，回应了精神自由的“人”的重构，语文不再是本来看上去理所当然的写作或说话，语文成为一个需要思考、争鸣的问题，意味着语言文字本身的对象化，这便有了作为精神主体的“人”的选择问题。而又如周作人所认识的，文言、白话是语体问题，语体问题的内在特征由使用场合、接受者的属性而决定，通过语体而形成了不同的文化空间，这一空间当然伴随着权力，文言与口语的妥协，亦意味着文化权力的重新合理化。在这个意义上，语文学问题同样又是“人”的问题的概念隐喻。

---

[1] 伊藤虎丸：《鲁迅与终末论——近代现实主义的成立》，李冬木译，生活·读书·新知三联书店，2008 年，第 43 页。

[2] 同上，第 5 页。

晚清民初思想语境中，作为方法的语文学，既是现代化的概念隐喻场与象征空间，其争论自身又为主体的“回心”提供了充足的思想与话语资源。章太炎一面将“文学”从骈文/美文的观念中解放出来，一面又根柢于小学以语言文字之“质”为精神砥柱；一面以复古的文学激发民族国家意识，一面又回向乾嘉学派的文言文普遍性思考。鲁迅的文字“洁癖”，一面是面对西方文明的译介问题，一面又追溯着章太炎“识字”观念的学理脉络。而胡适、周作人虽然不及章太炎的学问功夫，但一方面充分回应白话文的发展潮流与文学环境，一方面又在认识上回溯晚明，同样体现出传统与现代之间相抵抗的张力。唯有这种向后倒退的革新，才确保了中国知识精英保持着主体性精神而与西方文明“对话”，而非被思想所“占有”。至于其前提，就在于语文学本身也是一个历时性概念，语言文字的历时演进，保证了对其进行学理探讨时可以不断从旧的价值中产生新的解释空间。当然也就使语文学成为清末民初知识分子用以回应文明冲突的有效“方法”。

近代文脉转型中的价值重构与古今之辨
——试析高步瀛《举要》系列选本的文化取径[1]

程　园[2]

【摘要】 本文聚焦古文家高步瀛的《举要》系列选本，试图揭示其一方面在中西文化的两歧性中以古文为核心构造传统文化的现代学科逻辑（事权逻辑）的意识，另一方面克服近代以来文字—文章—文化的基质性古今断裂，在现代事理逻辑中重塑价值意涵，思考一种以古释古、古今相承而互生的良性转型路径的努力，并讨论其兼顾专门与普及的文教影响。

【关键词】《举要》　价值重构　古今之辨　征引式训注　文教影响

清末民初，文章学激于时势应对，变化日剧。作为传统文脉延至近代的重要代表与构架，桐城文派在曾国藩所开启的中兴振起之象中潜隐着深层危机。曾氏在《劝学篇示直隶士子》文中提出，“为学之术有四：曰义理，曰考据，曰辞章，曰经济”[3]，从而发展了姚鼐的古文纲领。其虽仍着意强调“义理”为文章之本、经济之源，但此经世意涵的嵌入，却在客观上构造出一个矛盾背反的思想空间：以“事”这一实践层面作为质询中介，实际已构

[1] 本文系教育部人文社科基地重大项目“中国近现代文论话语的转型和嬗变研究”（17JJD740002）的阶段性成果。

[2] 程园，北京师范大学文艺学博士生。

[3] 曾国藩：《劝学篇示直隶士子》，《曾国藩全集》第14册《诗文》，岳麓书社，2011年，第486页。

成对迂腐僵化、无法匡世济俗的官学化程朱理学之批判，传统文脉的思想根基从而被摇撼。这是道咸后内忧外患、时局日蹙等现实问题在思想领域的反映，由此也可见出在近代中国的严峻历史和沉重危机中，“不朽”之“天理”已降为一隅，西来以事权逻辑为内核的现代“公理”终于大行其道的现实。

然而，“公理世界观以原子论的方式建构了‘事实’范畴，并以此冲击天理世界观的形而上学预设，试图按照事实的逻辑或自然的法则建构伦理和政治的根据。由于原子论式的事实概念的最终确立，任何对于事实的逻辑或自然的法则的反抗都必须以承认事实与价值的二元论为前提”[1]。这一“现代性”的根本处境是普遍的，其揭示了人类社会从重视本体、伦理、意义的文化范式转向科学理性、认识论、知识论的过程中所造成的“古今之争”的根源，但像中国这样的后发现代性国家所显发的本国文化古今裂痕，却不得不与外来文化的刺激纠缠在一起，呈现出既得“顺应”西学范式又须“凸显”自身文化独特性这一两歧性悖论。加之近代以来以西学进化意识为内核的语—文置换（言文一致、国语运动等）进一步切断了中国传统“文字—文章—文化”的贯通结构，事实上是从根本处重塑了新一代人的知识结构和观念感觉，这都给传统文脉的传承与转型带来了艰巨的挑战。

活跃于清末民国的桐城派后期古文家高步瀛在此困境中却开辟卓径，贡献了独特的思考与实践。高氏编著有《周秦文举要笺证》《两汉文举要笺证》《魏晋六朝文举要笺证（甲编、乙编）》《唐宋文举要笺证（甲编、乙编）》《明清文举要笺证（甲编、乙编）》等诸多断代史文章选本[2]，并将其中多种施用于其长期任教的国立北京高等师范学校等院校，其中不囿于桐城固有的选文思路，将骈散文章、诗赋经史等集纳萃取，一方面径以传统汉学功夫进

[1] 汪晖：《现代中国思想的兴起 理与物》上，生活·读书·新知三联书店，2008 年，第 48 页。

[2] 高步瀛的编著尚有《汉魏六朝诗笺证》《唐宋诗举要笺注》《选学举要》《文选李注义疏》《史记举要笺证》《古文辞类纂笺证》《古文苑》《经史诸子文选》《骈文举要》等等，且并未全部印行出版。几种“举要笺证”经中华书局统一定名为《举要》后已于 1963 年出版。关于高步瀛的著述情况，此处参考了高步瀛学生程金造的回忆及中华书局对高氏《举要》系列的出版说明。详参程金造：《忆先师高步瀛阆仙先生》，《学林漫录 十二集》，中华书局，1988 年，第 16—17 页。

行详笺密证，同时集纳诸家评点的方式，已体现出以高步瀛为代表的转型期学人在对西学的应激中清理整束自家学问的文化自性。高氏进而一方面在中西文化的两歧性中以古文为核心构造传统文化的现代学科逻辑（事权逻辑），同时试图恢复或重构自身文化的整体性和切身性，尝试克服近代以来文字—文章—文化的基质性古今断裂，在现代事理逻辑中重塑价值意涵，构造出一种古今相承而互生的良性通约和转型路径。

一、桐城古文的“现代”波折：形态化、理论化的进退失据

如果说处身文化变局的末代古文家皆怀一腔解文脉于倒悬之殷心，却基于不同的思考方式与文化视野而形成了不同的文论思想与实践路径的话，高步瀛确实颇不同于其同时代古文家。这里拟先略为考察吴闿生和姚永朴的相关思考。

吴闿生为吴汝纶之子，其幼承家学，后师事贺涛，为桐城派后期重要古文家之一，著有《诗义会通》《左传微》《晚清四十家诗钞》等，并与高步瀛合作编著《国文教范》《孟子文法读本》。《国文教范》先于1913年出版，1919年再版时更名为《古文范》，而至1927年，吴闿生在前选古文62篇的基础上又加增选，共计103篇，编选的目的则仍然是“力延古文一线之传”。从全书评点来看，吴氏虽时以形势异变下的新情新理对释古义，但大多流于断章取义，并非以古文融新知，而是“借此迎合时代所需，以使古文易于为新学子接受，从而得到更广泛的传播”[1]。吴氏最重要的贡献当是对古文义法的总结和深化，其《古文范》对章法的评说注重打通各个关节，对文章的起首入题、行文转接、起伏提顿、结尾收束等谋篇布局、层折曲妙的架构经营皆有系统而精微的论述，但从大的文化格局来看，吴闿生的古文评点大体偏向

[1] 杨新平：《发幽阐微形塑典范——吴闿生〈古文范〉选评思想刍议》，《北京社会科学》，2015年第10期。

于古文内部延续宋明以来《古文关键》（吕祖谦）、《文章轨范》（谢枋得）等专论文章文法的实用性一侧，即使在总结古典文章批评话语的向度上意义卓著，也仍然囿限于桐城家法，对在中西古今文化复杂性中以古文辟开一条文化融贯新路的构想尚无更深措意。

桐城后期古文家中更具文化影响力的实际上是吴汝纶、张裕钊的另一位学生姚永朴。姚氏清末民初一直执教京师大学堂—北京大学，对清末“癸卯学制”对文学科的规划以及新生的北京大学对中文学科的现代建制过程都极为熟悉，且直接面对了1912年后黄侃、马裕藻、沈尹默、钱玄同、刘师培等浙派章门弟子的第一波冲击和1916年起蔡元培、胡适、钱玄同、陈独秀等新文化人的第二波冲击。虽然作为同道的林纾因代表桐城直接介入新旧论战而成为众矢之的，但真正遭到冲击的还是原先在学问理路、文教规制、课程设计、讲义编撰等方面具有主导性影响的姚永朴等桐城系教员。在近代这两次学术风气的急剧变化中出版的《文学研究法》是姚永朴最为后人称道的著作，其作为在北大所开设同名课程的讲义，被认为是桐城古文论集大成之作。而姚氏1918年的去职南下，也标志着有清以来桐城古文在文教领域执牛耳者地位在近现代的彻底失落。《文学研究法》力图将自身理论化，期望符合于现代学科规划格制，顺应知识化专业化生产而不得，这一错位中所显现出的古今文化裂隙正是其作为一种症候具有的可分析性。

“文学研究法”原系“癸卯学制”下《奏定大学堂章程》所规定“中国文学门”中的第一门课。[1]“研究法”在清末属于新名目,《奏定大学堂章程》拟设的八大学科中，经学科、文学科等传统科目中都有此课，要义在于对学科内容“举其大略”[2]。但其与政治科中“政治总义”、法律科中“法律原理

[1] 《奏定大学堂章程》，见《中国近代学制史料第 2 辑》上，朱有瓛主编，华东师范大学出版社，1987 年，第 785 页。

[2] 《奏定大学堂章程》中详细列举了各科目课程“研究法”的主要内容，对“文学研究法”的疏解达 41 条，内容庞杂，中西兼容。后文论述所涉，皆详参《光绪二十九年十一月二十六日（1904.1.13）奏定大学堂章程》，同上，第 785—786 页。

学”作为同性质同类型课程并列，已可看出西学综述概论类课程对传统中学向现代形态的初步形塑。在强调从文字（音韵、训诂）到文章（文体历变与形式功能）到文化（德治、尚实、致用）的课程总义的同时，“文学研究法”还涉及“东文文法、泰西各国文法”，表明其试图把握中西文学差异的用意，而“文学与人事世道之关系、文学与国家之关系、文学与地理之关系……文学与外交之关系”等相关阐发则已明显脱却传统文道强锢，透露出文学的独立意味以及以文学为核心来建立诸种关系的某种接近现代的理解方式，这大体可以看作西方文论尚未有实质性影响之前文学概论的“中国形态”雏形。因此，姚永朴的《文学研究法》当有在此文论意涵下系统整理传统中学资源内容，并将之做类似体系化、理论化、知识化的“现代”诉求。但对比此书目录与“文学研究法”的课程疏解，毋宁说这种努力仅止于表面。虽然每卷六目分论文学的原理、流别、义法、风格[1]，四卷似乎各有侧重地大体因应着研究法之本意，但此书论述的对象却始终不出桐城古文文道观、经世论、写作技法的范畴，以传统学问为基而化合中西，建构具有普遍意义的现代知识和研究原则的目标不仅未能实现，《奏定大学堂章程》所体现的中西文化视野与现代文学感觉业已失去。“《文学研究法》主体不是西学范式上将文学现象和文学作品对象化而后作整体性抽象的研究，也不是提供文学研究的诸种思路和方法的‘研究文学的方法’，究其实大抵以桐城派古文‘义法’说和传统为文‘法度’为主体。”[2]对现代学科的框架式摄取终于未能阻止姚氏大幅度地退守自家学问脉络的保守面。从1913年《教育部公布大学规程》在除“国文学”外的其他文学类和言语学类课程中都引入“文学概论”[3]，到

[1] 《文学研究法》各卷目名称为：卷一（起源、根本、范围、纲领、门类、功效），卷二（运会、派别、著述、告语、记载、诗歌），卷三（性情、状态、神理、气味、格律、声色），卷四（刚柔、奇正、雅俗、繁简、瑕疵、工夫），最后缀以“结论”。详参姚永朴：《文学研究法》，凤凰出版社 2009 年版。

[2] 陈雪虎：《试析清末民初“文学研究法”的架构》，《文艺理论研究》，2015 年第 3 期。

[3] 《教育部公布大学规程（1913 年 1 月）》，见《中国近代教育史资料》上，舒新城编，人民教育出版社，1980 年，第 645—646 页。

1917年新文化运动后的北京大学正式开设文学概论课程[1]，以及其后本间久雄《新文学概论》、温彻斯特《文学评论之原理》、厨川白村《苦闷的象征》等教材引介进入国内，文学理论的全面西化已经不可逆转。姚永朴以自身的思考路径证明了古文其实并不具备提升为文学普遍性原理的潜力，古文脉络要融入建立中的现代学术体制，并在其中重新确认和熔炼自身不同于西学的价值，更需要以其一贯的传承优势为基础而发展发扬之。

与吴闿生对古文章法论的形态化、姚永朴对古文义法轨范的理论化相区别，高步瀛没有选择近代科学思维中更为普遍的从具体到抽象的知识化路径，而是重新聚焦和呈现桐城古文乃至整个文脉传统中颇具特色和优势的选本传统和评点体系，并以深厚的笺注疏证等汉学方法兼而备之，形成其独特的文本笺评批评方式。高氏并不热衷于集约化、似乎更具“现代感”的理论提升，其《举要》系列[2]和《古文辞类纂笺》《文选李注义疏》，都以相对本源的方式保留了“为文之法不可虚言”，当“荟文以简编，示来者以途辙”[3]的文本完整性，而不沾染现代史与论中常有的断章取义和割裂失辨的弊端。这一传统体例一方面发挥了桐城文派驾轻就熟的编选优势，同时也将考据、笺注等传统汉学功夫与圈点、评论等文章传习方式统合融汇于现代学术内部，并以此为阶梯，完整有序地模拟复原文字文化的原初感和切身性，试图重建其独立的文化价值与意涵。

---

[1] “1917 年 12 月 2 日《北京大学日刊》登出的《改订文科课程会议记事》中，第一次在中国文学门科目中列入了文学概论，并排在第一位……”但一直到 1920 年，此课程才真正开设起来，第一位教授课程的教员是周作人。详参程正民、程凯：《中国现代文学理论知识体系的建构——文学理论教材与教学的历史沿革》，北京大学出版社，2005 年，第 6 页。

[2] 以下文中所涉文本细析以目前已有整理本出版的《先秦文举要》《两汉文举要》《唐宋文举要》等为例。

[3] 《吴孟复序》，见《古文辞类纂评注》，吴孟复、蒋立甫主编，安徽教育出版社，2004 年，第 3、5—6 页。

二、征引式训注的意涵和内蕴：以古释古与古今相生

具体而言，高步瀛的文化取径依托于编选、评注两个层次。

（一）编选。高步瀛在选文上越出桐城，平视骈散，其《举要》系列一方面继承姚鼐《古文辞类纂》传统，同时将梁萧统《文选》为代表的骈文传统作为编选的重要资源。在编选原则上，高氏打破了《文选》《类纂》等选本传统以文体及其功用为纲目分类编选的原则，而是以更强调“时序”的断代史为经，以暗暗嵌入的文体类别为纬[1]，一方面彰显其“门户之见不可存，而门径之辨则不可不审”[2]的学问教示，另一方面也体现出现代历史意识的初步影响。高氏《先秦文举要》《两汉文举要》中的大量选文来源于《类纂》的散文序列，而《魏晋文举要》《南北朝文举要》大量取用《文选》的骈文资源，《唐宋文举要》则一分为二，“甲编”收入散文、“乙编”收入骈文，突破了古文家言文则即溯源周秦两汉，重视唐宋，而不选魏晋六朝人藻丽俳语的成见，力图达致弥纶贯通之文。高氏的编选甚至并不囿于此，如《唐宋文举要》中选入元结、独孤及、权德舆等人的古文运动前史之作以及李翱、皇甫湜、张籍等古文运动之后的作品，以勾勒凸显此运动起承转合的鲜明线索。其亦有言及此：

> 明、清之世，言唐、宋文者，必归宿于八家。……然学唐、宋文者，宗八家则可；谓八家外唐、宋更无文焉，则不可。……然则古今精于文者，曷尝暧姝于一先生之言哉？……今约取唐、宋文若干首，加以

[1] 仅举一例说明。《古文辞类纂》各文体共选苏轼文53篇，《唐宋文举要》所选苏轼文9篇全部来源于此，编选顺序则按照姚鼐所列十三类文体依次排列，某种文体无选则略过。如在“书说类”的《答李端叔书》之后，《唐宋文举要》未选《类纂》“赠序类”中的苏轼文，即越过此类排布其下“传状类”选文《方山子传》。

[2] 高步瀛：《唐宋文举要·甲编》，上海古籍出版社，1982年，第1页。

笺释，分为甲乙编，用备学者习肆。[1]

"举要"并非偏狭，其目的更在于博观约取而"习肆"。但同时可以看出，无论是在断代史选本内部，还是由断代史举要构成的系列中，高步瀛都已经以一种颇具意识的现代史观来着意呈现千年文脉的发展演变。然而值得细析的是，以时序替代文体的述史方式，本即为近代以来中国文学内部以今代古的"断裂"标志，《举要》系列中所体现出的现代历史感觉虽然并未以理论方式陈述，但也相当鲜明地体现出文学的史料化，其"进入到文学史的视野以后，它们就整个成了与当前隔绝的被封闭的历史，成了文学史家所要追述的往日故事"，这无疑是受到"大体形成在20世纪的20—30年代"的"中国文学史的叙事格局"[2]影响的。然而，若深入其著述内部则会发现，高步瀛又以纯粹古典的方式，似乎从内部抵抗着此种现代意识，这种方式即是其刻意保留的以古释古的评注系统。

（二）评点。聚焦文本细部批评的评点之法随传统诗文产生，至清代已非常成熟，桐城文家顺而承之，其文派传承除推而广之的选本流衍，秘而不宣的评注圈点可称为另一个"秘密"。选本将共识性经典文本稳定下来，评点则是神理气味、阴阳刚柔等义法风格的下落展开，也是桐城家法"口传心印"的具体传授中介。言其"秘而不宣"，是因为与选本的公开出版不同，桐城内部以地域、家族、师承、学缘为核心的圈层能够更多以"手批手校"的未刊批注圈点本进行汇集性过录，集纳公开刻本所没有的大量核心信息，并将"不同时空中的声音凝聚在眼前的文本之上，批点中所包含的认同、引申、疑问，构成关于所批点文本的多重对话"[3]，也成为文派特有的文化资本。过录批点之习表明"桐城文章之学进入融汇整合时期"，但也会将之锢囿于难以突破的内向私密性和圈层地域性[4]，更使古文视域偏狭，在近代时势异变

[1] 高步瀛：《唐宋文举要·甲编》，上海古籍出版社，1982 年，第 1 页。

[2] 戴燕：《文学史的权力》，北京大学出版社，2002 年，第 48—49 页。

[3] 徐雁平：《批点本的内部流通与桐城派的发展》，《文学遗产》2012 年第 1 期。

[4] 同上。

中错失转型契机，导致其在中西古今文化的交汇中迅速失势。

高步瀛必须回应这些问题。1921年起，高氏任教于北京多所高校，其系列选本首先是作为课程讲义来编撰的，其中最为着力之处正是评点笺证等多种学问路数的聚合勾连式呈现，这是他一方面坚持以古释古，保持与西来进化史观的张力，另一方面打破古文圈层化，越出古文家法而融汇传统诸种学问方法的双重突破，也是其试图重置固有文化结构，并借助大学课堂促使传统学问进入现代公共性知识生产，从而实现古今通约的独特路径。

高步瀛实现诸种学问路数聚合的方式，依托于其独特的训注阐释体系。高氏袭用李善对《文选》的注释系统并申扬之，这将训诂、考据、评点、批评融为一体的体系性方法论构成其选本系统最为重要的意涵和特色。李善的文选注是在两汉经注和魏晋子注之后发展出的“第一部大规模的集部注释”，其多用征引，“以钩稽故实、征引出处来达到解词说义的目的”，此种训诂体式“以直接援引旧文、旧注、成句与故实，来探明词语源流，而将说解语义与阐明文意融于其中”。[1]高步瀛在《举要》诸本与《古文辞类纂笺》《文选李注义疏》中都大量使用此种训注体式，并以“征引”统摄其同时兼用的其他训注方式，力图构造一个立体的学术空间。

首先，高步瀛打通经学与文章，以经法注文，征引大量经史材料对选文中的字词做出说解和训释，并比对校释，裁度以己意。这是作为基础层的精细入微的小学训诂，可使文本字清句明。高氏力图恢复文本向古维度的客观原貌，以通达隐奥幽深之古义，尽力弥合近代以来文字—文化的断裂。如《两汉文举要》中首篇贾谊《过秦论上》“孝公既没”段提及“叩关”一词，后有注曰：

> 叩关，《世家》《汉书》作仰关。颜注曰：“秦之地形高，而诸侯之兵欲攻关中者，皆仰向，故云仰关也。今流俗本仰字作叩，非也。”姚

[1] 王宁、李国英：《李善的〈昭明文选注〉与征引的训诂体式》，见《李善文选学研究》，赵昌智、顾农主编，广陵书社，2009 年，第 42—52 页。

鼒曰："对下开关字，作叩为当。师古乃议作叩字是流俗本，非也。"步瀛按：《新书》潭本作扣，本字当作敂。《说文》曰："敂，击也。"[1]

此类甚多，不胜枚举。《古文辞类纂笺》《文选李注义疏》两部笺疏专著更是如此，显示出高氏于乾嘉之学所具有的深厚功力，其旁征博引而校辨精审，不仅正字词之讹误、增衍、脱漏、颠倒，而且对所涉各版本及注本都多方考辨校勘。

以章句为单位，高步瀛将字词的训诂注释嵌入对章句意思的解释中，以获得略具整体性的理解。如《先秦文举要》中《秦晋韩原之战（僖公十五年）》篇有"乱气狡愤，阴血周作，张脉偾兴，外强中干"四句，后有解释曰：

> "乱气狡愤"四句，杜曰："狡，戾也；愤，动也；气狡愤于外，则血脉必周身而作，随气张动，外虽有强形，而内实干竭。"《释文》曰："张，申亮反。"沈钦韩曰："《乐记》注引此传作'血气狡愤'。《释文》'狡'本又作'交'。疏云：言马之血气狡作愤怒也。亦作交字解。"[2]

此外，高步瀛深知近代小学萎琐考古之弊病，试图重建小学深契古人文化宏识之通道。其"与一般人注释前代诗文集者、释事释义之范围限于本文本句、无所发挥不同，而是贯串古今，对今古文经学之争论、学术流派之纠葛、疑史之本末、子部诸书之真伪、词义形体之演变、地理名称之改移，皆穷究原委，有长达万言者"[3]。高氏对选文之名物典章、政治得失、学术源流、地理风俗等方方面面都详加征引，汇集何焯、钱大昕、段玉裁、俞樾、王念孙等经史大家之说，并在诸说之间相互印证，逐一比照考释。

以上偏于训诂、章句、考据的部分大体可以作为征引式训注的第一层。

---

[1] 高步瀛：《两汉文举要》，陈新点校，中华书局，1990 年，第 5 页。

[2] 高步瀛：《先秦文举要》，胡俊林点校，中华书局，1991 年，第 11 页。

[3] 聂石樵：《古经史学家高步瀛》，见《聂石樵文集》第 11 卷《古代诗文论集》，中华书局，2015 年，第 411 页。

其次，《举要》系列继承了桐城后期批注圈点的诸多汇集性成果，在选文篇目的注解中大量征引前贤方苞、刘大櫆、姚鼐、曾国藩、吴汝纶、张裕钊以及同时代古文家吴闿生、李刚己、姚永朴等的评点，高氏自己的评点亦杂于其中，包括对文章内容的评述和对文章结构、语言的评点等。如韩愈《原道》中“古之时，人之为害多矣。……无羽毛鳞介以居寒热也，无爪牙以争食也。”一段后有评论：

姚姬传曰：“此段辟老。”

吴先生曰：“此因二家之为民害发端，虽纵论圣人生养人之法，是求其端之事，彼欲离其圣人者怪也。”又曰：“此段仁。”[1]

此类评点多置于句间，是其最显自家学脉的部分。在此基础上，高氏还继承李善注“寻求注中引文与选文在思想感情和意境上的一致”的特点，凸显文学形貌、修辞、内涵的象征与凝练，“超越以往经、史、子注消除文字障碍、显示典籍原貌这一目的，而成为鉴赏文学作品的导读”，[2]呈现文章中不断层累而深化的文化意蕴，进一步从文字—文章—文化的贯通义进行纵深性勾连。如《唐宋文举要》中韩愈的《南海神庙碑》有“阖庙旋舻，祥飙送颿，旗纛旄麾，飞扬晻蔼”句，对“飞扬晻蔼”的评注为：

《离骚》曰：“扬云霓之晻蔼兮。”王注曰：“晻蔼犹蓊郁，荫貌也。”《文选》五臣注周翰曰：“晻蔼，旌旗蔽日貌。”[3]

此种方法并不直接译注原文，而是通过揭示文本的化用与源出，将原文与引文所携带或营构的意境和修辞经验进行互文和重叠，现代主体因而能够经由此而回溯汉民族文化形象与意蕴的形成史，在文学感觉、情绪情感、鉴

[1] 高步瀛：《唐宋文举要》，上海古籍出版社，1982 年，第 148—149 页。

[2] 王宁、李国英：《李善的〈昭明文选注〉与征引的训诂体式》，见《李善文选学研究》，赵昌智、顾农主编，广陵书社，2009 年，第 42—52 页。

[3] 高步瀛：《唐宋文举要》，上海古籍出版社，1982 年，第 301、305 页。

赏表达的体味与印证中达致往复循环的古今沟通。

以上偏于文学性经验、情感、修辞的部分大体可以作为征引式训注的第二层。

概而言之，高步瀛对前代之编选和评注皆有取有舍，一方面以时序代文体，以更新的历史意识重构传统学问的骨架，来适应逐渐专门化知识化的现代大学中文课堂的讲授需要，这可视为高氏顺承古文脉络而对现代文教体制以西学西法为准的公理维度和事权逻辑的不得不依从；另一方面则坚执汉文化自身的血肉，有意识地将征引式笺注评点提炼为一种方法，由此，传统章句注疏之学的揆诸本源与文脉中神理修辞的层累叠印在对经典文本的阐释中勾连而融合，文字—文章—文化的贯通义得以重建。在经学儒教与古文义理衰微失势之时，高步瀛尝试以作为文化凝结物的“文”为核心，以传统学问脉络的融汇互补为路径，来重塑一种护佑民族本根、凝聚文化认同的新的价值维度。这意味着其文化实践路径从方法论向本体论的推展，也表明其对兼顾事实/价值的历史意识的努力恢复。

三、兼顾“专门”与“普及”的学术理路和文教影响

同是处理“传统”问题，在二十世纪二三十年代实际上更为强势的文化潮流是胡适等新文化人倡导的“整理国故”运动和以学衡派为主体的“文化保守主义”运动。其发展演变与相互间的论战依托一北一南两所大学——北京大学与东南大学（现南京大学）——展开，并在思想论争与文教实践的相互塑造中构造了南北两大学术圈层不同的学问路数和传承脉络。从内在学理而言，一方面是新文化人以鲜明的西学立场、科学的理论方法对“国故”展开的对象化研究，其目的是以西抑中，将传统学问“送进博物院”[1]；另一方面则是以西方人文主义脉络为资源的学衡派，其宣言昌明国粹、融化新知，

[1] 实际在二三十年代，整理国故运动还存在着新文化人内部的分歧（国粹 / 国故 / 国学），以及不同时段对国故的态度转变。此处限于篇幅，只尝试在大体文化形态上进行粗疏的把握。

欲集合中西“古学派”，“与信奉各种现代学说的新学家决最后之胜负”。[1]作为类比，高步瀛的文化取径和文教思路也可以从外在学院体制和内在学术理路两个方面来做进一步的分析。

高步瀛在二三十年代主要任教于国立北京高等师范学校（1923年筹改为北京师范大学）、北京女子师范大学等高等师范院校。此类院校与北京大学、东南大学等普通院校的不同之处在于，其从开始创建起即同时兼有研究精深学问的“专门”义与造就中等学校师资的“普及”义，如何兼顾二者，可以说凝结了高步瀛一生的思考。1930年，北平大学第二师范学院设立研究所[2]，“聘国文系主任黎锦熙教授、高步瀛教授……为研究所委员会委员”。研究所分为八组，分别为工具之学、语言文字学、史学、地学、哲学、教育学、文学、民俗学。至1931年7月已有初步成果若干，如发表于《女师大学术季刊》的《史记太史公自序笺证》（高步瀛）、《颜氏家训校笺》（刘盼遂）、《国语中的复合词的歧义和偏义》（黎锦熙）、《荀子礼论通释》（罗根泽）等论文。但同时，教师亦有意识：“本校所设学系，向以切合中等教育专门研究及专业训练为标准……与普通大学大异其趣”，“试举国文系为例：他校或专研文学，或偏重国故，举一专籍可成学科，提一问题便设讲座。本校则语言文学、新旧文学、国故思想、教学方法，师资所重，尽列必修。推之各系课程，皆务使系统化以植其基，又必使能教育化以广其用；提高而不堕入偏枯，普及而不流于浅率。”[3]由此，我们当可理解处身师范的高步瀛以《举要》系列作为其探索中的讲义形态之深意。一方面，选本取径桐城资源完成以文脉为核心

[1] 张源：《从“人文主义”到“保守主义”——〈学衡〉中的白璧德》，生活·读书·新知三联书店，2009年，第240页。

[2] 1926年后，国民党在北方实行大学区制，北平九所国立高等学校合并为北平大学，原北京师范大学改为北平大学第一师范学院，原北京女子师范大学改为北平大学第二师范学院。1931年7月，北京师范大学和女子北平大学第二师范学院合并。详参《北京师范大学校史1902—1982》，北京师范大学校史编写组编，北京师范大学出版社，1984年，第81、83—84页。

[3] 此为1932年师大全体教授为应对官方停办师范大学的命令而发表的《为停止招生事致教育部》的快邮代电，对停办师范大学的理由之一“院系重复”予以反驳。详参《北京师范大学校史1902—1982》，同上，第93—94页。

的传统学术重构，征引式训注体系又集纳融汇了诸家学问理路和方法，这决定了《举要》系列体现学术源流的集成性与深度；另一方面，其作为教材，特别是培养教育者的“原教材”，又必须兼顾普及维度上的导学旨意。在新文化运动后古今裂隙渐剧的20世纪三四十年代，青年一辈治古学的隔膜已显，高步瀛的讲义作为一种“模范”，可以将具体的学问过程最大限度地予以展示，为师范学生未来工作中将要开展的中小学普及教育，提供一种具体示范和引导。

但从后世的实际教育情形来看，高步瀛的文化思路仍然是相对个体性的，其理想形态并未完全成为现实。在过于迅疾的时代发展中，追求古今顺承的良性文化转型何其艰难，新的文学观念结构的合法性往往正以刻意而为的古今区格来获得，表面化的立场性论战使得一切似乎不新即是旧，何况已被目为“老派学人”的如高步瀛者。因此，古文脉络的失落以及传统学术的退却是必然的。但高步瀛稳健持重的古今文化相生相承的思考与实践，也确实开出了两条路径。

其一，不同于前述新文化人和学衡派或以西学为标尺或执于精英古学的文化取向，高步瀛试图兼顾传统学问的整体性、切身性和现代文化下移趋向中的普及意涵，怀文化基质重建的意图进入现代知识重构的现场。高氏以古释古、古今相生的思路使其以选本为中心所集纳展示的传统学问以相对本源的方式留存在现代学术内部，在现今业已建立的中文系学科体系中，文学、语言、文献三足鼎立，其虽然未在文学理论、文学史等偏于原理、史观建构的思想性学科中占据重要位置，却大体在文献、语言[1]等相关区域中构成现代学术的重要资源和内容。“文献学”最初由梁启超受日本影响在二十世纪二三十年代引入国中，并在其《中国近三百年学术史》中首先提出，大体指一种基于古典文献资料进行研究、评论和考证的“古典考释学”。[2]但除同时期的郑鹤声、郑鹤春兄弟撰有《中国文献学概要》外，一直鲜有回应。直到1980年代张舜徽出版《中国文献学》，中国古典文献学体系及学科才获得创建的契机。而书中讲论的版本、校勘、考据、辨伪、注疏、今译等分支学问实际上早已在老辈治文史学者如高步瀛的诸多编著中集中呈现，其与《古书校读法》之类的文献通论在具体与抽象两个层面上恰好配合成为中国古典文献学与历史文献学的重要资源。

其二，世殊时异，在古今文化隔阂愈剧的近现代，《举要》系列虽因其艰深广博而只能以高等院校中“专门”之学的形态留存，但其兼容文字训诂与文章修辞，且史论结合、章法互补的古文阅读方法仍然体现了一种具体而可操作的示范性，其经过约取缩略后大体成为之后中小学语文课堂中古文教学的参考性框架。这可从为数甚多的语文讲义类资料中获知。由此，我们可以看到传统学问潜流对当代语文和文化内涵仍然具有的构成性和影响力，这也正说明高步瀛的学问取径所标示的文化意涵和探索适合本民族文学文化未来发展路径的积极意义。

[1] 桐城古文脉络在近代“义”衰而“法”留，高步瀛《举要》系列的三十年代版本中还能呈现其圈点、评论两方面的痕迹，但近年所出版本已不再保留圈点痕迹而只录语言表述性的评点，圈点也基本上绝技于现代出版物，从中也可看到现代体制的标准化格制与选择性遮蔽。古文的退守与没落也可从仍与桐城脉络有渊源的更晚一辈学者在当代语境中的反思中读出，如早年从学于姚永朴的吴孟复在1980年代曾说：“近年以来，中外语言学者渐究语义、语用，知有篇章之学，不知者往往诧为新奇。实则陆、刘之所探索，欧、苏之所经营，归、方之所评述，即语义、语用与篇章语言之妙用也；先生是书之所平章、考镜，即中国之‘篇章语言学’与‘文章学’也。”（吴孟复：《书姚仲实先生〈文学研究法〉后》，见《吴孟复安徽文献研究丛稿》，黄山书社，2006年，第51页。）可见，在文学与语言的现代界分中，古文退守之处反而大体更近语言科。

[2] 详参钱寅：《“文献”概念的演变与“文献学”的舶来》，《求索》，2017年第7期。

“世界主义的国家主义”与“现代人道主义”：“为人生”文论话语两歧倾向的理论资源[1]

康建伟[2]

【摘要】经历了对民族、国家、种族的反省，“一战”之后，中国知识界更加倾向于超越其上的世界主义，可以说他们追求的是一种“世界主义的国家”，力图摆脱“国家中心论”而代之以“人类中心论”，这又契合当时世界范围淡化国家和注重个人与世界沟通的“现代人道主义”。这种兼及“世界主义的国家主义”与“现代人道主义”共同构成了“为人生”文论话语重要的理论资源，使得“为人生”文论话语呈现出两歧性倾向：周作人注重标举人生的个人面向，倾向于“己重群轻”，而沈雁冰更关注的是人生的集体面向，倾向于“群重己轻”。之后的论争与文学史书写渐次固化了这种倾向，在时代主导话语置换下，后“五四”时代“人”的话语逐渐被“社会”话语所取代，构成了中国现代思想史上“群己之间”的第一个循环。

【关键词】世界主义　人道主义　为人生　社会

1917年7月21日周作人作诗嘲讽张勋复辟：“天坛未洒孤臣血，地窖难招帝子魂。一觉苍黄中夜梦，又闻蛙蛤吠前门。”在他看来，经历这次变故之

[1] 本文系2017年度教育部人文社会科学重点研究基地重大项目“中国近现代文论话语的转型和嬗变研究”（17JJD740002）子课题的阶段性成果。

[2] 康建伟，文学博士，甘肃政法学院人文学院副教授，从事文艺学研究。

不幸，才幸而得以切身感受到思想革命的必要。[1]前台演出的这场复辟闹剧，背后却能嗅到第一次世界大战（以下简称“一战”）的血腥味儿。探究起来辫子军入京导演的这场复辟闹剧，起因便是“府院之争”。以黎元洪为首的总统府和以段祺瑞为首的国务院之间的这场争执，背后交织的种种权力争锋自不待言，但摆在桌面上双方堂而皇之争执的要点却是是否出兵参战。近代以来，中国一次次被迫“进入”世界，这次貌似主动的选择不过只是又一次被挟裹。伴随第一次世界大战的硝烟四起，中国的学术界掀起了一次次的论争。“世界主义的国家”与“现代人道主义”为中国传统的“群己权界”提出了一个新的思考向度，构成了“为人生”文论话语两歧性倾向的重要理论资源。

一、“世界主义的国家”：兼及世界主义的国家主义

1914年始于欧洲的第一次世界大战，很快席卷了整个世界，居于这个世界“边缘”的中国也受其影响，袁世凯登基、日军占据青岛、“二十一条”、“府院之争”、张勋复辟、“五四”运动……有学者认为从实证的角度，这一系列事件都能从一战中寻找到解释点，可以视为第一次世界大战的序列性后果。[2]第一次世界大战和共和危机构成了“五四”前国际国内最为重大的政治事件，中国知识分子对于这场战争的思考几乎同步展开，成为“五四”前重要的思想论域，形塑着中国人对于世界和自己的看法。

在战争初期，学界主要从民族国家体制与种族的角度来分析这场战争。有学者认为20世纪头15年，是中国民族主义学习西方建立现代民族国家的时

[1] 周作人：《知堂回想录》，止庵校订，河北教育出版社，2002年，第375、367页。

[2] 汪晖：《文化与政治的变奏——一战和中国的思想战》，上海人民出版社，2014年，第28页。

期。[1]从1895年到民国初年是一个国家主义的狂飚年代。[2]国家主义在这一历史时段占据绝对的舆论主导。然而被师法效仿的西方诸民族国家间此次史无前例的空前厮杀，却恰恰是以民族国家的面目出现，于是中国知识分子也在反战浪潮中开始反思国家主义，一个显著的表现便是对国家主义的质疑。

早在1914年陈独秀首发惊人之论，认为中国人将国家与社稷齐观，爱国与忠君同义，这是欧洲各国宪政以前的政体，而非现代意义上的国家，明白这一点，那么说我们华人没有爱国心，没有爱国者，没有建设国家都无不可。德、奥、日本的国民属于“不知国家之目的而爱之者”，终将为野心之君所利用；朝鲜、土耳其、日本、墨西哥及中国，属于“不知国家之情势而爱之者”，这都会将爱国导向误国。因此，陈独秀大胆直言“残民之国家，爱之也何居”。[3]1915年以后，陈独秀开始推崇一种“持续的治本的爱国主义者”。[4]这种反思的爱国主义重心已从国家趋向独立的个人，国家与个人分离，成为实现个人权利、个性解放的一种工具。在《偶像破坏论》中，陈独秀认为国家也是一种偶像，藉此对内拥护贵族财主，对外侵害弱国小国，当时的欧战也是这种国家偶像作祟。因此，他大声疾呼：“破坏！破坏偶像！”[5]可以看出，陈独秀在此主要是从反对国家主义的角度出发进而提倡世界主义。

除了陈独秀这般慷慨激昂的呐喊之外，一些学者也从政治学的角度对国家进行剖析。章士钊分析道“国家者，乃自由人民为公益而结为一体，以享其自由而公布道于他人”。[6]这种解读颇具英国古典自由主义色彩，强调了国家这一组织形式服务于个体的作用，而区别于服务于政权统治的组织形式，“国家者乃纯乎立乎政之外，而又超乎政府之上”。[7]通常所谓的爱国，其实混

[1] 金观涛，刘青峰：《观念史研究：中国现代重要政治术语的形成》，法律出版社，2009年，第243页。

[2] 许纪霖：《五四：一场世界主义情怀的公民运动》，《纪念五四运动九十周年国际学术研讨会论文集》，2009年5月，第27页。

[3] 陈独秀：《爱国心与自觉心》，《甲寅》，第1卷第4号。

[4] 陈独秀：《我之爱国主义》，《新青年》，第2卷2号。

[5] 陈独秀：《偶像破坏论》，《新青年》，第5卷第2号。

[6] 章士钊：《国家与我》，《甲寅》，第1卷8号。

[7] 章士钊：《国家与责任》，《甲寅》，第1卷2号。

淆了国家与政权的区别，所爱之国并非国家而是统治人民的政权。高一涵赞同这一观点，认为国家应该不以自身为目的，而以人类的目的为目的。[1]国家作为人类的一种创造物，本为个人而设，以保护个人的自由权利，发展其健全的自然天性，进而达到人道的目的。[2]将人类目的置于国家形式之上，强调国家对个人权利的服务。

除了以批评国家主义为显在形态的这种新的国家观念，知识分子同时寻求比民族国家更为普遍性的认同，他们首先想到的是以肤色为典型标志的种族。钱智修在《白种大同盟论》一文中首先介绍了西方人对这个问题的思考——“白种联合论”和“人类之联合”的观点。[3]章锡琛预言了这种文明之间争斗、人种之间的冲突，概括而言就是欧洲与亚洲之间的冲突。[4]自命为亚洲代言人的日本早已推出了“大东亚”思想，而在中国作为舆论先锋的《东方杂志》其《章程》第一条便是“以启导国民，联络东亚为宗旨”，也隐含这种意向。种族论对于民族国家论的替代，并没有消泯冲突本身，而是将具体的民族国家之间的冲突扩大为以肤色和地域为标志的种族冲突。日俄在东北、日德在胶州湾的争夺很快便让中国人认识到这种口号掩饰的帝国主义本质，1905年以后，这种论调便已退潮。一战爆发，此时中国知识界已清楚日本倡导大亚细亚主义的侵略野心，纷纷撰文批判。总体而言，这种以肤色、地域为标志的种族主义、地域主义论调并没有占据舆论主导。

经历了对民族、国家、种族的反省，一战之后，知识界更加倾向超越其上的世界主义，世界主义既是一种思维方式，强调人类成员分享共同的伦理道德和权利义务，也是一种行动主张、构建现实的规范。据考证，戊戌变法之后，梁启超最先使用了“世界主义”一词，[5]此时梁启超虽然大力提倡国

[1] 高一涵：《近世三大政治思想之变迁》，《新青年》，第4卷1号。

[2] 高一涵：《共和国家与青年之自觉》，《新青年》，第1卷2号。

[3] 钱智修：《白种大同盟论》，《东方杂志》，第12卷第2号。

[4] 章锡琛：《欧亚两洲未来之大战争》，《东方杂志》，第13卷第1号。

[5] 金观涛、刘青峰：《观念史研究：中国现代重要政治术语的形成》，法律出版社2009年，第558页。

家主义，但他也不忽视世界主义，将世界主义与国家主义对举起来，放置于理想、将来这样线型社会进化论的时间轴线上加以理解，“小康为国别主义，大同为世界主义。”[1]这一时期也是世界主义在中国的第一个发展阶段，随着20世纪前15年国家主义的极度高扬，世界主义在中国的第一次译介渐趋衰落。

一战之后，世界主义重新得以复归，日本学者宫岛新三郎有过清晰的描述：“呼号人道，叫嚷世界和平，主张世界主义，谈说非战论的人，日多一日了。”[2]中国知识分子也开始重新关注世界主义。杜亚泉倡导“世界之世界主义”，[3]李大钊以“新亚细亚主义”代替日本的“大亚细亚主义”，[4]他比较俄国革命与法国革命，认为法国革命者为爱国的精神，俄国革命者为爱人的精神。前者植根于国家主义，后者倾向世界主义。两相比较，他更推重标举爱人的世界主义。[5]可以说，此时以陈独秀为代表的早期共产主义者，以孙中山为代表的国民党人，以及梁启超为代表的研究系知识分子，这三大活跃的政治力量都不同程度地具有世界主义倾向。[6]

世界主义自诩为一种具有普世价值的全球性认同，世界主义的提倡，自然淡化国别意识，而凸显民族国家背后的人类主体，以永恒人性的探索代替功利的民族国家意识。世界主义的提倡并不意味着与民族主义完全对立，一个人既热爱自己的祖国同时也热爱世界的情况依然可以存在，蒋梦麟便认为战后提倡的这种世界主义建立在国家主义基础之上，是“国家主义以外将兼及世界主义也。”[7]胡适认为世界主义是“爱国主义而揉之以人道主义者也，”[8]更加看重的是浸入其中的爱国主义与人道主义。这可以称之为“世

[1] 梁启超：《南海先生传》，《饮冰室合集·文集之六》，中华书局，1989年，第68页。

[2] ［日］宫岛新三郎：《现代日本文学评论》，张我军译，开明书店，1930年，第111–112页。

[3] 高劳（杜亚泉）：《世界之世界主义》，《东方日报》第14卷第12号。

[4] 李大钊：《再论新亚细亚主义》，《国民》第2卷第1号。

[5] 李大钊：《法俄革命之比较观》，《李大钊全集》第3卷，河北教育出版社，1999年，第56页。

[6] 郑大华：《论五四前后的世界主义》，《吉首大学学报》，2011年第6期。

[7] 蒋梦麟：《欧战后世界之思想及教育》，《教育杂志》第10卷第5号。

[8] 胡适：《胡适日记全编》第1卷，曹伯言整理，安徽教育出版社，2001年，第200页。

界主义的爱国者”（cosmopolitan patriot），这一概念虽然在20世纪末由Appiah提出来，[1]但据此考察“五四”前夕知识分子对于爱国主义与世界主义的理解，便会发现，表面斩钉截铁的对国家主义的否定，其实也暗含着一种利用世界主义观念修正的意味，有学者就认为他们追求的是一种“世界主义的国家”。[2]同时，这时对于世界主义的理解，更多地把它作为一种伦理道德取向，而非政治主张，世界主义力图摆脱国家中心论而代之以人类中心论，最后的落脚点是人，而不是人背后的民族、种族、宗教等归属性团体，这种对人的主体性的强调，也促成了一战后世界范围人道主义思潮的高涨。

二、“现代人道主义”：国家的淡化与个人与世界的沟通

一战爆发，民族主义浪潮很快淹没了人道主义探索，战前的人道主义思潮几乎被人们所遗忘，只有罗素、罗曼·罗兰、黑塞等少数人仍在执拗而孤独地坚守。随着战争的进行，凡尔登绞肉机般惨烈的战况促使人们重新认识现代战争，进而掀起反战浪潮。[3]民族国家的狂热冲动渐次冷落，人道主义重新活跃起来，渐成一种时代潮流，表现在战后的具体行动中引人注目的有罗曼·罗兰发起的《精神独立宣言》、巴比塞倡导的“光明行动”，以及日本的新村运动等。这些运动表现出对人道主义理想的切实追求，虽然采取了一定的行动，但并没有参与到现实政治斗争，更倾向于一种理想主义的实验。

“人道主义”经文艺复兴、宗教改革和启蒙运动，在18世纪末基本定型，逐渐在欧洲取得了普世价值的地位，开始了世界传播之旅。经严复、康有为、梁启超等改良派，邹容等革命派的引介，于19世纪末20世纪初传入中

[1] 转引自王宁：《世界主义》，《外国文学》，2014年第1期。

[2] 许纪霖：《纪念五四运动九十周年国际学术研讨会论文集》，2009年5月，第42页。

[3] 沈雁冰1924年的《欧洲大战与文学》就对当时各国文艺家的反战情况做了描述，例如美国的威尔逊主义，俄国安德烈夫、库普林等人的思考。（沈雁冰：《欧洲大战与文学——为欧战十年纪念而作》，《小说月报》15卷8号，1924年8月10日。）

国，在新文化运动时期形成高潮。理性主义、人性论、个人主义、博爱主义构成了人道主义的主要层面，[1]其中人性论是基础，个人主义是核心。个人主义在20世纪初引进之后一水分流，以无政府主义、群体虚无主义和文化偏至论为代表多头潜行并进，但在当时影响并不明显。作为一种狂飚突进的冲击力量，以摧枯拉朽的叛逆姿态冲击中国思想论域而为众人所熟知、推崇的个人主义，则要到1917年以儒家思想对立面出现的新文化运动之后和以社会主义对立面出现的20年代中后期。而在此之前，虽有刘师培、章太炎、鲁迅等人的先识之见，但这种先见之明还是遮蔽于民族国家的共同体中。民国前夜介绍到中国的个人主义，在中华民国成立之后继续探讨，此时作为《东方杂志》主编杜亚泉的一些杂志体文章颇具分量。杜亚泉持一种相对中允调和的立场，他认为到1914年，二三十年间虽然社会变动左旋右转但改革始终如一，然而改革社会的希望与志愿者，往往集中于政治、经济、教育等层面，而单单忽视了背后的人，“而其所不可改革者，即为官吏之个人。”因此，改革还需回到改革者自身，唯一的改革方法是:“以自己改革自己之个人而已。”这可看作一种对于个性自我完善的表达，颇具有儒家修身养己的意味，况且杜亚泉也认为这种自己改革自己的个人，既与儒家之独善其身，又与社会主义紧密联系，可以说是一种东西文化调和的个人主义观。在新文化运动激进个人主义喷薄而出的前夜，杜亚泉相当理性地评析了个人与国家的关系，《个人与国家之界说》一文既表达了个人消纳于国家的焦虑，也表达了个人位居国家之上的隐忧，认为国家与个人之间的种种冲突，源于两者之间没有恰当区分界域的缘故，为此，在二者的关系上，既“毋强个人以没入国家”，也“毋强国家以迁就个人”，而当持一种妥协调和的态度。[2]也有学者将个人主义话语与民族国家建构的历程作了逆向化的理解：“为实现解放和民族革命而

[1] 陈少峰：《生命的尊严——中国近代人道主义思潮研究》，上海人民出版社，1994 年，第 15 页。
[2] 杜亚泉：《杜亚泉文存》，许纪霖、田建业编，上海教育出版社，2003 年，第 304、168—169 页。

创造个人”。[1]

个人主义内在的包含人的尊严、自主、隐私、自我发展等层面，构成平等和自由的思想，为了防止个人主义走向极端，借助基督教思想资源，西方知识界同时强调博爱主义，自由、平等、博爱成了人道主义的三大口号。有学者将一战后形成的这种世界范围的人道主义思潮称之为“现代人道主义”，世界主义、人类主义为其核心观念。[2]这种“现代人道主义”以陀思妥耶夫斯基、托尔斯泰为前驱，其背后的理论资源则是基督教福音主义，以人类共通的人性为基础的“爱的哲学”。这样，人道主义的个人之维与群体之维共同构成了近世人学话语的两种可能性向度。

具体于文学主张，这种主张世界主义、人类主义的现代人道主义的文学潮流开始兴盛起来，在中国，以这种人道主义为底蕴，居于个人与世界之间的中介物国家渐次淡化，个人主义与世界主义在“五四”时期开始大张旗鼓地进场。傅斯年在“五四”运动后不久的宣言：“我只承认大的方面有人类，小的方面有‘我’是真实，‘我’和人类中间的一切阶级，若家族、地方、国家等等，都是偶像。”[3]发动“五四”爱国运动的学生领袖傅斯年居然将家族、地方、国家视为偶像一概加以抛弃，而直接在人类与个体的架构中培养“真我”的形成，可谓是国家主义的一个悖论性实例。这种表达并非个案，周作人也表达了类似的观点：“这文学是人类的，也是个人的，却不是种族的、国家的、乡土的及家族的。”[4]这样便将个人、国家、世界的三级序列简化为个人与世界的两级序列，从而形成了“五四”时期特有的以“我”为中心的“大我”与“小我”概念。周作人响应武者小路

---

[1] ［美］刘禾：《跨语际实践：文学，民族文化与被译介的现代性（中国：1900—1937）》，北京三联书店，2008 年，第 122—123 页。

[2] 张先飞：《“人”的发现——“五四”文学现代人道主义思潮源流》，人民出版社，2009 年，第 47 页。

[3] 傅斯年：《新潮之回顾与前瞻》，《新潮》第 2 卷 1 号。

[4] 周作人：《新文学的要求》，钟叔河编订：《周作人散文全集》第 2 卷，广西师范大学出版社，2009 年，第 206–210 页。原载《晨报》1920 年 1 月 8 日，转载于《民国日报》副刊《觉悟》，1920 年 1 月 10 日，《时事新报》副刊《学灯》1920 年 1 月 20 日。

实笃的新村主义也是一种抛弃国家中介，而处理“大我”与“小我”的乌托邦实验。周作人“人的文学”可谓中国现代人道主义文学思潮的最初形成，而他此时“为人生”的文学观也契合于这种体系之中，以文学作为对这种理念的具体响应。

三、群己之间：“为人生”文论话语的两歧倾向

这种兼及“世界主义的国家主义”与“现代人道主义”也构成了“为人生”文论话语的重要理论资源，使得“为人生”文论话语呈现出两歧性倾向。我们通常将“为人生”与“为艺术”对举，作为艺术功利性与审美自足性的代名词，以此形成不同的价值判断，然而就“为人生”话语来说，由于对人生的不同理解，从而形成不同的指向，或积极入世，利造万民；或消极出世，反观内省；或徘徊摇摆于利他为己、入世出世之间，寻找两者的中和平衡。将“为人生的艺术”看作一种人道主义文学思潮，也可以出现外倾利他的人道主义博爱维度以及内倾为我的人道主义个人维度，在现代文论中，“为人生的艺术”这一标举立场的口号，就存在着不同的走向。

周作人在“五四”时期提出的“人的文学”其核心观念是“个人主义的人间本位主义”，从群己的视角来看，明显倾向个人维度，他随后发表《平民的文学》对此作出了修正，以此弥补“人的文学”对平民群体强调的不足。在理论上对审美与功利、个人与群体做出了相当持中公允的论述，倾向群己和谐的观点还属他推出的“浑然的人生的艺术”，但是即便在此文中，他也随即笔锋一转，颇为无奈地承认在救亡图存的形势下，还是得提倡“为人生的艺术”。可见这种权宜一时的倡导只是迫于现实的应对之策，而非个人的本性追求，在给文学研究会写的《宣言》中便是这种应对的重要表现。然而这种应时倡议却是有违他的本心，秉持这种观点的时间颇为短暂，在文学研究会如日中天之时，他便回归自我，埋首“自己的园地”。在“为人生

的艺术”理论行程中，周作人以最早介绍日本“人生的艺术派”，以及执笔《文学研究会宣言》而成为标志性的人物，然而他只是替人们发出了那个时代所需要的声音，而这声音却并不是他自己的真实独白，就整体倾向而言，在“为人生”的走向上他更注重标举人生的个人面向。

作为文学研究会的理论旗手，沈雁冰却是真正实践了周作人在《文学研究会宣言》（以下简称《宣言》）中的倡议，可以说正是在沈雁冰的大力推重和宣传下，相对于《宣言》中重点倡议的联络感情、增进知识、建立著作工会，这一《宣言》中并不起眼的“于人生很切要的一种工作”这一论述被逐渐放大，乃至成为“为人生”的代名词。沈雁冰在1920年代早期集中论述了“一社会一民族的人生”，并在“表现人生”的基础上，提出“指导人生”的要求，从对社会层面理解人生，到用“社会”置换“人生”，“为人生”等同于“为社会”，最后走向了“为革命”。沈雁冰一直在强调一种外倾利他的“为人生”，可以说关注的是人生的集体面向。

集体与个人的关系用传统语言表达便是群己之间的问题。“群”大致对应于国家、社会等表示集体的一端，“己”则是与之对应的个人、个体。“群”的现代定位正是在和“己”的重新认识中相互激发，并最终以集团与个人的形式完成结构性的现代转换。不过细究起来，两者之间的分歧绝非术语置换这么简单，更为重要的是现代个人观念的引入。作为现代性的核心个人观念，其诞生和个人权利的确立、社会契约论等紧密相关，个人观念的出现使得传统群己观发生了结构性的改变，集体和个人登场的前提便是群己之辩的终结。理想的人生本是一种群己和谐的圆融境界，然而在现实中往往呈现出居于一端的偏斜。晚清以来在“群己”关系谱系上，以群己之间的倾向可以大致划分出三条主线：梁启超、三民主义主张“群重己轻”，有明显的国家主义倾向；章太炎、无政府主义主张“己重群轻”，严复、社会主义者如李大钊则主张“群己和谐”。[1]余英时曾以“群己之间”概括中国现代思想史上

[1] 高瑞泉：《“群己之辩”与近代中国的价值观变革》，《中国哲学史》，2001年第4期。

的两个循环，认为中国现代知识分子在短短的七八十年中经历了集体与个体之间的两度循环，第一个循环主要指从打破旧名教的束缚、要求个人自主，到接受新名教、放弃个人自由，时间大致从梁启超《新民丛报》时期到1923年，这时个体主义占主导倾向，1923年之后逐步倾向集体主义（革命或民族主义），而当代中国（余英时写作此文时为20世纪末）正在经历第二个循环，由集体主义再度走向个体主义。[1]

按此脉络，就“为人生”文论话语而言，从周作人对个人之维的强调，再到沈雁冰对集体之维的强调，“为人生”文论话语在“五四”时期也正好完成了一个循环。周作人“人的文学”喊出了“五四”的主题，标志着“人”的发现。虽然在后“五四”时期不再是时代主导话语，但即便偏居一隅，依然余脉可寻、似断实连，构成了人道主义的话语谱系。与之相应，对应于英文“for; for the sake of”的新术语“为人生的艺术”，在“五四”时才以固定的表述形式出现。周作人在介绍二叶亭四迷时，第一次向国人提到了“人生的艺术派”，后常表述为“人生的文学”“人生的艺术”。周作人虽然在理论上倡导“人生的艺术派的文学”，提倡一个群己平衡的艺术观，然而形势使然，使得其认为“为人生”有提倡的必然，然究其个人真实追求，还是倾向于“己重群轻”。沈雁冰在1921年开始使用“艺术为人生”，则有明显的“群重己轻”倾向，最后走向了对“社会”的推重，而这也成为一种大多数人的选择。在1920年代初期“艺术的艺术”与“为人生的艺术”在报刊上开始大量出现，并成为争论的话题，文学研究会与创造社在争论中各自被对方贴上“为人生”与“为艺术”的标签，后来的文学史书写更加固化了这种倾向。在这个循环中，1923年前后也是一个重要的节点，在时代主导话语置换下，后“五四”时代“人”的话语逐渐被“社会”话语所取代，“社会”在1920年代成为时代主导话语周作人关于“人生

[1] 余英时:《群己之间——中国现代思想史上的两个循环》, 许纪霖:《现代中国思想的核心观念》, 上海人民出版社，2011 年，第 207 页。

的艺术”的表述，主要集中于1918年至1922年，1922年之后，周作人回到“自己的园地”，不再提倡这一口号。而沈雁冰在此时间已将“社会”默认为“人生”，1923年《“大转变时期”何时来呢？》一文，在文学实用功利论中渐见革命色彩，1925年长篇论文《论无产阶级艺术》用“无产阶级艺术”来修正“为人生的艺术”，初步表达了作者的无产阶级的文学主张，从“为人生”走向了“为革命”。

当代性与新诗主体的经验问题

冯　强[1]

【摘要】“现代性”话语自20世纪90年代兴起以来，对聚焦相关问题发挥了重大影响，但也逐渐陷入自相矛盾的泥沼，表层原因是90年代现代性话语继承和反拨80年代“救亡压倒启蒙”的启蒙话语，将之前过于倾向集体的话语类型颠倒为个体自由的话语类型，深层原因则在于个体与社会的二元论造成的分裂。实际上在“五四”文学的开端，个体与社会是紧密相连的，尤其是20世纪20年代，胡适以《非个人主义的新生活》批评周作人新村运动为“独善的个人主义”，康白情以《新诗底我见》将“诗人人格”与“社会化的修养”联结，都是提倡将“个人觉醒”与“社会改造”运动关联在一起来思考的范例。本文尝试以新诗主体的经验问题为切入点，在古今中西视野中重新审视90年代以来的现代性话语，并以现代性为条件和语境，提出“基于个体自由的、批判性的共属”这一“当代性”话语。

【关键词】现代性　二元论　新诗经验　当代性

“当代性”（contemporariness）常常跟现代性（modernity）与后现代性（postmodernity）话题纠缠在一起。赵汀阳认为，“当代性的问题化是以现代性为条件和语境的”，“假如未曾有建构了主体性的现代性，也无反思当

[1] 冯强，北京师范大学文学博士，广西师范大学文学院副教授。

代性的机缘”[1]。现代性至今是新诗研究的主流话语，为包括新诗诗学在内的中国文学研究提供了开阔和深入的话语场地，其成就有目共睹。中国的语境下也产生并且正在产生很多优秀著作，比如龙泉明《中国新诗的现代性》(2005)、江弱水《古典诗的现代性》(2010)、王珂《新诗现代性建设研究》(2015)、陈太胜《声音、翻译和新旧之争——中国新诗的现代性之路》(2016)。本文对当代性的理解与诸位同仁对现代性的理解有不少重叠之处，但仍然认为现代性本身带有分裂的两可性，它造成了话语场地的混乱，甚至截然对立的事物都能在现代性中找到各自的位置，以致出现“反现代性的现代性”和“审美现代性和社会现代性的对峙”这样极端分裂的描述。

“现代性”话语继承自柏拉图以来的西方文化二元论(dualism)传统。为了规避生活和经验的不确定性，以柏拉图为代表的古希腊哲学家人为地划分出不变的、确定的理念世界和变动的、不确定的现象世界，在静观的认知活动中寻求完全的确定性，自此，主客二分的二元论的思维范式在西方文化中确立下来。行动低于知识、实践低于理论、经验低于超验，西方近代的唯理论和经验论都不脱此窠臼。现代性就是二元论思维的最大后果。这一后果在现代诗歌中的体现是诗歌和社会生活的对立，诗歌和社会生活连续性的打破。“现代性”作为超验的激情和批判的激情持续生产着二元对立的游戏，消解了诗歌与生活的对立，却并不能解决这一对立。

“当代性”的提出就是为了解决(至少聚焦)这一本体问题。在约翰·杜威看来，“经验”概念是西方传统文化根本矛盾所在，二元论下的经验观和二元论主导下的现代性危机实际上是同一事件的两种不同表达，要清除二元论思维范式造成的诗歌与社会生活经验的分裂状态，就需要跳开西方现代认识论重新理解“经验”：经验同时包括被动和主动的因素，二者以特有的节奏结合在一起，它不仅是过去的所与(given)，更是变更所与的努力，本质上实验的(experimental)、未来；经验虽然以个体自由为开端，原子式的孤

[1] 赵汀阳：《四种分叉》，华东师范大学出版社，2017年，第24页。

独个体却不构成真正的经验，经验本质上是共属的，朝向“相对更好的共同生活”。经验基于个体自由而朝向未来和共属。“当代性”与其说是效仿“现代性”提出的一套理论话语，不如说是一种新经验论的尝试，其目的，恰恰在于使新诗研究突破“现代性”或“反现代性”的既有框架，在现代中国文化、政治、社会等多重维度中重构一种总体视野。

一、西方现代诗歌的两个极端：客体批判和主体批判

“现代性是属于一个特定时代即‘现代’的特定性质，通常认为是大约始于500年前至今的时期。现代性是以主权个人和主权国家为基本存在单位而开展的一整套生活和生产方式”[1]，作为现代性的两个主要成分，现代认识论支撑下的主权个人和现代政治哲学支撑下的主权国家携手并行，都认为心灵的理性力量应当被理解为统治（自治）的基础，这是一种统治意志或权力意志的理性运用。沃尔夫冈·韦尔施认为“后现代”就是“在适当的意义上确定当代”、诊断“当代”，而“后现代”所能从“现代”汲取的主要经验是对“极权化”的警觉，“现代一方面向多元化推进，但另一方面又总倾向于恢复极权化——恢复意识形态，审美和政治领域里的极权化。”[2]，现代性承诺的纯粹理性的主权国家始终携带着极权化的统一乌托邦（利维坦），主权个人也倾向于通过主体或客体批判而极权化地占有自身和客体。虽然极权在20世纪已经制造了异常恐怖的历史创伤，但对极权化逻辑的否定和斗争仍未成为人们的共识和原则。这是主权个人将理性窄化为工具理性的结果，是理性和经验萎缩的结果。

胡戈·弗里德里希的《现代诗歌的结构：19世纪中期至20世纪中期的抒情诗》（1956）和奥克塔维奥·帕斯的《泥淖之子：现代诗歌从浪漫主义

[1] 赵汀阳：《四种分叉》，华东师范大学出版社，2017年，第24—25页。

[2] ［德］沃尔夫冈·韦尔施：《我们的后现代的现代》，洪天富译，商务印书馆，2004年，第276页。

到先锋派》（1978）可以为我们勾勒出浪漫主义以来西方现代诗歌的两个极端线索，即客体批判和主体批判，二者都诞生于对他性（otherness）的理性寻求，最终却为极权所笼。前者以“超验的激情”摧毁了现实生活，后者以“批判的激情”摧毁了主体的判断力。当代性的诗歌需要从两个极端的张力中诞生出来。

“超验的激情”是因现代性而起的神秘性，在力度最强的比如兰波的诗歌中，现代诗歌以灵魂附体或巫的方式呈现[1]，但是因为“超验”已经不能简单地被信仰、哲学或神话填充，就注定了它的空洞性，空洞的超验性最终只能通过粉碎一切现实来展示，“被摧毁的现实构成一种混沌的符号，标示出现实的匮乏性和‘陌生处’的无法抵达”，弗里德里希称之为“现代性的辩证法”，“现代性的基本经验——追求超验的激情落空的经验，不谐和的经验，分裂的经验”[2]。现实和客观必须被摧毁，以便将其提升为与经验世界无涉而彻底地在语言中在场的绝对本质，语言的地位急遽提升，因为现代诗歌借助语言才能进入这种脱离了一切现实秩序的相互关联。现代诗歌“成为让绝对存在和语言可以相遇的唯一场所”，这是带有理想性质的虚无主义，“可以理解为一个清除一切既存物以享受自己的创造自由的精神造成的后果”[3]。经验自我在此与诗歌主体彻底分离，语言被凸显，客体批判路径上的现代诗歌走向去人性化的境地。

主体批判路径凸显的是时间。帕斯和弗里德里希一样认为现代诗歌起于浪漫主义，但他看到了现代性不同于超验激情的另一面向，批判的激情（critical passion），二者都是一种分裂的不和谐经验。在帕斯看来，现代性作

[1] ［德］胡戈·弗里德里希：《现代诗歌的结构：19世纪中期至20世纪中期的抒情诗》，李双志译，译林出版社，2010年，第35、49页；这一点我们也可以在“第三代诗人”于坚和某些少数民族诗歌中看到，于坚等诗人在新世纪的“向后转”现象至今值得重视，因为20世纪80年代以来的“民间写作”已经具备了比较充分的当代性，于坚的转向是否从当代性退回到现代性，需要考虑。

[2] ［德］胡戈·弗里德里希：《现代诗歌的结构：19世纪中期至20世纪中期的抒情诗》，李双志译，译林出版社，2010年，第63、109页。

[3] ［德］胡戈·弗里德里希：《现代诗歌的结构：19世纪中期至20世纪中期的抒情诗》，李双志译，译林出版社，2010年，第82、112页。

为“批判自身的传统”是一种怪异的“现代传统”，这种“间断性的传统”是创造性的自我毁灭：“一种对最近的过去的批判，一种连续性的中止。”[1]近者必诛。现代性是对时间的非连续性的自觉意识。现代性总是以未来甚至古代反对当下的传统。现代传统并不否弃古代，只要古代能够用以反对当下。“现代诗歌的基石是变化的理念，而非变化本身。”[2]为变化而变化，为未来而未来，这是一个命令而非一个陈述：明天的诗歌必须和今天不同。现代性逼促的批判激情越来越指向主体自身，诗人对某物的“看”并非中立而是一项权利，看（seeing）和欲（desiring）是同一个活动的两面，对艺术作品的欣赏和窥阴癖没有什么不同。看和欲、美学和伦理之间的悖论使先锋派日益将浪漫反讽变成“元反讽”（meta-irony）这样一个“非解决的解决”：“元反讽将客体从它们的时间重负之下，将符号从它们的意义之下解放出来；它将对立置于流转之中；它是一种普遍的活力，在其中万物都转回到自身的反面。”[3]现代诗歌隐秘的主题就是与社会生活不协调的感受和认知，最终，它连接社会生活的企图失败了。胡戈·冯·霍夫曼斯塔尔曾以“分析生活和逃避生活”来归纳现代性的特征[4]，当批判和分析自身成了创造性的真理，而不再关心辨清自身的责任，当反叛成了逃避死亡的程序，时间和经验就不再是一种建设，我们就不能在当下诗学的基础上建立新的伦理和政治。

[1] ［墨］奥克塔维奥·帕斯：《泥淖之子：现代诗歌从浪漫主义到先锋派（扩充版）》，陈东飚译，广西人民出版社，2018 年，第 8 页；“批判性的”表示最初的纯真已经失去，它是自我反思、怀疑和内省的开端，参［印］雷蒙·潘尼卡：《看不见的和谐》，王志成、思竹译，江苏人民出版社，2001 年，第 295 页；亨克尔将浪漫主义概括为“现代性的第一次自我批判”，参［美］维塞尔：《马克思与浪漫派的反讽：论马克思主义神话诗学的本源》，陈开华译，华东师范大学出版社，2008 年，第 19 页。

[2] ［墨］奥克塔维奥·帕斯：《泥淖之子：现代诗歌从浪漫主义到先锋派（扩充版）》，陈东飚译，广西人民出版社，2018 年，第 228 页。

[3] ［墨］奥克塔维奥·帕斯：《泥淖之子：现代诗歌从浪漫主义到先锋派（扩充版）》，陈东飚译，广西人民出版社，2018 年，第 159 页；切斯拉夫·米沃什认为“现代性意味着迫切渴望从物体中得到最新发现的元素”，致使“西方诗歌最近在主观性这条路上陷得太深了，以至于不再承认物体的本性”。参米沃什：《反对不能理解的诗歌》，程一身译，《上海文化》，2011 年 9 期。

[4] 袁可嘉等编选：《现代主义文学研究（上册）》，中国社会科学出版社，1989 年，第 42 页。

“超验的激情”和“批判的激情”是西方现代诗歌的两个极端线索，它们分别从语言和时间的角度提示了现代诗歌的危机。对客体和主体的批判、对客体和主体中潜藏的他性的寻求因为其中隐含的极化逻辑而走向绝境。但现代诗歌的现代性却是暧昧的，甚至隐含了摆脱现代性的可能：自18世纪末浪漫主义以来，现代诗歌恰恰开始于对现代性的批判，作为批判的批判，它“在一个既先于又对立于现代性的原则上寻找它的基础”[1]，这个基础就是“朝向当下的回归”，当下（present）取代未来成为时间三元体的中心价值，过去和未来所有的时间都向着当下时间汇合，身体成为通往当下的通道，身体的“复活”被认为是人类恢复所失智慧的一个征兆，这是身体和想象力对未来的反叛[2]。同样，去现实化的语言带来的“空洞的超验性”其实也暗示了现代诗人对整全生活的渴望[3]，这种渴望不应以切断诗歌经验和生活经验连续性为代价来实现，也不能通过将诗歌驱逐出生活或将生活驱逐出诗歌来实现，不能试图摆脱时间与语言的偶然性来实现，整全生活是连续的，世界和经验是同时出现的，时间和语言是相互到场的，诗歌经验和生活经验之间应该带有可实验、可改造的交互性。

现代诗歌通过对当下、身体和想象力的打捞已经暗中铺修了通往当代性的浮桥。现代性以中止连续性来连续自身，当代性则坦然恢复了时间和经验的连续性，并以交互性取代了对连续性的中止。不是后现代主义所批判的极权化的、封闭的连续性，而是个体基于自由和平等向共同体而生的星丛式的、开放的连续性和交互性。对于共同体来说，这是一个永远不可能完成但

[1] ［墨］奥克塔维奥·帕斯：《泥淖之子：现代诗歌从浪漫主义到先锋派（扩充版）》，陈东飚译，广西人民出版社，2018 年，第 50 页。

[2] ［墨］奥克塔维奥·帕斯：《泥淖之子：现代诗歌从浪漫主义到先锋派（扩充版）》，陈东飚译，广西人民出版社，2018 年，第 226—227 页；于坚甚至将文学史简化为“有身体的写作和没有身体的写作”（参于坚、谢有顺：《于坚谢有顺对话录》，苏州大学出版社，2003 年，第 180 页），并将身体的经验和感觉视为“道”的依托（参于坚：《还乡的可能性》，商务印书馆，2013 年，第 176—178 页）。

[3] ［德］胡戈·弗里德里希：《现代诗歌的结构：19 世纪中期至 20 世纪中期的抒情诗》，李双志译，译林出版社，2010 年，第 19 页。

又必须指涉的经验，个体就在共同体经验的各个方向上纵横交错地穿行（道行之而成）。在著名的《传统与个人才能》（1917）中，T·S·艾略特强调传统不是原封不动地保持某种东西，而是必须重新表达，必须通过艰苦劳动才能获得，他把“传统”界定为“从荷马开始的全部欧洲文学”“构成一个同时存在的整体，组成一个同时存在的体系”[1]，艾略特寥寥几句话已经把经验的连续性问题论述得足够清晰，不止如此，他也论述了经验的交互性问题（“诗歌把一大群经验集中起来”）。艾略特天才地看到当代性诗歌的非个人性格，一种基于个体自由并朝向共同体的共属意向。遗憾的是，艾略特的论述仍然存有现代性二元论逻辑的残余，他把作为经验的“感情和感受”与作为理性的“头脑”对立起来，没有意识到不存在经验以外和以上的理性，因此即便他看到“诗歌是有意义的感情的表现”，却坚持认为“这种感情只活在诗里，而不存在于诗人的经历中”[2]。

“凡经验皆包括知、情、意三方面”，意义为经验蒙上光晕，主体作为经验的中心则是小小的发光体[3]。艾略特只是在文本中接近了当代性，更充分的当代性必须有更大的企图：把文本和生活关联到一起。这正是浪漫主义以来现代诗歌的隐秘主题，也是现代诗歌从未解决的问题。艾略特坚持发生在欣赏艺术品的人身上的经验在性质上不同于任何非艺术的经验，但当代性的新经验论要求“恢复作为艺术品的经验的精致与强烈的形式，与普遍承认的构成经验的日常事件、活动，以及苦难之间的连续性”[4]。时间和经验的连续性也是其实在性，它不仅可以在同时代人之间相互传递，也可以在生者与死者之间传递，像艾略特一样，这里的“共同体”囊括了先贤和亡灵。新诗一方面需要对经验进行批判性的分析工作，另一方面又需要担负起经验的改造和重建，恢复曾经被切裂的诗歌经验与社会生活经验之间的连续性。

[1] ［英］T·S·艾略特：《艾略特文学论文集》，李赋宁译，百花洲文艺出版社，1994年，第2页。
[2] ［英］T·S·艾略特：《艾略特文学论文集》，李赋宁译，百花洲文艺出版社，1994年，第10—11页。
[3] 赵卫民：《美丽的瞬息》，李白出版社，1986年，第180、185页。
[4] ［美］约翰·杜威：《艺术即经验》，高建平译，商务印书馆，2010年，第4页。

二、当代性的古典诗学传统："仁"，主体人格尺度的恢复

能承担起世界和诗人之间连续性的，是成熟完整主体人格，是新诗的自传经验。当代性保留的主体不是二元论意义上把自身作为标准强加到客体之上的主体，而只是作为经验中心，一个连接、翻耕有机体和环境之间的行动媒介。当代性诗歌可以逃避情感乃至个性，却并不逃避主体人格。相较于艾略特文本层面的拘囿，米歇尔·福柯把"当代性"向着个人生活做出进一步的扩展，这种扩展同样是在"现代性"的语境中进行的。如果我们视"批判"为"对界限的分析与反思"，"现代性"就不再是一段历史时期而更多被视为一种针对当下的界限经验、态度和实践："不是摧毁现在，而是通过把握现在自身的状态，来改变现在"，福柯称之为"现代性修行"。他扭转了伊曼努尔·康德的命题，"把以必然性界限形式展开的批判，转化为以某种可能性逾越形式出现的实践批判。"[1]在他看来，"批判是不被统治到如此程度的艺术"[2]，批判是艺术，是在强加到自身的界限之外通过克己将自己的身体、行为、感觉、情绪乃至生存本身变成一件艺术品。福柯提及夏尔·波德莱尔笔下"浪荡子（dandysme）"，考虑到资本主义求新求异体制强大的吸纳力，这一范例在今天可能已经失效。相较现代普遍理性意义上的伦理，福柯终究恢复了古代生活中作为气质（ethos）的伦理和自由——避免了现代诗歌元反讽美学和伦理的悖论，也避免了现代诗歌对空洞超验性的空洞追求——这是主权国家中超出臣民伦理和自由的公民之伦理和自由，不是作为某种行为规范强加给所有人，而只是少数人的个人选择，是超出普遍理性能力的卓越。这样的艺术不仅仅与物相关，它面临了塑造个人生活的义务。

借助福柯，我们也来到徐复观所说的"儒家精神的全部构造"，即"修

[1] ［法］米歇尔·福柯：《什么是启蒙？》，李康译，《国外社会科学》，1997 年 6 期。

[2] ［法］米歇尔·福柯：《什么是批判》，汪民安编，严泽胜译，北京大学出版社，2016 年，第 174 页。

己与治人的关连及其区分"：儒家以"仁"为人生最高标准，但只能用来修己，若以此治人，强求人人成圣成贤，势必酿成以理杀人，新诗史对此绝不陌生；但若以治人标准律己，则误会儒家精神仍停顿于自然生命，而将其修己以"立人极"的工夫完全抹杀[1]。"当代性"意味着一种对自身卓越的期许。对已经丧失了统治他人的权力且为极权所宰制的大陆当代诗人来说，我们吁求却绝无权强制他们在修己中进一步修通（work through）现代性至当代性的屏障，即现代诗歌传统中日益分裂的去人性化趋势。

如果说"人的分裂性是现代性最突出的特点"，那么现代人就普遍面临了"自由的危机"，按照沃尔夫冈·顾彬的看法，"只有传统能够帮助他克服它的分裂性格。传统才会把人看成一个整体"[2]。敬文东提出了类似的问题，"诗人的心性是否必须与诗保持某种一致性（或称同一性）"？新诗能否同时保持心性完整而非分裂？能否避免以各种现代面具冒充真实的心性？[3]翁文娴以"情"作为"东方文明终极的美学指标"，这种并非一己私心的大情"令世界自分析分裂之状态回到一个整体"[4]。在经历了经验的分裂以及对界限本身的经验之后，以现代性为语境，当代性诗歌需要回到杜威所说的"一个经验（an experience）"。能将相互冲突的经验碎片作进一步的择取和改造，并在不断触机外部世界的同时朝向一个能够层层内转向上之经验的，唯有一个人的主体人格。"心性"或"情"都是中国古典诗学传统的落实，本文另辟一径，尝试以"仁"释之。

"仁"在这里不再是一个纯粹伦理问题，而首先是一个美学问题。作为直觉形式的时间和空间首先是一个审美框架，故而伦理日益成为美学的一个分支，审美自身带有具足的伦理潜质，约瑟夫·布罗茨基所谓"美学乃伦理

[1] 徐复观：《徐复观文集》（二卷），李维武编，湖北人民出版社，2009 年，第 48—51 页。

[2] 戴维娜主编：《光年》（创刊号），海天出版社，2017，第 257 页。

[3] 敬文东：《心性与诗——以西渡的〈杜甫〉〈苏轼〉为例》，"两岸四地"第九届当代诗学论坛"百年新诗：历史变迁与空间共生学术研讨会"会议论文集，2017 年 6 月 30 日，北京师范大学国际写作中心、中国当代文学研究会、《文艺争鸣》杂志合办。

[4] 翁文娴：《变形诗学》，北京大学出版社，2013 年，第 334 页。

之母”。现代性的遗产之一是“认识论审美化”，在其中，“真理已经表明自身就是一个审美范畴”。[1]《论语·雍也》“能近取譬，可谓仁之方也已”，求仁的方法蕴藏在切近的经验中，“近”是时空上的此时此地，“取譬”更是以审美的方式反身而诚。“夫仁者，已欲立而立人，已欲达而达人”（《论语·雍也》），孔子开辟的主体不是现代性意义上孤独的主权个人，是仁——这也许是中国文化能济西方之穷者——“主体应该不是‘我’而是‘我们’。用中国的话说，是主宰性与涵融性同时呈现，个性与群性同时呈现”[2]。个性与群性相映相生，个性的充实也意味着群性的充实，为仁的工夫可将仁推扩为民胞物与的爱。“仁”不是给定的东西，作为人我（物）兼摄的过程性主体，仁无止境，孔夫子也不敢说自己洞彻了仁的全部（仁则吾不知也《论语·宪问》），不敢以全体之仁自居（若圣与仁，则吾岂敢《论语·述而》），夫子肯定的是仁的当下即是（仁远乎哉·我欲仁，斯仁至矣《论语·述而》），并且自信着力于仁的工夫（君子无终食之间违仁，造次必于是，颠沛必于是《论语·里仁》）。这就是儒家即工夫即本体的经验论，也是我们尝试以现代性为语境谈论的当代性的新经验论。

德英浪漫主义直至法国象征主义都曾将“类比（analogy）”视为统治宇宙和诗歌的富于激情而正义的原理。宇宙是一种语言、一种经文，诗歌则是它的副本，这是波德莱尔两个根深蒂固的理念之一，“事物始终是通过相互的类比来表达自己的，自从上帝道出了作为一个不可分割而又复杂的整体的世界那一天开始”；另一个则是，如果宇宙是一种加密的语言，那么诗人只能作为译者和解密者存在，如果每一首诗都是宇宙的一个密码，类比就是无

[1] ［德］沃尔夫冈·韦尔施《重构美学》，张岩冰、陆扬译，上海译文出版社，2006年，第32页；“审美转向”是多层面的，既有资本社会靠刺激消费拉动的日常生活表层的审美化，也有更深层的技术和传媒带来的物质和社会现实的审美化，以及深入我们生活实践态度和道德方向的审美化，认识论的审美化则负责辨别审美化不同形式之间的关联，并在恰当的情境机缘中做出决断，这种决断包括了对低层次审美的自觉阻隔，因为“我们的知觉不光需要活力和刺激，同样也需要延宕和宁静的领地，也需要间断。”上书第33—34页；另参冯强：《气化主体及其当代性：任洪渊诗学的一个可能》，《北方论丛》，2017年6期。

[2] 徐复观：《徐复观文集》（一卷），李维武编，湖北人民出版社，2009年，第127页。

穷的。这样，一首诗的真正作者就既不是诗人也不是读者，而是语言，诗人和读者不过语言的两个时刻。“类比并不意味着世界的统一，而是它的多元性，不是人的同一性，而是他与自身的永久分裂。”[1]帕斯比较了波德莱尔的《对应》和阿利盖利·但丁《天堂》最后的诗章，指出类比于波德莱尔只是一种词语运作而于但丁则有其本体论根基——上帝——提供了现代性之外的选择，即从信仰而非自然态度把握诗歌，在深渊里我看到一切/被爱装订成为一册/汇聚宇宙间飞散的书页；//实体、偶然和它们的习惯/几乎融合为一，如此这般/我所述只是简单的一线光明。相比之下，波德莱尔只能在自然的迷宫中看到“时时释放出迷乱的词语”[2]。借用尼采的话，“上帝死了”，人甚至无力继续指望自己。

中国传统文化不依赖于道说出宇宙的上帝，而是依赖自本自根的人格。同样是宇宙和语言的关系，中国文化以圣人的主体人格取代了上帝的同一性结构：“道沿圣以垂文，圣因文而明道”（刘勰《文心雕龙·原道》）；同样是类比，“近取譬”的“仁者”“以天地万物为一体”（《二程遗书》）。但西方文化充沛的反思能力让尼采和波德莱尔的后代有充分的自我纠正机会。德国思想家海因里希·罗姆巴赫认为“当代的伟大任务”“不仅仅是扩展到一个统一的人类意识，而且扩展到一种统一的万物意识。‘我们’，它所指的并不仅仅是我们人，根本上乃是指我们这些生活之物。动物和植物，大地以及元素以及一切所是，全部属于其中。而这一点不能仅仅‘被意识到’，而是必须被体验并被激活，并且只有当人在不同层次中达到并体验过所有这些、将它们与自身关联并且带入其最自身的自我性构造过程中时，人才真正是人性的。”[3]这种用分析的语言指涉的整全同样道出了“仁”的本性：备于天地之

[1] ［墨］奥克塔维奥·帕斯：《泥淖之子：现代诗歌从浪漫主义到先锋派（扩充版）》，陈东飚译，广西人民出版社，2018 年，第 101—103 页。

[2] 参海子：《黎明（之一）》“我空荡荡的大地和天空 / 是上卷和下卷合成一本 / 的圣书，是我重又劈开的肢体 / 流着雨雪，泪水在二月”，“重又劈开”指示了经验主体与“荒凉”天地的不能共属。

[3] ［德］海因里希·罗姆巴赫：《作为生活结构的世界：结构存在论的问题和解答》，上海书店出版社，2009 年，王俊译，第 105 页

美（《庄子·天下》）。

“这是最公平的，也是最残酷和最难的，它区别出了历史上一切诗人的根本分野：一切平常的诗人，都只是用手、用纸和笔来完成他们的作品的；而伟大和重要的诗人则是‘身体写作’——是用他的生命和人格实践来完成写作的。”[1]这里的“身体写作”不仅要求精确地传达个体的身体感受，而且是人格意义上身体力行的身体化和自我结构化过程：工夫即本体的经验在日常生活环境中进行辨认、择取、合并和吸收，它在仁之本体的各个次第和层次中持续而交叉地呈现，会归为天地万物一体的整体审美和伦理感受，一种治身修己过程中求仁得仁的气象。

三、当代性的现代诗学传统：基于个体自由的、批判性的共属

主权个人和主权国家是现代性的两个基本存在单位。李泽厚在《启蒙与救亡的双重变奏》中围绕二者有一个著名判断，即启蒙与救亡从“五四”运动时期的“相互促进”到之后的“救亡压倒启蒙”[2]，后来汪晖提出的“反现代的现代性”同样与二者相关[3]。以此出发，我们首先面临了一个西方现代诗歌自浪漫主义以来已经逐渐解决了的现代性问题，即文学是否有资格获得一个独立场域以回避干扰的问题。当代文学历史上，主要有两种看法，一个是“‘当代性’的最高体现，在于文学的体制化。从历史上看，并不缺乏政治对于文学的干预、约束或治理这一类现象，例如在中国古代就有对于戏曲小说的禁毁。但是，政治对文学的管理达到制度化、常态化、组织化，确确实实仅见于当代文学。”[4]这显然遵循了毛泽东20世纪40年代初的设计，即“当

---

[1] 张清华：《猜测上帝的诗学》，北京大学出版社，2010 年，序。

[2] 李泽厚：《中国现代思想史论》，东方出版社，1987 年。

[3] 汪晖：《当代中国的思想状况与现代性问题》，《天涯》1997 年 5 期，《文艺争鸣》1998 年 6 期发表该文“增订版”。

[4] 刘艳：《重新理解当代文学之“当代性”》，《创作与评论》，2011 年 2 期。

代文学”（50年代后期作为重要范畴提出）是克服了现代文学之“新民主主义”性质的社会主义新文学，用以在时间和性质上标明现阶段和未来文学与过去文学之不同。另一个则承认当代文学的审美独立和“纯文学”地位，譬如90年代初赵毅衡从社会文化功能出发区分出“二种当代文学”，即20世纪中国文学大部分时期的服务于主流社会运转的当代文学，“服务于政治运动，寓教于乐，制造典型”以及社会市场化时代有着独立审美规律的另一种“当代文学”[1]。

具体说，这一问题主要体现在当代性归属于现实主义还是浪漫主义的争执中。1984年，王东明在《关于文学的当代性的思考》中把“当代性”概念的提出归结于别林斯基，将“当代性”的萌芽追踪至19世纪批判现实主义传统，“恢复现实主义传统”成为践行“当代性”的最根本前提，隐含着文学工具论的“文学干预生活”口号具备了相当的合法化，“当代性”成了统摄全局的总体意识的当下延伸[2]；李庆西的《文学的当代性及其审美思辨特点》则明确给出了反题，反对“把19世纪的批判现实主义作为当代性思想的滥觞”，反而向前追溯到浪漫主义话语，把“当代性”视为主体范畴而绝非对现实生活的被动反应，艺术个性成为当代性实践的基点[3]。巧合的是，如果我们以“（同）时代性”作为contemporariness的概念星丛，会发现早在20世纪20年代它就以浪漫主义和现实主义之争的面貌出现，郭沫若《文学与革命》则将文学视为革命（时代精神）的函数，并判决第三阶级市民的浪漫主义文学因“精神上是个人主义自由主义”而“早已成为反革命的文学”，因此对浪漫主义的文艺“要采取一种彻底反抗的态度”（1926）[4]，茅盾《读〈倪焕之〉》则以“集团”和“必然”界定“时代性”，着力于“怎样地由于人们

[1] 赵毅衡：《二种当代文学》，《文艺争鸣》，1992 年 6 期。

[2] 王东明：《关于文学的当代性的思考》，《文学评论》，1984 年 1 期。

[3] 李庆西：《文学的当代性及其审美思辨特点》，《文学评论》，1984 年 4 期。

[4] 中国社会科学院文学研究所现代文学研究室编：《“革命文学”论争资料选编》（上），人民文学出版社，1981 年，第 9—12 页。

的集团的活动而及早实现了历史的必然”（1929）[1]。近百年后，陈晓明认为中国文学的“当代性”实质上仍是一个“无法终结的现代性”问题，他以审美现代性和激进的政治社会现代性区分对应浪漫主义和现实主义，认为“在较长的时段里，所有的文学问题都必须归结到现实主义名下讨论才是正当的”，而“中国没有经历一个与个体生命经验结合在一起的漫长的浪漫主义阶段，这看起来是中国的现代性最致命的软肋”，因此，中国当代文化迟早“要补上现代早期被压抑的浪漫主义文化”[2]。

回顾欧洲的启蒙运动，个体自由与共同体团结曾经并行不悖，康德就念兹在兹于“大地上以社会相结合并划分为各个民族的人类的全体”[3]。至今，罗姆巴赫更是认为“每个自我构造都必须内在于一个始终在扩展的活的身体中才能实现，社会构造中的情形也类似。人们从来都不是只处身于一个‘我们’之中，而是处身于分了等级的众多的‘我们体’之中，就像它们通过那些概念，如家庭、企业、种族、民族、人类等被定义的一样。迈向每个更宽广的‘我们’的步骤并不会取消那个较为狭隘的‘我们’”[4]。但实际上，自启蒙运动起，主权个人和主权国家之间的争执就未停止，它们集中体现于18世纪以来的历次革命当中。鉴于历史创伤和韦尔施对现代性极权化的警觉，本文认同劳伦斯·E·卡洪“所有现代性的本质”是“把一切委诸个体自

---

[1] 胡适编：《中国新文学大系 1927—1937》第一集，上海文艺出版社，1987 年，第 781—782 页。

[2] 陈晓明：《世界性、浪漫主义与中国小说的道路》，《文艺争鸣》，2010 年 12 期；《无法终结的现代性——关于中国文学的“当代性”的思考》，《学术月刊》，2016 年 8 期；雅克·巴尊反对将浪漫主义等同于对中世纪的回归或对异国情调的喜爱，也反对将其与非理性主义、感伤主义、个人主义或者任何集体主义划等号，他指出浪漫主义有一个“创造一个新社会的任务”，但什么是更好的社会却像是一个赌注，“在浪漫主义时代，人们把赌注压在天主教和新教上帝的存在上，压在泛神论、艺术、科学、民族政府、人类的前途上……解决的具体方案不同只是因为拯救最终是个人的”，“个人及其证词的价值”，被认为是“浪漫主义的本质部分”。［美］雅克·巴尊：《古典的，浪漫的，现代的》，侯蓓译、何念校，江苏教育出版社，2005 年，第 51、122-123 页。

[3] ［德］伊曼努尔·康德：《历史理性批判文集》，何兆武译，商务印书馆，1990 年，第 149 页。

[4] ［德］海因里希·罗姆巴赫：《作为生活结构的世界：结构存在论的问题和解答》，上海书店出版社，2009 年，王俊译，第 104 页。

由”[1]，以个体自由作为现代性为当代性提供的主要语境，把当代性归结为基于个体自由的、批判性的共属意向。

“批判性”也是当代性必须继承的现代性任务。李怡以“意志化”和“物态化”分别描述西中诗歌传统，前者强调诗歌主体高于自然的意志，以个体意志统摄自然，追求思想的魅力，后者强调人的物态化和对自然的回归，追求意境[2]。中国古典诗学传统已经是人与自然的共属，但由于分析性的白话与无形态变化的文言间的巨大差异——不弱于白话与西方语系的差异——使得中国新诗在语言准备上更贴近西方现代诗歌，故而“分析性是新诗的头号特征。只有分析性才能应对世界、世纪格局中复杂的新经验。”[3]相应地，张清华以“人性本体论”和“生命本体论”作为西方和中国各自的诗学时间模型，前者以分析性、批判性的心灵空间或矛盾冲突展开叙述，其基本美学特征是追求人性永远冲突性的自我组织过程，后者则追求完整闭合的时间结构模式，以循环时间淡化个体内心的矛盾冲突[4]。理想的状态当然是以批判、分析的人性化语言呈现物态的生命本体论境界。至于“共属”，如果我们把自然视为永远处在生生变化当中的共属结构，则有机体在与环境的互

[1] ［美］劳伦斯·E·卡洪：《现代性的困境》，王志宏译，商务印书馆 2008 年，第 24 页；“现代性的关键语素特别强调主体，强调个人主义”，张枣：《张枣随笔选》，颜炼军编选，人民文学出版，2012 年，第 230 页；我本人倾向于认为，同浪漫主义一样，现代性是复数的，每一类现代性都是自我问题意识的一次觉醒，每个内在授权的自我都会针对自己的问题提出一套与他人相异的解决方案，每一种方案都是一种生活可能和态度的尝试，是相对的和临时的，它们之间彼此平等而又相互竞争，既存在一个革命和战争的周扬时代，也存在一个与之对立的、作为前者解毒剂的胡秋原、胡风时代，不存在一种终结其他可能的终结完善的生活。

[2] 李怡：《中国新诗讲稿》，中国人民大学出版社，2014 年，第 20、27、61 页；西方传统认为自然本身也是意志性的，“浪漫主义试图表明，自然的必然性和人的自由之间不存在矛盾，因为他们认为，自然本身是一种与人的意志相似的有生命的精神或世界意志”。［美］米歇尔·艾伦·吉莱斯皮《现代性的神学起源》，张卜天译，湖南科学技术出版社，2012 年，第 362 页；如果完整的主体应该同时包括意志化和物态化，李怡的两种划分为我们重新理解“主体性”提供了契机，即主体性不仅个体主动的主体化过程，也包括间断、延宕和宁静的去主体化过程，主体性同时包括主体化和去主体化、做和受（杜威）、考古学和系谱学（福柯）。

[3] 敬文东：《中国当代诗歌的精神分析 》，中国社会出版社，2010 年，第 284 页。

[4] 张清华：《隐秘的狂欢》，山东友谊出版社，2006 年，第 55、86 页。

动中不断形成朝向未来的自身经验，经验本质上“乃是共属结构在某一局部境遇中的演化，这种演化具有一种趋向于将经验中涉及的一切要素都统一到共属关系中的趋向”，“共属”并非极权（要求个人毫无反思地在一个先验可逆的极化系统中解释自身的经验要素），虽然共属中也有斗争——斗争是很多有机体之间的另一种关联方式，极权内部一定是你死我活的斗争——却是长期共同生活的亲属关系中的“爱的斗争”，不是暴力性地吃掉对方，“是不断在自己的生命尺度中吸收对方生命尺度的要素，最终使自身的生命尺度能够与对方的生命尺度形成一种共振谐响的关系”[1]。《中庸》所谓“成物”就是要明了物的尺度，这样才有可能在恰当的时机（“时措之宜”）触发自身的经验尺度“成己”得仁。这是一种耗散结构，它远离极权的惰性平衡，不断在新的涨落中促成共属关系的新生。

以此为标准，我们发现，虽然左翼一体化格局逐渐压缩、排斥了其他的话语可能，新诗在一开始实际上具足了充分的当代性。新诗的重要发起人之一胡适在新文化运动时期基于普通人个体自由提出“社会的不朽”（“大我的不朽”），用以更新中国古代贵族倾向的“三不朽说”（《不朽——我的宗教》1919），之后批评周作人的新村运动为“独善的个人主义”，提倡将“个人觉醒”与“社会改造”运动关联在一起来思考、将个人改造和社会改造同等看待，这种改造是非暴力的、非宏大叙事的，而是一种针对具体问题的零星社会工程，一种“要爱问题，要不怕问题的逼人”的“‘得寸进寸’‘得尺进尺’的工夫”：“有志做改造事业的人必须要时时刻刻存研究的态度，做切实的调查，下精细的考虑，提出大胆的假设，寻出实验的证明。这种新生活是研究的生活，是随时随地解决具体问题的生活。”（《非个人主义的新生活》1920）[2]实际上，文学实践与社会改造的互动在新文化运动时期具有浓郁的气氛，居间的个人改造也自然提上日程：“当时不少小组织、小团体，都

[1] 王凌云：《来自共属的经验：现象学与哲学文集》，中国社会科学出版社，2017 年，第 23、21 页。
[2] 胡适：《容忍与自由》，云南人民出版社，2015 年，第 62—63 页。

将‘人格修养’——道德的砥砺与能力的锤炼，作为言论鼓吹的重点，这也暗中影响了新文学主体观念的生成。像早期新诗理论中，‘诗人人格’一度是非常核心的命题，康白情、宗白华、郭沫若、叶圣陶等都有相对系统的阐述。”[1]这就是康白情所说的“动的修养、活的修养”或“社会化的修养”（《新诗底我见》1920）。问题是，“五四”运动之后，现代性的加速度使文化运动与社会运动的逐渐脱节，“社会改造”为“革命”所取代，请听叶圣陶《倪焕之》（1928）中王乐山对新青年倪焕之的说教：“听你所说，好像预备赤手空拳打天下似的，这终归于徒劳。要转移社会，要改造社会，非得有组织地干不可！”组织严密的先锋政党和“主义”的宣传动员逐渐取代自发的、有机的团体或民众联合，启蒙与救亡、个体与群体逐渐成了非此即彼的选项。20世纪30年代初同左翼论战的“第三种人”胡秋原认为“文学与艺术，至死也是自由的，民主的”，但这并不影响他“站在自由人立场高擎马克思主义”，他只是反对普罗文学“独占文坛”，反对周扬“你假使真是一个战士，你就一定要站在无产阶级的立场，百分之百地发挥阶级性，党派性”的论调[2]。1942年延安文艺座谈会确定了文艺的工农兵方向，1948年创刊的《大众文艺丛刊》宣布自己“不是一个同人刊物而是一个群众刊物”[3]，1949年第一次文代会上周扬宣布除了延安文艺座谈会上规定的方向，“并没有第二个方向了”。历史按照极化的逻辑运行至“文化大革命”，秩序的他者作为敌人被消灭，革命者也走不出被革命的命运，通过不断制造仇恨和敌人的一体化复仇方式，它把我们带往总体性的废墟。

[1] 姜涛：《社会改造与“五四”新文学——作为一个整体的研究视域》，《文学评论》，2016年4期。

[2] 《中国新文学大系1927—1937》第二集，上海文艺出版社，1987年，第503、601—602页。

[3] 《大众文艺丛刊·致读者》，第1辑（1948），转引自李怡《中国新诗讲稿》，中国人民大学出版社，2014年，第144页。

余论：崇高、忧郁与哀悼——等待中的共属

王斑认为“中国美学最最关注的问题是崇高的范畴”[1]，他描绘出“崇高”问题在现代中国的两条线索，即席勒式的和弗洛伊德式的，席勒式的崇高是一种英雄和英雄崇拜的“历史主体美学”，个体被国家机器或意识形态国家机器作为螺丝钉或齿轮召询出来，以死亡本能的永恒体验融入国家机器，面对或政治或审美的极化逻辑，左翼尤其是建政之后的大多数诗人选择了这种历史总体的崇高主体性和历史主体美学的集团式崇高：

> 跨过了这肃穆的一刹那/时间！时间！/你一跃地站了起来！（胡风《时间开始了》1949）
>
> 呵!桂林的山来漓江的水——/祖国的笑容这样美！/桂林山水入襟，/此景此情战士的心——/江山多娇人多情，/使我白发永不生！/对此江山人自豪，/使我青春永不老!贺敬之《桂林山水歌》（1959）

神圣时间为胜利者加冕，有死的个体因为将自身抵押给神圣时间而变得同自然一样永恒，这种隐秘的死亡本能在郭小川的《望星空》（1959）甚至要重复两次，抒情主体面对无限宇宙流露出的“惆怅”经验必须在“忽然之间”被“大地上的天堂”涤荡干净：

> 在伟大的宇宙的空间，/人生不过是流星般的闪光。/在无限的时间的河流里，/人生仅仅是微小又微小的波浪。/呵，星空，/我不免感到惆怅/于是我带着惆怅的心情，/走向北京的心脏——

弗洛伊德式的崇高则常常与难以表征的历史创伤关联在一起，通常有两种表征，一是忧郁，一是哀悼。

[1] ［美］王斑：《历史的崇高形象：二十世纪中国的美学与政治》，孟祥春译，上海三联书店，2008年，第8页。

忧郁型诗人放弃了对外部客体的共属意向，选择了将自身拘囿于万能的、无时间的内部，一种狭窄的美学崇高。在鲁迅最绝望的时刻，他写出的《野草》（1927）也具备这么一种美学风格：“我愿意这样，朋友——我独自远行，不但没有你，并且再没有别的影在黑暗里。只有我被黑暗沉没，那世界全属于我自己。”（《影的告别》1924）海子《面朝大海，春暖花开》（1989）亦然：三次出现的“从明天起”将世界划分为“尘世”和“我只愿”的二元，“幸福的闪电”再次提醒我们这种区隔，直到“我有一所房子，面朝大海，春暖花开”，一种死后生活的渴望，不再活在人们中间，不再共属于某个或某些他者。有训练的读者从幸福幻景的背后读出可怖的崇高。

在讨论鲁迅的《野草》时，张枣同顾彬一样认为忧郁正是现代性的精神特质，他沿袭文学史家把这一“忧郁的现代主体”称为“消极主体”，“空白，人格分裂，孤独，丢失的自我，噩梦，失言，虚无……”这些消极元素“会促成和催化主体对其主体性的自我意识”[1]，我们已经在现代诗歌的主体批判中论及此点，从精神分析的角度看，这是主体在现代性不可逆的人和世界的分离中、在不断丧失客体之后的自我分裂中，一个道德的我（超我）不断批判和攻击另一个欲望着客体的我（自我）之后果，最后陷入看与欲循环的元反讽。忧郁罢黜了不可逆的时间，将需要随时更新的、生生不息的共属结构转移到无时间的、万能的主权个体内部，因此它无法面对失去客体这一事实，用弗洛伊德的话说，它无法哀悼，更无法随着时间的流逝创生新的共属结构。而一旦极化逻辑上升到国身通一、万众一心的层次，真正共属生活的充要条件——不同个体构成的“我们”的脆弱的复数性——就丧失了，每个个体只能被囚禁在单一经验的主观性中，“当共同世界只在一个立场上被观看，只被允许从一个角度上显示自身时，它的终结就来临了”[2]。“集团”和“必然”遵循的极化逻辑褫夺了主权个人的批判活力和审美伦理的社会参与，

[1] 张枣：《张枣随笔选》，颜炼军编选，人民文学出版社，2012年，第118页。

[2] ［美］汉娜·阿伦特：《人的境况》，王寅丽译，上海人民出版社，2009年，第39页。

极化的集团和必然表面看似乎臻于永恒，却是一种死亡，因为系统已经先验地将异质性的经验碎片筛选和组织成一个总体。

顾彬在《倪焕之》中已经发现了这种“革命与忧郁”的复杂关联[1]。与《时间开始了》和《桂林山水歌》以革命主体自居、因而具备了充沛的革命豪情不同，《望星空》中的崇高是从无限的星空转移到万能的历史主体的，中间夹杂着诗人脱节于时代精神（革命）的忧郁。一旦诗人被革命附体，认为自己是崇高历史的一部分，就会以这种革命的死亡本能攻击一切障碍，比如在食指的《鱼儿三部曲》（1967—1968）中，我们看到因为“冰层”的阻隔产生的崇高的忧郁：大自然被割裂为正义的“太阳”和他的“鱼儿”们，以及“冷漠的冰层”“冷酷的风雪”和设下网绳的“渔夫”。“冷漠的冰层下鱼儿顺水而去，/听不到一声鱼儿痛苦的叹息，/既然得不到一点温暖的阳光，/又怎能迎送生命中绚烂的朝夕？！”鱼儿为了太阳母亲的抚照猛烈地撞击冰层，“鲜红的血液溶进缓缓的流水，/顿时舞作疆场上飘动的红旗”。大自然被不断地分配阶级感情：“为什么悬垂的星斗象眼泪一样晶莹？/难道黑暗之中也有真实的友情？/但为什么还没等到鱼儿得到暗示，/黎明的手指就摘落了满天慌乱的寒星？”最后是“阳光的利剑”“撕破了贪婪的网绳”“无情地割裂冰封的河面”，为了阳光鱼儿不顾一切跃出水面，却落在正在消融的冰块上，“鱼儿却充满献身的欲望：/“太阳，我是你的儿子，/快快抽出你的利剑啊，/我愿和冰块一同消亡”。不是共属，是血淋淋的斗争构成这首诗的核心意旨。如果食指诗歌的崇高是革命与浪漫主义融合的产物，多多则在诗歌形式上更进一步，以现代主义的方式继续分裂着革命的崇高，麦芒（黄亦兵）以“不可能的告别”来描述“文革”的乌托邦驱力带动的非理性的、精神分裂的形式更新：“过去和历史成为无意识中不可祛魔的部分，它总是从压抑中回归，并以语言和形式的创新进一步显露出来”，即多多用以祛“文

[1] ［德］顾彬：《德国的忧郁和中国的彷徨：叶圣陶的小说〈倪焕之〉》，肖鹰译，《清华大学学报（哲学社会科学版）》，2002 年 2 期。

革”之魔魇的方法是以语言和形式进一步强化它的极端和疯狂的崇高，麦芒认为，在“毛主席像太阳”（《浏阳河》）和“太阳像诗人一样”（波德莱尔《诗人》）之间不是想象中的那样难以兼容，只要我们仍然走不出现代性的魔咒，毛泽东的咒语同波德莱尔的咒语一样会以诱饵的形式继续存在，就像《被俘的野蛮的心永远向着太阳》（1982）：“明天，还有明天/我们没有明天的经验/明天，我们交换的礼物同样野蛮/敏感的心从不拿明天作交换/被俘的野蛮的心永远向着太阳/向着最野蛮的脸——”。历史的原初场景——这里是不礼崩乐坏，而是乌托邦——已经牢牢抓住了明天和未来，“它有一张最野蛮的脸，只有疯狂和野蛮的心灵才能与之对视，并站到同一层次上与之对决。这种精神分裂的对峙暗示了文化革命和现代中国诗歌所要付出的代价，前者以革命的方式，后者以现代主义的方式，但二者最终共享了一种方式即20世纪中国的现代性实验”[1]。

耿占春把弗洛伊德的“原始场景”从个人早期的家庭场景移用到历史生活领域，政治迫害、大饥荒和人民的非正常死亡就成为后人不断回应的原始场景，这种“礼崩乐坏”的创伤打断了经验的连续性和交互性，很容易让人陷入经验失去可参与性之后的忧郁状态。“事实上对一个社会、一个民族或者一些个人来说，在经历过这种巨大的生命与精神创伤和连续性的灾难之后，应该有一个充分的哀悼过程，可是我们的整个社会文化省略了这个必要的哀悼的过程。当哀悼的过程被省略之后，鬼魂未被埋葬，亡灵也不会得到追悼，邪灵还会在压抑下返回到我们身上，返回到人们悖谬的情感与错位的观念之中，甚至公开复归于社会场景之中……哀悼是个人和社会精神康复的一个必要阶段。省略了一种重新唤醒社会伦理情感的哀悼过程，也就陷入了压抑和精神分裂”[2]。“过去”很可能从未完全过去，一个创伤性的过去可能

[1] Mai Mang（Yibing Huang），*Contemporary Chinese Literature*: *From the Cultural Revolution to the Future*, New York: Palgrave Macmillan, 2007, pp19-61. 这种“不可能的告别”在《父亲》（2011）与《我读着》（1991）的比较中仍能看到：“父亲，你已脱离的近处 / 我仍戴着马的面具 / 在河边饮血……”。

[2] 耿占春：《〈哭庙〉：一部伤痛与哀悼之作》，载《评诗》2014 年卷。

被压抑，但这不妨碍它改头换面在不同的语境中重复出现。“现在”当然也不等于“当代性”，可能只是过去的延续甚至历史周期的重复。同样的道理，“未来”也可能从来没有到来。

哀悼型诗人选择哀悼，选择与痛苦共存，并以诗歌对自身的痛苦进行象征交换，以此保持与外部生活世界的关联，一种等待中的共属：斯蒂芬·K·怀特称为“日常生活的崇高（sublime of everyday life）”或“微妙崇高（a quieter sublime）”，即便极化逻辑粗暴地打断了日常生活，即便不能以“学者”的身份公开运用自己的理性，也可以尝试“培育日常生活断裂和挫折经验带来的崇高痛苦”，这样一种气质可以帮助我们修为困难日常中的人格[1]。久为大陆文学史湮没的成都诗人蔡楚1962年就写下了这样的句子：“为什么他喉咙里伸出了手来？/是这样一个可怜的乞丐，/彻夜裸露着、在街沿边，/蜷伏着，他在等待？”（《乞丐》），“这双手原可以创造世界”，田园荒芜，长夜漫漫，乞丐只能等待，双手重新从臂膀上而不是喉咙里长出。1976年的《等待》更是将主体去主体化，分离出另一个等待的自我，这就是哀悼，为了保留爱的可能：“从鲜红的血泊中拾取，/从不死的灵魂里采来。/在一间暗黑的屋内，/住着我的等待。//它沉沉地，不说一句话，/不掉一滴泪，如同我的悲哀。/它缓缓地，不迈一个急步，/不烦每次弯曲，如同我的徘徊。”除了这个从自身分离出来的自我，另一个唯一的共属者是“那间暗黑的屋”，它“从不肯走出屋外，/去眺望那飘忽的云彩。/它是缄默而又固执的呵，/懂得自己的一生应当怎样安排。”[2]犹如珀涅罗珀白日编织婚服而夜晚拆解，诗人没有被意识形态国家机器生产为意识形态主体，而是以去主体化的方式感知着自己不可逆的生活时间。与“我有一所房子”和“从明天起”明显的二元论图景相比，蔡楚不回避世界和经验的一元性，以“等待”这种无为的智慧留给经验最最稀薄的改造和实验可能。

[1] Stephen K White，Edmund Burke：*Modernity*，*Politics and Aesthetics*（SAGE Publications，Inc，1994），pp.83–90.

[2] 陈墨、蔡楚：《鸡鸣集》，电子科技大学出版社，1993 年。

王东东曾以《一个自由主义者的忧郁：纪念江绪林（1975—2016）》这一事实上的哀悼之作缅怀逝者江绪林的忧郁[1]："大海啊，母亲，你是否同意我返回你的波浪/当我的身体还是远古的鱼，未受污染/不要一遍遍地将我拍打在岩石，请带走我"，与天地的重新合一意味着亡灵对共属的回归，然忧郁于礼崩乐坏的亡灵何时才能得到超出诗人的整个社会的哀悼呢？我们仍然生活在一个启蒙运动的时代，我们同意康德革命不能真正改造人的思想方式的说法，并且尝试以诗歌和诗学公开运用我们的理性，这种自由必然"向外扩展"，个体自由与"共同体的团结"必然一致[2]。"但是要练就行动的本领，我们不是要第二次革命"。当代性是一种"我们"的积极自由，必然涉及价值内涵——"一个成为革命者的人能对他自己进行革命"[3]，或者说，能对自己进行革命的人才会成为真正的革命者——它天地一体的形而上学价值需要在仁之共属中渐渐修为，渐渐养成，并且暗自葆有批判的锋芒。让我们摆脱忧郁，让我们能够哀悼，在时机中等待，在日常生活的政治中生成我们的崇高共属。

[1] 纪念江绪林的诗歌还有西渡《风中之烛——纪念江绪林》；另外王东东还有《忧郁共和国》（2016）一诗。

[2] ［德］伊曼努尔·康德：《历史理性批判文集》，何兆武译，商务印书馆，1990 年，第 24 页。

[3] ［德］路德维希·维特根斯坦：《文化和价值》，黄正东、唐少杰译，译林出版社，2014 年，第 61 页。

重论滕固《中国美术小史》的历史价值
——从滕固与梁启超的思想交集谈起[1]

唐卫萍[2]

【摘要】 滕固在其艺术研究的起步阶段选择中国美术史作为关注点，梁启超撰写的《中国历史研究法》发挥了重要的思想引领作用。李凯尔特的价值论哲学，以及在此基础上发展起来的文化科学构成了其《中国美术小史》的重要思想来源。而具体到小史的写作，他运用文化史的思路解决美术史的历史分期问题。

【关键词】 梁启超　李凯尔特　文化史　美术史分期

滕固于1925年撰写的《中国美术小史》，脱胎于他在上海美专任教期间撰写的美术史札记。“小史”名副其实，篇幅不长，作为滕固展开中国美术史研究的处女作，因其新颖的历史分期给当时的美术界留下了深刻的印象。余绍宋在《书画书录解题》当中对其进行了相当精准的介绍：“是书亦用白话体，凡分四期，一为生长时代，二为混交时代，三为昌盛时代，四为沉滞时代。所叙绘画外，旁及建筑、雕刻，虽寥寥短篇，尚能自抒所得，不

[1] 本文为2013年度教育部人文社会科学重点研究基地重大项目“中国文艺思想通史·近代卷”（项目编号：13JJD750004）的阶段性成果。

[2] 唐卫萍，杭州师范大学艺术教育研究院讲师，主要从事中国艺术史研究。

甚剿袭陈言。”[1]彼时滕固从日本东洋大学毕业回国任教不过一年有余，甫一出手，即能独树一帜，这本美术史的呈现样态，无论是语言、结构分期、还是关注范围，都与传统绘画的认知系统和写作系统有相当大的差别，为中国美术史界带来了一股清新的气息。一个很自然的问题是，对于年轻的滕固而言，这样的研究眼光从何而来？他的绘画史写作的参考系或者说思想来源是什么？《中国美术小史》的出现对于他个人的绘画史研究生涯以及彼时的中国绘画史研究来说又有何意义？本文拟对上述问题展开梳理，重新探讨这本小史在现代中国美术史学中的地位和价值。

一、滕固与梁启超的两次思想交集

滕固在《中国美术小史》的弁言当中介绍了该书的写作背景：

> 曩年得梁任公先生之教示，欲稍事中国美术史之研究。梁先生曰：治兹业最艰窘者，在资料之缺乏；以现有资料最多能推论沿革立为假说极矣。予四五年来所搜集之资料，一失于前年东京地震，再失于去年江浙战役。呜呼！欲推论沿革，立为假说，亦且不可得矣。一年来承乏上海美专教席，同学中殷殷以中国美术史相质难，辄摭拾札记以示之。自知乱杂失序，无当述作，今删刈其半，以成是篇，幸当世博学君子进而教之！[2]（1925年6月）

这段自述透露出探析“小史”思想来源的关键信息：滕固受梁启超的“教示”而走上中国美术史的研究道路。梁启超对滕固的影响一直是学界关

[1] 余绍宋：《书画书录解题》，北京图书馆出版社，2003 年，第 165 页。

[2] 滕固：《滕固美术史论著三种·中国美术小史》，商务印书馆，2011 年，第 3 页。

注的焦点，尤其是新史学的阐释方向成果丰富。[1]就目前所见文献来看，尚未发现梁、滕二人直接交往的证据。因此，呈现二人在思想上发生的关联对于理解青年滕固的美术史观就显得十分必要。那么，能够进行细致探讨且有必要澄清的问题是，在撰写“小史”之前，滕固到底在何种层面与梁启超发生思想交集?

滕固与梁启超的第一次交集发生在1922年。据滕固自述：“二年前在《新潮》上读蔡元培先生的《美术之起源》，引有吾国古民族的身体装饰等。近年梁任公先生在所著《中国历史研究法》，也频频说起吾国历史的艺术。所给予我的印象这二文最深刻。”[2]这段引文出自滕固当年撰写的《艺术学上所见的文化之起源》一文。此时滕固正就读于日本东洋大学文化学科，该专业作为东洋大学的新兴学科，开设了文化史、艺术学、西洋哲学、美学等课程，因专业学习的需要，他的阅读涉猎极为广泛：“文化史、文明史、艺术哲学、人类学、史前艺术考古都进入了他的阅读视野，尤其对这一时期德国学者在人类学和人种学领域的新研究有较为深入的把握。”[3]在阅读中，滕固不仅接触到了艺术学领域的各种研究方法，也见识了世界各地的学者通过研究民族艺术而阐释本民族的艺术精神。而这些他在日本接触到的艺术学领域的新潮流对于当时的中国艺术学界来说几乎是一片暗黑的区域：“偌大的中华，艺术上有价值的新译著，一本没有，后起的青年，几个人了解得‘艺术是什么’？”[4]滕固去日本留学伊始即感叹国内“研究美术的大多数没有译述

[1] 对此展开较为翔实梳理的代表性文章是陈平教授的《再读滕固——近代“新史学”视野下的滕固美术史撰述》，见《滕固美术史论著三种》，商务印书馆，2011 年版，第 249–255 页。甚至还有专门考证梁启超滕固二人会面的研究，王洪伟撰写了《民国美术史家滕固与梁启超会面时间考及所涉问题讨论》，载《解放军艺术学院学报》2013 年第 3 期，这篇文章梳理了滕固和梁启超二人可能发生会面的时间等，但并没有关于二人会面的史料证明。

[2] 滕固：《艺术学上所见的文化之起源》，见《挹芬室文存》，辽宁教育出版社，2003 年，第 25 页。

[3] 参见拙文《文化科学与唯美主义：滕固留日时期的艺术观念》，载《美术学报》2017 年第 5 期，第 85 页。

[4] 滕固：《论文学与艺术》，见《挹芬室文存》，辽宁教育出版社，2003 年，第 258 页。

书籍的能力”[1]这种强烈的反差促使他密集地在国内杂志上介绍他读到的重要著作，发表他个人的思考。这一反差也在客观上敞开了一种可能性：为滕固将目光投向中国传统艺术做了铺垫，或者几乎可以说，用全新的世界眼光来打量中国艺术迟早会成为滕固需要面临的学术问题。在这一背景之下，当他读到蔡元培提及古代的身体装饰艺术，梁启超在书中多次探讨中国历史艺术，意识到中国古代也存在和其他国家类似的艺术现象时，虽然只是只言片语，一下子就唤醒了他所储备的艺术学研究的知识，这些相似的“对应物”所激发的不仅有强烈的求知欲、文化归属和认同感，同时还夹杂着微妙的民族主义情绪。但这种情感的共鸣显然是不够的，对于年轻的滕固而言，促使其从“研究”的角度来关注中国艺术的关键的环节是，如何将这些知识、个人文化身份归属和民族情感归置并转化为切实的艺术研究方向？

滕固在这一时期读到的梁启超的《中国历史研究法》显然能够发挥重要的作用。《中国历史研究法》开篇就对中国历史的定义、范围、目标进行了清晰的界定：“史者何？记述人类社会赓续活动之体相，校其总成绩，求得其因果关系，以为现代一般人活动之资鉴者也。其专述中国先民之活动，供现代中国国民之资鉴者，则曰中国史。”[2]梁启超意在倡导撰写具有现代意义的中国史，他所谓的“现代”主要着眼于两个方面：一是人类社会各个层面的活动都应该是历史学关注的对象，这意味着传统中国史要扩大研究范围，为现代国民提供借鉴，而非一朝一家之史学；二是要探究历史现象背后的因果关系，这是梁启超最为看重的史家职责。在这两个总原则之下，梁启超提出了改造旧史写作的方案：

> 今日所需之史，当分为专门史与普遍史之两途。专门史如法制史、文学史、哲学史、美术史……等等；普遍史即一般之文化史也。治专门史者，不惟须有史学的素养，更须有各该专门学的素养。此种事业，与

[1] 滕固：《论文学与艺术》，见《挹芬室文存》，辽宁教育出版社，2003 年，第 257 页。

[2] 梁启超：《中国历史研究法》，上海古籍出版社，1998 年，第 1 页。

其责望诸史学家，毋宁责望诸各该专门学者。而凡治各专门学之人，亦须有两种觉悟。其一，当思人类无论何种文明，皆须求根柢于历史。治一学而不深观其历史演进之迹，是全然蔑视时间关系，而兹学系统终未由明瞭。其二，当日今日中国学界已陷入'历史饥饿'之状况，吾侪不容不亟图救济。历史上各部分之真相未明，则全部分之真相亦终不得见。而欲明各部分之真相，非用分功的方法深入其中不可。此绝非一般史学家所能办到，而必有待于各学之专门家分担责任，此吾对于专门史前途之希望也。[1]

这段文字十分符合讲演的语体特点，口吻犹如师者对后学发言，有很强的指导性和鼓动性。[2]这个方案对于各个学科，尤其是如梁启超提到的法制、文学、哲学、美术等撰写具有"现代"意义的历史提供了一个参考系，为专门史的研究提供了重要的理论支撑，也因此开启了丰富的"专门史"研究空间。在梁启超看来，专门史的研究直接关系到"历史上各部分之真相"，因而呼吁治专门史的学者分担历史研究之责任，在这个参考系中，学科史或者专门史的价值不仅局限在学科内部，而是服务于探明总体历史的真相。这是梁启超在全书中第一次以"美术史"示例。

而后梁启超"频频说起吾国历史的艺术"是在该书的第四章《说史料》的部分。因梁启超扩大了历史研究对象的范围，史料的范围亦随之扩大。文字记录以外的史料亦进入其挑选甄别的范围。他将非文字史料的性质分为三类：现存之实迹；传述之口碑；遗下之古物。[3]艺术所涉在"实迹"和"古物"这两个部分。其中梁启超将绘画与绣织、一般衣服、器具等归入不能再现之古器物类："今存画最古者极于唐，然已无一帧焉能辨其真赝。壁画如岱庙所涂，号称唐制，实难征信。惟最近发见之高昌一壁，称绝调矣。纸绢

[1] 梁启超：《中国历史研究法》，上海古籍出版社，1998 年，第 38 页。
[2] 事实上也是如此，《中国历史研究法》根据梁启超在南开大学的讲演编辑而成。
[3] 梁启超：《中国历史研究法》，上海古籍出版社，1998 年，第 42 页。

之画及刻丝画，上溯七八百年前之宋代而止。至衣服及其他寻常用具，则清乾嘉遗物已极希见，更无论远昔也。故此类史料，在我国可谓极贫乏焉。”[1]在梁启超看来，较之于其他学科，史学在搜集与选择资料方面本身就有相当繁难。[2]像绘画这一类资料极其贫乏的领域，研究难度可想而知。

滕固并没有正面论及《中国历史研究法》对他产生的具体影响，但很显然梁启超频频提及美术的部分都是他阅读该书的兴奋区。将之与《中国美术小史》的弁言相对照，马上就能发现，梁启超对治专门史者的期望、对于古器物研究资料缺乏的描述几乎都可与滕固的自述一一对应。

美术在梁启超的现代意义的史学构架中，当然只是作为史料来源的很小一部分而被提及，而且从这类史料的重要程度来说，也处于“次等位置”[3]，因此，在梁启超这里是顺笔带过，但对于有着现代艺术学知识背景的滕固来说，这是一个兴奋点，他对于中国艺术的情感共鸣开始朝着一个明确的、切己的研究方向靠近。梁启超在《中国历史研究法》当中系统性地阐释了现代中国历史研究的价值观和研究方法，不仅安置了诸如中国美术史之类的专门史研究在现代历史研究中的位置，而且还提供了搜集、处理史料的具体方法，包括研究的困境也一一指明，为像滕固这样还处于储备知识阶段、求知欲旺盛而尚未确立明确的研究目标的青年，勾画出一条可行而有价值的研究路线。对于滕固而言，他第一次产生了方法论上的自觉。[4]他所接触的全新的，尚未运用到研究实践中的理论知识转而形成了一股研究的内驱力，即要将这些方法运用到中国艺术研究的动力。从这个角度而言，梁启超的历史研究之于滕固之中国美术史研究，确实有“教示”之功，尤其是对滕固在研究

---

[1] 梁启超：《中国历史研究法》，上海古籍出版社，1998 年，第 45 页。

[2] 同上，第 41 页。

[3] 同上，第 47 页。

[4] 滕固此时确实产生了研究中国艺术的自觉，这种自觉不仅仅是文化情感上的，更是方法论上的自觉。他在提到蔡元培和梁启超之后，紧接着就写道：“在久埋于穴窟的一部分艺术的‘财’，吾们且锻炼好利器——艺术学的方法——不难渐次发掘，这是我最后所希望我们同胞的。”（1922 年）见滕固：《挹芬室文存》，辽宁教育出版社，2003 年版，第 25 页。这里他提到的艺术的“财”是日语称谓，此处指埋藏于地下的文物。

起步的阶段以中国美术史作为关注点，发挥了重要的思想引领作用。

滕固与梁启超的第二次交集缘于1923年发生的“科玄论战”。这是中国近代思想文化史上的一次重要论战，北大教授张君劢在清华大学作了一场题为《人生观》的演讲，他认为人生观的特点是主观的、直觉的、综合的、自由意志的、单一性的，无论科学如何发达，都不能从根本上解决人生观的问题，而只能依赖于人类自身。[1]这通演讲激起了他的好友丁文江的反对，撰写了一篇长文《玄学与科学》，极力倡导要用科学的方法解决人生观的问题。[2]张君劢旋即对此文作出回应，一时之间，胡适、梁启超、张东荪、唐钺、吴稚晖等人纷纷撰文参与，引起了很大的反响。

梁启超在论战初起时发表了《关于玄学科学论战之“战时国际公法”——暂时局外中立人梁启超宣言》，以一个中立者的态度“自告奋勇充当‘公断人’”[3]，后按捺不住又发表一篇《人生观与科学》抛出自己的观点：“人生关涉理智方面的事项，绝对要用科学方法来解决。关于情感方面的事项，绝对的超科学。”[4]其中对于情感方面的事项，他列出了“爱”和“美”作为示例进行说明。梁启超对张、丁二人的观点有所调和，但对于“情感”一项能否用科学来衡量，他的态度十分微妙：“想用科学方法支配他（指情感，作者注），无论不可能，即能，也把人生弄成死的没有价值了。”[5]他在这里将情感划入了“价值”的领域，而且也申明，即便退后一步承认科学可以进行分析，对于人生价值来说也没有意义。换句话说，情感关乎价值，这是科学分析所不能解决的问题。

这一观点引起了青年学者唐钺的注意。唐钺的知识背景是心理学，从1914到1920年间，先后在美国康奈尔大学和哈佛大学学习心理学和哲学，受

[1] 张君劢等：《科学与人生观》，黄山书社，2008年，第36页。

[2] 同上，第57页。

[3] 同上，第119页。

[4] 同上，第139页。

[5] 同上。

过系统的“心理学与有关自然科学结合的实验基础训练”[1]，对“情感”展开科学的研究可谓本色当行。他撰文《一个痴人的说梦——情感真是超科学的吗？》，专门讨论梁启超所说的情感，尤其是对“美”和“爱”是否能够进行科学分析展开了讨论。在和梁启超辩难之前，他首先就在文章中申明：“要警告读者一件事，就是美和爱可否分析与他的价值的高低无关。”[2]在他看来，梁启超是在用价值论代替事实，这是逻辑问题，无须深究。他从心理学的角度分析了“美”和“爱”被视为神秘的原因，力图用科学的分析祛除这种神秘性。但梁启超对科学所持的保留态度，并不能简单地将之解读为逻辑上的混淆，而与他在1922年发生的思想变化密切相关。

1922年1月，梁启超的《中国历史研究法》出版，这是阐明他近二十年来所倡导的“新史学”观念的代表作。而距离该书正式出版还不到一年，在1922年11月，梁启超发表了《研究文化史的几个问题——对于旧著〈中国历史研究法〉之修补及修正》[3]，在文章中对其历史研究法的核心论点之一因果律进行了反思和修正：

> 因果律是自然科学的命脉，从前只有自然科学得称为科学，所以治科学离不开因果律天经地义。谈学问者往往以“能否从该门学问中求出所含因果公例”为“该门学问能否称为科学”之标准。史学向来没有被认为科学，于是治史学的人因为想令自己所爱的学问取得科学资格，便努力要发明史中因果，我就是这里头的一个人。我去年著的《中国历史

[1] 沈德灿，汪青：《庆祝唐钺同志从事心理学教学科研六十年》，载《心理学报》，1981年第4期，第370页。

[2] 唐钺：《一个痴人的说梦——情感真是超科学的吗？》见张君劢等：《科学与人生观》，黄山书社2008年，第262页。

[3] 之所以将这篇文章的发表时间定在1922年11月，基于文章中出现的两处提示语：其一“现在讲学社请来的杜里舒，前个月在杭州讲演，也谈到这个问题。”按：杜里舒受梁启超邀请来华讲学，其于1922年10月14日到达上海，10月17日在杭州讲演。梁启超所说的“前个月”当为10月17日，因此写文章的时间应是11月。其二“我去年著的《中国历史研究法》内中所下历史定义……”《中国历史研究法》先是梁启超在南开大学的讲演，于1921年11月、12月登载在《改造》杂志，1922年1月即由上海商务印书馆出版单行本。“去年所著”当指改造社版本。

研究法》内中所下历史定义便有“求得因果关系”一语，我近来细读立卡儿特（即Rickert，现通译为李凯尔特）著作，加以自己深入反复研究，已经发觉这句话完全错了……历史为文化现象复写品，何必把自然科学所用的工具扯来装自己门面？非惟不必，亦且不可，因为如此便是自乱法相，必致进退失据。当我著《历史研究法》时，为这个问题着实恼乱我的头脑。我对于史的因果很怀疑，我又不敢拔弃它……我那时候的病根因为认定因果律是科学万不容缺的属性，不敢碰他，所以有这种矛盾不彻底的见解。[1]

梁启超在《中国历史研究法》当中所追求的“方法”其实就是运用自然科学的方法将中国历史研究“科学”化。但在运用历史因果律的过程中始终存在着一个困扰他的问题：一方面他认为历史是人类心力的体现，绝非物理的或数理的因果律所能支配，但如果抛弃因果律，又担心因此失去了历史研究的“科学”属性，进而会动摇历史科学化的根基。因此他提出了“史界之因果”的概念，试图将史学和因果律融合在一起。事实上，不到一年，他就意识到这一做法的“可笑”[2]，因为他读到了李凯尔特。李凯尔特是德国弗莱堡学派的核心人物之一，以科学的分类为基础建立了其历史哲学的体系。其《文化科学和自然科学》一书自1899年出版后二十多年间，产生了很大的影响。李凯尔特对于文化史研究最重要的贡献之一在于，他从形而上学的层面论证了两个基本的对立：自然和文化的对立，自然的科学和历史的文化科学的对立。[3]这一区分意味着那些被归为文化类别的科学，包括历史，要跳出自然科学研究方法和规律的统摄，运用符合文化科学的方法来展开研究。梁启超的反思正是建立在自然和文化对立的基础之上，他把人类的活动分为“自然系的活动”和“文化系的活动”，意识到做史学的人要从“广大渊深的文

[1] 梁启超《中国历史研究法》，上海古籍出版社，1998 年，第 139 页。

[2] 同上。

[3] ［德］H. 李凯尔特：《文化科学和自然科学》，王造时译，商务印书馆，1986 年。

化史海”当中看出历史的“动相”和“不共相”。[1]借助李凯尔特的理论分类，梁启超能够自信地宣称，历史研究无须再用自然科学的工具装点门面了。由此就能够理解，梁启超为何能在“科玄论战”当中斩钉截铁地表态：“人生关涉理智方面的事项，绝对要用科学方法来解决。关于情感方面的事项，绝对的超科学。”而且对于关乎人生价值的领域，他也坚持将科学所能发挥的作用限定在有限的范围之内。

需要特别指出的是，梁启超在他个人的史学研究实践中将历史归类到文化领域，进而走到了文化史。他触及到当时知识界急需讨论和清理的问题：科学是什么？其范围如何？分类如何？与诸如历史之类的文化领域的关系如何？但对这一类问题即使是在科玄大战——最切合这个主题，同时也是最佳的论辩场合，他依然没有给出明确的理论回答。

梁启超并没有对唐钺的辩难进行回应。其后加入论战的范寿康指出，唐钺从心理科学的角度来辩驳切中了梁启超的要害。于是，他修改了梁启超以理智与情感作为科学分界的提法，提出了一个新的方案：“人类的伦理的当为的先天形式——就是人类最可宝贵的，站在道德现象的背后而为道德现象的资本的义务意识——是超科学的。此外的一切伦理的内容法则却完全应由科学方法来解决。”[2]其后，唐钺又对范寿康的文章进行了回复，话题亦转到论争的主线人生观的讨论。梁、唐二人引出的话题分支，有关情感问题的讨论至此暂告一段落。“科玄论战”的成果于1923年12月分别由泰东书局和亚东图书馆结集出版，前者名为《人生观之论战》，后者名为《科学与人生观》。

滕固很快就读到了泰东书局之《人生观论战》，他的兴奋点在美学和艺术，众多的讨论之中，梁启超与唐钺争论所及关于“美”的论题引起了他特

[1] 梁启超：《研究文化史的几个重要问题——对于旧著〈中国历史研究法〉之修补及修正》，见《梁启超全集》第14卷，北京出版社，1999年，第4156页。

[2] 范寿康：《评所谓“科学与玄学之争”》，见张君劢等：《科学与人生观》，黄山书社，2008年，第316页。

别的关注。他于1924年1月撰文《艺术与科学》，重新接续了上述讨题，这也是继《中国历史研究法》之后，他的思考再次与梁启超发生了交集：

> 梁氏说："关于感情方面的事项，绝对的超科学。"这句话本是不能通过，当以范寿康氏的修正案为妥当。唐氏认为绝不是超科学的，诚然诚然，但是梁氏在感情中举出美的问题是超科学的，这却并非无理，不但并非无理，并且是合理的话。[1]

滕固并不赞同梁启超对情感的"绝对超科学"的态度，但他将梁启超的示例——也是唐钺所反对的"美是超科学的"这一观点拯救了出来。滕固援引了心理学家鲍德温（Baldwin）的观点，所谓的"超科学"（Hyper-scientific），"并不是反论理的（Anti-logical），也不是无论理的（Alogical），只是论理或狭义的科学的范围所包含不住的罢了。"[2]狭义的科学指的就是自然科学。相应地，对美的分析也应该超越狭义的科学范围，用文化科学的方法才是正道。[3]而这一套方法的理论支撑与梁启超一样，也来自李凯尔特（Rickert）：

> 科学的责任是在按照论理去整理经验的事实。以科学的方法去研究美与艺术，则美学与艺术学当然成立的了。科学的分类历来不一，据最近Rickert的主张，以为自然科学与文化科学，二者在质料上形式上都是根本对立的，它们的方法因而不同。所谓自然科学是用普遍化Generalisation的方法，剔去异质的东西，聚集同质的东西，在普遍的法则上用工夫的。文化科学则不然，除去同质的东西，搜集附有价值的异质的东西，用个别化Individualisation的方法在特殊的法则——只一回的发见——上用工夫的。美学与艺术学是哲学的科学，哲学是

[1] 滕固：《艺术与科学》，见滕固：《挹芬室文存》，辽宁教育出版社，2003年，第52页。

[2] 同上，第53页。

[3] 同上。

归类于文化科学的，那末研究美学艺术学应该用文化科学的方法，这是显而易见。[1]

滕固就读的是东洋大学的文化学科，李凯尔特是绕不过的阅读对象。[2]他在1922年11月发表的《何谓文化科学》一文，依托日本田边元博士[3]的《科学概论》（1918），回顾了科学分类的历史，对李凯尔特的科学分类观点进行了详细的介绍。他也在文章中专门指出："近者论文化科学的都视李开尔德（滕固译法，即李凯尔特，作者注）为准率了；威力所在，百川学海而至于海的了。"[4]可以说他对李凯尔特的思想非常熟悉。他比梁启超更清晰地阐释了美和艺术在知识分类中的归属，也将梁启超已经开始反思"科学"但未明确何谓"超科学"的问题阐释清楚了：美和艺术隶属于文化科学的范畴，理应应用文化科学的方法来展开研究。与自然科学追求普遍性和一般性不同，文化科学追求特异性、个别化，这与它的研究对象的特点是一致的。滕固的这个回答虽然解决的是艺术与科学的关系，实际上也为那些陷入自然科学与价值问题相纠葛的知识群体提供了一个结构性的解决方案。我们再回头观看梁启超在1922年对"因果律"进行反思的自白、1923年中国思想界发生的"科玄论战"，问题的实质都与对"科学"的反思和困惑相关。而滕固之所以能够对这个问题提供相当明确的答复，当然与他在日本较早地吸收最前沿的文化科学的成果有关。所以，从一开始他就没有陷入到价值问题的矛盾，而直接依靠李凯尔特给出了成熟的答案。

在梳理滕固与梁启超的两段思想交互的经历之后，我们再回到《中国美术小史》的弁言："曩年得梁任公先生之教示，欲稍事中国美术史之研究。

[1] 滕固：《艺术与科学》，见滕固：《挹芬室文存》，辽宁教育出版社，2003年，第52页。

[2] 滕固对文化史、文化科学的学习、阅读状况可参见笔者《文化科学与唯美主义：滕固留日时期的艺术观念》一文的梳理。载《美术学报》，2017年第5期，第85页。

[3] 田边元（1885–1962），1908年毕业于东京帝国大学哲学科，日本著名哲学家西田几多郎的继任者，其哲学思想又称"田边哲学"。《科学概论》是其早期哲学思考的代表作。

[4] 滕固：《何谓文化科学（Kuiturwissenschaft）》，见沈宁编《挹芬室文存》，辽宁教育出版社，2003年，第9页。

梁先生曰：治兹业最艰窘者，在资料之缺乏；以现有资料最多能推论沿革立为假说极矣。”梁启超之于滕固之美术史研究，乃在于期望和方向上的教示，在其将中国美术史作为研究方向这一点上有思想引领之功。而关于文化史、文化科学这一问题，二人几乎同在1922年读到了李凯尔特，并深受影响，梁启超转向了文化史，滕固则在知识分类中确认了艺术学的独立位置，具备了从现代独立的学科的角度来思考中国艺术问题的自觉意识。因此，李凯尔特的价值论哲学以及在此基础上发展起来的文化科学，才构成了滕固研究艺术学的主要思想来源。

二、文化史映照下的美术史分期问题

尽管滕固在历史观和方法论上具有了一定的反思意识，但落实到美术史的写作上，他依然面临着实际的困难。最大的障碍仍然是史料贫乏，他的积累亦十分有限。[1]而这一点亦直接决定了全书史料的运用所能展开的程度。在写作小史之时，滕固的手边并没有多少可资借鉴的参考。当时国内学界所能得到的画史著作主要有两本，一本是姜丹书为浙江第一师范学校编辑的讲义《美术史》（1917年）。这本书的内容以编译为主，作为教育部审定的师范图画科教材使用。而另一本是波西尔（Bushell，戴岳译为波西尔，滕固译为布歇尔，现通译为卜士礼）的《中国美术》（*Chinese Art*）。[2]1923年该书经戴岳翻译、蔡元培校订之后在中国出版。通过比对发现，滕固在书中大量使用波西尔书中关于建筑、石刻部分的示例，试举该书第一章使用波西尔“第一篇

[1] 这个问题实际上也是滕固在《唐宋绘画史》引论部分专门提到的重要内容。他自言在日本留学之时尚未“用心”于中国美术的研究，虽然看过不少作品，但正如“云烟过眼”，还谈不上有效积累。（参见滕固《唐宋绘画史》，商务印书馆，2011 年，第 41 页。）

[2] 波西尔在北京生活了 30 多年，致力于搜罗中国之美术品，及关于美术品之书籍。《中国美术》是受英国国家教育委员会的委托而作，是英语世界第一部以“Chinese Art”命名的著作。书中所举的实物图片大多来自维多利亚阿伯特博物馆馆藏的中国艺术品。该书自 1904 年在英国出版后多次重印，沙畹、伯希和、翟里斯都为其撰写了书评，在欧洲汉学界影响很大。可参考汪燕翎：《汉学视阈中的中国美术：卜士礼与他的“Chinese Art”》，载《美术与设计》，2015 年第 5 期，第 11 页。

石刻”对比如下：

滕固《中国美术小史》	波西尔《中国美术》
所刻诗十章，文句长短不一，而皆协律的；其体裁和《诗经》上的作品类似的，大旨歌颂王在岐山佃猎的事情。当在水清道平之后，王选了车徒，备了器械，会诸侯于此，因佃猎而讲武事，也是一种纪念碑。（第7页）	石鼓刻文共诗十首，每鼓各载其一。虽句之长短不一，而皆协韵。体裁与周诗之载于《诗经》者相类。其大旨皆颂王在岐山佃渔之事。谓当水清道平之后，王乃选车徒，备器械，会诸侯于此，因田猎而讲武事云。（第12页）
图中二人衣冠之士，举手相向，奉命来看取鼎。两堤左右的人，各以绳穿鼎，拖鼎倒行。河有二舟，左舟上的二人，持竿推鼎，帮助升鼎。鼎中出现龙头，把绳子咬断，于是绳放松了。七人一齐退坐，有的颠掉下的。图右又现出一龙，像是应前龙而来的。舟旁有鱼有鸟，有捕鱼的，有鹭鸟啄鱼的。（8–9页）	闸口二人冠服举手相向，盖奉命观取鼎者。两堤上左右之人，各以绳穿闸门中孔，曳鼎倒行。河中有二舟。左舟二人持竿抵鼎底，助力升鼎。鼎中昂出龙首，啮断其绳。故绳忽松而七八皆退坐，有倾跌者也。图右复现一龙，若为鼎中龙之策应者。舟旁则鱼鸟纷纷，有罾取鱼者，有鹭啄鱼者……（21~22页）

而在全书第一章石刻，及第四章《沉滞时代》关于居庸关、莫高窟、白塔寺、明帝王陵寝、热河布达拉寺、圆明园等示例，基本上就是对波西尔版本的改写和挪用，由此可以判定《中国美术》是他写作小史时的重要参考。[1]但《中国美术》对滕固撰写小史启发最大的部分还不在于这些充满了细节描写的建筑和石刻，而在于波西尔在该书的最后一篇“绘画”当中提出的中国画史的历史分期问题。

波西尔在书中介绍了两位学者，德国的汉学家希尔德（Hirth，现通译为夏德）、法国的巴辽洛（Paleologue，现通译为帕拉奥洛格）对中国绘画分期的尝试。希尔德依据中国画史所受到的“外来影响”，将西域画风侵入时代、佛教输入时代作为分期的节点，对中国前代绘画进行了划分：

一、自邃古至纪元前115年。不受外势影响，独自发展时代

二、自纪元前115年至纪元后67年。西域画风侵入时代

[1] 滕固在书中对建筑和石刻着墨甚多，而史料的来源，一是他在书中频频引用的叶昌炽的《语石》，另一个则来自于他并未在书中指明的波西尔的《中国美术》。

三、自纪元后67年以后。佛教输入时代[1]

巴辽洛的分期则是“外来影响”和“断代”并置：

一、自绘画起源至佛教输入时代

二、自佛教输入时代至晚唐

三、自晚唐至宋初

四、宋代（960年至1279年）

五、元代（1280年至1367年）

……[2]

波西尔对于巴辽洛的分期方法并不能满意，他依据《佩文斋书画谱》序文所列画师“上自曹弗兴始，下至吴道玄止。”[3]便以此二人所处时代为节点，上下推演，提出了新的分期：

一、胚胎时期　自上古至纪元后264年

二、古典时期　纪元后265年至960年

三、发展及衰微时期　纪元后960年至1643年[4]

上述三个分期显然对滕固产生了影响，尽管他没有在小史当中交代，但在小史出版的1926年，他亦着手开始撰写《唐宋绘画史》的讲稿[5]，在该书的引论当中提到了上述分期思想，并交代了写作《中国美术小史》时的分期思路：

[1] ［英］波西尔：《中国美术》，戴岳译，浙江人民美术出版社，2014 年，第 412 页。

[2] 同上，第 421 页。

[3] 同上，第 424 页。

[4] 滕固：《唐宋绘画史》，见《滕固美术史论著三种》，商务印书馆，2011 年，第 42 页。

[5] 滕固的《唐宋绘画史》是其德国留学归国之后才正式出版（1933 年），但能够非常肯定的是，该书的引论部分在 1926 年就完成了。相关细节论述可参阅王洪伟《滕固〈唐宋绘画史〉写作所据之“底稿”考》，载《中国国家博物馆馆刊》，2011 年第 8 期。

一、生长时期 佛教输入以前

二、混交时期 佛教输入以后

三、昌盛时期 唐和宋

四、沉滞时期 元以后至现代[1]

这一事后的交代让我们看到了滕固撰写小史时的思想结构痕迹。仔细排比希尔德、波西尔、滕固三人的分期发现，滕固的分期设计有主要综合了希尔德和波西尔的思路。在分期节点上，一方面充分考虑了佛教的外来影响，另一方面对波西尔三阶段分期进行了拆分和改造。“胚胎时期”对应“生长时期”，“混交时期”采用的是希尔德的“外来影响”，而将波西尔笼统的“发展及衰微时期”划分为“昌盛时期”和“沉滞时期”两个阶段。滕固自述自己的这个划分有假想的成分，当时尚没有非常明确的打破历史朝代的意识。[2]但他已经敏锐地感觉到元代是一个重要的划分节点。直到他1926年读到伊势专一郎的著作时，才对他在小史中的分期处理有了一些自信。但滕固对小史的定位和结构方式与上述三家又有着显著的区别。这一点也正体现出他的写作在上述诸家基础上的观念拓展：

滕固用文化史的观念和方法阐释了分期的内部关系。与欧洲汉学家的处理相比，尽管在面目上有相似之处，但在关键的环节上，滕固保留了自己对中国美术史发展的直觉和判断，以文化的发展规律来映照美术史的发展规律。比如波西尔极具进化论色彩的“衰微”阶段，滕固将之归为“沉滞”，并特别指出“沉滞时代”绝不是“退化时代”[3]，因此为他的分期注入活力的乃是文化的生命活力：“生长时代”，顾名思义就是文化生命的胚胎时期，孕育了“艺术之进展的迹象”[4]；“混交时代”乃是“外来文化侵入，与其国特殊的民族精神，互相作微妙的结合”，“有了外来的营养与刺激，文化生命的成

[1] 滕固：《唐宋绘画史》，见《滕固美术史论著三种》，商务印书馆，2011 年，第 42 页。

[2] 同上，第 42 页。

[3] 滕固：《中国美术小史》，见《滕固美术史论著三种》，商务印书馆，2011 年，第 28 页。

[4] 同上，第 12 页。

长，毫不迟滞地向上了”[1]；“昌盛时代”是“混血艺术的运命，渐渐转变了而成独特的国民艺术。所以这时代，可说是中国美术史上的黄金时代”[2]；“沉滞时代”乃是“文化进展的路程，正像流水一般，急湍回流，有迟有速”“一旦圆熟了后，又有新的素养之要求；没有新的素养，便陷于沉滞的状态了。”[3]这一阐释将美术史学安置在文化史的脉络之中，将美术的发展与不同时代文化发展的趋势关联起来。

也正是在文化史这一脉络的映照之下，滕固早年在日本留学时已经接触到的艺术人类学的议题——通过艺术研究阐发民族文化的精神，诸如此类的知识积累开始变得有血有肉起来。滕固认为，中国正处于民族的独特精神“湮没不彰”的“沉滞时期”，而外来思想的涌入带来了新的发展契机，因此要借助于国民艺术的复兴运动，抉发民族精神，开拓艺术研究的新局面，“旋转历史的机运”。[4]因此，张扬中国美术史上的“黄金时代”——唐宋就成为他特别关注的历史时段。通过彰显“国民艺术”孕育发展的过程，表达强烈的文化复兴诉求。这构成了其美术小史写作背后深沉的历史意识和现实关怀。

三、余论

以上梳理了滕固撰写《中国美术小史》的思想、方法以及写作来源。就其个人的美术史写作生涯来说，小史的写作可以看作是滕固对留日期间所积累的思想和文化资源进行整合的尝试，尤其是把他所接受的现代学术的方法和观念与中国现实的问题结合，他的历史观、艺术观、理想抱负以及驾驭历史的能力开始在这次写作中显现出来。如果说，在读梁启超的《中国历史研

[1] 滕固：《中国美术小史》，见《滕固美术史论著三种》，商务印书馆，2011 年，第 13 页。

[2] 同上，第 20 页。

[3] 同上，第 28 页。

[4] 同上，第 35 页。

究法》时他还是模模糊糊地找到了一条研究的道路的话，那么《中国美术小史》的完成则让他真实地触摸到了研究的困难以及他将要继续探索的方向。通过《中国美术小史》的写作，滕固切实地体认到研究中国美术的意义和价值。

而将其放在中国绘画史研究的脉络中来看，滕固所谓具有“现代意义”的历史，实际上就是打破朝代的界限，从文化的角度探讨其历史发展的规律和价值。这一标准的深层是新史观的驱动，更为直接有力的影响则是在文化史的视野之下，艺术学逐渐从哲学和美学的笼罩中独立出来的观念和潮流。从更广阔的全球艺术史研究的层面来看，滕固的小史写作显得非常宝贵，一方面，可以将之视为中国美术史研究者对当时的国际艺术史研究潮流的一个回应，这个回应不仅是知识层面上的激活和互动，而且关联着未被充分展开的文化情感和民族自尊。另一方面，也在一定程度上意味着，他将中国美术史也带进了世界艺术史研究的视野之中，而这个维度的意义在他留学德国之后才开始真正凸显。

“实人实事”与延安秧歌剧的转向[1]

高　明[2]

【摘要】关于延安“新秧歌运动”，以往的研究主要集中于新秧歌的广场性、群众性和业余性等特点，而忽视了其内容的“写实”特征。事实上，延安秧歌剧经历了从“新人新事”到“实人实事”的转变过程。“实人实事”不仅规定了秧歌剧的内容，塑造了新的创作方式、表演风格及接受机制，而且和延安的社会革命构成了密切呼应，有力地塑造了中共政治和普通民众之间的关系。更为重要的是，“实人实事”对于中国革命文艺的观念革新、形式创制及群众主体地位的确立等，都产生了深远的影响。

【关键词】实人实事　新秧歌运动　新社会

20世纪40年代，延安的“新秧歌运动”是引人瞩目的文艺事件。1943年，春节宣传广泛开展之后，《解放日报》发表社论，指出秧歌剧“在今天中国的农村环境中还大有发展的余地，因为广大的农民群众还很需要这种融合音乐、诗歌、戏剧、舞蹈和装饰美术于一炉，富有伸缩性且不受舞台限制的综合艺术”；社论同时指出，它还“把抗战、生产、教育的问题作为创作

[1] 本文为重庆市社会科学规划博士项目“延安戏剧新论（1936–1949）”（编号 2017BS17）的阶段性成果。

[2] 高明，长江师范学院文学院副教授，主要从事现当代文学研究。

的主题了”。[1]可以看出，新秧歌剧不仅形式灵活、广受群众欢迎，而且及时反映了延安的社会革命实践。

本文主要以《十二把镰刀》《兄妹开荒》《钟万财起家》和《动员起来》等新秧歌剧为中心，围绕三个问题展开讨论。其一，新秧歌剧通过表现“新人新事”，使得中共革命获得了具体可感的架构。其二，“实人实事”贯穿于秧歌剧的创作、表演和接受等环节，创造了新的美学模式，与民众的生活世界建立起了沟通的桥梁。其三，“实人实事”虽然造成了秧歌剧创作的重复、枯燥等问题，但在艺术理念和实践中，它使得群众在文艺/政治实践中处于主体地位，对此后的艺术发展产生了持久的影响。

一

关于延安“新秧歌”的起源，要从延安鲁艺的实践说起，不过，其最早的演出仍是沿着旧秧歌的轨道运行。李波在回忆中谈到：“鲁艺第一次秧歌队组成时，无论大秧歌、小节目都有一些丑角。如大秧歌的领头的是个丑婆子。手里拿两个大棒棰，戴两个红辣椒当耳环。推小车的婆子梳个翘翘头，难看得要命。又如我们的《拥军花鼓》，我虽是村姑打扮，但王大化同志是小丑妆，抹了一个白鼻子、白嘴，两个白眼圈，头上还扎了十个小辫子。”[2]这样的演出在当时颇为普遍。因此，安波批评它们“趣味掩盖了主题，留给观众的是趣味，而不是思想，是马戏的效果而不是艺术的效果。这样，便是创作者为趣味所俘虏，趣味化了自己的思想，趣味化了剧中人物，便必然归趋于对现实的嘲弄。”[3]李波谈到，在一次演出后，彭真“指示我们在演出过程中注意创造，提高，注意把一些不健康的东西和对劳动人民形象有损的地方去掉……以后我们的秧歌队里，再看不到丑婆娘、红辣椒、白眼圈了，秧

[1] 《解放日报》社论：《从春节宣传看文艺的新方向》，《解放日报》，1943 年 4 月 25 日。

[2] 李波:《回忆延安的秧歌剧运动: 秧歌剧“兄妹开荒”演出十五周年》,《人民音乐》, 1958 年第 2 期。

[3] 安波：《由鲁艺的秧歌创作谈到秧歌的前途》，《解放日报》，1943 年 4 月 12 日。

歌在健康地发展着”。[1]此后，秧歌剧才逐渐扭转了方向。在延安的语境中，秧歌剧对群众的戏谑、丑化，并非单纯的创作观念、艺术风格问题，更为根本的是对待群众的态度、立场。因而，改造旧秧歌是无法回避且亟待解决的问题。

1943年春节宣传之后，延安的新秧歌剧才广为人知。鲁艺的成果最为显著，较为成熟且广为流传的是《兄妹开荒》《惯匪周子山》等作品。有趣的是，曾担任鲁艺戏剧系主任的张庚，在1947年编选《秧歌剧选集》[2]时，却把民众剧团马健翎[3]1940年创作的《十二把镰刀》作为开篇。张庚的理由是："这个剧给后来的新秧歌剧不少启发，比方关于男女调情这种民间形式中的落后部份，这剧中已改从健康夫妻感情生活来着眼描写，扬弃工作做得很多，但演出时还觉得突出，后来的《兄妹开荒》之用兄妹二角而不用夫妻，即接受了它的经验教训，当然开先河的作品，缺点是容易被后来所发现的，但万事起头难，因选在卷首，以见渊源。"[4]张庚的看法很敏锐。因为在秧歌被普遍重视、改造之前，《十二把镰刀》较早摆脱了旧秧歌的模式，将焦点集中于民主根据地"新人新事"，开启了新的叙事模式和美学风格。此后的《兄妹开荒》《钟万才起家》和《夫妻识字》等，都和它有着千丝万缕的联系。

严格来说，《十二把镰刀》《兄妹开荒》等属于"小戏"。"小戏"主要在农村演出，观众大多是农民，因而，大都情节简单，人物少，以流动式的广

---

[1] 李波：《回忆延安的秧歌剧运动：秧歌剧"兄妹开荒"演出十五周年》，《人民音乐》，1958年第2期。

[2] 张庚编选的秧歌剧共有三个版本：其一，《秧歌剧选集》（一、二、三），东北书店，1947年；其二，《秧歌剧选》，人民文学出版社，1962年；其三，《秧歌剧选》，人民文学出版社，1977年。三个版本收录的剧目有些出入。相比较而言，1947年版的史料价值更高，一则，它收录的是较早的版本，而且按题材做了归类；二则，每一个剧作前张庚等人都写了题解，介绍了创作背景、主要内容和艺术风格等，其无疑是可贵的一手材料。

[3] 马健翎（1907—1965），陕西米脂人，曾在北京大学求学，1934年肄业。1938年，柯仲平在延安组建民众剧团，马健翎成为领导和核心人物，他是当时延安最好的剧作家之一。延安时期，马健翎的创作可以分为两个阶段，大致来说，1942年前后是个分界线，之前的代表作是《查路条》《十二把镰刀》等"小戏"，之后的代表作是《血泪仇》《大家喜欢》和《穷人恨》等"大戏"。

[4] 张庚：《〈十二把镰刀〉说明》，马健翎等：《秧歌剧选集》（一），东北书店，1947年，第1–2页。

场演出为主。这实际上对演出提出了更高的要求。周立波指出：“戏场是在露天底下，观众多半是站着，流动性很大，搞得不好，他们就不看你的，走了，也不怕你难为情。为了适应着露天，牵引着观众，锣鼓要响，歌喉要大，粗犷比纤细更容易成功。剧情要紧凑，要简明，剧中矛盾的解决，不能拖得太久了，也不宜于有太复杂的人物，太幽微的情节，善恶分明，褒贬显著，很快的引起高潮，很快的跳到收场，让音乐来给与人们以余味，更能获得观众，收到效果。”[1]需要特别注意的是，“小戏”不单是形式问题，也和表现内容的现实性密切相关。

《十二把镰刀》的主要情节是：抗战时期，陕甘宁边区某小镇，农民积极分子王二，要给警备团打镰刀，但是王妻却不同意，经过王二的耐心劝说，王妻逐渐觉悟过来，自愿和丈夫一起，为“边区政府、军队”打镰刀。从叙事来看，剧情经历了误会、分歧、劝说及和解的过程；与剧情展开相配合的，是美学氛围的变化。大致来说，剧中主人公产生误会、分歧时气氛比较紧张，而劝说时则比较柔和、有的再略略加上一些诙谐的元素，到了和解则充满了喜剧的基调。由于该剧主要以夫妻矛盾为焦点，角色分配和情节展开自然地嫁接了传统秧歌的“男女调情”模式。虽然《十二把镰刀》《兄妹开荒》等都有着鲜明的政治性和现实性，宣传、动员意图显而易见，但剧中却包含了复杂的层次，如反映“新人新事”的向度，显然是旧秧歌未曾涉及的。

《十二把镰刀》的艺术魅力很大程度上来源于演员们的表演技巧，如路杨指出的：“戏里的舞蹈动作半虚半实，艺术化地还原了打镰刀的具体流程，如抡锤、打铁、揭盖、起镰等等。而桂兰最初由于抵触打铁，不是跌了锤子就是打飞剪子，不是打着头就是烫了手，出尽洋相。这在人物表演的动作设计和道具配合上都构成了一种巧妙滑稽的演出效果。同时，桂兰又气又

[1] 周立波：《秧歌的艺术性》，《解放日报》1944 年 3 月 2 日。

急、王二既无奈又心疼的情感表现，则带来浓郁的生活情趣。”[1]但更应当注意的，是王二劝说妻子的话语及其现实基础。桂兰嫌打镰刀没有实际好处，丈夫又太积极；王二劝道“今晚上打镰刀，你不要当是做生意，这是工作”，原因是：“边区政府是咱老百姓的政府，八路军是咱老百姓的军队，人家爱护咱们，咱们就应该帮助人家。你看我从前在外边当铁匠赚不了钱，种地不够吃；全凭革命，才有今日。就拿你来说，不是因为边区政府好，我哪有法子把你搬到这里来过日子？你还不是在娘家做针线，受苦受罪！现在打日本救中国，大家苦干，咱老百姓应当好好帮助政府，政府才能有办法；政府有办法，才能赶走日本鬼子，咱们的日月光景才能过得好，你应当明白这个大道理才是。”[2]此处王二劝说妻子的“道理”是建立在边区政府、军队与老百姓的密切关系之上，此外，它们的关系还有更深刻的一面，如王二唱的：

咱边区好政府人民皆爱，
穷与富男和女享受平权。
女人们也应该自尊自爱，
学一个男子汉站立人前。[3]

在这里，抗日救国的“大道理”和老百姓的“日月光景”得到了有机的统一；而女人们也在“平权”的社会革命中获得了自己的位置。

《兄妹开荒》的演出情形大致与此相同。李波谈道：“当时演出是很简单的，不用舞台，在平地上围上一个圈就演，服装就是普通老百姓装，头上搭块白毛巾，扁担是王大化的顶门棍，用两条打被包的绳子一头吊个旧水罐，一头是个旧篮子，可是演后反响很好，老百姓感到亲切。看了以后都很兴奋，说‘把我们的开荒生产都编成戏了’。看完戏回家时碰到熟人问起的时候不说王小二开荒，而亲切的说是看了《兄妹开荒》。于是《兄妹开荒》代

[1] 路杨：《“表情”以“达意”——论新秧歌运动的形式机制》，《文艺研究》2018 年第 11 期。
[2] 马健翎：《十二把镰刀》，张庚编：《秧歌剧选》，人民文学出版社，1977 年，第 8 页。
[3] 同上，第 14 页。

替了原来我们给它取的名字而在群众中流传开了。”[1]可见，新秧歌剧既要反映群众生活，又要将“新人新事”艺术化，才能调动起了群众的切身经验，进而打动他们。在这些剧作中，男女之间的关系颇为“健康”，已经不再局限于私人情感领域，而是进入了公共性、社会性空间，甚至延伸到更宏大的政治经济结构当中[2]。

值得特别提出的是，“新人新事”在秧歌剧中的集中出现，主要是依托于延安“新社会”的理念和实践。“新社会”在这里主要有两重含义：其一，抗战时期，中共革命以“统一战线”为界限，没有提出国家政权的要求，也没有推进激进的阶级斗争，革命实践着力于扫盲、破除迷信、改造二流子和建立新家庭等[3]。其二，如蔡翔指出的，中国革命最重要的问题之一，是“如何建构一个新的想象的政治共同体”，其现实形态就是现代民族国家，不过，对于“下层人民”来说，“这一‘国家’还不能仅仅停留在抽象的概念层面，它必须转化为一种更加感性并同人民的日常生活息息相关的社会形态，只有这样，这一‘国家’才能转变为‘多数人的信念’。”[4]正是以“新社会”为媒介，“下层人民”才感知到了政党政治的在场。需要稍作分辨的是，后来人们熟知的“新社会”，主要来自《白毛女》中“旧社会把人变成鬼，新社会把鬼变成人”的说法，具体语境是抗战之后中共领导的阶级革命。而延安“新社会”概念的起源，可以追溯到更早的《十二把镰刀》等作品，其着力点是社会革命，在这一视野下，大多新秧歌剧中的矛盾双方并非地主和农民，而是丈夫和妻子、先进分子和懒汉等，最终往往通过劝说、教育等比较柔和的方式来解决问题。

[1] 李波：《回忆延安的秧歌剧运动：秧歌剧“兄妹开荒”演出十五周年》，《人民音乐》，1958年第2期。

[2] 可参看熊庆元《延安秧歌剧中的“夫妻模式”》，《文学评论》，2004年第1期。

[3] 高明：《不激进的革命——延安乡村建设再认识》，《开放时代》，2018年第3期。另外，可参看孙晓忠、高明主编的《延安乡村建设资料》（上海大学出版社，2010年）中的相关文章。

[4] 蔡翔：《革命/叙述：中国社会主义文学－文化想象（1949–1966）》，北京大学出版社，2018年，第79页。

但无论如何，关于“新人新事”的叙事和想象，构成了新秧歌剧的核心要素，其意义不只是对日常生活题材的发掘，更重要的是提供了一个民众感知现代政治的角度。同时，“新人新事”有力地塑造了《兄妹开荒》《动员起来》和《钟万财起家》等剧作的叙事内容和形态，为中共政治走向普通民众提供了有效的媒介，并为两者的沟通提供了新的可能。如果说，《兄妹开荒》主要以现实生活为底子，以虚拟的人物演绎“新人新事”的话，那么，此后对秧歌“真实性”的强调逐渐成为主流，最终甚至走向“实人实事”，无疑是更为激进的尝试。

二

1944年，著名报人赵超构到延安访问，看了秧歌大会演出的《兄妹开荒》《牛永贵受伤》《女状元》《张治国》以及《动员起来》等剧作，注意到了秧歌剧的“实事”特点，“《牛永贵受伤》表演前方民众救护伤兵的故事，《张治国》则表现一位部队劳动英雄努力挖甘草的情形。这两件都是实事。”[1]张庚称这一类秧歌剧表现的是“实人实事”[2]。“实人实事”秧歌剧的出现绝非偶然，其有着两个重要背景。其一，在新秧歌起始阶段，“新人新事”集中反映了边区的新现象，这是很大的进步；但创作者大多仍是群众生活的局外人、观察者，他们只是从生活中提取素材并予以典型化。随着社会革命的推进，人们认为现实已经走在了艺术前头，简单的套用旧形式已不足以表现丰富的现实。其二，延安整风之后，要求作家们投入生活当中，向现实学习、向群众学习，这意味着要打破传统的创作方法和旧的艺术形式。实际上，创作者和生活中“实人实事”的互动，不但造成了新的艺术风格，而且开拓出了新的创作路径。

[1] 赵超构：《延安一月》，中国国际广播出版社，第103页。

[2] 张庚：《秧歌剧选集·序》，周而复、苏一平等：《秧歌剧选集》（二），东北书店，1947年，第5页。

"实人实事"秧歌剧最为激进的尝试，是集体创作的《钟万财起家》。关于该剧创作的起因，作者介绍说："钟万财原籍榆林，现在住在西区小砭沟，是我们的邻居。他本是一个好吃懒做的'二流子'，他婆姨也是个不务正的女人，整天甚事不做，夫妻俩都抽上了洋烟瘾。生活很坏，'一年四季紧着裤带子熬日月'。去年春上，经过政府对他们不断的规劝与帮助，使他们下了决心把洋烟撩下，参加生产，掏了七垧地，打了六石粮，婆姨在家纺了八斤线，还帮公家作了六十套军衣，两口子都变成了好庄稼人。"[1]之所以选取这个人物，因为"这是'二流子'转变的一个具体典型。在本处首长的指导下，我们决定把它作为创作秧歌剧本的题材，事先曾征求了当地政府与群众的意见，认为他是值得表扬的，于是我们就动手收集材料[2]。于是，当天就去找钟万财谈，另外又向村长作了访问，占有了全部材料后，就执笔来写"[3]。但是，将"实人实事"搬上舞台，毕竟不像写纪实报道或报告文学，而是需要更多的条件，要经过一个复杂的转化过程。

调查搜集材料只是创作的第一步，作者随即遇到了两方面的问题：其一，是"真实性"的挑战。钟万财是生活中真实的人物，因而"在写作过程中，因为感到材料不足，最初便不得不加写了一些虚构的情节，艺术本可以容许虚构，但因为钟万财就是小砭沟的人，许多观众都和他熟识，如果离事实远了，就会减弱它的真实性。"[4]其二，来自表演环节的挑战。作者指出："在表演上，开头信心很不够，觉得和本人就在一起，若表现不逼真，会生反效果。有的同志说还没有演外国剧容易，有的同志又主张不演这种具体的人物，把这个材料再加以虚构，写成一个抽象的典型。甚至于有的同志还提出不用陕北话，用普通的北方话演出等。总之大家对表演具体人物都感到困

[1] 军法处通讯小组：《〈钟万财起家〉的创作经过》，解放日报，1944年3月19日。

[2] 同上。

[3] 同上。

[4] 同上。

难。”[1]这很大程度上也是由于演员大多是演话剧出身造成的。该剧的导演是晏甬，章炳南演钟万财，方华演钟妻。晏甬在回忆中谈到，“方华是延安平（京）剧院的演员，她在场上说唱自如，上下自由。”章炳南却遇到了问题：“钟万财却不灵了，他出不去。章炳南问我：‘我怎么上场？’我也愣了。过去我们搞话剧讲的是‘三面墙’。现在一面墙也没有，观众围在四面，瞪着眼‘审贼’一样，怎么能唤起‘真实感’呢？”[2]虽然遇到了这些难题，考虑到“我们这次演剧的主要对象是西区一带的老百姓（特别是西区的‘二流子’），为了能在群众中发生直接的教育作用，应该以本地的语言表演他们最熟识的人物，这会使群众更感到亲切、真实，得到更大的效果。”[3]最终仍坚持了“实人实事”的创作导向。

事实上，“实人实事”给秧歌剧的创作、导演和表演等各个环节带来了革命性的变化。首先，将钟万财这样的“二流子”艺术化，得到了当事者的认可、支持。萧三指出：“春节秧歌中许多节目，表现“二流子”转变的，都是用活生生的具体的人物、事实，来说明和证明我们‘改造人心’的力量。而许多节目，特别是《刘生海转变》《钟万财起家》的成功，是难能而可贵的。”[4]晏甬在回忆中谈到：“钟万财非常热情，他能言善道，连说带打地把他从挂‘二流子’牌牌到受奖讲了几个钟头，并亮出他的粮食、农具和里面三新的棉衣。他的妻子充当了帮腔的角色，也热情地向我们介绍她丈夫的变化。”[5]其次，在《钟万财起家》排练、演出中，钟万财是不可或缺的参与者，他既是导演，又是观众：

> 钟夫妇还叫许多邻居们一同来看，演一两两场时，他俩羞愧地低着

[1] 军法处通讯小组：《〈钟万财起家〉的创作经过》，解放日报，1944 年 3 月 19 日。

[2] 晏甬：《路漫漫……——晏甬戏剧创作》，中国戏剧出版社，1992 年，第 596 页。晏甬原文是“钟万才”，此处统一为“钟万财”。

[3] 军法处通讯小组：《〈钟万财起家〉的创作经过》，《解放日报》，1944 年 3 月 19 日。

[4] 萧三：《〈刘生海转变〉〈钟万财起家〉及其他》，《解放日报》，1944 年 4 月 23 日。

[5] 晏甬：《路漫漫……——晏甬戏剧创作》，中国戏剧出版社，1992 年，第 595 页。

头；到了第三场，他高声的笑着，从腰里掏出纸烟让人。以后他们又看了两三次，我们屡次征求意见，他总说："演的都是真的，就是这样由坏到好嘛！总是一股劲儿的好，那还叫什么转变！"我们再三问他，还有无不真实的地方，或演的不像，而他笑着说："一满是真的，公家这样抬举我，咱要好好干。"[1]

因而，周扬特地谈到："群众欢迎新的秧歌，不是没有理由的。这些秧歌演的都是他们切身的和他们关心的事情，剧中很多人物就是他们自己。钟万财供给了《钟万财起家》一剧以完全的材料，他看了这个剧的预演，而且当这个剧在他们的乡里演出的时候，他几乎是每场必到的观客。"[2]最后，"实人实事"的演出也促使专业演员表演技巧的调整。晏甬说："我看着方华的表演，琢磨旧戏的表现方法，我说：'你就忍着你在斗争会上的气走回家。一路上你走出新市场，穿过延安城，拐进小砭沟……你都不要管。你老婆就在旁边你也不要理会，来一个旁若无人，进家后，你也不站、也不坐，一只脚踩在凳子上，想着斗争会上的情形生闷气。……'做了几遍之后，章炳南说'行。很舒服。'就这样我们用'特写'的办法，把'三面墙'这层窗户纸给捅破了。"[3]正是基于多方面的调整、尝试，《钟万财起家》才取得成功。

值得注意的是，在剧情进展中人物的真实经验发挥了举足轻重的作用。创作者谈道：

我们在写作过程中，深受着"舞台框子"的束缚，而不能使它适合于在旷场中演出。所以初稿是带着极浓的舞台色彩，仍照话剧的形式把剧分成两场，第一场以钟万财摔烟灯，第二场以交公粮，作为两场剧的中心。用这种对比的方法来表现转变的前后。但是却没有能表现出转变

[1] 军法处通讯小组：《〈钟万财起家〉的创作经过》，《解放日报》，1944 年 3 月 19 日。

[2] 周扬：《表现新的群众的时代》，《解放日报》，1944 年 3 月 21 日。

[3] 晏甬：《路漫漫……——晏甬戏剧创作》，中国戏剧出版社，1992 年，第 596 页。

的过程，使剧情显得极其单薄无力，后经本处首长不断指示，才打破了旧形式的拘束，加写了《钟万财上山生产》的一场。表现他在劳动中遇到许多矛盾内心斗争（他感到荒山难掏，洋烟瘾发作等）。这才有了前后的连系，完整地表现出“二流子”转变的生动过程。[1]

《钟万财起家》第二场是独角戏，表现了“二流子”钟万财摔了烟灯之后，上山开荒时的矛盾心理以及他如何克服困难的情节。钟万财唱道：

春天飕飕天气暖，
扛上镢头开荒山；
决心扔掉二流子皮，
做个堂堂庄稼汉。
要把荒山变良田，
咬紧牙关往前干。
一镢一镢抡得高，
土地滚滚往上翻。
双手起了泡，
疼痛似火烧；
抓把黄土来按上，
咬牙往呀往前掏。（打了一个哈欠）
一镢一镢往前爬，
手腕发酸身子乏，
两耳嗡嗡双眼花……[2]

这一场次的加入，使得情节更加自然、流畅之外，还具有多重的意义：

[1] 军法处通讯小组：《〈钟万财起家〉的创作经过》，《解放日报》，1944 年 3 月 19 日。

[2] 集体创作、章炳南、晏甬执笔：《钟万财起家》，张庚编：《秧歌剧选》，人民文学出版社，1977 年，第 108–109 页。

其一，人物从家庭纠纷的私人空间转移到开荒生产这样具有公共性的生产空间；其二，将劳动场景艺术化，更有利于秧歌剧“生活实感”的形成；其三，无形中扩大了秧歌剧的表现技巧，如这段唱词具有很强的动作性，可以达到歌和舞的融合；其四，更有利于打动观众，尤其是和钟万财类似的“二流子”。

更重要的是，新秧歌剧之所以收到“娱乐和教育”的效果，不单是作品的艺术性使然，而是和作品的演出情境相关。秧歌剧“实人实事”式的广场表演，有力地将观众纳入到一个文化场域当中。在此，霍尔的理论或许有所启发，他指出“同一文化中的成员必须共享各种系列的概念、形象和观念，后者使他们能以大致相似的方法去思考、感受世界，从而解释世界。直言之，他们必须共享相同的‘文化信码’。”[1]只是，这一文化工作者和群众共享的文化信码，并非一开始就决定的，而是经过秧歌剧“实人实事”的创作、表演和接受等完全开放的过程中，逐渐生成的。在《钟万财起家》中，创作者介绍，“因为人物和事情，是群众所熟悉的，他们分外感到亲切，如西区老乡们看剧时，一听到剧中人的名字，就都笑起来，有的议论说：‘钟万财变好了，可得好好干，要不这戏不成假的啦！’无形中对钟万财起着鼓励、督促的作用，同时对群众（尤其对‘二流子’）的教育更直接。”[2]对于《钟万财起家》的接受机制，周扬的解释颇为精辟，“群众都以羡妒的眼光看着他，他们都愿在剧中看到自己，实际上他们是已经看到了，不过姓名不同罢了。当演到钟万财从‘二流子’转变的过程的时候，观众中的‘二流子’就被人用指头刺着说：‘看人家，你怎办？’象这样观众与剧中人物浑然融合的例子，是可以举出很多的。”[3]此时观众不仅是观赏者、受教育者，而且是戏剧意义、力量生产的重要来源。

[1] 斯图亚特·霍尔：《表征：文化表征与意指实践》，徐亮、陆兴华译，商务印书馆，2013年，第6页。
[2] 军法处通讯小组：《〈钟万财起家〉的创作经过》，《解放日报》，1944年3月19日。
[3] 周扬：《表现新的群众的时代》，《解放日报》，1944年3月21日。

此处要特别讨论的是，剧中主人公、现实人物和观众共享的共同的“文化信码”，主要以群众经济条件的改善为前提和基础。张庚指出，文艺大众化“所以得到解决，绝不是秧歌运动自己单独的力量，而是在边区民主政治条件下，这才能很快地开始实现的。对于闹秧歌，首先是老百姓生活过好了，肚子不饿了，身子不冷了，这才兴致高起来的，有了这个条件才好去发动。”[1]而且，通过改造旧家庭、改善邻里关系，乃至改善民间风俗等“改造人心”，钟万财和群众才获得了向上的力量。而将钟万财这样的“实人实事”直接艺术化，无疑是打破了艺术与现实的二元对立，建立起了新的艺术创作、接受可能。

三

随着《钟万财起家》等的成功，“写实”成为秧歌剧的重要取向。周扬指出：“秧歌剧是一种小形式的戏剧，它所能处理的主题的范围和深度是有限制的，虽然这次春节秧歌的实践，证实了它能够处理相当多方面的主题，而且是较复杂、严肃的主题，如保安处秧歌队演出的《冯光琪锄奸》，留政宣传第二队的《张治国》，党校秧歌队的《牛永贵挂彩》，这三个剧本就于一般的生产题材之处各自成功地反映了群众防奸，部队生产，敌后斗争。”[2]这是比较正面的说法。如果进入具体的历史情境，会看到秧歌剧的发展并不那么平顺，过于“写实”也暴露出了一些问题。赵超构谈到：

> 延安人最自负的秧歌剧是《动员起来》，但是我个人却以为《兄妹开荒》的艺术成分最高。这个剧本描写在山上开荒的哥哥，看见妹妹送饭来了，和她开一个玩笑，在地上装睡。妹妹以为哥哥偷懒，正正经经的规劝他，哥哥不但不理，反而逗她生气，等到妹妹气得要哭了，他才

[1] 张庚：《谈秧歌运动的概况》，1946 年 6 月《群众》第 11 卷第 9 期。

[2] 周扬：《表现新的群众的时代》，《解放日报》，1944 年 3 月 21 日。

说明是玩笑。这一场玩笑充分表现出劳动者的愉快与幽默。调皮的哥哥，天真的妹妹，也极富乡村的情调，在我看来，比那几个正面说教的剧本，有趣得多了。我曾经对他们批评过《动员起来》和《兄妹开荒》的优劣，我说，《动员起来》一到了变工问题已告解决，不再被农民所关心时，就不会有再观看的必要，故其寿命实有时限；《兄妹开荒》则可以说是百看不厌的。[1]

在这里，不妨对《动员起来》作以讨论。《动员起来》发表、演出后，获得了1944年春节文艺奖金特等奖。张庚在介绍说，该剧“内容反映边区农民从个体经济分散经营的方式至组织起来的计划生产过程中的思想斗争。形式上是采用陕北民间流行的快板，又叫‘练子嘴’，是一种有节奏的朗诵体，特点是要求语言的风趣和洗练，是一种叙事诗和剧诗的体裁。有人看了这个戏以后，说这是群众的朗诵诗。”[2]可以说，“数快板”构成了该剧表演的核心技巧。主人公张栓本来是个落后分子，在婆姨的规劝下，想到了政府的好，当知道婆姨怀孕了，越发坚定了“发展生产”的想法。剧中写道：

张栓：（数“快板”）明年嘛，你听我讲：我要开圪·峁的十垧荒，抽回后山熟地有三垧，种上它：两垧棉花、三垧玉米、四垧洋芋、三垧荞麦、两垧黑豆、八垧谷子，九垧糜子。另外还有三垧地，我种上：蔓豆、绿豆、黄豆、红豆、麻子、小豆，嘿，一满三十四垧地，南瓜种在崖畔上，后院栽上五棵树。娃他妈，这个计划你同意不同意？你同意不同意？

婆姨：（兴奋，数“快板”）娃他大，你计划强，明年的粮食还没处放，编上几对良食囤，旁岸打个新窑把它装。尔刻我有个好计划，也要和你商量嘛来商量：明年我买两个猪壳娃；发展鸡娃子十八双。鸡娃子一天一天长大咧，喂大咧，又把蛋下咧，蛋又抱成鸡娃咧，鸡娃有长

[1] 赵超构：《延安一月》，中国国际广播出版社，第104页。

[2] 张庚：《〈动员起来〉说明》，张庚编：《秧歌剧选集》（一），东北书店，1947年，第30页。

大咧，长大又下鸡蛋咧，蛋又抱鸡娃咧，鸡娃……

张栓：（截断婆姨的话，数“快板”）对，对，你慢着，我还有个计划没说出。明年你参加合作社的纺线组，学纺纱，学织布。[1]

此处通过模拟角色的口吻、“练子嘴”的说唱技巧以及提到种地、养鸡等细节，营造出了生活化的氛围，打动了观众的切身经验，调动起了他们观赏的快感，并获得情感上的共鸣和认同。毋庸讳言，过于“写实”也带来了一些新的问题。比如，不少秧歌剧内容大都是生活、生产知识的罗列，形式上只能做到文字押韵，因而，造成了创作的重复、枯燥，对群众的吸引力自然就大大减弱了。

在延安的文艺脉络中，“实人实事”是重要的，但并未被当成为创作的唯一样板，它的重要性体现在多个方面。首先，就艺术层面而言，通过《十二把镰刀》《兄妹开荒》等的演出，“劳动动作舞蹈化”[2]摸索出了不少新的经验，深刻地影响了秧歌剧的创作、表演。其次，从文艺的创作机制来看，“实人实事”意味着艺术创作是一个开放的过程，群众可以而且应当参与其中，由此消除了艺术的神秘感，打破了艺术自律性的认识和实践，群众艺术获得了具体的形式。再次，以“实人实事”为中介，被表现者、演员和观众等之间，形成了新的艺术生产和审美机制，使得文艺实践与社会革命水乳交融。最后，在政治层面，群众的文艺参与正是革命政治的重要一环，“实人实事”打破了艺术/现实的二元对立，使得两者在辩证的关系中相互促进、转化。因而，“实人实事”对于中国革命文艺的观念革新、形式创制及群众主体地位的确立等，都产生了深远的影响。

[1] 延安枣园文艺工作团集体创作：《动员起来》，张庚编：《秧歌剧选》，人民文学出版社，1977年，第75–76页。

[2] 张庚：《〈兄妹开荒〉说明》，张庚编：《秧歌剧选集》（一），东北书店，1947年，第30页。

当代文化与文论

20世纪80年代中国内地农村集镇电影院建设述略[1]

张硕果[2]

【摘要】“文化大革命”结束后，受电影管理部门发展电影发行放映事业和国家加强小城镇建设等政策的影响，国家有关部门、各级电影发行放映公司和地方文化行政机关等曾管控分歧，大力合作，建设和发展农村集镇电影院，既增加了电影发行放映收入，又活跃了农村文化生活。但是从20世纪80年代中期以来，电影发行放映公司和有关部门主要在经济利益的驱动下，逐渐放弃了建设和发展农村集镇电影院。

【关键词】电影　发行放映　集镇电影院

电影业界和电影研究界都比较普遍地认为，1949年中华人民共和国成立后，国家逐渐建立了一套高度集中统一，中央集权性的电影管理体制。这种观点可以说是1980年代以来曾一度占据支配地位的“社会主义即中央计划”论断在电影领域的具体表现。对于这一论断，诺贝尔经济学奖得主，新自由主义的领军人物弗·奥·冯·哈耶克曾有过经典阐述。他认为，“社会主义意味着废除私有企业，废除生产资料私有制，创造一种‘计划体制’，在这种体制中，中央的计划机构取代了为利润而工作的企业家”。中央计划不同

[1] 本文系国家社科基金项目“‘十七年’党的电影文化建设”（项目编号：12CDJ001）阶段性成果。

[2] 张硕果，文学博士，海南大学人文传播学院教授。

于一般的计划，它是一种“根据某些有意识构造的‘蓝图’对我们的一切活动加以集中的管理和组织”。他进而认为，中央计划必然导致极权主义，破坏民主、法治、自由与真理等。[1]但是事实并非完全如此。首先，中国1949年以后建立的管理体制不一定完全是中央计划性的，美国学者弗朗茨·舒曼（Franz Schurmann）和谢淑丽（Susan Shirk）就有过相关论述。[2]第二，断言中国这一时期的管理体制必然并仅仅导致极权主义，破坏民主、法治、自由与真理等，也失之片面。

具体到电影领域而言，1949年10月1日中华人民共和国成立后，有关部门的确曾规定由文化部所属的电影管理局（下文简称“文化部电影局”）集中统一管理全国电影制片、发行和放映等事宜，[3]推行中央计划体制。但是这一规定从公布之日起，就一直遭到地方政府，工会、部队等部门，电影制片、发行和放映等机构乃至电影从业者个人等等方面或激烈或绵柔、或公开或隐蔽、或直接或间接的反对与抵抗。谢淑丽认为，中国的中央计划经济从来没有真正建立过，[4]或许我们也可以说，中央计划的电影管理体制同样从来没有在中国内地真正建立过。第一，在电影放映方面，由于地方文化行政机关、工会、部队、中苏友好协会和青年团等部门的强烈反对，从中华人民共和国成立之初起，文化部电影局就放弃了对电影放映的集中统一管理，后来逐渐形成了主要由地方文化行政机关、工会和部队管理的三大放映系统。第二，建国后，电影制片和发行主要由文化部电影局集中统一管理，但管理体制也不断处于所谓的“抓”与“放”的变化之中。1961年1月，当时的文化部电影局局长陈荒煤曾在会议上总结说，电影工作就像抓麻雀一样，抓紧了会抓死，抓松了会飞去，亦即“一抓就死，一放就乱”。[5]第三，即使在所谓

---

[1] 详见［英］弗·奥·冯·哈耶克：《通往奴役之路》，王明毅等译，中国社会科学出版社，1997 年。

[2] 参见甘阳：《通三统》，生活·读书·新知三联书店，2014 年，第 23–49 页。

[3] 季洪：《新中国电影事业建设四十年（1949–1989）》（内部资料），1995 年，第 10–11 页。

[4] 转引自甘阳：《通三统》，生活·读书·新知三联书店，2014 年，第 25 页。

[5] 《全国故事片厂厂长座谈会预备会议记录》（1961 年 1 月 16 日），上海档案馆，档号：B177–1–230。

的“抓”的时期，地方文化行政机关，电影制片、发行和放映单位，电影从业者个人等方面的“微观权力”也不容小觑。因此，与其把这一时期的电影管理体制看作是中央计划、高度集权、“铁板一块”的，不如把它看作是一个各种力量斗争的空间和不断变化的过程更恰当。

从实践上看，断言这一时期的电影管理体制完全是负面的，甚至导致了极权主义，犯下了破坏了民主、自由、真理等重大罪行，恐怕也很难令人完全信服。相反，我们也许可以说，正是因为这样一种电影管理体制，才促使电影制片方面重视表现工农兵，电影发行放映方面实行“以丰补歉”“以城补乡”等政策，一定程度上实践了“文艺为工农兵服务”的方向。

“文化大革命”结束后，这样一种电影管理体制并未迅速发生本质性的变化，也就是说，一方面，电影领域仍然存在种种矛盾斗争，另一方面，斗争各方又能管控矛盾，相互合作，致力于为人民群众特别是弱势群体服务。其中，农村集镇电影院的建设与发展可以说是一个典型的案例。

上文曾指出过，电影发行管理体制一直处于所谓的“抓”与“放”的变化之中。1949—1956年，电影发行主要由文化部电影局及其所属的中国影片经理公司（1951年2月成立，1953年8月改为中国电影发行公司，下文简称“中影公司”）集中统一管理。1957年4月，文化部颁布了《关于各地电影发行企业划交地方文化行政机关领导和管理的规定》，规定自1957年1月1日起，将各地电影发行企业，一律划交各地文化行政机关，实行直接的领导和管理。地方发行业务、人事等权限完全下交地方，但在发行收入分配方面，省级公司按8%~15%提成，85%~92%上缴中影公司，发行收入仍然主要由中影公司控制。[1]1959年，文化部电影局又将拷贝由统销改为分销，同时提高了地

[1]《中华人民共和国国务院转发〈文化部关于各地电影发行企业划交地方领导管理的规定〉的通知》（1957年4月6日），广东省档案馆，档号：235-1-190。

方发行收入分配的比例，全国平均为48%，[1]1960年又提高到50%。[2]1963年2月，文化部又颁布了《关于改进电影发行放映业务管理体制试行方案》，加强中影公司的管理权限。在业务上，规定地方发行放映公司受中影公司和地方文化行政机关双重领导，中影公司排名在前；在人事上，规定省级电影发行放映公司正副经理的任免调动，须征得中影公司的同意；在发行收入分配上，恢复了1957年的比例。

“文化大革命”后期（1976年6月），国务院曾批转了由文化部、财政部共同拟订的《改变电影发行体制实施办法》，将电影发行的业务、人事、财务等管理权限比较彻底地下交省级文化行政机关及其所属的电影发行公司，中影公司仅负责向制片厂购买影片版权，提供洗印拷贝素材和宣传品素材，全国电影发行收入的18%左右上缴中影公司用于支付以上费用及中影公司业务管理费。[3]另外，“文化大革命”期间，电影制片厂、洗印厂、机械厂、胶片厂等过度发展，产能过剩，电影发行放映业的发展则远远不足，导致电影事业内部结构比例失调。[4]

“文化大革命”结束后，中影公司、文化部电影局等电影管理部门认为“文化大革命”中电影发行放映管理体制的下放和电影制片业、工业与发行放映业发展的不平衡严重影响了整个电影事业社会效益和经济效益的发挥，因此制定了《关于改革国营电影发行放映企业管理体制的试行方案》（以下简称《方案》），一方面加强中影公司的集中统一领导，另一方面大力发展电影发行放映事业。《方案》经中宣部讨论修改后通过，并由文化部和财政

[1] 《文化部电影局关于改变电影发行体制的规定》（1959 年 4 月 14 日），广东省档案馆，档号：214–1–176。

[2] 《文化部关于 1960 年电影发行放映体制的暂行规定》（1959 年 12 月 23 日），《文化工作文件资料汇编（二）》（内部资料），1982 年，第 50–51 页。

[3] 详见《改变电影发行体制实施办法》（1976 年 6 月 7 日），《文化工作文件资料汇编（三）》，文化艺术出版社 1988 年版，第 74–78 页；季洪：《新中国电影建设事业四十年（1949–1989）》（内部资料），1995 年，第 156 页。

[4] 季洪：《十年探索（1981–1990）——电影企业经营管理与改革》，中国电影出版社，1991 年，第 5–8 页。

部共同签报国务院，1979年8月，国务院批转了该《方案》，并规定从1979年7月1日起执行。

在加强中影公司的集中统一领导方面，《方案》明确规定：（1）中影公司领导全国电影发行放映业务；（2）省级电影发行放映公司在业务上受中影公司和当地文化行政部门双重领导，中影公司排名在前；（3）省级电影发行放映公司正、副经理的任免和调动，应事先征得中影公司的同意；（4）影片节目和拷贝由中影公司统购统销；（5）全国电影发行收入的70%上缴中影公司，30%留给省级电影发行放映公司。等等。在发展电影发行放映事业方面，《方案》明确规定：（1）各级电影发行放映公司及文化系统所属电影放映单位实行利润分成，其中20%上缴同级财政，80%留成；（2）各级电影发行放映公司及文化系统所属电影放映单位的利润留成只能用于电影发行放映事业，不得用于其他，包括电影制片业。等等。[1]

这次改革比较大地触动了地方文化行政机关、各级财政部门、文化系统中非电影系统和电影系统内部制片厂的既得利益，因而也就激起了上述各个方面公开的、激烈的反对。各个方面的反对大多取得了立竿见影的成效，其力量可见一斑。由于地方文化行政机关的反对，1980年5月，文化部、财政部又联合下发了《关于贯彻国务院批转〈关于改革国营电影发行放映企业管理体制的请示报告〉的补充通知》（以下简称《通知》）。《通知》明确规定，在业务上，省级电影发行放映公司由省级文化行政机关和中影公司双重领导，以地方为主；在人事上，取消“各级电影发行放映公司正副经理的任免和调动，应事先征求上一级公司的同意”的规定；在发行收入分配上，省级电影发行放映公司增加5%~7%。[2]由于文化系统中非电影系统的反对，1980

[1] 《国务院批转文化部、财政部关于改革电影发行放映管理体制的请示报告》（1979年8月10日），《文化工作文件资料汇编（四）》，文化艺术出版社，1988年，第50—54页。

[2] 《文化部、财政部关于贯彻国务院批转〈关于改革国营电影发行放映企业管理体制的请示报告〉的补充通知》（1980年5月22日），《文化工作文件资料汇编（四）》，文化艺术出版社，1988年，第115-117页。

年7月，文化部讨论通过了《关于文化事业经费的几个问题》，规定从“1981年开始，每年从电影发行放映利润留成中，提取一定比例（比如20%），归文化部及各省文化局安排使用”，用于文化系统中的非电影系统。[1]由于电影制片厂的反对，1980年12月，文化部颁布了《关于1980—1982年电影故事片厂与中国电影发行放映公司的影片结算暂行办法》，改变影片结算办法，大幅提高制片厂的收入。[2]

如上所述，这次改革受到了多个方面的激烈的反抗并有所调整，电影领域内外都矛盾重重，斗争尖锐。但是总的来看，中央和地方的文化行政机关、中央和地方的电影发行放映公司还是有了更大的权限和财力来发展电影发行放映事业，这是农村集镇电影院建设和发展的重要前提之一。

更重要的是，1979年9月，党的十一届四中全会通过了《中共中央关于加快农业发展若干问题的决定》，其中明确规定：“我们一定要十分注意加强小城镇的建设，逐步用现代工业交通业、现代商业服务业、现代教育科学文化卫生事业把它们武装起来，作为改变全国农村面貌的前进基地。全国现有两千多个县的县城，县以下经济比较发达的集镇或公社所在地，首先要加强规划，根据经济发展的需要和可能，逐步加强建设。”[3]为贯彻执行中共中央的决定，中宣部、文化部和共青团中央于1980年1月下发了《关于活跃农村文化生活的几点意见》，具体指出了农村电影事业的作用和发展方向：“电影是活跃农村文化生活的重要工具，……有关部门应立足于大力扶持、促进农村电影事业的发展，在统筹兼顾国家和集体利益、兼顾城市和农村需要的前提下，尽可能把新影片、好影片较快地送到农村去。”“要根据经济条件和群

[1] 季洪：《十年探索（1981~1990）——电影企业经营管理与改革》，中国电影出版社，1991 年，第 216 页。

[2] 《关于 1980–1982 年电影故事片厂与中国电影发行放映公司的影片结算暂行办法》（1980 年 12 月 25 日），《文化工作文件资料汇编（四）》，文化艺术出版社，1988 年，第 139–140 页。

[3] 《中共中央关于加快农业发展若干问题的决定》（1979 年 9 月 28 日），《三中全会以来重要文献选编》（上），人民出版社，1982 年，第 185 页。

众需要，有计划、有步骤、因陋就简地筹建一些影剧院……。”[1]

为落实中央和各部门的上述政策与精神，从1979年4月份起，中影公司组织人员，历时近两年，分别到四川、湖南、广西等11个省、自治区农村进行了12次调查。在调查中发现，自1979年下半年电影发行放映财务管理上实行地方公司和中影公司“三七分成”，利润“二八分成”后，地方电影公司利润留成增多，不少地方电影公司和当地文化行政部门、农村公社党政部门等合作，利用利润留成等资源，积极兴办农村集镇电影院。例如，四川省南充地区早在1975年就办起了集镇电影院，到1980年底，已兴办集镇电影院132座。湖南省文化局于1979年8月，给各地、市文化局发出了关于发展农村集镇电影院的通知，到1980年底，全省发展了集镇电影院155家，售票放映点505个。湖北省到1980年11月底，也已经兴办了集镇电影院106座。[2]

也就是说，农村集镇电影院并不是中央计划的产物，而是地方电影发行放映公司、文化行政机关和财政部门等求同存异、通力合作的一项创举。

中影公司在调查研究、总结典型经验的基础上，于1981年3月4日至14日，在湖南长沙召开了全国农村电影工作座谈会，交流与推广举办农村集镇电影院的经验。参加会议的有各省、市、自治区文化局电影处、电影公司的代表，以及文化部电影局、计财司、科技局、财政部文教财务司、国家建工总局设计局、中国电影器材公司、中国电影科研所等有关单位的负责人近150人。会议得到了国家多个部门的鼎力支持，如财政部文教财务司、国家建工总局设计局、中国电影科研所等，不仅派人参加会议，会前还派人参加中影公司组织的农村集镇电影院调查，帮忙设计了集镇电影院的建筑图纸。中国电影器材公司也组织了上海、南京等电影机械厂的人员，带了产品到会上展销。有关各方群策群力，积极推动农村集镇电影院的建设与发展。

---

[1] 《关于活跃农村文化生活的几点意见》（1980 年 1 月 7 日），《中国群众艺术馆志》，社会科学文献出版社，1997 年，第 901 页。

[2] 以上材料详见季洪：《新中国电影事业建设四十年（1949 — 1989）》（内部资料），1995 年，第 214 — 215 页。

毋庸讳言，各级电影公司、文化行政部门和国家其他部门之所以积极合作，大力支持并推动农村集镇电影院的建设和发展，重要的原因之一是经济方面的考量。一方面，建设农村集镇电影院直接增加了电影发行放映部门的收入。如广西壮族自治区1976年农民平均看电影8.5次，1979年增加到16.2次，农村电影放映利润从20万元增加到282万元，其中集镇的放映利润是232万元，占农村放映总利润的82%。另一方面，建设农村集镇电影院也带动了整个集镇经济的繁荣。如湖南溆浦县桥江镇办起了电影院，商业部门增加了冰棒厂、饮食店、照相馆等7个营业点，营业时间延长到晚上电影院散场以后。1980年该镇商业部门提前两个月完成营业计划，并增加利润2万多元。办了一个电影院，搞活了一条街，促进了城乡物资交流和集镇经济的繁荣发展。当时人们把建设农村集镇电影院总结为一举四得："国家增收入，集体更富裕，电影开新花，农民得好处。"[1]

但是，不可否认的是，当时国家各个部门的人员还比较普遍地怀有为人民服务，特别是为弱势群体服务的信念，当时的政治、经济和文化管理体制也在某种程度上为实现这一信念提供了可能性。如自1950年起一直在文化部电影局工作，时任文化部电影局副局长的季洪在此次座谈会上说："举办农村集镇电影院，正适应农村经济的发展、农民生活改善的迫切需要。农民有了饭吃，有了衣穿，有了房住，手头有了现款，就要求解决文化娱乐，要求改善他们的文化生活。农民已向我们提出抗议，'难道我们就是站着看电影的命！'建国三十年了，我们还是让农民在夜晚、露天站着看小电影，这是我们对不起农民的，对农民是欠了账的。"[2]这番话可以说是表达了当时电影界不少人的心声！

正是出于上述种种考量，中影公司打算利用一部分利润留成，资助农村集镇电影院建设。但是又担心如果采用原来基本建设投资拨款方式层层下

[1] 季洪：《新中国电影事业建设四十年（1949 — 1989）》（内部资料），1995年，第219、217页。

[2] 季洪：《在全国农村电影工作座谈会上的讲话（摘要）》（1981年3月4日），《季洪电影经济文选》，中国文联出版社，1999年，第31页。

拨，不能专款专用，达不到资助农村集镇电影院建设的目的。中影公司在与财政部、中国人民银行和中国人民建设银行协商之后，计划通过中国人民建设银行发放农村集镇电影院建设贷款，这样既符合国家基建投资拨改贷的政策，且贷款有银行监督保证，还本付息后可以继续借出，以驴打滚的方法，资助建设更多的农村集镇电影院。

中国人民建设银行对贷款资助农村集镇电影院建设高度重视，立即派人在中影公司人员的陪同下，对湖南省8个集镇展开了调查，并根据调查材料进行了测算，他们认为：在人口3000~5000的集镇，加上周围2.5千米内1万左右农民，投资15万元建个简易电影院，年收入可达5万~7万元，实现利润2万~3万元，5~6年即可还清贷款。因此，中影公司和中国人民建设银行认为采用贷款方法支持农村集镇电影院建设是可行的，并共同拟定了《关于农村集镇简易电影院贷款办法》。双方商定，中影公司每年从利润留成中提取4000万元、建设银行总行每年拿出2000万元，共6000万元作为农村集镇简易电影院贷款基金，支持农村集镇电影院的建设。1981年7月，中影公司拟定了《关于颁发〈农村集镇简易电影院贷款办法〉和下达贷款指标的通知》，打算由中国人民建设银行和文化部联合签发。同年8月，文化部主管电影工作的副部长陈荒煤和中国人民建设银行正副行长等都在该通知稿上签了字，但送文化部计财司会签时遭到了该司的反对。

文化部计财司的反对意见主要为：第一，全国已兴办了几千个集镇电影院，现在各地党政领导都在抓这件事，各地可以自行解决，不需要中影公司以贷款的形式给予投资；第二，从文化事业的全局来看，应该把这点有限的财力用于老、少、边地区文化设施的补助上。概而言之，中影公司和文化部计财司分歧的核心在于前者谋求“以电养电”，后者谋求“以电养文”。文化部计财司认为这是个重要的政策问题，提请文化部党组召开专门会议讨论，于是，这个通知被搁置了起来。

此后，地方文化行政部门、电影公司和中国人民建设银行不断催促中影公司和文化部电影局，办理此项贷款，中影公司和电影局曾多次向文化部党组反映，呼吁尽快批准下达《通知》，均未引起重视。1981年8月中旬，积极推动农村集镇电影院建设的季洪给周巍峙、王任重、周扬、夏衍等文化部、宣传部领导写信，信中再次表达了对不起农民的想法："建国三十多年了，在党和政府领导的关怀下，我国广大农民群众基本上都能看到电影了，但条件很差一直处于夜晚露天在广场上站着看16毫米或8.75毫米电影，连北京郊区农民最近还冒雨在广场上挤看《喜盈门》，我们是对不起八亿农民的。"强调建设农村集镇电影院符合当时中央的指示精神，并力陈建设农村集镇电影院及贷款资助农村集镇电影院建设的好处。[1]但迟迟未获批复，文化部领导对中影公司和计财司的分歧也不作讨论决定。同年9月下旬，季洪又给习仲勋、胡耀邦、赵紫阳等中央领导写信申诉，希望能得到他们的支持过问，使贷款办法和指标尽快下达。[2]

季洪出生于1913年，当时已近古稀之年，且近一年多一直在病休中，但为了农村集镇电影院建设的事四处奔走、四处求助，不屈不挠，不达目的誓不罢休。从她身上我们看到的正是社会主义时期的，老一辈共产党人特有的为人民服务，特别是为农民这一弱势群体服务的信念和精神！

季洪的信得到了中央领导的支持过问，1981年10月9日，文化部召开部长办公会议，通过了中影公司拟定的《关于颁发〈农村集镇简易电影院贷款办法〉和下达贷款指标的通知》（以下简称《通知》）。同年11月6日，中国人民建设银行和文化部联合下发了该通知。其中，《农村集镇简易电影院贷款办法》（以下简称《办法》）主要内容如下：

一，中影公司在近几年内，每年从利润留成中，提取部分资金，交存中国人民建设银行，作为对系统内经办的农村集镇简易电影院建设的专项贷款基金。

[1] 详见季洪：《为集镇电影院的建设问题给周巍峙同志并报王任重、周扬、夏衍同志的信》（1981年8月12日），《季洪电影经济文选》，中国文联出版社，1999年，第46—50页。

[2] 详见季洪：《为集镇电影院的建设问题给中央领导同志的信》（1981年9月25日），《季洪电影经济文选》，中国文联出版社，1999，第51—54页。

二，农村集镇简易电影院的建设，造价必须低。要尽量改造利用旧有建筑物；新建的造价标准应低于当地基本建设同类项目造价标准的20%左右。

三，要优先考虑那些人口集中、经济发展较快，群众要求迫切的集镇所在地和老革命根据地、少数民族地区。

四，中影公司会同建设银行总行，核定下达各省、市、自治区贷款指标。各省、市、自治区电影公司和建设银行核批单位贷款。

五，贷款条件：（1）客观确实需要建设；（2）确有偿还能力；（3）所需设计、材料、施工力量和地基等，已基本落实。

六，简易电影院面积应控制在700平方米左右，座位1000个左右，不搞楼座，贷款金额15万元左右。贷款期限5年，最长不超过6年（包括建设时间）。

七，贷款利息：自贷款之日起，按月息千分之一点二计收，逾期未还部分加百分之三十利息。

八，贷款单位还本付息的资金来源：基本折旧基金；固定资产占用费；建设过程中的其他收入以及经营所得利润。贷款单位不能按期还本付息的，由县电影公司归还。

九，贷款以县电影公司为单位，统借统还。

十，建设银行对建设资金的使用负责监督，检查并督促按期偿还贷款。

《通知》还下达了各省、市、自治区的贷款指标：[1]

各省、市、自治区农村集镇简易电影院贷款指标分配表

省、市、区名	核定贷款指标（万元）	省、市、区名	核定贷款指标（万元）
北京	60	广东	100
河北	300	广西	400
天津	60	湖北	400
山西	150	湖南	400
内蒙古	150	河南	400
辽宁	200	四川	450

[1] 《关于颁发〈农村集镇简易电影院贷款办法〉和下达贷款指标的通知》（1981年11月6日），《浙江省电影发行放映工作文件汇编（1981.7 — 1987.8）》（内部资料），第99 — 104页。

续表

省、市、区名	核定贷款指标（万元）	省、市、区名	核定贷款指标（万元）
吉林	200	云南	250
黑龙江	250	贵州	200
上海	60	陕西	200
江苏	400	甘肃	150
浙江	300	青海	75
安徽	200	新疆	100
江西	200	宁夏	45
福建	150		
山东	150	合计	6000

从该《办法》主要内容的第三、第五和第七等各点我们都可以看出，中影公司和中国人民建设银行发放贷款建设农村集镇电影院，既追求经济利益，又追求文化分配的相对平等，也就是经济效益和社会效益的统一，而不是片面追求其中的某一方面。各省、市、自治区贷款指标的分配也基本遵循了这一原则。

1981年12月，文化部又下发了《关于积极发展农村集镇电影院（影剧院）的通知》，主要提出了以下几点新的意见。

一，农民十分爱看电影，也有欣赏戏剧（主要是地方戏曲）的强烈要求。在相当一个时期内，多数集镇限于财力物力，不可能分建专门的电影院和剧场。所以当前除了经济条件特别富裕的集镇，或者已有简易剧场的集镇，可以单独建立电影院外，一般在建设电影院时，都必需设法建立一个简易舞台，供剧团演出之用。

二，集镇电影院使用的机器类型，从长远考虑，为降低成本，便于普及，应发展16毫米为主（应用新光源，可放宽银幕）。

三，各电影有关部门要保证对农村节目、拷贝的供应。中影公司应尽最大可能增加供应农村需要的16毫米节目和拷贝数量，各级电影发行机构要搞好拷贝调度，改进排片安排，争取农村尽早看到新片。各电影器材部门要积极组织货源做好放映器材及零配件的供应工作。对集体办、国家办、国家与集体合办的电影院（影剧院）在排片和器材供应上都要统筹兼顾，一视同仁，适当照顾落后地区。

四，特别要注意做好少数民族观众看片的翻译，积极发展涂磁录音与口头配音的工作。[1]

实际上，中影公司在委托国家建工总局设计集镇电影院建筑图纸时，已要求设计中要有个小舞台，以供戏剧、歌舞演出之用。在发展农村集镇电影院问题上，中影公司与上级主管部门文化部虽存在分歧——前者倾向以电养电，后者倾向以电养文，但在尽力满足与提高农民多方面的文化生活需求上，还是英雄所见略同的。应该说，文化部考虑得更加全面周到，对农村电影节目、拷贝、器材及少数民族观众看片等问题都做了具体规定。

中影公司原计划“六五”期间（1981—1985），每年从利润留成中提取4000万元交建设银行，5年共2亿元，发放农村集镇简易电影院建设贷款。但是一方面，从1980年起，由于中影公司支付给制片厂的发行权费逐年提高等原因，中影公司的利润逐年减少，1980年为13928万元，1983年减少到4905万元；另一方面，国家从1983年起实行利改税，中影公司的留利从80%减为50%，1980年的留利约为11142万元，1983年的留利仅2452多万元，已无力再提取4000万元交付建设银行作为贷款基金。中影公司1983年利用上年利润留成积余交付了此项基金，从1984年起，未再交付此项基金。从1981年到1983年，中影公司共提取利润留成资金1亿2000万元，加上建设银行6000万元，共筹集农村集镇简易电影院建设专项贷款基金1亿8000万元。据统计，截止1984年底，各地共发放贷款1亿6000多万元，连同地方投资，共建成农村集镇影院（包括电影院、影剧院）3066座。此外，各地还自筹资金建设了大量农村集镇影院，截止1984年底，全国农村集镇影院共达10363座。农村集影院的建设和发展，不仅极大地推动了农村社会主义精神文明建设，也取得了较好的经济效益。农村电影发行放映收入不断提高：1979年农村电影放映总收入为2.9亿元，1983年增加到4.5亿元，增长51.7%；1979年农村电影发行收

[1] 《关于积极发展农村集镇电影院（影剧院）的通知》（1981 年 12 月 24 日），《浙江省电影发行放映工作文件汇编（1981.7 — 1987.8）》（内部资料），第 1 — 6 页。

入9600万元，1983年增加到1亿5000万元，增长60.7%；1984年全国电影发行收入增加了3800万元，其中农村收入占三分之二。

毋庸置疑，发放贷款建设农村集镇影院，既促进了农村精神文明建设，也取得了一定的经济效益。但是，不得不提及的是，农村集镇电影院贷款的归还情况比较差，据统计，截止1984年底，全国只有7个省市收回贷款共1400万元，不足贷出总额的10%。[1]归还贷款差的主要原因有：一，不少集镇影院建筑标准高，投资大，偿还能力低；二，有些影院选址不当，经营管理差，闲散人员多，以致经济效益低；三，受电视、录像等文化娱乐方式的冲击，集镇电影院收入减少；四，有些县电影公司认为建设影院的贷款是上级贷款，可以不还。这些问题又暴露了当时的文化体制、经济体制的弊端。

一方面，中影公司已经无力提供贷款基金；另一方面，贷款建设农村影院又产生了各种问题。鉴于以上情况，1985年4月，中影公司和中国人民建设银行联合下发了《关于停止发放农村集镇电影院贷款等问题的通知》，决定“农村集镇简易电影院贷款，自一九八五年五月一日起停止发放”，并规定“已发放的农村集镇简易电影院贷款，请各地建设银行和电影发行放映公司紧密配合，积极采取有效措施，督促借款单位按期归还”。[2]

1987年6月，中国人民建设银行和中影公司又联合下发了《关于恢复发放集镇电影院贷款有关规定的通知》（以下简称《通知》）。《通知》规定：

一，凡已按规定将核减的此项贷款指标全部缴清的省、自治区、直辖市，报经建行总行和中影公司同意后，可以恢复发放此项贷款。

二，对各省、自治区、直辖市应缴未缴的农村集镇电影院贷款指标，总行计划在一九八八年底前，一次或分次扣收。

三，农村集镇电影院贷款恢复发放后，除安排少量贷款用于农村集镇电影院维修外，绝大部分贷款应支持电影部门所属的城市专业电影院的更新、

[1] 以上数据详见季洪：《新中国电影事业建设四十年（1949 — 1989）》（内部资料），第224页。

[2] 《关于停止发放农村集镇电影院贷款等问题的通知》（1985年4月25日），《浙江省电影发行放映工作文件汇编（1981.7 — 1987.8）》（内部资料），第157 — 159页。

改造。[1]

从上述规定我们可以看出，中国人民建设银行和中影公司对已发放的农村集镇电影院贷款进行了核减，对全部缴清核减的此项贷款指标的省市恢复发放此项贷款，未缴清的由总行在1988年底前扣收。重新发放的贷款已经不再用于建设农村集镇电影院，而是少量用于农村集镇电影院的维修，绝大多数用于城市专业电影院的更新和改造。换言之，这个通知是名不符实的，名为“恢复发放集镇电影院贷款”，实际上贷款的用途主要被限定于城市专业电影院的更新和改造，给人明修栈道、暗度陈仓的感觉。

事实上，大约半年以前（1986年12月），财政部已经下发了《关于建立城市专业电影院维修改造专款规定的通知》，规定“为了支持电影事业发展，由财政部门按征收相当于15%税率的所得税的数额，退库给电影公司由中影公司和各省、自治区、直辖市电影发行放映公司分别集中使用，建立城市专业电影院维修改造专款”。[2]

种种迹象表明，到1987年前后，中影公司、中国人民建设银行、财政部等有关部门已经放弃了建设和发展农村集镇电影院，而是将电影发行放映系统有限的资金一边倒地用于城市专业电影的建设、维修与改造。我们知道，中华人民共和国成立后，城市专业电影院的放映收入一直是整个电影系统收入最重要的来源，也是电影系统内部实行“以城补乡”政策最重要的经济保障，优先发展城市专业电影院是由当时的电影经济运行模式决定的，很难以人们的意志为转移。但是自1985年以来，电影系统和有关部门主要在经济利益的驱动下，放弃了建设和发展农村集镇电影院，一定程度上可以说是放弃了丰富与改善农民的文化娱乐生活的理想与信念，却又不能不说是一种颇为严重的偏向。

[1] 《关于恢复发放集镇电影院贷款有关规定的通知》（1987 年 6 月 25 日），《浙江省电影发行放映工作文件汇编（1981.7 — 1987.8）》（内部资料），第 213 — 216 页。

[2] 《财政部关于建立城市专业电影院维修改造专款规定的通知》（1986 年 12 月 31 日），《福建省电影发行放映工作文件汇编（1979 — 1989）》（内部资料），第 541 页。

捕鼠之难：《黑猫警长》与新秩序的表征难题[1]

姚云帆[2]

【摘要】《黑猫警长》前五集呈现出独特的风格学症状，这一症状是其表征改革开放初期社会秩序所遭遇的必然命运。通过分析这五集动画片背后蕴含的两种秩序和森林公安治安权力介入过程中所遇到的难题，文章试图呈现：《黑猫警长》再现了改革初期重整治安秩序过程中对犯罪之“自然性”的发现，从而不得不面对“反自然的自然秩序”这一“自然正当”的时代性僵局。在试图通过科学技术克服人类“天然”罪行的过程中，《黑猫警长》前五集表征出了完全不同于以《猫和老鼠》的治安–政治逻辑。

【关键词】《黑猫警长》 风格学 政治秩序 犯罪 治安

一、《黑猫警长》的风格学意义

中国的20世纪80年代生人都对《黑猫警长》这部具有神奇魅力的动画作品有着深刻印象。在中国现代动画史上，这部作品见证了中华人民共和国成立后，动画艺术第一次高潮的尾声；与此同时，这部作品的轰动也和一个新时代同步诞生。这一新时代既包含着艺术的全新可能性（“新时期文

---

[1] 本文为“上海师范大学中国语言文学创新团队”成果。

[2] 姚云帆，上海师范大学比较文学与世界文学研究中心副教授，主要研究方向为当代西方文论与政治哲学。

学”“第五代导演”“85新潮美术运动”），又被看作一种新阶段的命名。在这些文化–政治变革的湍流之中，《黑猫警长》这部作品只是同龄人心目中一段“温馨”的插曲；但是，这种记忆的温馨，也遮蔽了发现这部作品潜在意义的发掘。

作为一部“大众文化”产品，《黑猫警长》并未集中再现出某种“时代精神”，而是以某种不起眼的方式，将时代的另一面蕴含在图像下意识试图表征的某种精神结构之中。可是，理解一个时代，并不是理解事实的某种展现和变迁，也非从中抽象出某个概念的现实展示，甚至也不需像那些“理论家”那样，构造某种“话语的冲突”和“知识型的断裂”。一种神秘的历史经验停留在作品对同时代政治秩序的想象性重构之中，这种重构在虚拟世界中延展了某种历史本身都不敢直面的可能性。

《黑猫警长》并非有着伟大风格的动画作品。就画风而言，它并未成为《大闹天宫》那样表征中国气派的民族动画标志；就风靡度而言，它尚不能和随后引入中国的日本动画相比。在发生序列上，它尴尬地处在两股热潮的中间位置，却无法被上述两股潮流所接纳和延续。但它却造就了两个非常鲜明的时代话题：一方面，作为一部动画片，它在毫无前期宣传的铺陈下上线，获得了巨大成功，却在五集之后被停播[1]；另一方面，它引发了童话作者诸志祥和动画作者戴铁郎之间的著作权纠纷，成为新时期最早的著作权官司的产物[2]。总而言之，无论从现代中国动画演变史的角度而言，还是时代演化的角度而言，这是一部承接了两个时代的症候性作品。本文采取的分析对象，并非诸志祥科学童话《黑猫警长》的全本，也非《黑猫警长》的续作和重拍动画片。通过对前五集动画的分析，试图思考在动画这种视觉文化产品所塑造的虚拟境遇中，某种现实结构的症状和可能性，以何种方式加以呈现出来。

[1] 张小叶：《戴铁郎：艺术是我余生的归宿》，《文汇报》，2012 年 10 月 23 日，第 11 版。

[2] 李鸿光：《〈黑猫警长〉著作权风波》，《法律与生活》，2011 年第 2 期。

提到《黑猫警长》，我们就必须提及动画和连环画作者戴铁郎。戴铁郎，祖籍广东惠阳，1930年生于新加坡；父亲为中共党员戴英浪，曾经指导马来西亚共产党的抗日运动，并为共产党的地下工作鞠躬尽瘁。20世纪40年代，喜爱美术的戴铁郎进入北京电影学校动画系读书，后转入苏州美专动画系，并于1953年进入上影厂工作[1]。由于1957年父亲受潘汉年案牵连，导致他在历次运动中经历坎坷，阻碍了他艺术才华的应有显现。直到“文化大革命”结束，戴铁郎才迎来了其创作的黄金时代。他的代表作《九色鹿》《小蓝脸和小红脸》等作品屡获大奖，并赢得了大量的观众，而这一黄金十年的高潮和终结，便是《黑猫警长》。尽管在退休之后，戴铁郎从未放弃将《黑猫警长》全篇动画化的工作，而诸志祥继续撰写《黑猫警长》的续集，但是，后续的《黑猫警长》系列不复这前五集独有的风格学价值，其原因在于，它们的风格不再与社会症候产生独特的对应关系。[2]

《黑猫警长》的动画风格具有明显的时代特征。自现代动画诞生之后，动画表现力依赖于图像的“变化”和“运动”而产生。但是，通过二维图像的剪辑产生“变化”和产生“运动”，并非一回事。实际上，拥有强大制作实力和经济实力的欧美动画基本上采取“全动画（Full Animation）”的形式，通过动画制作过程中人物和布景体块的改变，来体现传神的动效；而后起的

[1] 值得注意之处，戴铁郎在苏州美专的学习研究，对其转向动画编导具有决定性的作用，按照张建林的研究，1953 年上影厂动画制作的全套班底，来自苏州美专动画科，其较为全面的动画制作教育体系，为“中国学派”动画输送了重要人才。张建林指出：“动画科在颜文樑主导下，由黄觉寺、孙文林相协助，以钱家骏、范敬祥主持，进行筹建。1950 年 9 月，正式招生并建立制片室，此为全国院校中首创。”根据《江苏教育史志资料》记载，当时美专动画科“文化课随美专班上课，专业有素描、线描、动画概论、电影概论、电影常识、实用美术等”。参阅张建林：《苏州美专研究（1922–1952）》，苏州科技大学，2018 年博士论文。

[2] 这一点，从一些对《黑猫警长》的相关研究中可以看出，当代对《黑猫警长》的研究似乎重视其“时代记忆”的商业价值，已经放弃该动画片前五集缩关注的政治和社会语境。参阅赵晓俊、黄一庆：《中国元素、中国造型、中国故事——影院动画片〈黑猫警长〉研讨会纪要》，《电影新作》，2010 年第 4 期；在这则讨论中，以《黑猫警长》“重现银幕”为核心卖点，强调“乡愁”和“记忆场所”的商业价值，彻底放弃了对其风格学的语境化讨论，试图将《黑猫警长》彻底景观化和符号化，这种“去政治化”的处理，恰恰丧失了把握《黑猫警长》真正价值的某种契机。

日本动画则采取了“限制动画（Limited Animation）”的方式[1]，通过时间轴的运动，以背景的替换和人物轮廓的略微修改，来产生动效。本来，这是后起的日本民族动画为了节省制片成本，才采取了限制动画的动效形式[2]，但是，在结合日本独有的浮世绘传统之后，限制动画不但没有成为日漫的劣势，反而发展出一套以细密、传神的绘画细节为主流的动画风格。

中国民族动画风格的起步，来源于对美国迪斯尼风格的借鉴。但是，不同于日本动画专注于细节勾描的静态画风，中国动画采用民间工艺绘画的体块塑造方式和水墨画的实景—虚景渐变的方式，来产生动效。虽然，早期国产动画仍然多为限制动画，但是，由于水墨风格和传统戏曲图案元素的加入，中国民族动画仍然呈现出自己的特色。这一风格集中体现在经典国产动画片《大闹天宫》中的变形和打斗场面之中。例如：在孙悟空的变形过程中，通过线头簇的标记和实景人物的虚化，产生新体块和旧体块的迭代，成为了“变”这一动效的主要实现方式。而《大闹天宫》的成功，恰恰定格中国动画独有的“民族风格”，也使它对运动和时间的把握完全不同于日本动画和美国动画。套用哲学家德勒兹的观念，美国动画具有鲜明的运动-影像的特征，而日本动画就和小津的电影一样，具有时间-影像的特征。而在中国动画中，“变”的结构性既与传统山水画撰写中的虚实关系有着密切关系，又包含了极强的体块特征。新中国的动画语汇既不通过对“运动”特质的高扬，来正面对抗占据强势的美国动画语汇，也并不通过对“时间”的塑形，服从于本国传统审美实践的逻辑，形成一套市场和口碑上独有的语汇。它确

[1] 参见 Is Anime a Legitimate Form of Animation?：https：//www.animatorisland.com/is-anime-a-legitimate-form-of-animation/?v=1c2903397d88

[2] 值得注意之处在于，在电视动画兴起的过程中，美国大量动画片也采取限制动画的形式，甚至我们随后与《黑猫警长》对举的《猫和老鼠》中，这一形式也被广泛采用；但从大趋势来看，美国动画片重视运动，而日本动画长于静态描述，是我们对两国动画的直观观感，这种观感无法被制作方式所简单消解，似乎确实暗含了某种文化“无意识”的策略性区分。国内尚无相关文献对此进行深入的描述，某种程度上限制了中国动画产业在文化政治上的自我辩护。

实借助了传统审美精神和绘画符号的一系列要素[1]，但是，由于社会主义社会动画制作的非市场化特性，它的风格并不受市场的牵引，而同时成为了国内政治寓言和中国风格表征的独特实验场。[2]

显然，《大闹天宫》的辉煌在新时期开始不再可能延续。我们不能简单将这一变化归结为一种“去政治化”的社会氛围。实际上，1978年，《大闹天宫》全本再次公映，仍然取得了轰动。这就证明，即便抽去了政治和民族风格表征的因素，这部动画仍然取得了非常好的效果。更为重要的问题在于，《大闹天宫》这部作品所特有的时代已经成为了过去时，动画艺术作品不再作为一种国家精神气质的寓言而被制作，其所设想的受众不再是某种需要被提升政治意识的“人民”，而是满足其日益增长“文化需求”的“群众”。

这并不是说，动画片的教化功能就被彻底忽略，只是，这种教化中的“政治”意义逐步淡出，一种包含“习俗道德”的教化内容逐步浮上了水面。例如，在戴铁郎参与的《九色鹿》中，“牺牲”“仁爱”“亲情”等观念，代替了反抗和斗争精神，成为动画片的主旨。从刻画神佛不惧的孙悟空，到直接让佛本生故事进入作品之中，动画片的制作无意识中反映了一种教化策略的改变。但这种策略的改变，反而最大程度解放了制作者的个性，比起思想的统一以及将这种统一思想以恰当的形式和风格呈现出来，将似乎“人人都

[1] 李毅将之总结为：“戏曲化”、“动画化”、“图案化”，非常精当，但仍有其遗憾，尤其是他对“幻化”的论述和“对迪斯尼十二条运动规律”部分内容的动画化反思，已经接近了中国传统美学风格和美国动画核心价值的对立关系，非常接近对“变”和“动”区别的理解。参阅李毅，《动画片〈大闹天宫〉角色扮演和造型中的“民族化”构成》，中国美术学院，2015 年博士论文，第 37–44 页。

[2] 李毅的论文《动画片〈大闹天宫〉角色扮演和造型中的“民族化”构成》基本还原了《大闹天宫》和改编京剧《大闹天宫》的关系。在政治论述上，他基本认为，《大闹天宫》的政治气象体现了当时政治氛围促成了孙悟空形象的“反封建”转变，但更多强调了这一转变和古装《大闹天宫》在“十年浩劫”中被雪藏的遗憾之间的某种“不凑巧”的关系。没有将之于大背景相联系，使得这一结论的格局过小，显然过于看重了万籁鸣因此遭受的不公正待遇。实际上，《大闹天宫》阶级寓言和民族寓言的高度结合，是导致其在 20 世纪 60 年代早期被广泛追捧的原因。参阅李毅，《动画片〈大闹天宫〉角色扮演和造型中的“民族化”构成》，中国美术学院，2015 年博士论文，第 16–17 页，20–23 页。

能理解”的道德常识表征出来，可利用的动画语汇和风格形式就变得极为丰富。

《九色鹿》便是个鲜活的例子。一方面，《大闹天宫》所用的虚实对比和线条标记仍然被使用；另一方面，对敦煌壁画元素的应用发挥得淋漓尽致，风俗画风格的浓彩装饰和黑线勾边的技法开始退场，大色块和较粗的彩色线条成为画面的主角。[1]而在《黑猫警长》中，动画风格又为之一变。戴铁郎大量使用新人参与制作，在画风上也更加“放飞自我”。整个动画鲜明呈现了美式动画的风格。在《黑猫警长》中，人物的体块标记依赖颜色，而不是勾线而显明。而且，《黑猫警长》的背景采取了鲜艳的实景，透视角度也是西洋画的成角透视结构，而非《大闹天宫》的散点透视结构。在动效方面，《黑猫警长》几乎放弃了通过虚影和线团标记运动过程的动效方式，而代之以两种方式：第一种，依靠简单的体块位移，譬如，黑猫警长驾着摩托在背景空间中的位置改变；第二种，依靠色块标记的增加和碎片化，例如，“一只耳”中枪时候，除了“耳朵”这一体块的变动，还加了“鲜血”这一块红色，加以标记。

这样一种变化似乎和戴铁郎早年对迪士尼动画的痴迷有所关联。由于父亲地下工作的需要，戴铁郎的早年生涯与上海这座半殖民地城市关系密切。这让他几乎能在第一时间看到洋场影院的美国动画。解放后，在集体主义工作方式和“民族动画”风格的压抑下，这种对美式动画绘风的热爱被隐藏起来，而在新时期开始后，他试图重新回归这一他早已经向往的制作风格：即便在当代世界，这一风格仍然是某种“正统”风格。[2]但是，令人感兴趣的地方在于，戴铁郎虽然引入了猫捉老鼠的主题，并热衷于回归美式风格，但他

---

[1] 胡安全，《敦煌佛教图像在〈九色鹿〉中的运用》，南京艺术学院学位论文，2018 年发表，第 19–20 页。

[2] 值得注意的地方在于，戴铁郎虽然接受了“中国学派”动画的创作，他在作风和审美趣味上并不“中国”，一个生活细节值得注意——即便在上影厂制作《黑猫警长》赶工时，“戴铁郎常常忙得来不及吃饭，面包里夹块巧克力，就着可乐当一顿饭”，这一细节暗示美式文化对他的内在熏陶。参阅张小叶：《戴铁郎：艺术是我余生的归宿》，《文汇报》，2012 年 10 月 23 日，第 11 版。

从未试图在动画中努力促成某种“猫鼠和解”。这一令人瞠目结舌的和解被米高梅公司的《猫和老鼠》贯彻，并风靡20世纪90年代之后的中国[1]。与主题上的“保守”相应，在画风上，戴铁郎虽然使用了体块位移的动效手段，却从未使用体块变形，而《猫和老鼠》那里，体块变形才是动画最为精彩可看之处。齐泽克认为，这种极度复杂的体块变形，恰恰暗示着资本主义社会权力运作的核心逻辑：权力可见形态的改变，不仅并没有否定权力本身的存在，反而彰显了权力的真正力量。[2]

《黑猫警长》似乎成为了一个有趣的例证，它在风格学上成为了《猫和老鼠》为代表的美式动画的反面，彰显出了一种全新的风格危机。通过对《黑猫警长》前五集的分析，我们试图展示，这一风格危机恰恰是20世纪80年代社会症候和大众文化症候的双重显现。正是在这一意义上，对《黑猫警长》的解读，也是对80年代社会危机核心问题表征方式的另一种反思。

二、“体块标记”和两种“自然”秩序

如果仔细浏览过《黑猫警长》前五集，就会发现一个有趣的现象。在动画塑造的这个虚拟动物世界中，存在着两种相矛盾的秩序。第一种秩序依赖于动物的“自然”属性，例如体积、力量和习性。这种秩序是显而易见的：大象和河马因为体块巨大而导致小动物的恐惧，因为贪吃红土而损害公共设施；食猴鹰凭借力量和机动性欺压小动物，满足他的食欲。第二种秩序也依赖于动物的“自然”属性，却因此而让常人感到匪夷所思，例如，老鼠可以吃猫，螳螂妻子可以“吃掉”丈夫。某种程度上，第二种秩序是第一种秩序

[1] 参阅 Slavoj Zizek，*The Sublime Object of Ideology*，Verso，2007，p.149。

[2] 齐泽克的另一个解释，似乎可以被《黑猫警长》所反驳，即猫的形象，作为资本主义的敌手，“社会主义”幽灵的象征；我认为，《猫和老鼠》最大的快感，并非逃逸社会主义大他者的快感，而是通过这一追捕关系的内化，将斗争弱化为游戏的快感。参阅 Slavoj Zizek，*The Sublime Object of Ideology*，Verso，2007，p.179.

的反面，这两种秩序交织在一起，构成了《黑猫警长》前五集的重要难题。

为何如此？原因在于，《黑猫警长》折射了改革开放初期的某种独特困境。我们通常认为，以“拨乱反正”和“对外开放”为基调的改革开放初期，充满了轻快积极的暖色调。[1]实际上，任何一场伟大的社会转型必然依靠某种秩序的守护，对于改革对旧秩序的转折，各种讨论似乎已经铺天盖地。[2]但是，对于“改革秩序”本身是什么，我们并无直观的认识，也无一针见血的概念总结。但是，《黑猫警长》却以图像的方式告诉我们，观看这些动画的我们，心里到底恐惧哪种“秩序的反面”，从而发现这一隐而未显的秩序根基。

1983年8月25日，中共中央发出《关于严厉打击刑事犯罪的决定》，提出从1983年起，在3年内组织3个战役。从1983年8月上旬开始到1984年7月，各地公安机关迅速开展严厉打击刑事犯罪活动的第一战役；与此同时，美国开始实施针对当时的苏联的“星球大战”计划。值得注意的是，这一年恰恰是《黑猫警长》前五集的放映之年。上述两个看似无关的信息都和整个动画的基调有着密切的关系。按照党中央的基本定性和公安研究专家的研究，“严打”并非一种单纯的治安运动，而是一场在社会中进行的政治运动，其目标是彻底肃清“拨乱反正”以来，社会中的严重刑事犯罪问题。值得注意的地方在于，“严打”对恶性暴力犯罪（主要是抢劫、强奸和杀人罪）采取了极度不容忍的态度，也非常重视对大数额盗窃，尤其是公共财产盗窃罪的处理。如果泛览1983—1985年的《人民司法》，类似的案情通报几乎占据了大量的篇幅。《黑猫警长》的氛围，必须在这一历史语境中被铆定，而与此同

[1] 关于“潘晓讨论”的再反思，导致了学者对“新时期”的复杂性产生了丰富的理解，改变了对改革和“新时期”文学简单化的态度。参阅黄平：《新时期文学起源阶段的虚无——从“潘晓讨论”到“高加林难题”》，《文艺研究》，2017 年第 9 期；徐勇：《“潘晓来信”与青年的主体性问题》，.《青年研究》，2012 年第 5 期。但在学理上，围绕这一讨论的反思仍然是高度观念性的，没有进入观念和社会治理逻辑的互动关系之中。

[2] 值得注意的是贺照田对 20 世纪 70 年代末至 80 年代初的一系列时序划分，参阅贺照田：《历史中的和历史叙述中的思想解放运动——兼论常见文献的解读与当代史研究的深化》，《浙江社会科学》，2015 年第 5 期。

时，“四个现代化”和“向科学进军”的口号弥漫开来。科学和治理技术的关系由此更加紧密。

可是，在一部面向青少年的动画作品中，赤裸地反映现实，并非一种创作美德。因此，作者将相当多的犯罪表现为大体块动物对小体块动物的压迫行动。最典型的例子体现在《空中擒敌》和《吃红土的小偷》[1]之中。在这两集中，有力而巨大的动物成为小动物的对立面。后者的人身安全受到威胁，或是基本的生活资料——住房——得不到保障。如果留意这两集中犯罪动物的形态，我们就会发现，无论是食猴鹰，还是以大象为首的“偷窃红土集团”，都以远大于森林公安全体指战员的体块呈现于屏幕上，形成了巨大的压迫感和震慑力。体块是力量的象征。可是，这些动物所拥有的力量，是他们不义和罪行的来源。这就暗示，这些强力型罪犯体块的减弱和变小，成为正义降临的表征形式。

因此，在《空中擒敌》中，巨大的食猴鹰被猫警士们驾驶的直升机剃掉了全身羽翼，身体立刻变小。这一变小引发了一系列后果：本来翱翔的雄鹰突然开始在空中失去平衡，然后开始笨拙地颠倒旋转，最后跌入了网兜之中。[2]最后，一群被威胁的小动物一拥而上，将食猴鹰打得不断求饶，呈现了“人民战争”的巨大力量。在《吃红土的小偷》中，体块的无力化并不体现为缩小，而是体现为其失去功能。一开始，大象有力地打退所有进攻的猫警士，并用力甩下了黑猫警长。这时，黑猫警长不得不使用了麻醉弹。大象中

---

[1] 《吃红土的小偷》涉及20世纪80年代早期法律界面对罪犯利用国家和集体企业物质资源，满足私人欲求或私人企业经营的行为的定性问题，这些行为引起了“盗窃罪”还是“抢夺罪”的争议，某种程度上，这些非个案的行为对1983年调高盗窃罪的量刑程度，有着潜在影响。相关文献中，值得注意的是潘汉典先生翻译的文献，让·苏西尼：《西欧的犯罪趋势和预防犯罪战略》，《环球法律评论》，1981年第3期。这一文献的特点在于，跳出了权利问题的纠结，将犯罪看作一种“反常（anomy）”的行为，一种威胁社会秩序的行为加以处理。

[2] 参阅《空中擒敌》，片源为bilibili网站：https：//www.bilibili.com/bangumi/play/ep62898，第16：15至17：52。

弹后的反应是：立刻横躺和静止，直到苏醒针恢复了它的知觉。[1]从中我们发现，在《猫和老鼠》中反复出现的双方体块变形-恢复的动效几乎没有出现过，《大闹天宫》中依靠虚景-实景转化实现的动效也未体现出来。作者直接让观看者认识到大体块动物的无力化过程，以此彰显森林公安和群众的胜利。

相对于体块上大-小关系所表征的强弱秩序，另一种秩序形态则解释了《黑猫警长》内部更为复杂的矛盾和张力。表面上，这种秩序形态同样借助于所谓的"自然"本能，但是，没人愿意接受这样一种"反自然"的"自然"本能。贯穿整个《黑猫警长》的猫鼠斗争的线索便是这种"反自然"本性的体现。在体块上，老鼠远弱于猫；在自然习性上，猫就是老鼠的天敌。但是，无论是老鼠盗粮集团，还是集团余孽"一只耳"，都成为由猫组成的森林公安的首要敌人。如果比较《猫和老鼠》，我们就会发现，这一敌友关系并未被游戏化，而是以森林世界的内战的形式显现出来。[2]在这场"内战"中，"一只耳"不断寻找帮手，挑动森林内部秩序的混乱。偷窃者老鼠最终壮大为"吃猫者"老鼠，并为自己的反自然对抗找到了"自然"上的根据，导致了白猫班长的牺牲。同样的例子则体现在螳螂交配的故事当中。看似温柔怯懦的"女"螳螂，吃掉了活力四射、武艺高强的"男"螳螂。但是，通过对螳螂自然习性的了解，这一交配之夜的"吃郎/螂行为"居然成为让"女"螳螂无罪的证据。在这一基于"自然"的辩护面前，森林公安也望而却步，最终承认了"谋杀亲夫"的正当性。

相对于这些难题，我们更关心的是，动画作者在作品中"解决"这一难题。与通过体块缩小和静止来表征大体块无效的手法不同。在面对这些"反

[1] 参阅《吃红土的小偷》，片源为 bilibili 网站：https：//www.bilibili.com/bangumi/play/ep62899，第 14：16 至 15：05。

[2] 对"猫鼠冲突"背后的内战概念的研究，我主要参考了福柯 1972 年讲演录《惩罚社会》（*la societ é punitive*）的理解，福柯将治安内战化的观点，仍然强调这是一场以排斥社会敌人为目标的游戏。参阅 Michel Foucault，*La Soci é t é punitive.Cours au Coll è ge de France*，Seuil，2013，pp.14–34.

自然”的自然现象时，体块的撕裂和破碎成为这一秩序得以产生的标志。在螳螂杀夫案中，“男”螳螂的死亡通过其肢体的撕裂表现出来。值得注意之处在于，这种撕裂并非一种残暴场景的揭示，而是引发了森林公安对残暴行为的“科学”理解。在搜集完“男”螳螂的残骸后，由于发现了“一只耳”的脚印，所有的怀疑指向了这只十恶不赦的老鼠。突然，场景切换到了公安局的证物实验室，黑猫警长用显微镜观看尸骸。随后引发了故事的结局：原来是“女”螳螂杀害了“男”螳螂。在这个场景中，体块的碎片和动画上半部分“男”螳螂杀灭蝗虫的飒爽英姿和弹吉他时的翩翩风度，形成了鲜明对比。这一对比暗示了人们的某种幻灭：善良、勇敢而有力的“男性”气质最终被娇弱无力的“女性”力量所吞噬。在“一只耳”和吃猫鼠案中，体块的残损和断裂代替了破碎，昭示了这一秩序形态的产生。当“一只耳”受到了伤害，耳朵部位流出鲜血时，一种老鼠挑战猫的反自然秩序诞生了。这一秩序终结于警长用五角星形的子弹铭刻在吃猫鼠身上之时。显然，对老鼠身体的标记成为“以弱胜强”的秩序得以表征的方式。

由此，我们发现，在《黑猫警长》前五集中，对动画形象体块的处理形成了一种独特的语汇。而这一语汇昭示了《黑猫警长》试图呈现的东西：一种对改革开放初期“犯罪”概念，尤其是其“原因”的理解。在《黑猫警长》中，我们发现了引发罪行的两种原因：一种是力量关系引发的罪，因为自然力量的不平等，导致弱者被强者所欺压，在食猴鹰和偷吃红土案中，这样一种犯罪原因得到了淋漓尽致的体现。另一种则是来源于“本性之恶”的罪：“一只耳”和其同伙对公共财产的觊觎，来源于其贪吃粮食、善于打洞的本性；母螳螂吃公螳螂的行为，来源于螳螂夫妇的情欲和生殖冲动。面对这两种罪行，森林公安的处理方式十分不同，这也导致了动画片中对这两种犯罪完全不同的体块表征。

显然，对于第一种犯罪，森林公安采取了“柔和”的处理方式，食猴鹰被捕的过程十分艰难，但是，其除了全身羽毛被剃，造群众毒打之外，并未受到严重的枪伤和创伤，最后，他倒挂在网兜上的形象，充满了戏谑的滑稽感。[1]大象一伙并未受到皮肉刑罚，而是以劳动改造的方式完成了与小动物们的和解。[2]实际上，这和20世纪80年代初的现实有着极大出入，因为，“严打”的主要目标恰恰是依靠力量的暴力犯罪，对于“以势压人，以力欺人”的暴力犯罪经常提高量刑力度，并以公开处刑的手段，达到震慑不法分子的目的。但是，《黑猫警长》前五集的两个暴力犯罪都以欢谑的场景落幕。在食猴鹰一案中，受欺压的小动物们，对像倒悬的落汤鸡一样的老鹰进行了暴揍，并爆发出雷鸣般的欢呼声。这种惩罚与其是一种威慑，不如是一种狂欢式的反讽。通过这种反讽，单纯依靠力量关系所建立的社会秩序瓦解了。而在红土偷吃案中，森林法院的审判不仅如同儿戏，而且还为三个“吃土贼”的罪行进行了“辩护”，因为，他们都需要红土所含的矿物质来维持自己的生存健康[3]。在大象苏醒之后，小动物们围着20世纪80年代中国家庭的欢乐来源——收音机——载歌载舞，森林世界又进入了一种狂欢状态。

显然，动画似乎展示了某种认识：基于力量对比所导致的犯罪并不是“根本上”的罪恶，无论是食猴鹰，还是大象为首的红土偷窃集团，他们的犯罪出于合乎“自然”规律的本能。森林公安只能阻碍和压抑这一本能的实现，从而维护森林世界的稳定和实现。食猴鹰的残忍呼应了20世纪80年代早期国内社会对“流窜作案”与人口贩卖案的恐惧。一方面，罪犯化身为一团巨大而神秘的阴云，制造杀戮的恐怖，这体现了流窜犯借助已经发达起来的交通网络，打破户籍制度的规训而造成的社会恐慌；另一方面，犯罪的目标指向幼年小动物，呼应了人口贩卖者对改革后中国社会的基本组成单位——

[1] 参阅《空中擒敌》，片源为 bilibili 网站：https：//www.bilibili.com/bangumi/play/ep62898，第 16：15 至 17：52。

[2] 参阅《吃红土的小偷》，片源为 bilibili 网站：https：//www.bilibili.com/bangumi/play/ep62899，第 15：38 至 16：30

[3] 值得注意的地方在于，三个偷盗的动物之所以获得了轻罪的判决，是因为其“自然”欲望的科学性成为了有效证据，而一只耳和吃猫鼠等动物的“自然”欲望却没有获得同等待遇。

核心家庭的致命伤害。[1]但是，在森林公安所在的虚拟世界中，对治这一犯罪的核心方法，并非展示治安机关对罪犯的肉体消灭，而是剪除其作案利器——羽翼，食猴鹰羽翼的剪除象征一种治理理想，即通过束缚犯罪者的自然能力，而非杀灭其肉身，来解决社会秩序的重建问题。

这一理想在《吃红土的小偷》中同样显现出来。黑猫警长采取了开枪这一“残忍”的震慑行为，但是，麻醉弹对真子弹的替换，将这一以“生杀大权”的形式显现出的惩罚行为，瞬间转化为一种限制大象行动自由的规训行动。大象的体块并未减损，也没有遭受毒打，而是在动物群众的嘲笑声中静止下来，恢复了其无害状态。相对于食猴鹰这样一种“强危险”存在，对社会只存在“弱危险”的大象、河马和野猪通过劳动规训，重新被吸纳为森林社会的一部分。上述实例都暗示，通过体块静止和减损，《黑猫警长》视觉化了一种社会治理思路。这一思路试图让用强力获得“自然”需要的能力无害化，却又在一定程度上想让这种能力正当化：前者体现为限制绝对危险的强力，即食猴鹰的被捕；后者体现为将相对危险的力量转化为社会的一部分，即大象和河马们的劳动改造。

但是，面对另一种“反自然”的罪行时，这一治理思路陷入了困境。值得注意的是，无论是“女”螳螂的“杀夫”，还是吃猫鼠的反扑，并非一种不符合“自然规律”的行为。相反，黑猫警长和他的伙伴们都为这两种行为找到了生物学上的“正当依据”。甚至，因为这一规律，“女”螳螂被宣告无罪。这些罪行的恐怖之处在于，它们都是对一种“非科学”的“自然”经验提出了挑战，这一种“自然”经验依赖于可见证据与语言的重合。无论是食猴鹰对小动物的欺凌，还是大象的强力拘捕，都既可以诉诸直接的视觉经验和日常语言的描述，而被观众所把握。“女”螳螂杀夫案中，这一特性不复

[1] 《空中擒敌》的背景与80年代早期对流窜作案的治理有着密切关系，值得注意的是，在“固定据点”被捣毁后，一只耳的行为符合“流窜犯”的特点，而食猴鹰除了强大和残忍之外，其流动性和神秘性与这一犯罪的特点关系密切；参阅天津高级人民法院研究室，《对流窜作案特点的分析》，《人民司法》，1984年第9期。

存在。“男”螳螂的勇武和他尸体的被肢解形成了鲜明的反差，而“女”螳螂的温柔娇媚和她吃丈夫的行为之间，也产生了极为悖谬的张力。[1]最终，并非普通的肉眼视觉，而是显微镜的功能和生物科学陈述的出场，才让这一张力得以消解。[2]更值得挖掘的在于这一案情和现实的对应关系。在螳螂夫妇的新婚之夜，我们发现了两个重要乐器的出现，第一是昆虫乐队中出现的小提琴形象，第二是“男”螳螂手里的吉他。前者作为改革开放初期知识和高级文化的象征，因为《牧马人》等电影而广为流传[3]，后者则暗示了流行乐和摇滚乐的出现，1984年，崔健发表了第一张摇滚翻唱专辑《当代欧美流行爵士disco》，成方圆以通俗吉他弹唱《游子吟》获得了通俗歌曲比赛一等奖，但是，在20世纪80年代早期的社会氛围中，吉他并非一种“积极的乐器”，它和情欲、犯罪和非主流的身份仍然紧紧捆绑在一起[4]。“男”螳螂与吉他的紧密结合包含着非常微妙的讽喻：一方面，他对流行音乐的喜爱，让他从充满小提琴手的高级知识精英的行列跌落，丧失了其男性气质，被“女”螳螂肢解和吃掉；另一方面，只有这一肢解和死亡导致了社会文化的新生和变革。“吃”这个行为有着非常明显的性隐喻色彩，而“女”螳螂得以被无罪释放的原因，恰恰因为精神性的爱情和自然意义上的生命再生产在“吃”的过程中产生了结合。[5]

---

[1] 参阅《吃丈夫的螳螂》，片源为 bilibili 网：https：//www.bilibili.com/bangumi/play/ep62900

[2] 参阅丁宁：《知识分子的儒雅化与浪漫化银幕呈现：1979—1989》，《电影文学》，2018 年第 18 期。

[3] 参阅姚全兴：《改革引起审美观念的变化》，《上海青少年研究》，1984 年第 12 期，这篇文章呈现出“审美领域”如何艰难地与“犯罪领域”区分，从而成为引导青少年的“积极力量”。

[4] 这种将“不良情欲”和“不良音乐”结合在一起的陈述，在 80 年代似乎占据潜在的主流地位；参阅李云：《一个值得深思的问题》，《人民音乐》，1983 年第 6 期，在这封读者来信中，李云描述了一个吉他卖唱者的生活状态，后者声称“文革”中遭受迫害，却以这一“同情牌”为帮助，在北京进行吉他弹唱，传播“不良的”流行音乐，并进行牟利。在有人斥责其行为，他却说“不唱这些唱什么？难道还去唱革命歌曲吗？”显然，流行音乐 / 革命歌曲的对立成为了卖唱者和斥责者潜在共享的表述结构。

[5] 参阅房俐：《女青年的性错罪问题》，《青年研究》，1986 年第 12 期，房俐强调女性“欲望”导致家庭结构不稳定，引发社会危机的潜在可能；林秉贤，马晶森：《女性犯罪心理》，辽宁人民出版社，1988 年，书中对女性的“敏感性”、“柔弱性”和“被动性”等自然特质导致犯罪的可能性进行了分析。

因此，“男”螳螂体块的碎片化包含了一种暧昧的效果：一方面，这一碎片暗喻了改革初期社会大众对“欲望”的恐惧，欲望导致男性——军事化气质（“男”螳螂有着高超的武艺）和知识精英为主导的社会秩序想象的破产；另一方面，这一碎片又标记了一种新秩序不可避免地产生：后者被“女性化”、耽于欲望而具有破坏性的气质所主导。

黑猫警长心有不甘，却又不得不承认森林公安治理体系对于文化领域的无效。这种无效并非一种行为上的无力，而是对这一体系正当性的自我节制：在这一体系中，即便是权力，也必须按照“科学”规律来规制社会中的个体。但是，这仍然不足以揭示《黑猫警长》前五集在“政治无意识”上的深刻性。值得注意的地方在于，森林公安和森林法院对“自然欲望”的辩护是有严格底线的，“女”螳螂的无罪释放，是因为她可以诞生全新的生命，后者基因中仍然铭刻了“不饶过害虫”的清晰敌友意识，让权力机关看到了延续既定秩序的希望。

三、“科学”的胜利？《黑猫警长》和改革开放的治安-政治表征

正是因为如此，螳螂的尸体碎片不再成为彷徨而恐怖的情绪象征，而是转化为政治实践和科学规律的表征形式。但是，并非所用的反自然的“自然欲望”导致的罪行，都会让森林公安裹足不前。森林中的社会秩序必然有其绝对的敌人，“一只耳”和吃猫鼠案件便是极好的证明。

相对于螳螂谋杀案，森林公安对“一只耳”事件的介入成为《黑猫警长》前五集的主线。“一只耳”与森林公安的敌友关系，并非施密特意义上“临时性”的敌友关系，而是他所谓“生存性”的敌友关系：猫必然要吃老鼠，甚至在吃饱的时候，也会将其虐杀而死；老鼠必然害怕猫，总是渴望逃

避这个宿敌。[1]值得注意的地方在于，采用了体块变形手段的《猫和老鼠》这部动画，非常依赖这一猫鼠游戏的“自然化”常识。猫在追逐老鼠的过程中，老鼠基本没有主动回击猫，而是在逃避猫设置的陷阱。因此，《猫和老鼠》的风格学隐喻了现代资本主义社会关系的再生产逻辑，老鼠的逃跑隐喻了人们资本具体宰制形态的逃避，但是，这一逃避本身强化了资本主义生产关系的正当性。[2]在《黑猫警长》中，猫鼠关系并非一种自然意义上的“追逐”关系，而是一种“对抗”关系。

如果仔细分析《黑猫警长》中的猫鼠关系。我们就会发现，猫鼠对抗基本丧失了常识意义上的“自然性”，而是转化为“技术比拼”主宰下的“警匪对抗”。“一只耳”集团一直拥有枪支等现代武器，熟练掌握现代机械交通工具的驾驶技术；黑猫警长和他的朋友们同样良好地驾驭了现代警察和战争技术，却彻底丧失了本应有的“猫性”。例如，在第一集中，在老鼠洞穴中漆黑不见物的情况下，不能采用夜视能力，而必须借助灯光和传感器才能发现敌人的所在[3]在这一场景中，森林公安的猫警士们，以牺牲自身“生物学”意义上的自然特质，获得了自身的技术提升。

这一“科学技术战胜自然”的命题，不断在《黑猫警长》前五集中上演。面对强大食猴鹰，直升机用螺旋桨抵消了老鹰的自然能力；面对大象的蛮力，化学麻醉针成为了重要的压制武器。最为精彩的地方在战胜吃猫鼠的过程中，面对白猫班长的牺牲，在科学了解吃猫鼠生物学本性的基础上，森林公安果断使用了防毒面具，最终获得了胜利。[4]

[1] ［德］卡尔·施密特：《政治的概念》，上海人民出版社，2004年，第107页。

[2] 参阅Michel Foucault, *Naissance de la biopolitique*, Seuil/Galimard, 2004, pp.18–19，值得注意之处在于，福柯其实对自然法中的“自然”和政治经济学主导下的“自然”的区分在观念史上继承了马克思对“第一自然”和第二自然的区分，其关键性的文献有【匈】格尔奥格·卢卡奇：《历史与阶级意识》，1992年，商务印书馆出版社。

[3] 《痛歼搬仓鼠》，片源bilibili网：https：//www.bilibili.com/bangumi/play/ep62897 第14：30–14：58。

[4] 《会吃猫的娘舅》，片源bilibili网：https：//www.bilibili.com/bangumi/play/ep62901，第15：20至15：25。

在《猫和老鼠》中，形势完全不同。在后一部动画片中，猫捉老鼠的过程显示出了一种极度“自然”常识的运动形式，但是，这一运动的结果是反自然的，老鼠在逃跑中总是战胜猫。但是，《黑猫警长》则体现为一种完全不符合生物学“自然”常识的对抗性运动，但是，这一运动指向了一个极其符合“生物学常识”的结果：猫战胜了老鼠。

因此，将《黑猫警长》无意中暗示的某种秩序等同于某种“技术主义意识形态”，仍然是一种失之肤浅的回答。实际上，我们发现，在科学-警察联盟逐步成为森林公安奠定新秩序的过程中，其手段和目标之间的悖论反而导向了一种见诸于图像的技术批判。这种批判的载体就是《黑猫警长》最为残忍的体块变化形式：体块破损。

我们发现，与谋杀螳螂案中的体块碎片相比，体块破损基本使用在猫鼠交锋的终结之时，它开始于第一集的结尾，在第五集重复再次出现。与螳螂破碎的尸骸不同，体块破损都以色块标记的形式呈现出来。“一只耳”受伤时，耳朵的断裂先以鲜血，后以白布标记，挫败吃猫鼠时，如果仔细看吃猫鼠的死相，其身体被两个五角星形状的弹孔所标记。[1]我们可以看出，体块的碎片化和破损有着完全不同的象征含义。在前一种情形中，科学实验技术和警察权力的联盟还原了身体残破背后的真相，却无法真正地征服这具破损的躯体，因为，显微镜对碎片的清晰观察恰恰导致了治安权力的失败——“女”螳螂被定为无罪。但是，吃猫鼠躯体的残损恰恰证明，森林公安的权力有效地铭刻在对手的身体之上。通过这种铭刻，黑猫警长和他的伙伴获取了胜利的证明。

作者不一定要采取这种标记性的方式来显示老鼠体块的改变，无论是之前的美国动画，还是国产动画，都可以采用其他的动效来展示黑猫警长的胜利。而且，在黑猫警长一方，这一手法并没有出现。白猫班长的牺牲是典型的死亡场景，动画的处理方式，是用剑和字条来标记死亡的结果，而用握拳

[1] 《会吃猫的娘舅》，片源 bilibili 网：https：//www.bilibili.com/bangumi/play/ep62901，第 18：18。

的手之松开，来展示死亡的过程。自始至终，烈士班长的死亡过程保留了体块的完整性。因此，通过体块标记来展示残损身体的手法，并非一个技术问题，而是一个政治形式的表征方式问题。

这一表征昭示了改革开放道路并不完全西方化的历史选择。这一道路依赖于清晰的敌友区分所奠定的秩序，它并不试图将社会内部冲突完全转化为自由主义式的猫鼠游戏。在《猫和老鼠》之中，我们发现，只要“主人”开始教训猫的时候，老鼠就会和猫联合，来反对这个永不露面的“主人”。“主人”是资本主义生产关系真正的象征，他/她将技术——无论是政治技术、科学技术还是艺术-技术——隐藏起来，从而让所有的对抗性矛盾，转化为一种内部的“权力游戏”。但是，在《黑猫警长》中，技术走向了前台，而主宰技术的权力转向了暗部。在《黑猫警长》第五集中，“白猫之死”是一个征兆性的隐喻，通过对白猫的哀悼和哭泣，黑猫警长才真正成为森林黑夜的守护者。他的任务并非将对抗性矛盾转化为游戏，而是将对抗者消灭，从而保障社会秩序的稳定。

当然，即便在动画世界中，这也不是个容易完成的任务。动画片在五集之后胎死腹中，便是一个独特的暗示。显然，《黑猫警长》是中国动画转瞬即逝的过渡形态，正如其所在的社会历史语境，也是中国社会历史语境中的过渡形态。但是，过渡时期的丰富可能性往往并非毫无意义。作为看过《黑猫警长》，而长期浸润在后《猫和老鼠》时代动画故事的观看者而言，这一童年的文化-政治经历，并非一种毫无意义的教育。

曹文轩小说古典美学的生成及其特质[1]

孙海燕[2]

【摘要】 2016年，曹文轩获得“国际安徒生文学奖”，创作质地和美学韵致得到国际肯定。“古典”是曹文轩对其创作形态的自觉选择，表现为对小说审美价值的推崇，对人类苦难的悲悯，坚持文学感动、净化读者功能以及语言的优美纯净。“古典”在曹文轩那里，不仅仅是一种情调的展示，氛围的营造，而是更为深刻的信仰与追求。他以“古典”为矛，以温情和悲悯抗衡现代主义、后现代主义“零度”“负零度”写作；他以“古典”为盾，以“意境”抵抗“恋思癖”的“深刻”，用“美”捍卫人性的体面。那么在何种层面重新打通“古典”与“现代”、“情感”与“思想”、“美”与“深刻”是迫切需要解决的问题。本文着力打破曹文轩研究的标签化，从学术研究、批评路径、创作实践三方面梳理其作品，研讨三者之间的相互生长，探析小说古典美学风格的生成、内部肌理与特质以及其对当代文学的影响。

【关键词】 曹文轩　古典美学　生成　特质　风景

中国当代现实主义作家呈现的世界异常沉重，人物被苦难和生计牢牢

---

[1] 本文系北京师范大学青年教师基金项目资助，项目名称：论新时期文学中的不可靠叙事（310422121）；2018 年北京市社会科学基金项目“讲述中国故事的方式：从京味小说到新世纪北京书写（18WXC013）”的阶段性成果。

[2] 孙海燕，文学博士，北京师范大学文学院讲师。

束缚在土地之上，匍匐前行。现代主义作家则在恣意书写“人性之恶”，悲凉绝望，令人窒息。在此中，曹文轩提出“中国古典主义写作是以中国古典诗性文学传统为本源，将古典美感与现代思想融合在一起，讲述中国人的故事，且以悲悯情怀关注人类的共同命运……古典主义者从来没有祛除时代语境。只不过不似现实主义文学和现代主义文学那样迎向现实语境进入现实，而是背对语境进入现实。古典主义写作所追忆的世界不仅指过去的世界，而且指向未来的世界。”[1]他无意一味摹写生活悲辛，而是想要探究真正的生活具有怎样的质地。他关注的不仅仅是立足现实，反思历史，而且要追随永恒。他选用了回溯的“少年视角”，通过轻逸化历史，诗意化现实，沉重的因袭变成了光与影，苦难被淡化、虚化，但从不曾美化。这也是进入历史、观照现实的一种方式，以强大的内心消化这日益“石头化”的世界，再以轻巧的方式进行表达。通过孩子的眼睛，穿越重重遮蔽，打量平凡人的生活，去挖掘世事变幻中那些恒定和温暖的部分，是一种“肯定性的美学”。[2]

曹文轩获得“国际安徒生文学奖”之后，其儿童文学作家的身份再次被强化。其实作为一名学者型作家，曹文轩的作品更为丰富和多元，本文努力梳理曹文轩的创作历程，打通学术研究、批评文章和文学作品（小说、绘本、随笔）之间的界限，整合创作背后的理论资源，探讨其小说情感和趣味上的“古典主义”如何生成，其内在机理和呈现效果。尤其关注曹文轩的学术研究和创作实践如何互为生长：学术研究及背后的理论资源，如何影响了他的作品表达，而创作实践又如何“反哺”理论，促进理论的生长。学术研究、创作实践亦对其批评的格局与路径有所助益。

曹文轩的学术著作带有艺术家的细腻与敏锐，聚焦其学术研究，将其呈现在《小说门》《中国八十年代文学现象研究》《二十世纪末文学现象研究》《第二世界》《经典作家十五讲》等著作中的思想进一步综合、学理化，会发

[1] 曹文轩、徐妍：《古典风格的正典写作》，《人民文学》，2016年第6期。

[2] 参见陈晓明：《曹文轩的肯定性美学》，《人民日报》，2016年5月6日。

现其理论有一个独特的原点："第二世界"，空白的，待人任情书写的"第二世界"。与唯物论一味强调物质第一性，精神第二性不同，在曹文轩的理论起点中，"第二世界"与"第一世界"并驾齐驱。正是在这样的原点基础上，他建筑了自己别有声色的文论体系。梳理曹文轩的批评体系，会发现他的评论多以序跋方式呈现。作品评析多从"风景""意境""情调""节奏"等关键词切入，并在某种程度上承接了评点传统，且是以非常文学、形象的方式表达的。在梳理作家知识结构和理论资源的同时，关注古典美学生成与个人心性之间的关系：水边的成长环境，艰苦但不乏温馨的童年，对于洁净的强调，北大"背景"，大学教授的身份，都与其创作息息相关。

细读曹文轩文集（《天瓢》《草房子》《根鸟》《红瓦》《细米》《一根燃烧尽了的绳子》《三角地》《山羊不吃天堂草》）等，会发现与现代主义、后现代主义构建的尔虞我诈、阴冷沉郁的世界不同，他的故事有一种忧郁却温暖的底色，对苦难、情感的"降格处理"使其整体呈现出疏朗、冲淡的效果，延续了中国古典美学中对"虚"与"空"的推崇，与"冲淡""含蓄""留白"的美学艺术一脉相承。正如曹文轩所说："我在理性上是一个现代主义者，而在情感和趣味上却是个古典主义者。"[1]曹文轩笔下温情与苦难并行不悖，正是在苦难、在悲剧中，人性绽放出最璀璨的花朵。文学净化、感动的力量蕴藏其中，这与曹文轩不断重复的理念"阅读使人高贵"，"儿童文学应该为民族精神打下一个良好的底子"形成对应，与温柔敦厚的诗教传统遥遥呼应。承载这一切的是智慧，是对文学独特性的捍卫以及不人云亦云的定力。

一、"第二世界"的构建

曹文轩曾借"无中生有"这一成语阐释自己的文学观：从某种意义上来

[1] 曹文轩：《红瓦·后记》，人民文学出版社，2010年，第590页。

说，文学就是无中生有。无中生有的能力是文学的基本能力。也可以说，无中生有是文学所终生不渝地追求的一种境界。由于无止境的精神欲求和永无止境的创造的生命冲动，人类今天已经拥有一个极为庞大的、丰富的、灿烂辉煌的精神世界——第二世界……这不是一个事实的世界，而是一个无限可能的空白世界，创造什么，并不是必然的，而是自由的……我们眼前的世界……只是一片白色的空虚，是"无"。但我们要让这白色的空虚生长出物象与故事——这些物象与故事实际上是生长在我们无边的心野上。我们可以对造物主说：你写你的文章，我写我的文章。[1]在曹文轩的文论中，"第二世界"是一个起点，与唯物论一味强调物质第一性，精神第二性不同，在曹文轩的理论起点中第二世界与第一世界并驾齐驱。在第二世界中，人类面对的是"白色的空虚"，一切有待创造，也可以任情书写，将人创造的自由发挥到了极致。曹文轩的第二世界其实也是充满形而上色彩的生命世界，其实他的小说不管是写苦难，还是写欢欣，虽然具象，但背后总是有哲学的支撑。某种程度上他的创作亦有形而上学色彩，他努力写出一些最基本的成长状态。

关于何为"文学"，曹文轩主张回到"经典"："文学是什么？是《诗经》《楚辞》、李白、杜甫、李商隐、《红楼梦》、《孔乙己》、《边城》、《围城》。这一切，构成了一种经验，而这种抽象的经验，又可以落实到每一部具体的作品上来……文学无需界定，它存在于我们的生命之中，存在于我们的情感之中，存在于一代一代人的阅读而形成的共同经验之中。"[2]曹文轩回到常识，回到经验，认为何为"文学"是一个无需复杂化的事实。或许"经验""常识"也是需要进一步追问的，但曹文轩提醒我们不要陷入"饶舌的语言循环"，同时需要警惕变态的"真实观"。因为混乱时代的中国，有着只属于它自己的独有的混乱……我怀疑它的真实观是极端的，甚至是变态的。中国文

[1] 曹文轩：《经典作家十五讲》，中信出版社，2014 年，第 1 页。

[2] 同上，第 189 页。

学的种种情状，都根植于这种固执的、几乎没有一个人对其加以怀疑的真实观。如果现在有一部作品，只要越出了这一真实观，它就可能落得一个“矫情”的评语，善、雅、温情、悲悯、清纯，所有这一切都是不真实的。因此，也是矫情的。[1]

曹文轩的文学世界努力逃离所谓“真实”与“深刻”的笼罩，是一个有独特情韵与美感的世界，美丽的女孩子更是风景中的亮色。小脸苍白的纸月，文静有才气；陶卉俏皮洁净，温婉动人；葵花纵然已成为孤儿，但对世界依然充满善意，温柔体贴；身陷大峡谷的紫烟纵然只是在根鸟的梦境中浮现，但丝毫未能阻挡她的美丽。这些女孩子柔情似水、温情脉脉，是其美学理想的集中体现。曹文轩相信：与其将文学当成杠杆、火炬、炸药去轰毁一个世界，倒不如将文学当成驿站、港湾、锚地去构筑一个世界。[2]如果说沈从文要构筑一座希腊小庙，里面供奉的是人性；曹文轩修建的是一座又一座“水边的文字屋”，里面安置的是少年的青涩与萌动、梦想与光辉。因为欣赏的是淡雅的浪漫主义，他无法投入欣赏大哭大叫、大笑大闹的，带有强烈表现色彩的浪漫主义，他欣赏的是淡雅的中国水墨，就对用色夸张的荒诞无感。他欣赏对生活淡然处之，做减法；就与处心积虑的煽情、夸张保持距离。他认为面对巨大的不幸，冷静是必需的，过于强烈的情绪宣泄，容易导致崩溃、盲目、迷乱……他希望中国当代文学有更高的品质，认为文学与哲学的汇合，是基于这样的思考：文学要关注恒定不变的东西；文学要关心人类的基本生存状态。在这一点上，文学与哲学的目的是一致的。[3]

曹文轩认同文学的哲学根底，同时对现代形态的小说过于痴迷形而上的探索也甚为警惕：现代形态下的小说，乃至整个现代形态下的文学，无法推卸这一点：它们给我们带来的是冷漠与冷酷。也许，这并不是它的本意——它的本意还可能是揭露冷漠与冷酷的，但它在效果上，确实如此。小说失

[1] 曹文轩：《经典作家十五讲》，中信出版社，2014 年，第 189 页。

[2] 同上，第 48 页。

[3] 同上，第 101 页。

去了古典的温馨与温暖。小说已不能再庇护我们，慰藉我们，也已不能再纯净我们……对思想力量的迷信和对美感力量的轻看，是十足的偏颇。美感与思想具有同等的力量……现代形态的小说拒绝美感是荒谬的。[1]这里需要仔细辨析，一方面，曹文轩对于中国当代文学过于形而下不满，他坦言：中国当下文学未免过于现实了。好好的、灵动的文字，却因柴米油盐酱醋茶的累赘而无法潇洒和飘逸。庸庸碌碌的日常生活几乎耗尽了文学的全部心思和力气……[2]他对中国作家孜孜不倦书写“房子与粮食”无感，急于进行反拨，坚持文学的格调并不完全决定于描写对象与接受者喜好，而在于呈现方式，以及呈现方式背后的“隐含作者”的格局与气象。另一方面，曹文轩又对现代形态的小说“冷漠乃至冷酷”不满，他选择回归“古典”，希望既能够稍微超越当下的“限制”，又努力找回曾经的温度，当然他的“古典”是在当代语境中生成的，而且他在理性上是个“现代主义者”，或许意味着对于这个世界“底牌”的认识他更倾向于现代形态小说的揭示，而他在情感上依然倾向于古典的温度，美味趣味上亦倾斜于古典形态的静穆、美好。

曹文轩的艺术观是从细部着手的，他特别强调对纤细感觉的把握，和对生活弱信号的接收。他有意通过意境的营造，将人物诗化或者说寓言化。他笔下的风景仪态万千，当一个作家意识到世界有意境存在时，一切物象皆不是刻板的、物质的了。刻板的、物质的实境皆被一颗富有美感的心灵重新创造了。“一片风景是一个心灵的世界。”实际上，一切都是心灵的世界。[3]曹文轩笔下的风景皆是心灵图景，阅读曹文轩的小说需要一种沉静的状态，内心清明，安安静静地欣赏文字之美，风景之美，或许也会为故事主人公的命运唏嘘，但是曹文轩并不期求读者为主人公命运大悲大喜。小说人物命运也难免坠入困顿，甚至生生死死，但是始终有一种距离存在。读者会感动，会忧伤，但是不会义愤填膺，亦不会痛哭流涕，因为那样的姿态太不优雅了。

[1] 曹文轩：《红瓦·后记》，第588–589页。

[2] 曹文轩：《经典作家十五讲》，第22–23页。

[3] 曹文轩：《经典作家十五讲》，第36页。

作者塑造沉静优雅的人物，也期许优雅的阅读姿态。这种沉静或者淡然并非情感的贫瘠，相反曹文轩主打“感动”文章，是需要与读者进行情感交流的，只不过他采取了淡然、优雅的方式，死生事大，但呼天抢地亦于事无补；大难临头，人难免愤懑困顿，但依然需要走出。这种悠然是在洞彻人世变迁之后一种主动的选择，是一种平常心的体现，更是一种责任感使然，他选择维护人性的、民族的体面。

曹文轩的文学世界，是一个有独特情韵与美感的世界。他的文学图景从内心流淌而出，秉持一种宽容的风范，但有其自我坚持。他的书写经常是简洁的，有足够的耐心，敏锐的洞见，才可能简洁。跟随曹文轩的笔端，会发现一个崭新的世界，他的故事悲伤却温暖，我们会借此重温生命中那些温馨时刻，纵然心底有个声音会迟疑这样的美好是否真实，但却不禁感慨或许这样的纯真、美好才应该是人的本然。读者变得纯净，哪怕只是某一瞬间，文学的净化、感动力量就蕴藏其中。或许这就是曹文轩不断重复的理念，在我看来，文学从诞生的那一天开始，始终将自己交给了一个核心单词：感动。[1]“阅读使人高贵”,“儿童文学应该为民族精神打下一个良好的底子”，但是满怀悲悯的作家也不期望以自己的痛哭流涕，情感的肆虐奔流感染读者，他们的手段更高明。而生成这些高超艺术表达的动力是智慧与冷静。

二、对“美”的推崇与思辨

在真善美之间，曹文轩更为推崇美的力量，这是面对潮流的审慎与定力。现代主义在探索人类真相大旗下，一味向纵深发掘，呈现出来的却是满目疮痍，使得对人、人性的信仰崩塌得更为迅疾；“善”更多的时候是一个伦理学范畴，“利他”为善，但是何为“利他”的标准其实一直在变化，单纯书写善，歌颂善，很容易沦入道德说教，降落尘俗；相对而言，美打通

[1] 曹文轩：《经典作家十五讲》，第200页。

雅俗，又与“真”“善”相通，却不同于认知学“真”的科学理性与伦理学“善”的尘俗气息，是感性与理性的融合，是主体与客体的相遇，既源于对生活的发现，又是对生活的超越，是艺术化的生活，或者是生活的艺术化，最适合曹文轩对文学功能的预期与定位，所以曹文轩在文学作品中推崇美。他的美有自然之美，人性之美，人情之美。

曹文轩说：与对政治、伦理的态度相比，人们似乎一直轻看美的力量。人们很少将美与感化的力量联系起来，而把美仅仅看成是一种用于精神享受的奢侈品。在我看来，美的力量常常要比政治的、伦理的力量深刻和长久……我曾在一篇序言中说过：“当一个人的情感由于文学的陶冶而变得富有美感时，其人格的力量丝毫不亚于一个观念深刻而丰富的人格。”[1]在许多评论者看来，曹文轩将美推向极致，将“美的力量”与“思想的力量”并列，乃至更为倾向前者。其实他对美的选择甚为严苛，他曾经评价日本的唯美主义作家，“由于对美的崇拜与无节制的沉湎，在中国人看来，三岛也好，大江也罢——即使相对古典一些的川端，也都显得有点乖戾。他们将美纯化，使它成为薄雾轻云，弥漫于世间的万物之上，仿佛一切都是美的。他们的某些欣赏以及快意，甚至使我们感到实在无法忍受与难以理解。”[2]将审美推向极致，将其与“真”“善”彻底脱离，在讲究“温柔敦厚”诗教的中国，多少都有一些不合时宜。儒家“兴观群怨”的传统形塑了我们的文学，我们不管如何讲求文学的自足性，骨子里的审美追求都有一些不彻底，都要与“真”与“善”建立一定的关联，曹文轩强调的“悲悯情怀”是美与善的高度融合，而对“感动力量”的推崇，更是强调文学的净化与引领功能，“为人性奠定良好的基础”，则是“真善美”的高度统一。

被人说成“唯美”，被指责不够深刻，也曾令曹文轩困惑，困惑之后的选择是抵抗。毕竟文学界一味以“深刻”为圭臬，有其潜在的危险性。不

[1] 曹文轩：《曹文轩论儿童文学》，海豚出版社，2014 年版，第 44 页。

[2] 曹文轩：《经典作家十五讲》，第 110 页。

过，需要指出的是，“反潮流”的曹文轩首先是秩序的遵守者，批判性的曹文轩首先是文化与文学的建设者，唯美主义者的曹文轩首先是清醒的现实主义者。这些看似相克实则相生的两重性构成了曹文轩其人其文的独特风格和独特价值。更确切地说，在众多的中国当代作家中，曹文轩其人其文反“潮流”地继承了中国现当代史上古典一脉作家的文学传统和审美精神，又汲取了世界文学中各种经典文学的养分……既讲述中国故事又坚持世界性面向，由此种种文学探索而在反“潮流”中创造了东方正典的一种样式。[1]曹文轩强调“美的力量”，其实是对文学单维度的不满，不惜以“矫枉过正”的策略进行反拨，他不止一次提出疑问：

> 我横竖想不通：当下中国，“美”何以成了一个矫情的字眼？人们到底是怎么了？对美居然回避与诋毁，出于何种心态……难道文学在提携一个民族的趣味、格调方面，真是一无作为、没有一点义务与责任吗？[2]

曹文轩承认自己看重“美”：没有错，我在强调美，我在私下里抨击文学批评与文学创作的意识形态……文学的维度绝不只是思想深刻这一个维度，还有审美、情感等。在那些经典中——尤其是十九世纪的经典（我更认可这样的经典）中，各种维度是交织在一起的，比如《战争与和平》。那时的作品，有一种可贵的平衡。审美是经典的重要指标，感化与浸染能力，也是经典的重要指标。[3]这其实可以看出，曹文轩强调美，只是源于对单一维度的反抗，而并非将“美”奉为唯一旨归。或许，中国当代作家也并非决绝地放弃了审美，而是每个人对“美”的理解不同，美的形态更为差异化。残雪《山上的小屋》以怪诞为美，余华《古典爱情》以残酷为美，格非的小说有

[1] 徐妍：《曹文轩的文学世界》，明天出版社，2018 年，第 8–9 页。

[2] 曹文轩：《经典作家十五讲》，第 110 页。

[3] 同上，第 192 页。

种冷峻的美。曹文轩的美，更多是优美、秀美、静美，曹文轩指控当代文学的单维度，有其具体的语境，毕竟一味以“深刻”为圭臬，有其潜在的危险性。不过20世纪90年代后期以来，文学的标准越来越多元化，也对80年代后期的“先锋派”形成冲击。其实曹文轩最初对话的潜在对象恐怕是所谓“现代派”走脏恶路线的一脉。随着消费主义的潮流的汹涌澎湃，曹文轩的批判对象变成了浅薄的“快乐主义”文学。

三、“古典”美学的生成

“古典”“古典情怀”“古典情调”一直以来都是曹文轩研究的高频词，赵祖谟点出：时空的距离，追忆的姿态，对那段生活纯然审美的把握，是《草房子》《红瓦》古典情调生成的重要因素。[1]徐妍指出曹文轩借鉴中外作家作品中的古典形态，追求“净洁”的美感，以其小说实践着“永远的古典”理念。[2]李学武认为，曹文轩笔下的青春成长，正是在古典主义情调中展开的。主人公在自然风景与季节的轮换中，渐悟式成长，走过系列心路历程，有自怜自伤的忧郁情调，亦有超越自我的悲悯情怀，而“凝视”的姿态则是写作方式上的一次古典回归。[3]温儒敏借用梁实秋的说法评述曹文轩的创作，梁实秋“认为的所谓古典，就是健康的，均衡的，常态的，符合普遍人性的；而其他创作，则是浪漫的，偏激的，病态的，走极端的，因此也是非人性的。”在这个意义上，温儒敏宣告曹文轩的小说都是古典的追求，指出曹文轩将童年回忆人性化、诗化，对生命的尊重、人性的关怀以及由此而生的作品的纯净、向善的风格，在当代文坛铺陈黑暗、污浊，追求暴露、调侃

[1] 赵祖谟：《油麻地的歌——〈草房子〉、〈红瓦〉浅释》，《小说评论》，1999 年第 6 期。

[2] 徐妍：《坚守记忆并承担责任——读曹文轩小说》，《文学评论》，2000 年第 4 期。

[3] 李学武：《田园里的古典守望——解读〈红瓦〉〈草房子〉〈根鸟〉》，《名作欣赏》，2003 年第 7 期。

的语境中尤为可贵。[1]其实每个研究者使用“古典”这一关键词时都有其特定内涵，本文认为“古典”在曹文轩那里不仅仅是一种情调的展示，一种氛围的营造，而是自觉的美学追求。曹文轩古典美学的生成语境，是试图在现实主义的沉重叙事与现代主义冷酷叙事的夹缝中，开拓一种新的文学可能性。他想要回到基本面，重新思考文学的价值与社会功能。文学可以暴露黑暗，但是暴露有无边界？如果有的话，边界在哪里？曹文轩的文学观是倾向保守的，坚持文学引领人类向善的功能，坚持文学应该让我们的生活变得更好，强调文学的道德功能。但他有时候将美的作用扩大，或者说曹文轩的美，更多指向“美育”，是包含真与善的。

> 一个民族的文学和艺术，哪怕是在极端强调所谓现实主义时，是不是还要为这个民族保留住一份最起码的体面呢？如果连这最起码的体面都不顾及，尽情地、夸张地，甚至歪曲地去展示同胞们的愚蠢、丑陋、阴鸷、卑微、肮脏、下流、猥琐，难道也是值得我们去赞颂它的“深刻”之举吗？我对总是以一副“批判现实主义”的面孔昂然出现，以勇士、斗士和英雄挺立在我们面前的“大师”们颇不以为然。不遗余力地毁掉这最起码的体面，算得了好汉吗？可怕的不是展示我们的落后和贫穷，可怕的是展示我们在落后和贫穷状况下简直一望无际的猥琐与被逼，可怕的是我们一点也不想保持体面——体面地站立在世界面前。你可以有你的不同政见，但不同政见并不能成为你不顾民族最起码体面的理由。[2]

曹文轩希望文学能够维护人类基本的尊严，毕竟对阴暗和卑劣津津乐道的姿态本身就有些猥琐。曹文轩并非不熟悉现代主义的套路，也不是不明白世间凶险，他尊重那些现代主义那些杰作，只是不想那么写。“我无意否定新兴的文学——恰恰相反，我是一个对新兴的文学说了很多赞美之词并时常

[1] 温儒敏：《曹文轩的古典情怀》，《天津日报》，2016 年 4 月 19 日。
[2] 曹文轩：《第二世界：对文学艺术的哲学解释》，人民文学出版社，2010 年，第 7 页。

加以论证的人，而我本人显然也是新兴文学中的一分子，我所怀疑和不悦的只是其中的那一部分——‘那样’的一部分”。[1]他不写极致的恶，因为恶到极致，往往也意味着单一向度。他希望他的人物单纯美好，能够奠定良好的人性基础。曹文轩对肆意写脏的文学作品颇有微词，更受不了玩弄文学，打着先锋的旗帜，肆意以脏污另立门派的所谓“深刻”。他对美的选择是较为苛刻的。他更推崇的是柔美，纯美，静美，他更能够欣赏的“小桥流水人家”的美，他的笔下少有“古道西风”，更多的是水乡情韵，这与个人成长经历、脾性、情趣密切相关。不得不说，曹文轩小说的整体风格有点偏于纤细，清雅的纤细。

曹文轩把小说划分为古典形态与现代形态，认为现代形态的小说放弃了对现实的关怀，失去了情感维度和审美价值，更倾向于认识世界，洞穿世界的底牌。在这里，美与真失去了平等的位置，美甚至被完全弃置荒野，唯美主义更被看成了一种苍白、浅薄之物。在这样一种倾向之下，我们已不可能在一片美感中心荡神摇、醉眼蒙眬。现代形态的小说毁灭了古典形态小说所营造的如诗如画的美学天下……把真作为唯一选择，企图获得“深度”的当下小说，还自然地带来了对粗鄙物象的癖好……[2]文学的使命是否只是书写人类基本存在状态，如果一味贴着地面，描绘粗鄙，文学的超越精神何在？审美精神何存？或许关于文学的定义有许多种，但如果文学丧失了审美与超越精神，恐怕是很大的损失。有些批评家更推崇现代形态小说的价值，对古典形态小说的温暖与美好视而不见，采取一种单一的、刻板的维度来审视文学。当今的文学批评或着力挖掘文学的社会功能或深究文学的哲学根底，而对于文学之所以成为文学的特质避而不谈，如果说文学缺乏必要的哲学根底容易轻飘，那么如果哲学吞噬了文学，文学只剩下了干枯的认识功能，这一切是我们想要的吗？文学之所以成为文学的特质是什么？我们需要探究的是

[1] 曹文轩：《第二世界：对文学艺术的哲学解释》，第 8 页。

[2] 曹文轩：《红瓦》，第 587 页。

文学之所以成为文学的那些迷人之处，这与文学的社会功能、认识功能并行不悖。

那么文学在提高民族的审美能力方面能够承担怎样的功能？曹文轩认为，古典形态的小说与现代形态的小说，是两道不同的风景。古典形态的小说，企图成为人类黑夜中的温暖光亮……十九世纪的小说家们所孜孜不倦地做着的，是一篇篇感动的文章……[1]曹文轩的“古典”情调其实是众采诸家之长的结果，他提炼了郁达夫的“干净”，废名的“情趣”，沈从文回到“婴儿状态”的赤诚与对生活的“降格处理”，钱锺书的“微妙”，汪曾祺的“清新柔和”，契诃夫“凝视”的专注与耐心，从陀思妥耶夫斯基的文本中发现“摇摆”，聚焦川端康成对“美”的追求。此外，“水洗的文字”“银斧高悬”“春花秋月杜鹃夏”“天际游丝”这样的言说方式与钟嵘《诗品》“谢诗如芙蓉出水，颜如错彩镂金”有异曲同工之妙。曹文轩书写了一系列即将消逝的生活方式，他乐此不疲地描写“养鸽子”、染坊、木匠和铜匠手艺，甚至古老的哭丧、捕鱼方式。他塑造了一系列作为古典文学象征的女性镜像，他笔下的女性人物是优雅的，沉静的，乃至无声的。他采用少年视角，挖掘少年世界的喜怒哀乐，为少年赢得了文学长廊里一个重要的席位。他着力去发现世界的美好，自然的神秘，人性的光辉，过滤掉惨不忍睹的绝境，无法直面的困境，匪夷所思的罪恶，令人窒息的荒凉……将自然、现实、人性进行裁剪，进而呈现相对温暖的“存在”。

四、曹文轩小说古典美学的特质

曹文轩的作品始终对人、人性抱有期许，他笔下有争端，有龌龊，有卑劣，但绝少大奸大恶，很多时候给人留下转圜的机会。他始终秉持底线，同时持一种宽容的态度。这与他一贯坚持的文学理念相符：文学中的高雅、雅

[1] 曹文轩：《红瓦·后记》，第584–586页。

致、高贵，是以牺牲（必须牺牲）粗鄙一面为代价的。[1]他一直对当代作家笔下的“脏”颇有怨念，源于他对洁净的极端在意，他笔下的人物无一例外都是洁净的。其实“纯美小说”这一标签也指向了曹文轩某些小说是单纯的，“片面的”，因为只有忽略人性中的龌龊与阴暗，才能成就单纯高贵，只有去掉过于沉重的心计，人物才能轻盈美好，这在女性人物的塑造中尤为明显。只有去掉涌动的欲望和不甘，人物才能纯净平和。

在曹文轩的文学风景中，与情致并重的是悲悯：“在我看来，文学从诞生的那一天开始，始终将自己交给了一个核心单词：感动。感动自己，感动他人，感动天下。文学就是情感的产物。人们对文学的阅读，更多的就是寻找心灵的慰藉，并接受高尚情感的洗礼。悲悯精神与悲悯情怀，是文学的基本精神和基本情怀。”[2]什么是悲悯？对人类的苦难持有敬畏之心，对他人的不幸抱有理解的同情，不怨天怨地，不幸灾乐祸，不赶尽杀绝。秦大奶奶因为辛苦赚钱得来的土地，被油麻地小学征用，处心积虑与油麻地小学为敌，关键时刻却救了小女孩乔乔，最终更是为油麻地小学一个南瓜而死，这其中藏着深深的悲悯情怀。在秦奶奶的抗争中，我们体会到了，作家对一个被历史车轮碾压的小人物的同情，在秦奶奶的妥协中，我们看到了人性温暖的底色。通过和解，秦奶奶放弃了执念，也放过了自己，为了生命中的点滴温暖，全心全意去回报的“痴念”与挚诚更是感人。面对这一切，作家和人物一起保持了可贵的平静。死生事大，但呼天抢地亦于事无补；大难临头，人难免愤懑困顿，但依然需要走出。这种平静或者淡然并非情感的贫瘠，因为曹文轩主打“感动”文章，是需要与读者进行情感交流的，只不过他采取了淡然、优雅的方式，这种悠然是在洞彻人世变迁之后一种主动的选择，选择维护人性的、民族的体面。

[1] 曹文轩：《经典作家十五讲》，第 13 页。

[2] 同上，第 200 页。

需要关注的是，曹文轩小说背景多设置在20世纪50—70年代，《草房子》中桑桑在1962年考上初中，《青铜葵花》中葵花的父亲在“干校”劳动，《细米》中梅纹是下乡知青，《红瓦》中“文化大革命”硝烟弥漫，但他并不刻意渲染时代的苦难，而是有意淡化小说背景，关注故事中的人性冲突，用心塑造鲜活的人物。他的笔下有机智善良、爱动点小心思却很可爱的桑桑，有自带光环，在苦难中不卑不亢、迅速成长的杜小康，有坚韧倔强，成为破碎家庭顶梁柱的细马，有温柔宁静、秀外慧中的小女孩纸月，有美丽的白雀，有平和柔韧、与药相伴的温幼菊老师，有“国民好哥哥”青铜，有理想的妹妹葵花，这个名单可以一直列下去，正是这丰富的人物长廊撑起了曹文轩的文学世界。曹文轩淡化了故事的时代背景，有效地避开了面对历史的焦灼感和沉重感，貌似云淡风轻的处理方式，秉持的是面对苦难的优雅风度，不论是个人苦难还是民族忧患，都需要拉开距离，从容面对，而不是一味痛哭流涕的情绪宣泄。“审美”有效地拉开了距离，某种程度上是对生活的一种挑选。审美的态度使得笔下人物的哀痛和煎熬变得从容，不再那么强烈灼人。他的笔下并非没有激情和愤怒，只是激情和愤怒地表达克制含蓄，源自于对秀美感和静美感的追求。

曹文轩的古典主义写作有一种独特的情韵气质与精神向度。曹文轩笔下的道德观有原始淳朴的色彩，对质朴慷慨的赞许，对精明算计的不满。他追寻“恒定”的人性，《枪魅》以翻转闪现“人性之光”，《青铜葵花》以别样的苦难呈现书写人性的光辉，生存虽然艰辛，但作家并未沿着所谓“艰辛”一路驰骋，而是着力挖掘精神世界的单纯美好。坚守“优美”，《草房子》以静美获得认可，《红瓦》追求永远的古典，《根鸟》以寻梦的方式重建秩序，《天瓢》是风景美学的极致呈现。“让幻想回到文学”：《大王书》奇情瑰丽的“黑白对峙”，《丁丁当当》傻子兄弟的彼此找寻。庄重的轻逸：《蜻蜓眼》书写历史的“裂缝”，《红瓦》中个人与时代的勾连。曹文轩的绘本异常纯净，某种意味上是种“回到婴儿状态的艺术”，洋溢着童真与淡淡的痴气，人物善恶分明，意象轻盈灵动。他以图、文点亮哲思：《鸟与冰山的故事》是一则关于相守的寓言，《最后一只豹子》诠释孤独，《羽毛》以御风之旅进行终极追问；《夏天》描绘互助的魔力，为灵魂的温暖打底子，《烟》如何达成奇妙的和解，《痴鸡》呈现沉溺的执著。绘本作为曹文轩著作的有机组成部分，是其哲学思考的集中体现。阅读曹文轩的绘本，有助于抵达其哲思内蕴，更好地把握其美学特征。

相比诸多孜孜不倦挖掘人性恶的作家，曹文轩更是"人性善"的拥趸。他的笔下鲜少大奸大恶之徒，最多就是小奸小坏，比如三和尚克扣徒弟的工钱，嘎鱼戏弄葵花，将同伴引向猎人枪口的枪魅阿西已是出格。但这些人物往往在特定情境中完成翻转，三和尚对徒弟温和大方了许多，嘎鱼在奶奶生命垂危时送来鸭子，就连已在同类鲜血中麻木不仁的枪魅阿西，在遇到妹妹阿秀和昔日同伴时，沉睡的良知被唤醒，舍生忘死救护同伴。曹文轩不写极致的恶，因为极致往往意味着失控与向度的单一,一味作恶，与满心向善都是相对扁平的。与人物相配的是诗意化的风景，他孜孜不倦地描写河流、月光、雨天，"水参与了我之性格，我之脾气，我之人生观，我之美学情调的构造"，风景滋养着他的文学世界，水浸润着他对现实世界的认知。与此相宜，他的小说语言尽可能采取平静的调子，避开过于激烈的用词语调，优美纤丽，有一种"除净火气"之感。

曹文轩笔下对激情采取一种审慎的态度，安静地凝视笔下的世界，《根鸟》既是对自然的凝视，亦是对内心的凝视。甚少人事让曹文轩怒火中烧、义愤填膺，他的写作姿态更多时候是安静的。读他的文字，会慢慢沉静下来。他写的是少年小说，但是以沉稳、庄重的姿态书写的。他并未让笔下的文字沾染少年的轻狂，一直有一双澄澈、洞晓世事的眼睛去打量少年世界。他的文字自带节奏，是有安抚作用的。20世纪八九十年代的小说中还有按捺不住的激情与愤怒，21世纪后的作品越来越沉稳和清澈。

"古典"是曹文轩对其创作形态的自觉选择，表现为对小说审美价值的推崇，对人类苦难的悲悯，坚持文学感动、净化读者功能以及语言的优美纯净。“古典情韵”的生成，与个人心性密切相关，知识结构和理论资源更是曹文轩美学风格形成的关键。曹文轩有意将苦难降格处理，让人物始终保持优雅风范，为人性留下温暖的底色。他放弃与现实的僵硬、不堪“硬碰硬”，坚持文学的引领功能，期望带领永远的“儿童”重返初心，重归安宁，重新发现世界的静美。

舌尖上的食物：贾樟柯电影的“去象征化”寓言[1]

郎　静[2]

【摘要】食物不仅是满足人生命机体正常活动的必需物，也在传统氤氲中构成了世俗人情发生交往的媒介物。随着20世纪80年代中国社会的巨变和转型，食物的多样性在极大地丰富了大众日常生活的同时，也在潜移默化中改变了人们的行为逻辑。在时代与食物的变化中，电影作者贾樟柯敏锐地把握到了这一点，在他所建构的电影空间图谱中赋予了食物强烈的艺术关照和审美所指。当我们将“故乡三部曲”，即《三峡好人》《天注定》和《山河故人》中具有独特审美意指的“食物”提取出来，并置在当代中国社会所构成的复杂语境中时，便感受到了电影作者贾樟柯在食物“阻隔”的寓言背后所反射出来的社会镜像。

【关键词】贾樟柯电影　食物　去象征化　去危机化　镜像寓言

在人们一般的理解中，现代性是一个“变得现代”的过程，这一过程呈现为一种线性的时间线索，“从传统到现代的过渡总是被描绘地非常绝对、迅速，这种过渡通常被认为是通过一系列——科学的、农业的、工业的——

[1] 本文系国家社科基金项目“西方怪诞美学思想研究”（项目编号：18BZW029）的阶段性成果。

[2] 郎静，南开大学文艺学博士，2016–2017 学年美国杜克大学文化人类学系访问学者，现为河北大学艺术学院讲师，研究方向为文艺美学与文化批评。

革命而发生的。这些革命总是相继发生，在后来被人们称为‘现代性’的发展过程中，它们如同一系列的连锁反应：农业革命为工业化创造了可能性，而工业化又促进了城市化进程。”[1]而有趣的是，贾樟柯电影所呈现的故事时间（1979—2025年）[2]正是走出阴霾的中国社会逐渐“变得现代”的过程，这一过程也是作为消费的“物”逐渐占据人们日常生活中心的过程。在这里，物不仅勾连出人们物质文化生活逐渐丰富的时间线索，而且也深刻地反映出人们思维和行为方式的变化。

因此，本文选取了贾樟柯电影镜头中与人生存、生活关系最为密切的“食物”作为考察对象，通过贾樟柯对“食物”独特的审美表意来逐步打开当代中国的“镜像寓言”。

一、礼俗食物：乡土中国的祛魅寓言

德国社会学家斐迪南·滕尼斯认为存在着两种社会组织，一种他称之为“共同体”，另一种他称之为“社会”。“共同体是持久的和真正的共同生活，社会只不过是一种暂时的和表面的共同生活。因此，共同体本身应该被理解为一种生机勃勃的有机体，而社会应该被理解为一种机械的聚合和人工制品。”[3]在他看来，共同体生活的形成在于持久地保持与农田和房屋的关系；而社会生活的形成则在于以功利和自我服务为目的的契约关系。滕尼斯认为，尽管共同体的发展是“一步一步迈进社会的；但是另一方面，共同体的力量在社会的时代之内，尽管日益缩小，也还是保留着，而且依然是社会生活的现实。”[4]而正是这样一种“现实”构成了贾樟柯电影创作的前文本语

[1] ［美］詹姆斯·费农：《远方的陌生人：英国是如何成为现代国家的》，张祝馨译，商务印书馆，2017 年，第 17 页。

[2] 就贾樟柯电影的整体时间轴而言，最早的故事时间开始于《站台》中的 1979 年；而在《山河故人》中，贾樟柯又将时间延续到了未来的 2025 年。

[3] ［德］斐迪南·滕尼斯：《共同体与社会》，林荣远译，商务印书馆，1999 年，第 54 页。

[4] 同上，第 341 页。

境——乡土中国[1]。

在根植于乡土中国传统的礼俗文化中，递烟、敬酒、泡茶、散糖是人们日常生活中人情交往最基本的行为准则。烟、酒、茶、糖对于中国人而言不只是日常生活中等待被消耗的食品，它们在与人的互动中生动清晰地勾勒出一部浸淫了人情风俗的中国传统文化史，中国人的交往由此息息相关、密不可分，这一切都是年少时贾樟柯记忆中所为熟悉的家乡生活。但在《三峡好人》中，贾樟柯却通过将其作为叙事结构赋予它们另一重审美所指。

贾樟柯在《三峡好人》中是以三明寻妻和沈红找夫两条并不相关的行动轨迹在三峡这个空间中串联起了烟、酒、茶、糖四个板块。其中，第一个板块“烟”开始于一个颇耐人寻味的空镜头。三明初到三峡寻妻未果决定先到旅店落脚，在给家里打电话报了平安之后，一个只着短裤的十岁左右的男孩子旁若无人地走进三明的房间，拿起桌上的烟，娴熟地点着抽了起来，在打量了三明一番后转身离开。这时镜头既没有跟随男孩的脚步离开也没有转回到房间里的三明身上，而是开始向那张放着烟、打火机、烟灰缸、眼镜和各种瓶瓶罐罐堆积的桌子推进，屏幕上随即打出了“烟cigarettes”的字样。这一空镜头的出现源于贾樟柯作为他者的一次意外的闯入，“有一天闯入一间无人的房间，看到主人桌子上布满尘土的物品，似乎突然发现了静物的秘密，窗台上的酒瓶，墙上的饰物都突然具有了一种忧伤的诗意。静物代表着一种被我们忽略的现实，虽然它深深地留有时间的痕迹，但它依旧沉默，保守着生活的秘密。”[2]众所周知，空镜头虽以“空”之名，但实则凝聚着电影作者强烈的情感态度。在这里，由“烟”的空镜头引出的对静物的揭秘，不仅联通了贾樟柯对过去的怀旧情绪，而且在物之静与人之动的祛魅张力中完成了对现实“社会”的拷问。

[1] 费孝通在《乡土中国》中指出，“‘土’的基本意义是指泥土。乡下人离不了泥土。因为在乡下住，种地是最普通的谋生办法”。因为土地的不可移动性，导致了乡土空间中人的不流动的状态，而是以滕尼斯所说的“共同体”为单位聚在一处，是一个“熟悉”礼俗社会。

[2] 贾樟柯：《贾想 1996—2008：贾樟柯电影手记》，北京大学出版社，2009 年，第 167 页。

“怀旧就是现代人为了解决现实情境中的认同危机，时常记忆或回溯过去的自我形象和生存经验，并借助想象弥合和调整遭到时间侵蚀和现实割裂的、破碎的自我形象，从而保持自我发展的历史不被中断、自成一体的自我世界不被分裂。从时间上讲，怀旧就是保持自我在时间、历史、传统和社会中的‘深度’；从空间维度上讲，怀旧就是寻找‘在家感’，重建‘本土感’。”[1]在当前大多数标榜怀旧的文本中，人们总是通过打造“深度”和“在家感”来完成对历史充实感的想象，从而使人在美丽的造梦术中获得对“现实”丰满的意义感知。而贾樟柯怀旧的目的却不是对过去的重构，而是在对烟、酒、茶、糖所象征的传统与地方逻辑解构地震颤中唤起人们对于现代社会的“危机”感知。

在“烟”的板块中，何老板和小马哥作为三明行动轨迹上的主要人物出现在旅店何老板的房间里，而烟则成为他们之间建立关系的最初中介物；在“酒”的板块中，贾樟柯以山西的汾酒联系起三明与妻子的哥哥麻老大之间的关系，以三峡当地的太白酒加深了三明和小马哥之间的友情；在“茶”的板块中，贾樟柯通过作为静物的茶和倒入杯中的茶叶勾连了与丈夫郭斌相关的过去和妻子沈红面对的现在；在“糖”的板块中，贾樟柯又以大白兔奶糖完成了小马哥和一起去云阳打架的兄弟之间以及三明和妻子麻幺妹之间的关系的凝聚。

但吊诡的是，三明与何老板的关系因为由三峡水位线上升导致的旅店拆迁而结束；三明与小马哥的友情以小马哥因为打架而导致的暴力死亡而结束；沈红与丈夫郭斌的婚姻关系在一种近乎怪诞的平静中分道扬镳；三明与麻幺妹未来婚姻关系的重建在三万元债务的压力下危险重重。当一切都被裹挟在“社会”强大的前进动力中时，当有两千年历史的作为传统“共同体”的奉节老城在两年之内被拆掉并永远沉没于水底时，我们如何通过自己一厢情愿的怀旧来保持自我的“深度”和“在家感”？这样一种巨大的错位感促

[1] 赵静蓉：《现代人的认同危机与怀旧情结》，《暨南学报》，2006 年第 5 期。

成了贾樟柯的静物怀旧和对乡土中国的祛魅寓言。

如果说在《三峡好人》中，贾樟柯通过消解作为叙事结构的烟酒茶糖所象征的“共同体”的稳固性完成了祛魅表意的第一步，那么到了《山河故人》中，作为地方召唤的饺子则在“社会”所遵循的资本逻辑中被彻底地解构掉了。

饺子，一种有馅的半圆形的面食，在中国传统文化中是庆祝农历新年必不可少的主食，并被赋予了“更岁交子”寄寓团圆吉祥的美好寓意，尤其盛行于中国北方。除此之外，在北方习俗中，还有“出门饺子回家面”的说法，就是以饺子饱满的形状寄寓再次团圆的期盼。因此，无论是期盼团圆还是庆祝团圆，饺子都被赋予了超越于其他主食的凝聚人际关系的独特意义。众所周知，贾樟柯的新作《山河故人》以“板块式”的叙事结构呈现了1999年的山西汾阳、2014年的山西汾阳和2025年的澳大利亚。有趣的是，在这三大板块中，均有山西汾阳的饺子的镜头出现。

1999年农历新年期间，沈涛在自家经营的电器店和梁子一起吃饺子，并招呼张晋生一起吃，此时镜头中以饺子为中介的三人之间呈现为“三角”的恋爱关系。看着沈涛和梁子形同夫妻一般共享一盒饺子，张晋生醋意大发，以高价从来店里试音响的顾客那里买下了沈涛说了一句喜欢的叶倩文的专辑光盘。而恰恰是这个动作，彻底打破了三人之间的三角关系，促使沈涛作出了情感上的判断，开始和张晋生两人约会，并决定结婚，而梁子则负气离乡、外出打工。在这一板块中，饺子曾经维系的三角关系以资本-爱情一方的胜出而结束。

2014年沈涛和张晋生的婚姻关系早已结束，为了让儿子有良好的成长环境，受到更好的教育，沈涛放弃了儿子的抚养权，让儿子跟随张晋生在上海生活。因为父亲的突然离世，沈涛找回了多年未见的儿子。在儿子要返回上海，并得知儿子即将跟随张晋生移民澳大利亚时，沈涛以饺子为儿子送行，并特意以麦穗形状的饺子期盼儿子健康成长。但有趣的是，在以饺子为中介的几个正反打镜头中，母子二人从未同时出现在一个镜头中，饺子团圆的喜悦与期盼在镜头语言的分离中被消解了，因为沈涛明白“你还是跟着你爸好，跟着爸爸在上海，你可以上国际小学，可以出国，妈妈是个没有本事的人”。也就是说，饺子所维系的母子亲情在强大的资本优化配置的合理性逻辑面前再次妥协。

2025年夏天的澳大利亚，11年的母子分离使得儿子早已遗忘了母亲的名字和容貌，在看到横亘在彼此之间的大洋时，儿子到乐念出了母亲的名“涛”；2025年冬天的山西汾阳，正在包饺子的沈涛幻听到远在澳大利亚的儿子到乐的呼唤。在最后的板块中，贾樟柯以一个特写镜头呈现饺子，在众多饱满的饺子的包围中，一个麦穗形状的饺子居于圆形的中间，而镜头中人的消失，使得饺子失去了它全部的所指，既不再凝聚人际关系，也不再传递母子亲情。在与1999年冬天汾阳的热闹的对比中，2025年的汾阳犹如一座空城，只留下独自舞蹈的沈涛。在不变的具有地方所指的饺子和变化的时空以及人际断裂的对比中，贾樟柯以人的消失完成了一次充满焦虑和叹息的地方召唤。

面对当代中国越来越稳固的“社会”逻辑，贾樟柯通过作为乡土中国具象表意的烟酒茶糖和饺子，显示出乡土中国祛魅的理所当然和势不可挡，而当“社会”合理性的逻辑在贾樟柯内心空间逐渐积聚到临界点时，便出现了巨变中国物的非常态叙事。

二、西红柿：客观暴力的悖论寓言

面对巨变中国极速发展的现实，周志强教授用“现代性跳转”来表述中国20世纪80年代的社会转型与西方工业革命的不同形态。“时间、空间和心理因受西方文明的影响而产生的跳跃性变迁，其特点是‘彻底’——受制于西方现代性形式而表现出与传统中国的决裂态势：具体表现为时间层面上的‘突发’、空间层面上的‘裂变’和体验层面上的‘震惊’。因此，‘跳转’就不是‘转型’所显示的那样具有充分的合理性，但却具有现实存在的合法性。”[1]这样一种在时间上突发的“跳转”反映在空间上的“裂变”就是乡土中国的地方性和传统的凝固性随着人向城市的大量流动而被彻底打开和击碎，社会的主导逻辑不再是乡土逻辑，而转变为以城市契约法则和陌生人际关系为核心的资本逻辑。而正是这样一种跳转的“现实”构成了巨变中国的本体，也成为贾樟柯电影创作的社会文本。

西红柿最初传入中国时是作为观赏植物，一直到20世纪初才进入大众的日常饮食中。老舍先生在他载于一九三五年七月十四日青岛《民报》的杂文《西红柿》中，通过一盘“番茄炒虾仁”引出了作为食物的西红柿，并含蓄地表达出食物侵入背后的政治和文化侵略。在之后的《再谈西红柿》一文中，老舍先生更是“思想集中”地用“西红柿”讽刺了那些吃“cheese”的洋派中国人。如果说老舍先生的“西红柿”是在革命时代的中国给那些奴化的中国人的当头棒喝，那么到了巨变中国的语境中，贾樟柯电影中的西红柿则被赋予了一种充满悖论的暴力所指，警醒“我们”打破自动化的惯性思维，重新思考日常生活中的常见物。

西红柿虽然在中国南北方都广泛地栽培，但北方由于受气候条件的限制，冬天无法吃到新鲜可口的西红柿，因此储存夏天的西红柿，将其去皮、捣烂、装瓶、封口，做成西红柿酱保存则成为北方百姓在冬天普遍使用的方法。但由于自家制作的西红柿酱消毒和密封措施都无法严格保证，装瓶放置的西红柿酱逐渐发酵，产生大量的气体，使得瓶内压强增大，以至于在存放过程中或是在开瓶的一刹那都可能会发生爆炸，造成西红柿酱四散喷溅。贾樟柯曾在回忆中提到，“山西这个地方冬天蔬菜很少，夏天要做西红柿酱，做酱都用一种葡萄糖瓶子。父母就从医院熟人那里找来很多瓶子，但这种瓶子可以卖，一毛钱一个，我就拿出两个空瓶子卖掉去看录像。”[2]这是贾樟柯年少生活中的片段，也是贾樟柯作为影迷对西红柿（酱）最深刻的记忆。

[1] 周志强：《景观化中国——都市想象与都市异居者》，《文艺研究》，2011 年第 4 期。

[2] 贾樟柯：《站台》，山东画报出版社，2010 年，第 294 页。

西红柿最初在贾樟柯电影《站台》里出现便是作为山西汾阳生活纪实的背景。在崔明亮的家里，二勇、张军、崔明亮聚在一起闲聊，此时在他们背后的窗台上整齐地摆放着一排做好的西红柿酱。但有趣的是，虽然贾樟柯没有给予西红柿酱有意的镜头语言，但作为背景的西红柿酱与二勇对张军和崔明亮所说的几句不完整的闲聊之间却形成了某种无意的暗合。二勇对两人说："……刚开始他用'飞鹰牌'剃须刀片割那女娃的腿，一割就破了。后来是越来越油，割完之后一点感觉都没有，回家才发现腿烂了……"还想要继续说的二勇，被崔母的出现打断了。在这段既无明确的指涉，又与影片叙事无甚关联的闲聊中，"刀片""割腿""油""烂"等充满血腥味的词汇隐约地勾连起西红柿酱与血浆之间的类比关系。如果说《站台》里西红柿酱的出现还不足以达到暴力所指的程度，或许只是贾樟柯镜头中山西故乡日常生活的巧合，那么到了《天注定》里，贾樟柯对西红柿和西红柿酱更加明确的运用意图，则使得西红柿（酱）成为贾樟柯电影所独有的美学语言。

在西红柿出现的第一个场景中，镜头的运动轨迹是：近景镜头逐渐上移，引出了一个人手里把玩着的西红柿和这个人（大海）；接着，镜头移动以全景镜头交代了这颗西红柿的来源，在大海的旁边一辆大卡车侧翻，整车的西红柿倾倒四散；然后镜头跳到了骑着摩托车疾驰在公路上的周三儿，在用手枪打死两个企图抢劫的后生之后行至车祸现场，他经过了大海所站的位置，看了一眼满地滚落的西红柿继续前行；随着周三儿的离去，镜头再次以近景的景别回到大海和他手里的那颗西红柿上；而顺着大海的目光，镜头变为过肩全景，一具尸体被四散滚落的西红柿和围观者的眼光所包围，另一个头部还隐约能看到有磕碰血迹的副驾驶不知所措地望着荒凉的远山焦急不安；最后又以近景镜头又回到的大海和手中把玩的西红柿上，就在大海要张口吃这颗西红柿的时候，一旁的卡车突然爆炸。

西红柿（酱）出现的第二个场景是在刘会计家里的窗台上。大海来到村里刘会计的家里，掏出纸卷和笔扔给刘会计，刘会计故作不知，将纸卷和笔又扔回大海，此时贾樟柯用近景景别随着两人的动作完成了第一次镜头的来回移动，引出了两人之间的矛盾；接着，大海挑明了来意，让刘会计写下村长贪污实情的口供，这里镜头没有再移动，刘会计装糊涂的声音出现在了大海的近景镜头中；大海拿出了手里的猎枪，随着枪口的指向，镜头转向了刘会计，大海的声音出现在刘会计的近景镜头中，此时镜头中形成了一个有趣的三角关系——枪口、刘会计的脑袋和居于镜头中后方的西红柿酱；面对大海的枪口，神情紧张的刘会计在听到警笛声音后，开始挑衅大海的胆量，近景镜头再次回到目光闪烁的大海身上，贾樟柯完成了第二次近景镜头的来回移动，将矛盾上升到一触即发的临界点。当大海神情不再游移，一枪打爆刘会计的头时，刘会计头上的血洞和窗台上被震碎的西红柿酱融为一体。不同于《站台》中西红柿酱出现的偶然性，这里的西红柿酱作为暴力符号成为了镜头语言重要的一部分。

齐泽克在*Violence*：*Six Sideways Reflections*一书中，区分了两种暴力，即subjective violence（主观暴力）和objective violence（客观暴力）。他认为“人们无法在同一位置上感知主观暴力和客观暴力：主观暴力的认知是通过将非暴力的零界线（non-violent zero level）视为对立方来获得的。是对事物‘常态’和平静状态的干扰；而客观暴力则是内在于事物的常态中。客观暴力是无形的，因为它承受着那个我们可以感知到的主观暴力的零界标准的压力。”[1]也就是说，主观暴力和客观暴力其实是同一暴力行为的一体两面：从主观暴力的角度，我们可以通过与“非暴力零界线”对立元素，直观地感受到暴力发生的视觉冲击及其产生的惨烈后果，例如惨烈的车祸现场和鲜血四溅的杀人现场；从客观暴力的角度来看，暴力行为的发生和后果都只是表象，在表象背后存在一个诱发暴力的基础性结构，例如高速-车祸和被打-杀人。而这个诱发点在齐泽克看来就是“资本投机之舞”，“资本自我推进的形而上之舞控制了整场表演，它也是导致现实生活的发展和灾难发生的关

[1] Slavoj Žižek, *Violence*: *Six Sideways Reflections*, New York: Picador, 2008, p.2.

键所在。”[1]所以，当我们转换角度再来看暴力事件时，就能理解齐泽克所说的“这种暴力不能再被归结为个人和他们的邪恶意图，而是一种纯粹的‘客观’、系统和匿名的暴力。”[2]现实（reality）和真实（the real）之间的断裂是当代社会的一种症候也是人们不得不面对的困境。因此，“感知主观暴力‘非理性’爆发”背后的客观暴力才是齐泽克理解暴力的视角，而贾樟柯在《天注定》里则通过西红柿的非常态所指遥应了齐泽克的“客观暴力”。

在场景一中，从一个西红柿近景到一片西红柿全景，再到全景中西红柿所围绕的尸体；从大海把玩的西红柿，到与大海擦肩而过并瞟了一眼车祸现场的周三儿，不难发现贾樟柯镜头中两个独特的处理手法。首先，贾樟柯以西红柿置换了电影中车祸现场惯常出现的血泊，静止的西红柿、渺小的尸体、沉默的路人降低了暴力所引起的主观性视觉冲击，以“非常态”的手法促使人们将车祸表面上的主观暴力转向由资本高速运转所引起的客观暴力；其次，贾樟柯在影片的一开始以西红柿的车祸现场使两个暴力主人公大海和周三儿的行动轨迹发生了看似不经意地交汇，之后由大海、周三儿，到小玉、小辉，他们之间通过行动轨迹的间接交汇构成了一个封闭、循环的暴力结构，从而超越了主观暴力所强调的个人色彩，指向了资本逻辑裹挟下作为集体的“我们”。

在场景二中，贾樟柯全部使用了近景镜头来表现对立的大海和刘会计之间的神情和动作。暴力发生的瞬间，枪口、刘会计头上的血洞、窗台上破碎的西红柿酱、窗户上迸溅的血迹，作为暴力的元素勾勒出主观暴力的发生现场，但是贾樟柯并没有为了凸显暴力的表象而延长镜头中暴力的发生时间，甚至同样使用了西红柿酱来中和血洞所造成的视觉冲击。从刘会计讽刺大海不敢开枪，到大海扣动扳机，再到刘会计被一枪爆头，贾樟柯的镜头就如真正地开枪一般电光火石、干净利落，不带一丝的怜悯，而冷

---

[1] Slavoj Žižek, *Violence: Six Sideways Reflections*, New York: Picador, 2008, p.2., p.12.

[2] Slavoj Žižek, *Violence: Six Sideways Reflections*, New York: Picador, 2008, p.2., p.13.

酷的镜头语言则迫使我们去审视造成大海杀人的客观暴力和贾樟柯暴力表意的悖论隐意。

谈到中国电影“暴力美学”的集大成者，非吴宇森莫属。以《英雄本色》(1986)和《喋血双雄》(1989)为代表，他在血腥的打斗场面中，通过潇洒的英雄形象、舞蹈化的慢动作、处理过的音效和富有意境的全景镜头，降低了暴力的恐怖感、速度感、压抑感和冲突感，最终指向了一个“侠肝义胆、惩恶扬善”的充满真善美的理想社会，以此为20世纪80年代巨变的香港社会树立一个乌托邦的精神寄托。与吴宇森富有意境且闭合的暴力叙事不同，贾樟柯的暴力表意显然看上去并不美，也没有试图找出一个最后的精神寄托。西红柿作为现实中人们日常生活的一部分，与暴力不期而遇，镜头中没有导演刻意的美学修辞，而是在对暴力事件冷处理的悖论中来拷问当前社会中出现的“合理性剥夺”逻辑。在贾樟柯这里，“合理性”剥夺毫无任何理想憧憬可言，它“是一种走投无路的死的注定”[1]。

三、可口可乐：全球化全面占有的景观寓言

可口可乐，对于20世纪80年代巨变中国的大众来说，大概是最早作为全球化符号，或者可以直接说是表征美国主导下的全球化全面占有大众日常生活的食物。它不仅作为“洋物”融入了当代中国大众的日常生活之中，而且也作为一种文化景观塑造着人们对于全球化的理解。

可口可乐第一次出现在贾樟柯的镜头里是在影片《小武》当中，是作为一个意外的垃圾不小心被小武的妹妹踩到，然后被踢到了一边；接着，小武妹妹打亮手电的光源，黑暗中醒目的可口可乐商标出现在观众的视野中。可口可乐符号的突然出现，首先表明了全球化之风已经开始将小县城裹挟在内；其次，在小武妹妹手中手电光源的两次打亮中，作为垃圾的可

[1] 周志强：《怨恨电影与失范的时代》，《天津师范大学学报》2014 年第 6 期。

口可乐和被甩出人际情感之外的小武之间有了类比的相关性。正如失去了使用价值的可口可乐，小武在极速转型的社会语境中失去了友情、爱情和亲情。

可口可乐第二次出现是在影片《任逍遥》中，不同于此前作为垃圾的空易拉罐，在《任逍遥》里，贾樟柯并置了小城镇青年彬彬手中的可口可乐和电视里正在播出的关于中美南海撞机事件的《焦点访谈》，一方是居于镜头左前景的已经融入大众日常生活中的饮料，另一方是位于右后景的从孤零零的电视中传来的激愤的声音。在二者充满张力的错位并置中，贾樟柯将全球化潜移默化地在大众意识里所建构的弥合一切的宏大幻觉表述得透彻而深刻。[1]

在人们的一般理解中，"'全球化'这个词最早由莱维于1985年提出，用来形容此前20年国际经济的巨大变化，即商品、服务、资本和技术在世界性生产、消费和投资领域中的扩散"。[2]具体而言，从经济上讲，全球化指的是"研究经济的国际化和资本主义市场关系的传播"；从国际上讲，全球化的焦点"是日益密切的洲际关系和全球化政治的发展"；从社会学上讲，全球化的关注点是"不断增长的世界范围内的社会密度和'世界性社会'的出现"；从文化上讲，全球化"聚焦在全球化传播和世界范围内的文化标准——比如可口可乐和麦当劳化——以及后殖民地文化"。[3]也就是说，无论在哪个层面上，全球化（Globalization）都体现出了去差异、标准化、互赖性的"世界大

[1] 详细的文本分析请见拙文：《全球景观与被围困的人——贾樟柯电影"世界"的裂变》，《北京社会科学》，2017 年第 11 期。

[2] 国际货币基金组织（IMF）在 1997 年 5 月发表的一份报告中称，"'全球化是指跨国商品与服务贸易及国际资本流动规模和形式的增加，以及技术的广泛迅速传播使世界各国经济的相互依赖性增强。'……从狭义讲，是指'从孤立的地域国家走向国家社会的进程'；从广义讲，是指'全球经济、文化交流日益发展情况下的世界各国间的影响、合作、互动愈益加强，使得具有共性的文化样式逐渐普及推广成为全球通行标准的状态和趋势'"。（徐晓迪：《台湾"对外关系"转型研究》，九州出版社，2016 年，第 6 页。）

[3] ［美］简・尼德文・皮特尔斯：《全球化与文化：全球混融》，王瑜琨译，中国传媒大学出版社，2016 年，第 61–62 页。

一统”特征。

但是，当我们继续追问：全球化是去谁的差异，是以谁为标准来达到统一，民族国家彼此间的依赖是以平等的姿态吗？便能够发现全球化“大一统”叙事下的另一个面向。显然，就经济而言，资本主义市场关系是全球化经济的主导；就国际而言，是发达资本主义国家联盟具有强有力的话语权；就社会学而言，发达资本主义社会是“世界性社会”的核心力量；就文化而言，发达的资本主义文化以其强大的输出力塑造着他者的文化标准和文化认同。在全球化势不可挡又充满挑战的正反两个面向的语境下，2001年12月11日，中国正式成为世界贸易组织的成员，“全球化中国”正式在国家意义上宣告诞生。2008年的北京奥运会，不仅让世界看到中国“同一个世界同一个梦想”的实力，而且鸟巢、水立方的拔地而起也让中国人感受到了被世界瞩目的自豪；2010年的上海世界博览会，不仅让世界看到了中国“城市，让生活更美好”的努力，而且被各个外国场馆围绕，居于世博园中心的“中国红”更是让中国人感受到大国崛起的自豪。

但是，无论是北京奥运还是上海世博，景观在生产出诸多显而易见的政治、经济、文化的恢宏意义时，却忽略了另一重复杂的含义：“中国向一个想象中的西方国家宣告自身的成熟；同时，又在吊诡地宣告这种‘成熟’是在融入想象中的西方世界文明之后的产物。也许可以说，上海世博会的举办，乃是西方单一现代性取得阶段性胜利的一个脆弱的证明，同时，又是中国力求在全球化话语笼罩下，谋求自身国家政治合法化叙事的有效努力。”[1]因此，景观成为全球化语境下意识形态整合最有力的中介物。这样一种趋向的“生活”成为掩盖当代中国“真实”的致幻剂，而贾樟柯镜头中的“可口可乐”则在生活（the life）和真实（the real）的悖论中，撕开了全球化景观所制造的美丽幻觉。

[1] 周志强：《阐释中国的方式：媒介裂变时代的文化景观》，中国电影出版社，2013年，第63页。

四、景观中国的双重叙事危机

在《三峡好人》和《山河故人》里，贾樟柯试图用作为叙事结构的烟酒茶糖和作为地方召唤的饺子所象征的乡土中国的传统来稳定“社会”进程中人的流动性，但所有人漂泊的生存状态和人情的断裂结局使得这一努力宣告失败；在《天注定》中，贾樟柯直面巨变中国“合理性”剥夺逻辑所带来的赤裸裸的暴力，以西红柿的非常态书写展现了资本逻辑“真现实”；在《小武》和《任逍遥》中，贾樟柯以出现在故乡的全球化符号——可口可乐完成了对景观中国的场景化呈现和对大众日常行为逻辑的全面占有。追寻着贾樟柯对食物的表意，感受着贾樟柯电影语言中的情绪变化，隐匿在镜像寓言（祛魅寓言、悖论寓言、景观寓言）背后的“真实”（the real）逐渐清晰地刺痛了人们的眼球。

从乡土中国到巨变中国，从巨变中国发展为全球化中国，巨变中国的资本逻辑在对前后的侵扰中构成了当代中国社会的复杂语境。一方面，乡土中国的世俗人情在资本逻辑下分崩离析，处于一种“去象征化”的状态，只能作为怀旧的想象出现在当代中国的话语体系中；另一方面，景观中国的幻觉机制在资本逻辑的催化下坚不可摧，承担着一种“去危机化”的功能。“去象征化”是合情性原则逐渐被抽空的过程，“去危机化”则是合理性原则全面胜利的结果。

结　语

面对纷繁复杂的知识，齐泽克归纳出了四种知识状况，即“已知的已知”（known knowns）、“已知的未知”（known unknowns）、“未知的未知”（unknown unknowns）和“未知的已知”（unknown knowns）。第一种状况指的是我们知道自己所掌握的那些知识；第二种状况指的是我们知道世界上有哪些知识是我们还没有掌握的；第三种状况指的是我们不知道自己对哪些知识一无所知；而第四种状况则是我们无法意识到自己已然知道的知识；在齐泽克看来，第四种状况构成了真正意义上的“事件”——“主体遗忘了的，由符号表述的知识”，而这样一种由回溯性创伤构成的事件必须通过弗洛伊德的“无意识”和拉康的“不自知的知识”才能揭示出来。[1]

就贾樟柯对“食物”的表意而言，在第一种状况“已知的已知”下，我们通过贾樟柯影片中出现的人与物便可直接感知到贾樟柯“直面当下中国现实”的创作风格；在第二种状况“已知的未知”下，我们身处于当下中国现实，却如“只缘身在此山中”一般并不真正地了解我们坐在的现实，而通过贾樟柯电影中食物的镜像寓言，我们得出了巨变中国“去象征化”的现实本质；在第三种状况“未知的未知”下，在以景观为主调的社会语境中，我们对“危机”一无所知，而贾樟柯则在过去乌托邦的熄灭和当下异托邦的焦虑中，将一个被剥夺的未来呈现给我们；在第四种状况“未知的已知”下，面对贾樟柯影片中每一个爆破出来的“危机”单子，我们震惊于庸常的凡俗生活，我们震惊于景观之下弥漫着的死亡之气，我们震惊于一枪爆头的决绝，我们更震惊于贾樟柯孤零零的饺子特写。我们感受到了一种另类的“危机”，但吊诡的是，我们却失去了“言说危机”的辩证否定的能力。

未来被悬置于空中，事件化约为可被言说的故事在编织着排除“例外”的景观化历史，而站在当下的我们只有在怀旧和想象过去的时候才能获得一丝丝真实的温情。贾樟柯电影中舌尖上的“阻隔”不仅是导演个人的生命体验，更反射出我们这个时代最真实的社会镜像。

[1] ［斯洛文］齐泽克：《事件》，王师译，上海文艺出版社，2016 年，第 10–11 页。

名文重译

现代性——一个未完成的方案[1]

于尔根·哈贝马斯 撰　黄金城 译[2]

继画家和电影制片人之后，建筑师现在也受邀参加威尼斯双年展。第一个建筑双年展所引起的反响乃是一片失望。威尼斯的参展者们构成一个阵线倒转的先锋部队。在“过去之在场”（Die Gegenwart der Verganganheit）的口号下，他们牺牲了现代性的传统，以便给一种新的历史主义腾出位置：“整个现代性都是在与过去的争论中汲取养分，没有日本，弗兰克·劳埃德·赖特[3]将是不可思议的，没有古代建筑和地中海建筑，勒·柯布西耶[4]将是不可思议的，没有辛克尔[5]和贝伦斯[6]，密斯·凡德罗[7]将是不可思议的，而这一点被悄然忽略了。”通过这个评论，《法兰克福汇报》[8]的批评家确立其论题：

---

[1] 本文译自 Jürgen Habermas, *Zeitdiagnosen.Zwölf Essays 1980–2001*[《时代诊断：短论十二篇（1980—2001）》]，Frankfurt/M：Suhrkamp，2003。译文对原文注释略作增补和调整，以符合国内出版界的一般注释体例。

[2] 黄金城，华东师范大学中国语言文学系讲师。

[3] Frank Lloyd Wright（1867—1959），美国建筑师、室内设计师、作家、教育家。——译注

[4] Le Corbusier（1887—1965），生于瑞士，后定居法国，建筑师、室内设计师、雕塑家、画家，20世纪最重要的建筑师之一，被称为“功能主义之父”。——译注

[5] Karl Friedrich Schinkel（1781—1841），普鲁士建筑师、城市设计师和画家，其作品具有古典主义风格。——译注

[6] Peter Behrens（1868—1940），德国建筑师、设计师，是德国现代主义设计的重要奠基人之一。——译注

[7] Ludwig Mies van der Rohe（1886—1944），生于德国，后定居美国，最著名的现代主义建筑大师之一。——译注

[8] Wolfgang Pehnt，“Die Postmoderne als Lunapark”（《作为月亮公园的后现代》），in：*Frankurter Allgemeine Zeitung* vom 18.8.1980，S.17.

"后现代坚决地表现为反现代。"这一论题已经不仅限于这种场合，已经具有时代诊断的意义。

这句话针对着一种情感浪潮，它已经渗透进所有知识领域的孔隙之中，并且促进了后启蒙、后现代、后历史等理论，简而言之，一种新的保守主义。而与之形成对照的是阿多诺及其著作。

阿多诺是如此毫无保留地献身于现代性精神，以至于他已经从那种将本真的现代性区别于单纯的现代主义的企图中觉察到了那些对现代性的冒犯进行回应的情感。因此，通过探讨以下问题来表达我对阿多诺奖的谢意，也许并非完全不妥：现代性与今天的意识状况处于什么关系？现代性是否真的过时了，就像后现代所断言的那样？或者，被千呼万唤的后现代本身只是phony［骗局］？"后现代"这个口号，是否仍悄然沿袭着文化现代性自19世纪中叶以来所挑起的反对其自身的那些基调？

一、旧与新

谁要像阿多诺一样，认为"现代性"始于1850年前后，便会以波德莱尔和先锋派艺术的眼光来看待它。请允许我简要地回溯汉斯·罗伯特·姚斯所阐释的前历史[1]，以便解释文化现代性这个概念。"现代的"（modern）这个词在5世纪晚期开始使用，用以将刚刚取得官方地位的基督教当代区别于异教的——罗马的过去。"现代性"（Modernität）的含义变动不居，但始终表达这种纪元意识，即这个时代将自己关联于古代的过去，从而将自身把握为新旧过渡的结果。这种情况不仅涉及文艺复兴——对于我们而言，近代开始于文艺复兴。在查理大帝时代，在12世纪以及启蒙时代，人们同样把自己理解为"现代的"——也就是说，在欧洲，通过革新与古代的关系而形成新的纪

[1] Hans Robert Jauß, "Literaraische Tradition und gegenwärtiges Bewußtsein der Moderne"（《文学传统与当下的现代性意识》），in：ders.，*Literaturgeschichte als Provokation*（《文学史作为挑战》），Frankfurt/M：Suhrkamp，1970，S.11ff.

元意识时，情况便是如此。与此同时，直至17世纪晚期在法国产生的现代派与崇古派、亦即与古典主义趣味的追随者的著名论争，antiquitas［古典］都被视为规范性的和值得效仿的典范。只有随着法国启蒙运动的完善性理想，随着现代科学所激起的关于知识无限进步与社会和道德持续改善的观念，人们的目光才逐渐摆脱古代世界之经典作品的禁锢，转向当其时的现代性精神上来。最终，现代性通过把浪漫的对立于古典的，试图在理想化的中世纪中寻找其自己的过去。在19世纪的进程中，这种浪漫主义从自身中释放出那种激进化了的现代性意识，这种意识摆脱了所有历史关联，仅仅与传统和历史保留着抽象的对立。

现在，凡是有助于使时代精神之自发更新的当下性获得客观表达的东西，都被视为是现代的。这些作品的标志是新，而这种新不断被下一风格的革新所超越，并因而贬值。但是，当单纯的趋时之作沦为过去，变得落伍时，现代作品却与经典作品保持着某种隐秘的关联。向来，被视为经典的，乃是经久不衰之作；不过，这种力量具有明确意义上的现代标志，却不再是借自某段过往的纪元之权威，而仅仅是来自某段过往的当下性之本真性。这就将今天的当下性反转为昨日的当下性，这种反转既具有消耗性，也具有生产性；这正如姚斯所考察的那样，现代性本身便创造着它的经典性——如今，我们已经如此不言自明地谈论着经典现代性（Klassische Moderne）。阿多诺反对那种在现代性和现代主义之间加以区分的做法，“因为，没有那种由新事物激发的主观信念，客观的现代性便无法结晶成形。”[1]

二、审美现代性的信念

借助于波德莱尔及其受爱伦·坡影响的艺术理论，审美现代性的信念形成清晰的轮廓。它在先锋派浪潮中展开，并最终在达达主义者的伏尔泰咖啡

[1] Theodor W.Adorno，*Ästhetische Theorie*，Frankfurt/M：Suhrkamp，1970，S.45.

馆[1]中，在超现实主义中发扬光大。它可以标识为以变迁着的时间意识为焦点而形成的诸种立场。这种时间意识表达为前卫、亦即先锋派（Avantgarde）这一空间隐喻：先锋派像侦察员一样突入未知的领域，遭遇突如其来的、惊心动魄的危险，征服尚未被占领的未来，并且必须在一片未曾丈量的区域中辨明方位，找到方向。然而，这种朝向前方的导向，这种对不确定的、偶然的未来的预知，这种对新事物的崇拜，事实上意味着礼赞某种当下性，这种当下性不断重新分娩出在主观上被设定的诸种过去。通过柏格森，这种新的时间意识也渗透进哲学，它所表达的，不只是关于被动员起来的社会、加速发展的历史、非连续性的日常生活的经验。在对暂时、易逝和瞬息之物的推崇中，在物力论的欢庆中，也表达出对一种纯洁的、停顿的当下的渴望。作为一种自行否定自身的运动，现代主义乃是"对真正的在场的渴望"。奥克塔维奥·帕斯认为，这便是"最一流的现代主义诗人的隐秘主题"。[2]

这一点也解释了那种与历史的抽象对立，这种抽象对立损害着某种环环相扣、确保连续性的传承结构。为了果敢地取得与最遥远的和紧接着的时代之间的亲和关系，个别的纪元变得面目模糊：颓废派直接在野蛮和原始时代中认出了自己。无政府主义意图摧毁历史连续性，这解释了某种审美意识的颠覆性力量，这种审美意识奋起反抗传统的规范性成就，维系于对一切规范的反叛经验，将道德层面的善和实际层面的有用性中立化，持续上演着秘密与丑闻的辩证法，沉醉于惊恐的诱惑，这种惊恐从亵渎行为中产生——同时又逃避着亵渎的庸俗结果。所以，在阿多诺看来，"破坏的疤痕是现代性的真正印记；通过这种印记，现代性绝望地否定一成不变的封闭性；爆炸是现代性的常态之一。反传统的能量成为吞噬一切的漩涡。就此而言，现代性便是神话，转向反对自己；而神话的无时间性成为打破时间连续性的瞬间所造

[1] 1916年，达达主义者胡果·巴尔在苏黎世开办伏尔泰艺术家酒馆（Künstlerkneipe Voltaire），这个超现实主义俱乐部后来以伏尔泰餐厅（Cabaret Voltaire）闻名，此处讹为伏尔泰咖啡馆（Café Voltaire）。——译注

[2] Octavio Paz，*Essays*（《短论集》），Bd.2，Frankfurt/M：Suhrkamp，S.159.

就的灾难”。[1]

不过，在先锋派艺术中表达出来的时间意识也并不完全是反历史的；它只是针对着某种历史理解的虚假规范性，这种历史理解从效仿典范中汲取营养，其痕迹仍残存在伽达默尔的哲学解释学中。它利用历史主义意义上可供使用的、被客观化的过去，但同时也反叛将尺度中立化的做法，而历史主义在将历史锁进博物馆时，便致力于尺度的中立化。立足于这种精神，瓦尔特·本雅明以后历史主义的方式建构了现代性之于历史的关系。他提醒我们注意法国大革命的自我理解：“它沿袭过去的罗马，就像时尚沿袭过去的服饰。无论现时之物穿行在昔日之林的哪个角落，时尚都对它有着敏锐的嗅觉。”如果说，对于罗伯斯庇尔而言，古罗马乃是一种充满现时（Jetztzeit）的过去，那么，历史学家也应该把握住“他自己的纪元与某个早先的纪元一道进入的”星丛。他由此建立了“作为‘现时’的当下”这一概念，“在其中，散布着弥赛亚的碎片”。[2]

现在，审美现代性的这种信念已经过时了。诚然，它在20世纪60年代仍再一次得到颂扬。但在70年代过去之后，我们不得不承认，现代主义在今天几乎找不到回声。当时，奥克塔维奥·帕斯这位现代性的追随者，不无忧郁地写道：“1967年的先锋派在行动和姿态上重复着1917年的先锋派。我们正在体验着现代艺术理念的终结。”[3]在彼得·比格尔的相关研究之后，我们已经可以讨论后先锋派艺术，它不再讳言超现实主义反叛的失败。然而，这种失败意味着什么？它是否发出了告别现代性的信号？后先锋派是否已经意味着向后现代的过渡？

事实上，丹尼尔·贝尔便是这么理解的，这位著名的社会理论家是美国

[1] Theodor W.Adorno，*Ästhetische Theorie*（《美学理论》），S.41.

[2] Walter Benjamin，*Gesammelte Schriften*（《著作全集》），Bd.1.2，S.701f.

[3] Octavio Paz，*Essays*（《短论集》），Bd.2，S.329.

新保守主义者中的佼佼者。在一本引人瞩目的书中[1]，贝尔阐述了这一论题，即西方发达社会中的危机现象可以归结为文化与社会、文化现代性与经济和行政系统的要求之间的断裂。先锋派艺术渗透进日常生活的价值导向，并以现代主义的信念侵染生活世界。现代主义是强大的诱惑者，它导致无节制的自我实现原则，对本真的自我经验的要求以及神经过敏的主观主义占据统治地位，从而解放了享乐主义的动机，而这些动机与职业生活的规训，从根本上不相容于目的合理性的生活方式的道德基础。所以，跟我们这里的阿诺德·盖伦[2]相似，贝尔将新教伦理的瓦解（这一点曾让马克斯·韦伯深感不安），归咎于“adversary culture”［对抗性文化］，这种文化的现代主义唆使人们敌视被经济与管理所合理化的日常生活的习俗和德行。

另一方面，根据这种解释，现代性的冲动最终耗尽了，而先锋派已然终结：尽管不无夸张，但它确乎不再具有创造性。对于新保守主义而言，问题就在于如何使规范发挥作用，从而给放荡主义划定界限，重建纪律和劳动伦理，并发扬个体的绩效竞争以对抗福利国家的均等化措施。贝尔所看到的唯一解决方案是某种宗教革新，至少是赓续自然而然的传统，而这些传统则豁免于批判，可以提供明确划分的身份认同，并为个人营造生存安全感。

三、文化现代性与社会现代化

不过，具有权威性的信仰力量并非凭空而来。因此，从这些分析中得出一个预设，这个预设作为唯一的行动指导，在我们这里也自成一统，那就是与文化现代的代表人物展开思想和政治辩论。新保守主义在20世纪70年代的智识场景中烙刻下一种新的思想风格，我现在援引一位审慎的观察者对此

[1] Daniel Bell，*The Cultural Contradictions of Capitalism*（《资本主义文化矛盾》），New York：Basic Books，1976.

[2] 阿诺德·盖伦（Anorld Gehlen，1904–1976），德国哲学人类学家、保守主义思想家，是阿多诺在1960年代的重要论敌。——译注

的评论："这场辩论形成这种套路，所有被理解为表达出反对派心态的东西都可以这样来描绘，即根据其结果他们都可以和形形色色的极端主义扯上关系：这样一来，就可以在现代性与虚无主义之间，在福利纲领和打家劫舍之间，在政府干预与极权主义之间，在批判军费开支与同谋于共产主义之间，在女权主义、为同性恋权利而斗争和家庭的解体之间，在一般的左派和恐怖主义、反犹主义、乃至于法西斯主义之间，建立关联。"[1]在这个评论中，彼得·斯泰因费尔斯[2]只论及美国，但诸如此类的现象也显而易见。在我们这里，反启蒙的知识分子也发动了知识界论战，其中指名道姓、怨气冲天的现象几乎无法在心理学层面上得到解释，毋宁说，个中原因更在于新保守主义学说本身的弱点。

资本主义的经济和社会现代化或多或少是成功的，但也产生一些麻烦的后果，而新保守主义便将之归因于文化现代性。一方面，社会现代化进程备受欢迎，另一方面，动机危机也让人怨声载道，而新保守主义对这两者之间的关联绝口不谈。同时，劳动态度、消费习惯、需求层级和休闲导向发生了变化，而新保守主义也不去揭示其中的社会结构原因。因此，它可以把凡是貌似享乐主义、认同意愿和责任意愿的匮乏、自恋、逃避地位竞争和绩效竞争的现象，直接归咎于一种文化，而这种文化确乎只是以极为间接的方式介入这些过程。这些原因未经分析，付之阙如，而对现代性方案深感责任的知识分子，必须去填补这些空缺。当然，丹尼尔·贝尔也看到，市民价值的侵蚀和转变为大规模生产的社会所产生的消费主义之间有着某种关联。但即便是他，也对自己的论证不以为意，并将新的散漫作风主要归结为某种生活方式的扩展，而这种生活方式首先是在波希米亚式艺术家的精英式反文化中形成的。由此，他也只是稍微改动了一种误解，而先锋派也曾陷入这种误解而沦为牺牲品——似乎艺术的使命就在于，将那种被刻画为社会之对立面的艺

[1] Peter Steinfels，*The Neoconservatives*（《新保守派》），New York：Simon & Schuster，1979，p.65.

[2] Peter Steinfels（1941-），美国记者、教育家，其著作以谈论宗教话题闻名。——译注

术家生存方式引入社会，以此兑现艺术所直接承担的幸福许诺。

在追溯审美现代性的诞生期时，贝尔评说道："布尔乔亚在经济问题上是激进的，而在道德和趣味问题上，已经变得保守。"[1]如果这种说法是正确的，那么，也许可以把新保守主义理解为回归被保存下来的市民信念的 pattern［模式］。然而，这种理解过于简单。因为，在今天，新保守主义得以确立的情绪状况，绝非产生于对某种逾越边界、冲出博物馆并突入生活的文化所导致的悖谬性后果的不满。这种不满并不是由现代主义的知识分子所导致的，相反地，它根植于对社会现代化的种种更为深层的反动，因为，社会现代化受迫于经济增长和政治组织效率的指令，越来越深地影响着既有生活方式的生态环境，影响着历史性的生活世界的内部交往结构。因而，面对着郊区和自然环境的破坏，面对着人性化的共同生活方式的破坏，新民粹主义的抗议只是集中表达出人们对此的普遍担忧。只要一种片面的、以经济和行政合理化的标准为导向的现代化渗入生活领域，这种不安和抗议总会有登场的种种机缘，因为生活领域是围绕着文化传承、社会整合和教育而形成的，因而着眼于另外的尺度、亦即某种交往合理性而形成的。而新保守主义的学说恰恰是把注意力从这种社会进程上转移开来；它们对个中原因不甚了了，却把这些原因投射到一种执拗的颠覆性文化及其捍卫者的层面上去。

当然，文化现代性也导致了其自身的困境。正是因为这种困境，出现了种种思想立场，它们要么呼唤后现代，要么倡议回归前现代，要么彻底抛弃现代性。社会现代化的后果问题权且不论，即使只是从文化发展的内部视角来看，也存在着对现代性方案感到怀疑和绝望的动机。

四、启蒙方案

现代性理念与欧洲艺术的发展是血肉相连的。直到目前，关于我所说的

[1] Daniel Bell，*The Cultural Contradictions of Capitalism*（《资本主义的文化矛盾》），p.17.

现代性方案，我们还只是将它限定在艺术方面，然而，只有停止这种限定，它才能真正显露出来。马克斯·韦伯曾对文化现代性作出如下概括：表达在宗教和形而上学世界图景中的实质理性分裂为三个因素，它们只是在形式上（通过于论证理据的形式）被结合在一起。由于这种世界图景瓦解了，遗留的问题分解在真理、规范正确性，以及本真性或美的特殊视角中，能够作为认识问题、作为公正问题和作为趣味问题而加以处理，因而，在近代，出现了科学、道德和艺术这些价值领域的分化。在相应的文化行为系统中，科学推论，道德和法权理论研究，艺术生产和艺术批评，都体制化了，成为专业人士的事务。用各自抽象的适用性视角对文化传承物进行专业化处理，使得认知—工具的、道德—实践的和审美—表现的知识综合体之独特规律凸显出来。从现在开始，也出现了科学、道德和法权理论以及艺术的内部历史——当然不是线性的发展，而是学习进程。这是一方面。

另一方面，专家文化与广大公众之间的距离不断扩大。文化领域通过专业化处理和反思所积累的东西，并未直接为日常实践所获得。毋宁说，随着文化合理化，就其传统实质而言已然贬值了的生活世界，更面临着贫困化的威胁。现代性方案由18世纪的启蒙哲学家草拟的，它就在于，客观化的科学、道德和法权的普遍主义基础和自律的艺术以各自的执拗毫不动摇地发展，但同时也在于，把如此积聚的认知潜能从其秘传的高级形式中释放出来，并运用于实践，也就是说，运用于生活关系的合理塑造。诸如孔多塞这样的启蒙者甚至热情洋溢地期望着，艺术和科学不仅能促进对自然力的控制，而且促进世界解释和自我解释、道德进步、社会制度的公正，甚至是人类的幸福。

这种乐观主义在20世纪已经所剩无几。然而，问题依旧存在，而思想家们的分歧仍然在于：是否坚持启蒙的宗旨，即便它们已经千疮百孔？是否对现代性方案不抱希望？或者比方说，如果那些认知潜能没有注入技术进步、经济增长和合理管理之中，就是否乐见其受到遏制，使得一种有赖于晦暗传统的日常实践免受其干扰？

今天，还有一些哲学家形成启蒙的后卫，但即便在这些哲学家当中，现代性方案本身也是支离破碎的。他们只是各自将信任投注于理性分化之后的某个因素。波普尔，我指的那位开放社会理论家，他还没被新保守派收编，还坚持科学批判的那种作用于政治领域的启蒙力量；但他为此付出的代价则是道德怀疑主义以及对审美的相当大程度的冷淡。保罗·洛伦岑在方法论上建构出一种可使实践理性发挥作用的人工语言，期望以这种建构而影响生活的变革；然而，他把科学导入窄途，使之成为类似于道德的、实践的证成方式，同时，他也忽视审美。与此相反，在阿多诺那里，强烈的理性诉求则退入奥义的艺术作品的控诉姿态中，同时，道德再也无法奠定理据，而哲学所剩的任务只在于，以非直接的言说提撕那些裹藏在艺术作品中的批判性内涵。

马克斯·韦伯将西方文化的理性主义标识为科学、道德和艺术的分化，这种分化同时意味着各专业化分工部门的自律化，以及它们与那种在日常实践解释学中自然而然赓续着的传统源流之间的分裂。这种分裂是分化了的价值领域之特有规律性所产生的问题；它也导致了种种“扬弃”专家文化的失败尝试。这一点可以最明显地从艺术中看出。

五、康德与审美执拗

粗略说来，人们可以从现代艺术的发展史中解剖出一条不断前进的自律化道路。首先，在文艺复兴时期，那个最终属于美这一范畴的对象领域被建构出来。进而，在18世纪的进程中，文学、造型艺术和音乐被体制化，成为一个与宗教和宫廷生活相分离的行为领域。最后，在19世纪中叶，出现了一种审美主义的艺术观，它敦促艺术家们以l’art pour l’art［为艺术而艺术］的意识进行生产。由此，审美执拗（der Eigensinn des Ästhetischen）才得以成为决心。

在这一过程的第一阶段，一种崭新的、脱离了科学和道德综合体的认知结构凸显出来。随后，廓清这种结构成为哲学美学的任务。康德孜孜不倦地强调这个审美对象领域的特性。他立足于鉴赏判断的分析，鉴赏判断虽然指向主观因素，指向想象力的自由游戏，但并不是表现单纯的偏好，而是依赖于主体间的赞同。

尽管审美对象既不属于现象领域（现象需借助于知性范畴才能被认识），也不属于自由行动领域（自由行动隶属于实践理性的立法），但艺术（以及自然美）的作品仍可通往客观的评判。在真理适用性和应当的领域之外，美构成另一个适用性领域，这个领域建立起艺术与艺术批评的关联。人们“谈到美时，好像它是物的一个属性似的。”（《判断力批判》，第7节）

诚然，美只存在于物的表象中，正如同鉴赏判断只涉及一个对象的表象与愉快或不愉快的情感的关系。只有在幻相的媒介中，一个对象才能够被感知为审美对象，只有作为虚构的对象，它才能如此刺激感性，从而使那种摆脱了客观化思维的概念性和道德评判的东西得到表现。此外，这种内心状态是由表象能力的那种在审美层面上运转的游戏所产生的，康德将它概括为无关切的愉悦。因而，一部作品的品质不依赖于其实际生活关联而规定自身。

如果说，上述的古典美学基本概念，亦即趣味与批评、美的幻相、无关切性与作品的超验性，主要是用于区分审美与其他价值领域和生活实践，那么，天才——它对于艺术作品的创作是必不可少的——概念则包含着积极的规定性。康德将天才称为“一个主体在自由运用其诸认识能力方面的禀赋的典范式的独创性”。（《判断力批判》，第49节）只要我们将天才概念从其浪漫派起源中松解开来，便可以自由地对之加以解释：艺术家全神贯注于一种去中心的、解除了知识和行动之强制的主观性，从而获到某些经验，而有天赋的艺术家能够给予这些经验以本真的表达。

这种审美执拗——亦即去中心性的、自行经验自身的主观性的客观转化，脱离于日常生活的时间和空间结构，断裂于感知与目的行为的习惯，揭露与震惊的辩证法——作为现代性意识，伴随着现代主义姿态出现，但首先需要满足另外两个条件。其一便是某种依赖于市场的艺术生产以及某种以艺术批评为中介的、无目的的艺术享受的体制化，其二则是艺术家、连同批评家的某种审美主义的自我理解，而批评家几乎不把自己理解为公众的代言人，而是理解为从属于艺术生产过程本身的解释者。现在，在绘画和文学中才能掀起一场运动，有些人已经在波德莱尔的艺术批评中预先看到了端倪：色彩、线条、声音和运动不再主要服务于呈现，呈现的媒介和制作的技术本身擢升为审美对象。因而，阿多诺可以用这句话来展开他的《美学理论》："已经自明的是，艺术所涉及的一切，不论是艺术本身，还是其之于整体的关系，乃至于其生存权，都不再是自明的。"

六、文化的虚假扬弃

当然，如果现代艺术不带有那种涉及"与整体的关系"的幸福承诺，那么，艺术的生存权也不会受到超现实主义的质疑。在席勒那里，这种由审美直观做出的、但并未兑现的承诺，确乎具有明确的形态，即一个远超乎艺术之上的乌托邦。这条审美乌托邦的路线一直延伸到马尔库塞，他将审美乌托邦转而用于意识形态批判，控诉了文化的肯定性特征。然而，早在重复着promesse de bonheur［幸福的承诺］的波德莱尔那里，和解的乌托邦已经完全颠倒，批判性地反映了社会世界的无从和解。艺术越是疏离于生活，越是撤回到一种完全自律的不可触及性之中，这一点便越是痛苦地被意识到。这个痛苦反映在一个局外人的无尽ennui［厌倦］中，他把自己视同为巴黎的拾垃圾者。

在这些情感轨道上，聚集着种种爆破性的能量，它们最终在反叛中，在粗暴的尝试中释放出来，这种尝试意图打破貌似自足的艺术领域，并以这种牺牲强行达成和解。阿多诺非常准确地看到，为什么超现实主义纲领"拒绝艺术，却无法摆脱艺术。"[1]一切尝试，诸如抹平艺术与生活、虚构与实践、

[1] Theodor W.Adorno，*Ästhetische Theorie*，S.52.

幻相与现实的落差，诸如取消艺术品和消费品、制成品和现成物、艺术塑造和自发冲动之间的区别，诸如宣称一切都是艺术而人人都是艺术家，取缔一切标准，将审美判断等同于主观体验的表达——这一切做法目前已经得到很好的分析，在今天，它们已经被理解为毫无意义的实验。它们本想破坏艺术的结构，却适得其反地将它更为瞩目地呈现出来：幻相的媒介、作品的超验性、艺术生产的凝神观照和按部就班的特征以及鉴赏判断的认知地位。[1]扬弃艺术的激进尝试极为反讽地证明了古典美学据以划定其对象领域的那些范畴，当然，这些范畴在此期间也有所改变。

超现实主义反叛的失败确证了一种虚假扬弃的双重误区。误区之一：如果摧毁一种执拗展开的文化领域的架构，那么，内容也随之流散，在反升华的意义和散架的形式中，什么都留不住，解放的效果也无从谈起。后果更为严重的是另一个误区。在日常交往实践中，认知层面上的阐释、道德层面上的期待、表达和评价，必须相互渗透。生活世界的沟通过程需要全方位的文化传承物。因此，粗暴地打开某个文化领域，这里指的是艺术，并使之接通于某一种专业化的知识综合体，通过这种方式是几乎不可能将合理化的日常生活拯救于文化贫困的僵局的。在这条道路上，顶多只能是以一种片面性和一种抽象性来取代另一种。

就虚假扬弃的纲领和失败实践而言，在理论认识和道德领域中也有类似情况。不过，它们表现得不那么明显。毫无疑问，一方面是科学，另一方面是道德和法权理论，都像艺术一样，已经成为自律的。但这两个领域仍然与实践的专业化形式保持联系：其中一方面关联着科学化的技术，另一方面则关联着一种以法律形式为组织、以道德证成为奠基的管理实践。尽管如此，已经体制化的科学以及在法律系统中已然分裂的道德——实践讨论已经如此远离于生活实践，以至于启蒙的纲领在这里也将翻转为扬弃的纲领。

[1] Dieter Wellershoff, *Die Auflösung des Kunstbegriffs*（《艺术概念的瓦解》），Frankfurt/M: Suhrkamp, 1976.

从青年黑格尔派时期开始，扬弃哲学的口号便已传开，而自马克思以来，理论与实践的关系问题也被提出。在这里，知识分子当然已经与工人运动相结合。只不过，在这场社会运动的边缘，宗派团体找到了活动空间，就像超现实主义者试图演奏扬弃艺术的旋律一样，他们也试图上演扬弃哲学的节目。在这里，教条主义和道德严肃主义的后果也显示了类似的错误：日常实践本致力于促成认知因素、道德—实践因素和审美—表现因素的无拘无束的共同嬉戏，而一种物化的日常实践，无法通过使之接通于某一个被粗暴打开的文化领域而得到康复。此外，这些价值领域的代表人物，如尼采、巴枯宁、波德莱尔等，在其生活中表现出颠覆性力量，也就是说，其生活方式是出离于日常生活的，因而，在科学、道德和艺术中积聚的知识，其实践释放和制度体现，绝不能混同于这种生活方式的复制或这种颠覆性力量的普遍化。

当然，在特定情况下，恐怖主义行径与某一文化因素的过度扩张有关，也就是与这种倾向有关，即将政治审美化，用道德严肃主义来取代政治，或使之屈从于某种学说的教条主义。

然而，这些难以把握的关联不应误导人们把毫不妥协的启蒙之种种宗旨诬蔑为“恐怖主义理性”的怪胎。谁要是把个体恐怖主义者的意识状态和公开轰动行为牵扯到现代性方案之上，那么，其思维短路就不亚于这种人，这种人会把那种隐秘地行使于宪兵和秘密警察的地牢、行使于集中营和精神病院的无比持久而广泛的官僚制恐怖，宣称为现代国家（及其被实证主义掏空的合法统治）的raison dȇtre［存在理由］，而其根据仅在于，这种恐怖采取了国家强制机器的手段。

七、文化之虚假扬弃的替代方案

现代性方案伴随着种种迷误，而过激的扬弃纲领也出现诸多错误，我以为，我们更应该从中学习，而不应放弃现代性及其方案本身。也许，在艺术接受的例子中，暗示着一种摆脱文化现代性之困境的出路。自浪漫派发展出艺术批评以来，便存在着两种相逆的趋势，随着先锋派潮流的登场，它们更为强烈地两极化：艺术批评一方面理应扮演对艺术作品进行生产性补充的角色，另一方面又要扮演广大公众之阐释需要的代言人的角色。资产阶级艺术则对其受众提出两个期望：一方面，享受艺术的外行应该自学而成为专家，另一方面，他也应像内行那样行事，把审美经验关联于自己的生活问题。这第二种接受方式看起来更加无害，但恰恰是由于它与前者的关系尚不明确而丧失其激进性。

当然，如果艺术生产不致力对自身特有的问题进行专业化处理，不执著于成为无需顾及显义需求的专家事务的话，那么，它在语义层面上必将枯萎。在这方面，所有人（包括批评家们这些受过专业训练的接受者）都致力于，在一种抽象的适用性视角下，精确地把有待处理的问题挑选出来。不过，一旦审美经验被带入一段个体的生活史，或体现为某种集体的生活方式，那么，这种明确的区分，这种排他性地聚集于一个维度的做法，就会瓦解。专业批评家的艺术接受着眼于艺术内部发展，与之相比，外行们的或者干脆说日常生活中专家们的艺术接受，则指出一个不同的方向。阿尔布莱希特·维尔默让我注意到，一种审美经验，如果不主要转化为鉴赏判断，会如何改变其位值。只要它探索性地用以揭示生活史情境，或缔结于生活问题，它便进入一种语言游戏，而这不再是审美批评的语言游戏。从而，审美经验不仅对我们赖于感知世界的种种需要作出了重新的阐释，而且介入了认知性的解释和规范性的期待，同时也改变了所有这些因素相互指涉的方式。

当一个人在生命的纠结处碰见一幅伟大的画作时，就可以迸发出这种探索性的、指引生活的力量。彼得·魏斯便叙述了这样一个例子。他让他的主人公从西班牙内战中黯然归来，在巴黎城中游荡，并想象着随后即将在卢浮宫中遇见籍里柯那幅船难者油画的情形。我所指的接受方式，在这位作者的《反抗的美学》第一卷中所描述的那种英勇的挪用过程中，会以一种特定的变体形式得到更准确的表现。他讲述了1937年柏林的一群积极参与政治、求知若渴的工人，这些年轻人在成人夜校中获得了进入历史、包括欧洲绘画之社会史的钥匙。他们的生活环境隔绝于教育传统，就像与现存政权天悬地隔一样，但他们从历史这种客观精神的坚硬岩石上凿下碎砾，吸纳它们，用以填补经验视野，来来回回反复翻看，直至它们开始发光："对于文化，我们很少把它理解为一个堆积着发明和灵感的大货仓。作为一无所有的人，我们靠近这个宝藏时，先是害怕，充满敬畏，直至我们清楚地意识到，我们必须用我们自己的评价来充实这一切，而全部概念只有说出我们的生活条件以及我们思想过程中的困难和特点时，才能成为有用的。"[1]

这些例子说明了一种立足于生活世界视角而挪用专家文化的方式。在这些例子中，前景暗淡的超现实主义反叛的某种意图，更多的是布莱希特甚至是本雅明的那些有关非光晕艺术之接受的实验性思考，得到了拯救。对科学和道德领域来说，类似的思考也势在必行，只要我们考虑到，知识具有行动导向，而精神科学、社会科学和行动科学绝不曾完全脱钩于这种知识结构，进而考虑到，普遍主义伦理对公正问题的关注是以一种抽象为代价的，这种抽象亟需缔结于那些一开始不予考虑的有关良善生活的问题。

日常实践固然依赖于活生生的文化传承，但通过单纯的传统主义只会变得更加贫困。现代文化与日常实践的重新勾连则有别于此。不过，只有当社会现代化也能够被引入另一种非资本主义的轨道上，只有当生活世界能够从自身中发展出对经济和行政行为系统的系统性固有动力加以限制的诸种机制，它才能成功。

八、三种保守主义

如果我没有弄错的话，这种前景不容乐观。现在，在整个西方世界，或多或少地出现一种为现代主义批判的思潮推波助澜的气候。在这方面，艺术

[1] Peter Weiss, *Die Ästhetik des Widerstands*(《反抗的美学》), Bd.1, Frankfurt/M: Suhrkamp, 1975, S.54.

和哲学的虚假扬弃所留下的幻灭以及文化现代性那日益明确的困境，都充当着保守派立场的借口。请允许我在这里作出简要的区分，将青年保守派的反现代主义与旧保守派的前现代主义和新保守派的后现代主义区别开来。

青年保守派挪用了审美现代性的基本经验，揭示了去中心性的、从一切认知和目的行动的限制中、从劳动和有用性的律令中解放出来的主观性——并借此从现代世界中突围。他们以现代主义的姿态建立起一种不可调和的反现代主义。他们将想象、自我经验和情感的自发性力量移置到迢遥邃古的所在，他们摩尼教式地将工具理性对立于一种容易产生诱惑性的原则，不论这一原则是权力意志还是主权，是存在还是狄奥尼索斯式的诗性力量。在法国，这条路线始于乔治·巴塔耶，经由福柯，迄于德里达。萦绕在所有人头上的，自然是在20世纪70年代被重新发现的尼采精神。

旧保守派对文化现代性几乎无动于衷。他们以怀疑的目光注视着实质理性的瓦解，科学、道德和艺术的分化以及现代的世界理解及其仅停留于程序上的合理性，同时提议（马克斯·韦伯已经在其中看到向质料合理性的倒退）重返现代性之前的立场。取得相当大成功的首先是新亚里士多德主义，它受到生态学问题式的触发，对某种宇宙论伦理进行革新。在这条始于列奥·斯特劳斯的路线上，还有诸如汉斯·约纳斯和罗伯特·施佩曼的引人瞩目的著作。

新保守派很早之前就对现代性的成就表示肯定。他们是欢迎现代科学的，就现代科学只是为了促进技术进步、资本主义繁荣和合理化管理才逾越自身的领域而言。另外，他们提倡一种缓解文化现代性之爆破性内涵的政治。其中一个论题是，科学，如果人们作出正确理解的话，对于生活世界中的价值导向而言早已变得毫无意义。第二个论题是，政治无论如何已经与道德—实践的证成要求无关。而第三个论题则主张艺术的纯粹内在性，非难其乌托邦内涵，并根据艺术的幻相特征，把审美经验封存进私人性的所在。在这一点上，可以把早期的维特根斯坦、中期的卡尔·施米特和晚期的哥特弗里特·本作为证据加以引用。随着科学、道德和艺术被明确地限定在自律的、分裂于生活世界的、专业化地进行管理的诸领域之内，存留在文化现代性中的，便只是在放弃现代性方案之后所剩下的东西。腾出来的位置预留给了诸种传统，它们现在仍豁免于论证要求；不过，目前还很难想见，如果没有文化部的庇护，它们如何在现代世界中留存下来。

这种类型学和任何类型学一样，都是一种简化；但对于分析今天的精神—政治论争而言，它并非完全派不上用场。就像我所担虑的那样，反现代主义的理念添加了一些前现代主义的成分，在绿党和选择党团体周围获得了地盘。在政治党派的意识转型中，出现与之相反的倾向转折[1]，并取得了成功，而这意味着后现代与前现代的同盟。在我看来，在知识界论战和新保守主义方面，似乎还没有一个政党具有垄断地位。因此，市长瓦尔曼先生，特别当您在开场白中作出若干澄清性的结论之后，我有充分的理由向自由精神表示感谢，正是以这种自由精神，法兰克福市授予我一项以阿多诺为名的奖项。而阿多诺，这座城市的儿子，作为哲学家和作家，在联邦德国中，几乎没有第二个人像他那样烙刻出知识分子的形象，他早已成为知识分子的典范。

[1] 即1970年代后期联邦德国政治社会中出现的“保守主义的倾向转折”（konservative Tendenzwende）。——译注

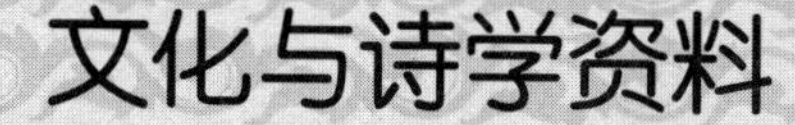

文化与诗学资料

吴兴华年谱简编[1]

张春田　周睿琪[2]

【摘要】吴兴华在中国现代文学方面的卓越成就长期以来为文学史所忽视。近年来，随着相关文献的发掘、汇集与整理，特别是致宋淇书信的刊布，一个更完整而全面的作家兼批评家吴兴华形象逐渐显现，在他身上印刻了古与今、中与西、新与旧的文化协商以及文学与政治和历史的复杂互动。他在文学创作上的探险与试炼，他对现代文学作品的鉴赏与品评，对世界文学资源的吸收与翻译，他和同时期文学同仁的互相激荡以及他对其后港台现代诗的影响播散，不仅反映出中西文学互鉴中所生产的现代主义的中国风貌，也证明了文学书写在现代历史转型时刻所具有的力量与意义。年谱简编在已有研究基础上，为了解吴兴华文学生涯及学识眼界提供参照，为对吴兴华的进行进一步深入研究打下基础。

【关键词】吴兴华　诗学　翻译　现代主义　古典　里尔克

1921年　1岁

[1] 本文为上海市浦江人才计划项目“中国近代文学研究学术史”（项目编号：17PJC035）、中央高校基本科研业务费华东师范大学2017年度人文社会科学跨学科工作坊项目“跨学科视野下的情感政治与现代中国”（项目编号：2017ECNU-KXK008）的成果。

[2] 张春田，华东师范大学中文系暨华东师范大学语文教育研究中心副教授，主要研究领域为中国现代文学与思想。周睿琪，华东师范大学中文系2016级本科生。

11月21日，吴兴华出生于天津塘沽，原籍浙江杭州。父亲曾于清末留学日本学医，后在天津塘沽一带行医。吴兴华兄弟姐妹共有九人。吴兴华自幼博览群书。[1]

1931年　10岁

就读于天津南开中学。

1933年　12岁

随家迁至北京，就读于崇德中学，因成绩出众而连续跳级。[2]在崇德中学时，与孙道临（孙以亮）同窗并结为好友。[3]

1935年　14岁

4月　4月15日，诗作《露》刊于《世界日报·学文周刊》，此应为吴兴华最早发表的新诗。[4]

1936年　15岁

2月　文章《从动物的生存谈起》刊于《青年界》第9卷第2号。

8月　8月1日，诗作《歌》刊于《小雅》诗刊第2期。[5]

1937年　16岁

[1] 谢蔚英：《忆兴华》，原载《中国现代文学丛刊》1986年第2期，引自吴兴华：《吴兴华全集》第1卷《森林的沉默：诗集》，广西师范大学出版社，2017年，第1页。

[2] 谢蔚英：《再忆兴华——写于〈吴兴华诗文集〉再版之前》，《新文学史料》，2016年第2期。

[3] 孙道临：《念兴华——致郭心晖的信》，《走进阳光》，上海人民出版社，1997年，第166页。

[4] 关于吴兴华的处女作有多个观点，陈子善认为此诗为吴兴华处女作。陈子善：《不该被忘记的吴兴华》，《文汇报》，2017年2月24日。

[5] 张泉、张松建认为此诗为吴兴华处女作。参见张泉：《抗战时期的华北文学》，贵州教育出版社，2005年版，第402页；张松建：《现代诗的再出发：中国四十年代现代主义诗潮新探》，北京大学出版社，2009年，第298–299页。

1月　1月10日，写作《谈诗选》。

3月　诗作《花香之街》《室》刊于《小雅》诗刊第3期。

4月　4月10日，文章《谈诗选》刊于《新诗》第2卷第1期。

5月　5月10日，文章《谈田园诗》刊于《新诗》第2卷第2期。

7月　7月10日，诗作《森林的沉默》刊于《新诗》第2卷第3、4期合刊。[1]吴兴华女儿吴同称："未满十六岁即发表长诗《森林的沉默》，轰动诗坛。"[2]本月，日军发动"卢沟桥事变"，北平沦陷。

本年，考入燕京大学西语系，老师中包括后来曾翻译《老残游记》的谢迪克（Harold E.Shadick）教授等。吴兴华曾跟随张尔田读经，跟随邓之诚读史。

1938年　17岁

4月　4月5日，文章《鸽、夜莺与红雀》刊于《纯文艺》第1卷第3期。同月，文章《唐诗别裁书后》刊于燕京大学《文学年报》第4期。

10月　10月28日，诗作《闻钟声》《秋江》刊于《燕京新闻·文艺副镌》第5期。

1939年　18岁

2月　2月3日，诗作《燕园望西山落日二首》《夏晓》[3]刊于《燕京新闻·文艺副镌》第12期。2月17日，写作诗歌《老屋》。

4月　4月15日，诗作《湖畔》《爱情》《西长安街夜》《鹧鸪》《晾衣》

[1] 吴晓东、沈用大、解志熙、吴福辉等学者都把此诗作为吴兴华早期的代表作。见吴晓东：《记忆的神话》，新世界出版社，2001 年，第 227 页；沈用大：《中国新诗史 1918—1949》，福建人民出版社，2006 年；解志熙：《考文叙事录》，中华书局，2009 年版，第 196 页；吴福辉：《中国现代文学发展史（插图本）》，北京大学出版社，2010 年，第 424 页。

[2] 吴同：《蜡炬成灰泪始干：怀念我的父亲吴兴华》，引自吴兴华：《吴兴华全集》第 3 卷《风吹在水上：致宋淇书信集》，广西师范大学出版社，2017 年，第 242 页。

[3] 张松建考证认为《夏晓》应为《夏晚》，参见张松建：《知识之航与历史想象：重读吴兴华》，《现代中国文化与文学》，2009 年第 1 期，第 130 页。

《在镜中》《病中》《夜游赠以亮二首》，以《诗自选》为合题，刊于《文苑》第1辑。

5月　5月16日，诗作《星光下》刊于《朔风》第7期。所撰《常青团本学期概况》收入《燕大基督教团契年报》。5月20日，写作《老屋》附注。

6月　6月16日，诗作《老屋》及作者附注刊于《朔风》第8期。

8月　8月16日，译作《故国》（E.V.Lucas作[1]）刊于《朔风》1939年第10期。

10月　10月7日，诗作《爱的沉默》（原题《十四行诗二首》）刊于《燕京新闻·枫岛》第6期。10月21日，诗作《秋柳》刊于《沙漠画报》第2卷第39期。[2]

11月　组诗《画家的手册》刊于《学文》月刊第1期。

12月　12月10日，诗作《十四行诗》两首与译作《运命》（E.V.Lucas作）刊于《辅仁文苑》第2辑。

本年，与宋淇结识。

1940年　19岁

3月　3月1日，译作《捡东西》（E.V.Lucas, *On Finding Things*）刊于《中国文艺》第2卷第1期。3月20日，译作《危机》（E.V.Lucas作）刊于《辅仁文苑》第3辑。

5月　5月1日，与方则慈合译《园亭——哥德之恋》（*Paul* Wiegler[3], *Genius in Love and Death*）刊于《中国文艺》第2卷第3期。另有诗作《群狼》《沉默》《无邪的歌》《“而从高处落下的水——”》《在黄昏里》，被编入《燕

---

[1] E.V.Lucas，1868–1938，E.V. 卢卡斯（时译露加斯），英国诗人，先后担任过《环球报》与《笨拙》杂志的编辑，后又担任麦休恩出版公司负责人，著有《炉边与阳光》（1906）、《人物与喜剧》（1907）、《闲逛者的收获》（1913）、《冒险与热情》（1920）等。

[2] 参见张治：《若干未收入〈吴兴华全集〉的佚作》，《文汇报·文汇学人》，2017 年 2 月 24 日。此文中提及《全集》本失收佚作，均编入本年谱，不再一一注明，并谨此致谢。

[3] *Paul* Wiegler，保罗·维格勒，德国学者。

园集》。

6月　6月1日，译作《友情的束缚》（E.V.Lucas作）刊于《新民报半月刊》第2卷第11期。6月15日，译作《阑入者——献给我死去的父亲》（Maurice Maeterlinck，[1]*The Intruder*）刊于《辅仁文苑》第4辑。

7月　7月18日，致宋淇信中谈及《西洋文学》创刊号选文事。此后，向宋淇（悌芬）主持的《西洋文学》连续供稿多篇。

8月　8月1日，译作《露加斯散文选译：开会》刊于《新民报半月刊》第2卷第15期。

9月　9月1日，《西洋文学》创刊。吴兴华译诗《拜伦诗钞》共四首刊于《西洋文学》第1期。《西洋文学》的翻译作者包括宋淇、张芝联、吴兴华、徐诚斌等人。

10月　10月1日，译诗《雪莱诗钞》共二首，书评《菲尼根的醒来》《乔易士研究》（介绍并节译了乔伊斯《芬尼根守灵夜》），刊于《西洋文学》第2期；译作《檀塔琪儿之死》（选译自莫里斯·梅特林克，*The Death of Tintagiles*）。

11月　11月1日，译作《城市里的一周》（E.V.Lucas作）与书评《游梦者》刊于《西洋文学》第3期。11月9日，诗作《平静》刊于《沙漠画报》第3卷第40期。11月20日，和宋淇合作创办《燕京文学》杂志，半月刊，每月5日、20日出刊。诗作《柳毅和洞庭龙女》刊于《燕京文学》第1卷第1期。

12月　12月1日，译诗《济慈诗钞》共五首，书评《现代诗与传统》《秋天的日记》，刊于《西洋文学》第4期。诗作《短铭五首》刊于《中国文艺》第3卷第4期。12月5日，文章《沙的建筑者》、诗作《哀歌》《“当你如一朵莲花——”》刊于《燕京文学》第1卷第2期。12月20日，文章《记诗神的生病》（署名“钦江”）刊于《燕京文学》第1卷第3期。

[1] Maurice Maeterlinck，1862–1949，莫里斯·梅特林克，比利时剧作家，诗人，代表作有《青鸟》《盲人》等。

本年，应诗人南星邀请，合编同人诗刊《篱树》。[1]

1941年　20岁

1月　1月1日，译作《生命的火焰》（选译自恰佩克，*The Living Flame*）刊于《西洋文学》第5期。1月5日，诗作《Sonnet》三首与《歌》刊于《燕京文学》第1卷第4期。

2月　译作《司高脱诗钞》一首（司各特作）、《穆尔诗钞》三首（托马斯·穆尔作）、书评《再来一次》，刊于《西洋文学》第6期。

3月　3月1日，文章《怎样谈话》（署名“钦江”）与诗作《短诗十首》刊于《燕京文学》第1卷第6期。3月15日，诗作《秋日的女皇》刊于《燕京文学》第2卷第1期。本月，另有译作《友律色斯插话三节》（即《尤利西斯》节选）刊于《西洋文学》第7期。

4月　4月1日，诗作《绝句二首》《Elegies》《Hendecasyllabics》刊于《燕京文学》第2卷第2期。4月15日，诗作《绝句》二首与《喷泉》刊于《燕京文学》第2卷第3期。4月30日，作诗《金陵图》。

5月　5月1日，文章《谈诗的本质——想象力》和诗作《记忆》刊于《燕京文学》第2卷第4期。本月，另有译作《叶芝诗钞》共七首、《园丁的一年（选译）》（选译自Karel Capek，[2]*The Gardener's Year*）与文章《两本关于叶芝的书》，刊于《西洋文学》第9期。本月，完成燕京大学毕业论文，题为《现代西方批评方法在中国诗学研究中的运用》，探讨情节、象征、典故、节奏等作为诗歌“隐晦”效果之手段。[3]

夏，从燕京大学毕业，毕业后留校任教。

[1] 孙道临：《念兴华——致郭心晖的信》，《走进阳光》，第166页。

[2] Karel Capek，1890–1938，卡莱尔·恰佩克，捷克剧作家，著有《万能机器人》（1920）等。

[3] 论文以英文写成，题为“An Application of Modern Methods of Criticism to the Study of Chinese Poetry，” by Wu Hsing Hua，由陈越译为中文，收入《全集》。参见吴兴华：《吴兴华全集》第2卷《沙的建筑者：文集》，广西师范大学出版社，2017年，第297–370页。

7月　7月24日，致宋淇信中谈及自己当时住东单西裱褙胡同廿四号。7月30日，致宋淇信中赞赏何其芳《画梦录》，署名“吴三”。

8月　8月1日，致宋淇信中谈及搬家问题。结识张芝联。[1]

秋，张芝联、吴兴华和宋淇在北京东门外赵家胡同合租四合院，宋淇和吴兴华住西厢房，张芝联和妻子郭蕊（郭心晖）住北厢房，共三个月。

9月　9月20日，诗作《绝句七首》其三、《对话》《暂短》《Elegy》《歌两篇》刊于《燕京文学》第2卷第5、6期合刊。

10月　10月10日，诗作《空屋》《随笔》《火花》刊于《燕京文学》第3卷第1期。

11月　11月2日，致宋淇英文信中谈及《燕京文学》的销售情况。11月10日，文章《现在的新诗》（署名“钦江”）[2]与诗作《给伊娃》《偶然作》刊于《燕京文学》第3卷第2期。11月16日，致宋淇英文信中讨论里尔克作品。11月30日，致宋淇英文信中讨论宋淇的文学批评方式。

12月　日本偷袭美国珍珠港。12月8日，日军封锁燕大。吴兴华带着姐姐、弟弟和三个妹妹赁居在东裱褙胡同浙江会馆，以翻译谋生。

本年，另有译作《危急时期的祈祷》（译自John Donne，[3]*Devotions Upon Emergent Occasions*），诗作《无题——述Luigi Tansill诗意》。

1942年　21岁

1月　1月11日，作诗《李白》。1月13日，致宋淇信中，称道康拉德·邓肯的诗*And in the Hanging Gardens*，并谈及《给伊娃》的创作理念。（在宋淇《林以亮诗话》中，《给伊娃》被改题为《西施》。[4]）

---

[1] 张芝联：《我认识的才子吴兴华》，引自吴兴华：《吴兴华诗文集·诗卷》，上海人民出版社，2005年，第1页。

[2] 吴兴华在此文中谈及对白话新诗的看法，比较看重形式上的雕琢。

[3] John Donne，1572–1631，约翰·邓恩，英国诗人。

[4] 林以亮（宋淇）：《林以亮诗话》，洪范书店，1981年。

2月　2月26日，致宋淇信中戏仿何其芳作品，写作《花环》一诗，抄录近作诗歌《秋》。2月28日，作诗《古老的城》。

3月　3月23日，致宋淇信中谈到“最近看了Rikle”（里尔克），并谈自己的诗作，附《读〈上元月〉（一）》、《On 查显琳》和《〈夸父〉——答汪先生》三首诗。

4月　4月8日，致宋淇信中附诗《李白》。

5月　5月15日，致宋淇信中写道：“我最近念德文得使用中德学会的图书馆，其中寻到了Rilke的全集，高兴得无法形容，他对我一向是the German Poet，我爱他远胜过哥德和海涅。同时我自信窥到他后期神奇的诗中一些秘密，试着想搬到自己诗中一点，可是结果总不能使自己十分满意。不过读他的诗无疑是我诗歌教育中一个可纪念的阶段。”“他诗最大的特色，是在沉思而入。”[1]又谈《给伊娃》，附《扇》《镜》《口红》三首诗。5月24日，作诗《云翘夫人》。5月30日，作诗《山阳》三稿。

6月　6月29日，致宋淇信中谈艾略特、里尔克以及《给伊娃》的创作，认为冯至译的里尔克诗“不足以代表Rilke”。附诗《裴航·云翘夫人》。本月另有译作《雷兴自论》（选译自莱辛《汉堡剧评》）刊于《中德学志》第4卷第2期。

7月　7月17日，致宋淇信中谈到自己曾受邀翻译郑振铎的《中国文学史》，但对郑振铎的中文不以为然；附诗《张巡》。7月28日，作诗《李龟年》。

10月　10月18日，致宋淇信中谈到计划将自己的咏史诗编为“史和小说中采取的图画”一书，另附诗一首。

11月　11月23日，致宋淇信中附《落花诗五首》其一。

12月　12月25日，致宋淇信中附诗《山阳——向秀、嵇康、吕安》；写

[1]《吴兴华致宋淇信　1942年5月15日》，引自吴兴华：《风吹在水上：致宋淇书信集》，广西师范大学出版社，2017年，第43–44页。

作诗歌《进展》。

本年，另有译作《述罗丹》(译自里尔克，*Auguste Rodin*)。

1943年　22岁

2月　2月20日，致宋淇信中提及《自我教育》一诗，另附诗一首。

3月　3月29日，致宋淇信中附《自我教育》《杂诗》二诗。(在《林以亮诗话》中,《自我教育》被改题为《诗的教育》。)

4月　4月30日，致宋淇信中谈及应中德学会邀稿，作《黎尔克的诗》一文。

5月　5月20日，转寄张芝联的信给宋淇，附笔谈《燕京文学》中的创作。本月,《黎尔克的诗》刊于《中德学志》第5卷第1、2期合刊。

7月　7月8日，致宋淇信中谈自己温习《文选》等旧书，又谈《落花》及宋诗(其中梅花诗援引者众多)。[1]7月30日，写作诗歌《无题——这难描述的悲愁》《无题——如今当我想重新把你从记忆里追回》《无题——这首最后的短诗》。

8月　8月8日，致宋淇信中推崇舒位。

9月　9月1日，致宋淇信中谈暑假为中德学会翻译尼采《悲剧的诞生》，另写一篇关于里尔克的文章。9月3日，致宋淇信中盛赞宋淇的批评态度。本月，译作《歌德与中国》(福兰阁作)刊于《中德学志》第5卷第3期。

10月　钱锺书《谈艺录》出版后，吴兴华提了一些意见，深得钱锺书器重。[2]10月22日，致宋淇信中谈及对钱锺书的钦佩：“前几天我又翻了一遍钱锺书先生的杂感集，里面哪管多细小的题目都是援引浩博，论断警辟，使我

[1] 此信被宋淇、宋以朗等多次提及，参见林以亮:《更上一层楼》，九歌出版社，1998年，第18–19页；宋以朗：《宋淇传奇：从宋春舫到张爱玲》，牛津大学出版社，2014年，第179页。

[2] 宋以朗说，冯晞乾曾给他看过20世纪40年代某一旧版《谈艺录》，序言下有1948年12月24日附记云：“此书刊行，向君觉明、吴君兴华皆直谅多闻，为订勘舛讹数处。”参见宋以朗：《宋淇与吴兴华：吴兴华是另一个钱锺书》，《南方都市报》，2013年3月19日。

不胜钦佩。可惜我此时局促在北方，不能踵门求教，请你若见到他时，代我转致倾慕之意。”[1]

11月　11月19日，作诗《无题：Endymion》。11月26日，致宋淇信中谈剧本作品。

12月　12月10日，致宋淇信中谈及已为中德学会翻译了近三十首里尔克的诗。12月21日，作诗《梦上天——用长庆集中题》；同日，致宋淇信中谈到小妹（兴永）故去，附《梦长天》《骡铃》二诗。

本年，作诗《无题——那甘美的感觉不被知晓》《无题——我愿意看见你不在白日的清澈当中》《无题——片刻如削壁千寻》。

1944年　23岁

2月　2月3日，致宋淇信中谈到已译完里尔克的诗。

3月　3月2日，作文《〈黎尔克诗选〉译者弁言》。3月4日，作诗《寒夜》。3月24日，致宋淇信中谈张芝联和郭心晖帮忙编自己的诗稿。

4月　4月12日，致宋淇信中谈孙道临（孙以亮）的诗歌才华；兼谈林庚，信中批评林庚“在自己面前竖起一个非常arbitrary、artificial、与旧诗无内在联系的形式，然后往里装一点他自己轻飘飘、学魏晋六朝也没到家的情感。”[2]

6月　6月10日，致宋淇信中谈到给自己诗集写自序。另有译作《德语翻译的中国诗——翻译艺术上的问题》（常安尔作）刊于《中德学志》第6卷第11、12期合刊。

7月　7月16日，重作诗歌《书室》。

9月　9月9日，致宋淇信中谈到大妹（兴仪）病故。

10月　10月13日，致宋淇信中讨论自己的诗，如《西珈》《岘山》等。

---

[1] 宋以朗：《宋淇与吴兴华：吴兴华是另一个钱锺书》；又见《宋淇传奇：从宋春舫到张爱玲》，第172页。

[2] 《吴兴华致宋淇信＝1944年4月12日》，吴兴华：《风吹在水上：致宋淇书信集》，第145页。

12月　吴兴华所编译《黎尔克诗选》由北平中德学会出版，列为“中德学会对照丛刊第三种”。[1]

1945年　24岁

1月　1月25日，致宋淇信中谈读史书。

12月　12月2日，诗作《绝句四首》《励志诗》《筵散作》《西珈》《褒姒的一笑》《哀歌》刊于《新语》第5期，该期另有周煦良短文《介绍吴兴华的诗》。12月8日，作悼文《张尔田先生》，刊于《燕大双周刊》1945年第2期。

1946年　25岁

3月　3月25日，文章《记亡妹》刊于《大中》第1卷第3期。

4月　4月17日，致宋淇信中谈燕京大学现状。

6月　6月15日，诗作《演古事四篇》（《吴王夫差女小玉》《解佩令》《盗兵符之前》《北辕适楚，或给一个青年诗人的劝告》）刊于《文艺时代》第1卷第1期。

7月　7月15日，《诗四首》（《书樊川集杜秋娘诗后》《大梁辞》《听梅花调宝玉探病》《长廊上的雨》）刊于《文艺时代》第1卷第2期。

9月　9月30日，诗作《西珈》刊于《文艺时代》第1卷第4期。

11月　11月5日，致宋淇信中提到新近发表《十四行诗》。11月28日，北平《新路》周刊发表简方《雕琢玉杯的诗人》，批评吴兴华的诗风：“吴兴华是在走着一条奇异的道路，他既没有点起地下火的那种愤慨，也没有被损害而呻吟的那种抑郁和忧愁，他唯一的企图似乎在完成玉杯的雕琢，追求艺术

[1] 陈子善：《不该被忘记的吴兴华》。

上的完美与不朽，的确诗人在这方面也有了惊人的造诣。”[1]

1947年　26岁

1月　1月23日，致宋淇信中提及夏济安、夏志清兄弟，附书《黎尔克诗选》。

4月　4月4日，致宋淇信中谈康奈尔大学拟聘的意愿，计划夏天后赴美。

5月　5月22日，致宋淇信中谈因身体原因赴美之事暂缓。

8月　作诗《重读莎士比亚之“暴风雨”》《为××作》《闻黄宗英割舌有感》。

9月　9月25日，致宋淇信中谈及家累。

10月　10月28日，致宋淇信中戏作旧诗四首。[2]

12月　12月16日，诗作《刀——写给悌芬》刊于燕京大学新诗社主编《创世曲》。12月26日，致宋淇信中称赞穆旦的诗作，附诗《刀——写给悌芬》。本月另有诗作《吴起》刊于《现代诗》第12期。

本年，被燕京大学破格晋升为副教授。[3]

1948年　27岁

6月　6月15日，致宋淇信中谈及对自己写作产生幻灭。

7月　7月22日，致宋淇信中谈赴美计划暂缓一年。

[1] 简方：《雕琢玉杯的诗人》，北平《新路》双周刊第10、11号合刊，1946年11月28日，第15页，引自张松建：《知识之航与历史想象：重读吴兴华》，《现代中国文化与文学》，2009年第1期，第129页；另见张泉：《深化中国沦陷区文学研究的一种方式——东亚场域中共时的殖民体制差异/历时的时代转换维度》，《上海大学学报（社会科学版）》，2012年第2期，第109页。

[2] 据宋以朗推测，这是吴兴华仅有的旧诗创作，其中一首，见宋以郎：《宋淇传奇：从宋春舫到张爱玲》，第174页。

[3] 吴同：《蜡炬成灰泪始干：怀念我的父亲吴兴华》，引自吴兴华：《吴兴华全集》第3卷，第243页。

1949年　28岁

3月　3月23日，致宋淇信中谈平津解放后大学情况。

本年，结识谢蔚英。

1951年　30岁

1月　1月22日，致宋淇信中谈自己病情加重。

本月，教育部决定燕京大学改为公办。

2月　2月20日，致宋淇信中引王安石《凤凰山》一诗："愿为五陵轻薄儿，生在贞观开元时。斗鸡走犬过一生，天地兴亡（应为安危——引者注）两不知。"[1]颇见心境。

3月　3月3日，致宋淇信中谈及家累。

4月　4月1日，致宋淇信中谈计划重写《病树》。

5月　5月13日，致宋淇信中谈及草拟英美文学编译工作书单。

6月　6月13日，致宋淇信中谈及翻译萧乾小说，并刊于《人民中国》。

7月　7月6日，致宋淇信中谈当时外国文学译本水平不足。

8月　8月4日，致宋淇信中计划翻译萧三的作品，评论朱生豪的莎士比亚翻译："看到一本众口交赞的朱生豪译的莎翁戏曲。……我想若给我们工夫，译得比他一定要好，至少文字要通得多。"[2]

9月　9月18日，致宋淇信中谈西洋文学界的新形势。

10月　10月10日，邓之诚日记："吴兴华来，久谈，言外国人善笔札者用字用笔与中土所尚者无异。"[3]10月11日，致宋淇信中谈译书《毛主席的青少年时代》。

---

[1] 夏志清认为此为吴宋二人最后一次通信，事实上在那以后二人仍有书信往来，直至1952年7月19日后才终止。见宋以朗：《宋淇传奇：从宋春舫到张爱玲》，第191页。另见夏志清：《林以亮诗话序》，引自林以亮：《林以亮诗话》，第6–7页。

[2]《吴兴华致宋淇信　1951年8月4日》，吴兴华：《风吹在水上：致宋淇书信集》，第221–222页。

[3] 邓之诚：《邓之诚文史札记》，转引自张治：《钱锺书与吴兴华的骈体文学论》，《文学的异与同》，商务印书馆，2019年，第103页。

11月　11月3日，致宋淇信中谈教师学习活动。

12月　12月18日，致宋淇信中谈及女友谢蔚英。

本年，与张芝联合住燕南园52号。参加思想改造运动，参加燕京大学最后一次批判“忠实美帝国主义文化侵略政策的美帝国主义分子”陆志韦校长的全校大会。

1952年　31岁

1月　1月17日，致宋淇信中谈生活情况。

7月　与谢蔚英结婚。7月19日，致宋淇信中提到自己前一周结婚，随信附吴兴华谢蔚英夫妇合影。二人婚后先住在燕东园29号，后搬家至中关园6号，和张芝联一家为邻。

10月　第一次亚太和平会议在北京举行，吴兴华、张芝联被北大指派去参加翻译工作，负责修改年轻译员的初稿和口译等，此次会议翻译组工作由钱锺书主持。

本年，1952年高等院校院系调整，燕京大学西语系并入北京大学，吴兴华担任北大西语系英语教研室主任。[1]本年，经宋淇安排，吴兴华诗作《十四行》刊于香港《今日世界》第16期，首次署名“梁文星”。此后，由于宋淇，吴兴华作品不断在港台刊物发表。[2]

1953年　32岁

7月　7月1日，经宋淇安排，吴兴华诗作《览古》《绝句三首》刊于香港《人人文学》第13期，署名“梁文星”。

8月　8月1日，经宋淇安排，吴兴华诗作《励志诗》《绝句三首》刊于《人人文学》第15期，署名“梁文星”。8月16日，《尼庵》刊于《人人文学》

[1] 吴同:《蜡炬成灰泪始干: 怀念我的父亲吴兴华》, 引自吴兴华:《吴兴华全集》第3卷, 第243页。

[2] 刘奎:《吴兴华与20世纪50年代台港的现代诗》,《冷战初期台湾与香港诗坛的交流与互动》, 九州出版社2018年, 第34页。

第16期，署名“梁文星”。

9月　9月1日，吴兴华诗作《秋日的女皇》刊于《人人文学》第17期，署名“梁文星”。

10月　10月1日，吴兴华译作《诗二首》（里尔克作）与诗作《记忆》刊于《人人文学》第19期，署名“梁文星”。吴兴华诗作《筵散作》刊于《人人文学》第20期10月16日，署名“梁文星”。

12月　12月1日，吴兴华诗作《天河》刊于《人人文学》第23期，署名“梁文星”。

1954年　33岁

1月　1月16日，吴兴华诗作《十四行》刊于《人人文学》第26期，署名“梁文星”。

7月　7月22日，文章《为什么要学西方语言文学》刊于《光明日报》第1841期。另，《今日世界》第56期上刊有鸣珰《暮雨》一诗，张爱玲评论该诗：“学梁文星——有如猴子穿了人的衣服，又像又不像。”[1]

本年，吴兴华开始担任北大西语系副系主任。[2]

1956年　35岁

1月　译作《富兰克林散文书简选》刊于《译文》1956年1月号。

3月　3月1日，论文《莎士比亚的亨利四世》刊于《北京大学学报（人文科学）》1956年第1期。[3]

9月　9月20日，吴兴华诗作《岘山》刊于台湾《文学杂志》第1卷第1

[1] 张爱玲、宋淇、宋邝文美：《张爱玲私语录》，皇冠出版社，2010年版，第64页。

[2] 张松建：《知识之航与历史想象——重读吴兴华》，《现代中国文化与文学》，2009年第1期，第128–129页。

[3] 该文作为吴兴华所译《亨利四世》之序，见《吴兴华全集》第5卷《亨利四世》，广西师范大学出版社，2017年。

期，署名“梁文星”。

10月　10月20日，吴兴华译诗《黎尔克诗三首》与文章《谈黎尔克的诗》刊于《文学杂志》第1卷第2期，署名“邝文德”，宋淇以“邝文德”作为吴兴华译里尔克诗的笔名。

11月　11月20日，吴兴华诗作《有赠二首》刊于《文学杂志》第1卷第3期，署名“梁文星”。

12月　12月12日，文章《纪念本杰明·富兰克林》刊于《光明日报》第2704期。12月20日，吴兴华文章《现在的新诗》刊于《文学杂志》第1卷第4期，署名“梁文星”；[1]吴兴华译诗《黎尔克诗二首》刊于同一期，署名“邝文德”。

1957年　36岁

2月　2月20日，吴兴华诗作《给伊娃》刊于《文学杂志》第1卷第6期，署名“梁文星”。

3月　3月20日，吴兴华诗作《尼庵》刊于《文学杂志》第2卷第1期，署名“梁文星”。本月，译作《帕克尔泰德夫人猎虎记》《马克》刊于《译文》1957年3月号，为萨奇《短篇小说三篇》的后两篇。

5月　5月20日，吴兴华诗作《西珈——十四行共十二首现录其四》刊于《文学杂志》第2卷第3期，署名“梁文星”。

6月　6月25日，吴兴华评戴镏铃译《浮士德博士的悲剧》的书评，刊于《西方语文》创刊号，列出该译本不少疏漏。[2]

8月　诗作《咏古事二首》(《刘裕》、《弹琵琶的妇人》) 刊于《人民文学》1957年8月号。8月20日，吴兴华诗作《览古》刊于《文学杂志》第2卷第6期，署名“梁文星”。

---

[1] 此文被误认为针对台湾诗坛，从而引发了一些当地诗人的回应。

[2] 张治：《若干未收入〈吴兴华全集〉的佚作》，《文汇报》，2017年2月24日。

9月　9月20日，吴兴华诗作《绝句》七首刊于《文学杂志》第3卷第1期，署名“梁文星”。

11月　11月20日，吴兴华诗作《偶然作》刊于《文学杂志》第3卷第3期，署名“梁文星”。

本年，吴兴华因不赞成苏联专家的英语教学方法，被划为“右派”。[1]本年译著《亨利四世》由人民文学出版社出版。[2]

1958年　37岁

8月　《西方语文》第2卷第3期刊出戴镏铃的笔谈，批评有些人“斤斤从版本及注解上大做文章，……认为那些不谈繁琐考证的人是孤陋寡闻”，暗暗回应吴兴华的书评。同期刊登王佐良《这是什么样的学问？》，写道：“吴兴华评《浮士德博士的悲剧》的中文译本，就因译者没有看到某些英美资产阶级学者考证此剧版本的著作而大加嘲笑。吴兴华是右派分子，他这样做是无足为奇的。但他代表的一种崇拜西方考据与版本之学的倾向也存在于许多别人身上。”[3]

1959年　38岁

11月　11月20日，吴兴华诗作《记忆》刊于《文学杂志》第7卷第3期，署名“梁文星”。

1950年代，作长文《马洛和他的无神论思想》《读〈国朝常州骈体文

[1] 张芝联：《我认识的才子吴兴华》，第3页。另参见温天一：《打捞吴兴华：一个被遗忘的天才》，《中国新闻周刊》第797期，2017年3月24日。

[2] 冯晞乾：《吴兴华：A Space Odyssey》，引自吴兴华：《吴兴华全集》第1卷《森林的沉默：诗集》，第419页。

[3] 参见刘铮：《吴兴华的纪念碑——吴兴华翻译作品概观》，《文汇报·文汇学人》，2017年2月27日。

录〉》[1]。协助系里编写《英语常用词用法词典》。[2]并承担以朱生豪译《莎士比亚戏剧集》为基础的《莎士比亚全集》编辑出版的大量勘误校订工作。他还在写一部以柳宗元为主人公的小说《他死在柳州》，未完成，手稿在“文化大革命”期间被焚毁。[3]

1962年 41岁

摘除“右派”帽子，恢复部分工作。

1963年 42岁

2月 译作《论趣味的标准》(David Hume[4], *Of the Standard of Taste*)，校对荷迦兹著、刘若端译《美的分析（节译）》，收入本月出版的《古典文艺理论译丛（五）》。

10月 译作《亚里士多德〈诗学〉疏证》(节译)(作者为卡斯忒尔维特洛)，校对高乃依著、王晓峰译《论悲剧》，收入本月出版的《古典文艺理论译丛（六）》。

12月 12月27日，长篇论文《〈威尼斯商人〉——冲突和解决》刊于《文学评论》1963年第6期。[5]

本年，译作《当代写喜剧的新艺术》(德·维迦作)，收入《戏剧理论译文集》第9辑。[6]

---

[1] 《国朝常州骈体文录》为晚清常州武进学者屠寄所辑录的清代常州骈文作家总集。吴兴华在此文中反思骈文中“经得起淘汰的有什么”。不仅分析了骈文的特征、常州派作家写作技巧，而且与“希腊罗马作品”进行比较。此文后发表于《文学遗产》，1998年第4期。

[2] 张泉：《从日本占领区走出来的诗人学者吴兴华》，引自吴兴华：《吴兴华诗文集·文卷》，上海人民出版社，2005年，第292页。

[3] 参见温天一：《打捞吴兴华：一个被遗忘的天才》。

[4] David Hume，1711–1766，大卫·休谟，英国哲学家，著有《人性论》《道德原则研究》《人类理解研究》等。

[5] 吴兴华：《〈威尼斯商人〉——冲突和解决》，《文学评论》，1963年第6期，第78–113页。

[6] 张治：《若干未收入〈吴兴华全集〉的佚作》。

1964年　43岁

2月　校对歌德著、艾梅译《论拉奥孔》，收入本月出版的《古典文艺理论译丛（八）》。

本年，译作《达·芬奇轶事》（节选自乔基欧·瓦萨里,《艺苑名人列传》）刊于《世界文学》1964年第1、2期合刊。

1966年　45岁

7月　北京大学正式建立了数百人的劳改队，吴兴华被勒令入队。[1]7月底，核对整理《四部丛刊》经、子集等共十二箱。

8月　8月2日，劳动时体力不支；遭殴打，被灌下污水后当场昏迷。8月3日去世。[2]

9月　9月2日，吴兴华诗作《弹琵琶的妇人》，刊于香港《中国学生周报》第737期，署名"邝文德"。

10月　10月14日，吴兴华诗作《有赠》，刊于《中国学生周报》第743期，署名"梁文星"。

[1] 罗银胜：《"被冷落的缪斯"——早夭的诗人吴兴华》，《书屋》，2006年第11期，第26–29页。

[2] 谢蔚英：《忆兴华》，引自吴兴华：《吴兴华全集》第1卷《森林的沉默：诗集》，第8页。

变异学视域下英语世界钟嵘《诗品》研究述评[1]

曾　诣[2]

【摘要】 英语世界钟嵘《诗品》研究主要分为其人与其作两大类。针对钟嵘的研究基本是对历史的还原介绍；而围绕《诗品》的探讨则更为多元，分别从内在品评体系、外在思想关联、比较文学研究三方面具体展开。本文从变异学的理论视角展开评述，英语世界相关成果体现出四个特点：基础研究少，义理研究多；积极借鉴汉语学界成果；比较文学研究价值突出；研究视角与方法新颖独特。总之，英语世界钟嵘《诗品》的研究无疑为汉语学界的相应研究生态注入了新的活力。

【关键词】 钟嵘　《诗品》　变异学　英语世界

一、引言

汉语学界关于钟嵘《诗品》的批评或研究，最早可以追溯到隋代的刘善经《四声论》。现代意义上汉语学界对钟嵘《诗品》的研究，则主要是从20世纪20年代兴起的。而根据黄念然的述评，20世纪汉语学界对钟嵘《诗品》的研究主要集中在诗人品第问题、“滋味说”、钟嵘批评观和《诗品》的比较

[1] 教育部哲学社会科学重大课题攻关项目“英语世界中国文学的译介与研究”（项目编号：12JZD016）。

[2] 曾诣，北京师范大学文学院博士生，主要从事比较诗学、海外汉学研究。

研究这四大板块。[1]其中，钟嵘批评观的研究又细分为批评标准和批评方法的研究；而《诗品》的比较研究则主要是讲《诗品》与《文心雕龙》等著作的比较。可以说，除去曹旭、张伯伟等部分学者关于钟嵘《诗品》在日本、韩国等海外传播与接受情况的介绍和研究以及近来由曹顺庆主编的《中外文论史》（巴蜀书社，2012年）里有关《诗品》与阿拉伯“品级论”的平行比较，汉语学界钟嵘《诗品》研究领域内鲜有真正意义上的跨文化比较研究。特别是关于英语世界钟嵘《诗品》相关情况的述评，现有成果更是呈现出数量少、评介简单、内容重复、材料陈旧的特征。

另外，王发国和曾明曾在文章《关于新世纪〈诗品〉研究的思考》中，就20世纪中国大陆学界所出现的40余部研究钟嵘《诗品》的专著，作出了如下“三多三少”的评述：从研究范型言，基础研究多而义理研究少；从研究质量言，因袭者多而创意者少；从研究视野言，封闭式多而开放式少。[2]虽然说，上述关于汉语学界钟嵘《诗品》研究的简要概述，主要针对的时间段是20世纪，且“三多三少”的评价也主要是就专著成果而言，但是，其实进入21世纪以来的近20年间，汉语学界的相关研究情况在总体研究内容方面仍与20世纪的情况类似。根据孙佩在《二十一世纪以来钟嵘〈诗品〉研究述评》一文中的总结，该时期的研究呈现出“四多四少”的状况：“论者多而大家少；数量多而优者少；沿承多而创新少；文本内部研究多而外部研究少”。[3]

总之，汉语学界内部对钟嵘《诗品》的研究，虽然历史悠久、成果丰富、特色鲜明，但却很少在根本的层面上实现关键的突破，学术发展亟待新的推动因素。而这在笔者看来，就少不了对英语世界相关研究情况的总结与借鉴。本文正是循着这样一种思路，先对英语世界钟嵘《诗品》研究的主要

[1] 黄念然：《20世纪钟嵘〈诗品〉研究述评》，《中州学刊》，2003年第6期。

[2] 王发国、曾明：《关于新世纪〈诗品〉研究的思考》，《西南民族学院学报（哲学社会科学版）》，2001年第12期。

[3] 孙佩：《二十一世纪以来钟嵘〈诗品〉研究述评》，《许昌学院学报》，2015年第4期。

成果进行一番概述，进而在变异学视域下就英语世界成果对汉语学界的意义形成一定的拙思。

二、英语世界主要成果概述

（一）钟嵘其人

就目前情况而言，英语世界中关于钟嵘其人方面的研究比较少。而且在有限的成果里，英语世界中对钟嵘其人这一方面的探讨基本上集中于史实层面的再现，对此之外的研究领域少有论及与延伸。换句话说，所有提及钟嵘生平介绍的英语材料，均为高度还原《南史》和《梁书》中的相关信息。所以，以当前已有情况来看，只有傅熊（Bernhard Fuehrer/Bernhard F ü hrer）的《钟嵘教育背景瞥见：评其著作中〈周易〉影响的表现》（“Glimpses into Zhong Hong's Educational Background，with Remarks on Manifestations of the *Zhouyi* in His Writings”）[1]这一篇学术论文，是在史书梳理和介绍的基础之上，围绕着钟嵘的教育背景所展开的较为细致的专题性研究，并就钟嵘《诗品》与《周易》之关系进行了一番文本比对与讨论。

该文章共分为五大部分展开相关论述。第一部分的导论，作者从《梁书》和《南史》两部史书中关于钟嵘的“好学”“有思理”和“明周易”的描述切入，提出该文章将要从家学影响和官学背景的角度对《周易》之于钟嵘知识谱系的重要性进行相关的阐明。并且在此基础之上，重点展开文章核心命题《诗品》与《周易》之潜在关联的讨论。随后的第二部分和第三部分便是依据相关历史材料，对钟嵘家学问题和《周易》在钟嵘所处时代的国子学中的存在情况所展开的具体分析。第四部分是该文章的重点所在。作者先是借助钟嵘所存书奏中对《周易》的引述，得出钟嵘熟习《周易》且深受其

[1] Bernhard Fuehrer， “Glimpses into Zhong Hong's Educational Background，with Remarks on Manifestations of the *Zhouyi* in His Writings，” *Bulletin of the School of Oriental and African Studies*，2004（1）.

影响的结论。接着再通过对《诗品》内容和结构等维度所进行的文本细读，指出了《诗品》在六个方面与《周易》有所关联。最后一部分的内容，主要是作者就文章之研究方法的一些技术层面的简论。总之，用文章作者傅熊自己的话总结："《诗品》在该文章中已然被解读为一个学术传统与独到见解相混合的复杂物。《诗品》中部分潜在的结构原则被阐释为与源自《周易》及其阐释性文学之概念性核心所密切关联的某种暗示。"[1]可以说，傅熊对钟嵘家学渊源和国子学背景的分析路径是颇为可取的，相应得出的《诗品》与《周易》存在深层联系的结论也是经得起推敲的。但是其文章后半部分对这一重关系的详细辨析，更多反映的是傅熊对于中国学者相关研究成果的接受与借鉴，原创性延伸稍显不足。

（二）《诗品》其作

若与其他海外汉学研究命题相比较而言，英语世界中以研究《诗品》著作为主要核心命题的材料不算太多，除去散见于各类材料中的引介性或简评式片段，真正以钟嵘《诗品》为研究主题而系统展开论析的核心成果主要有9篇论文、1部博士论文。虽然相关成果有限，但论及的方面却非常多元。英语世界的《诗品》研究主要分为三类：其一是关于《诗品》内在品评体系的研究，具体涉及相关标准原则、方法体系和表达风格的问题；其二是关于《诗品》外在思想关联的研究，分别谈到了《诗品》与《周易》、孔子儒家、汉魏六朝美学意识等的关系问题；其三是比较文学视域下的《诗品》研究，将《诗品》与其他东西方相关诗学理论进行平行类比和影响实证的探讨。

在9篇核心论文成果中，最早发表的卫德明（Hellmut Wilhelm）的《论钟嵘与〈诗品〉》（"A Note on Chung Hung and His *Shih-p'in*"）[2]和白牧之

[1] Bernhard Fuehrer, "Glimpses into Zhong Hong's Educational Background, with Remarks on Manifestations of the *Zhouyi* in His Writings," *Bulletin of the School of Oriental and African Studies*, 2004(1).

[2] Hellmut Wilhelm, "A Note on Chung Hung and His *Shih-p' in*," *in Wen-lin*, ed.Chow Tse-tsung, Madison: University of Wiscon sin Press, 1968, pp.111-120.

（E.Bruce Brooks）的《〈诗品〉解析》（“A Geometry of the *Shr̄ Pǐn*”）[1]是英语世界里颇为关键的钟嵘《诗品》研究成果，也是中国学者提及最多的两篇研究。不过，中国学者对于这两篇内容的介绍和评析基本上还停留在寥寥数语的浅表层面。

具体来说，卫德明的文章《论钟嵘与〈诗品〉》开篇即引述了《梁书》和《南史》中钟嵘传记的相关内容，并随后引出钟嵘《诗品》与沈约之关系的问题。文章指出，《南史》中认为钟嵘写作《诗品》是为了报复沈约的论断是不合情理的。钟嵘对于以沈约为代表之诗歌声韵说（“四声八病”说）的反驳是有理有据、合乎逻辑的，并非意气用事。另外，文章还指出，钟嵘对于陶潜的品评定位虽有待商榷，但考虑到钟嵘所处时代的文学风气，作出如《四库提要》般的辩证评价将更为可取。接着，文章论及钟嵘《诗品》中的“致流别”问题。对于此问题，作者先是提出，钟嵘过分强调文学传承的影响，无疑成为了历代诟病其诗学观点的焦点。然而，作者随即反驳，认为对文学发展进行概述性构建是难以绕开的命题，而且钟嵘并没有因为强调文学影响就完全忽视了个性创造。另外，作者还提到，钟嵘究竟在何种意义上建构时代先后之影响关系，即如何评判诗人间的承袭内质（风格或语气等）与个性差异，是很难梳理清楚的问题。不过，有一点可以明确，即钟嵘的评价无疑借鉴了他者的观点。

接着，作者围绕《诗品》专评五言诗的问题，指出钟嵘对五言诗的颂扬，并且钟嵘认为诗歌类型的更替有时代发展的自然性（自发性/自觉性）体现其中。当然，钟嵘在这个问题上所提及的例子有失严谨。另外，作者还指出，钟嵘的诗学理论更多是自成体系，而非如刘勰那样于儒家和佛教有所借鉴。钟嵘非常强调诗歌独立构建理论的意义，即应从诗歌本身出发，而非用外在理论套于其上。当然，若将钟嵘与刘勰并置，此二者的文学理论亦有同有异。钟嵘与刘勰一样都关注“自然感发”的问题，而且钟嵘对这一问题

[1] E.Bruce Brooks，“A Geometry of the *Shr̄ Pǐn*，” in *Wen-lin*，ed.Chow Tse-tsung，Madison：University of Wisconsin Press，1968，pp.121-150.

的认识是与文学性相关联的，并非如道家所理解的那般简朴。再者，钟嵘对“印象”问题也颇有见地，认为源自自然、历史和人类命运的印象式诗歌创作是重中之重，也因此他不像刘勰那般重视自然禀赋和创造性的意义，反而将焦点落于表达方式和品评诗人的方面。至于，钟嵘与刘勰相异的一点在于前者反对在诗歌中借用或征引其他材料，认为这样做会损害诗歌本身的“直寻”。

文章最后指出，钟嵘的诗歌批评，其立场是作为批评家而非诗人。钟嵘对于具体的诗歌实践（包括诗艺、声律说等）这类与诗人领域密切相关的问题并没有很关注，相关论断也并无太多见地。不过，钟嵘在文学批评类型化之时风中，将文学批评（诗歌批评）引向品质维度的评价，着实丰富了中国文学批评的内涵。这种系统化的构建也体现出了钟嵘所受的《周易》教育和训练。该文章还有一个值得注意的问题，即作者对于“陈诗”和“长歌”的另类理解。虽然作者的解释与众不同，但无疑是一种误读，笔者将在后文有所提及。

而白牧之的文章《〈诗品〉解析》在分析《诗品》及蕴藉其中的钟嵘诗学观时，更多是采取外部的、数据的研究模式：罗列表格、统计数据、考察行文顺序背后的上下文关系等。可以说，这种方式有一定的创新意义，因为它更直观地将一些研读文本可能会忽略的编排思路凸现出来。但是，在具体分析时也难免会显得有些想当然和牵强。诸如罗列《诗品》《玉台新咏》与《文选》这三部作品的对照表格，以及指出39%的溯源评语出现在开头的相关论断等等。另外，该文章有一个贯穿的观点，即认为钟嵘是折中派的代表之一，是处于一种复古批评家立场的，而且这又与儒家传统密切相关。虽然该文章有几处资料性错误和材料理解上的误读，但是总体的学术价值还是颇为值得称许的，特别是文章的最后以《周易》卦象来阐释钟嵘与沈约关系的研究方法颇为另类有趣，笔者亦将在后文展开介绍。

至于英语世界钟嵘《诗品》研究的其他成果，有两位汉学家的研究颇为值得关注。一位是美国汉学家魏世德（John Timothy Wixted），另一位则是上文已提及的德裔汉学家傅熊。这两位学者的相关英语研究成果基本上占据了英语世界钟嵘《诗品》研究的半壁江山。

魏世德主要有2篇文章论及钟嵘《诗品》。首先,《钟嵘〈诗品〉中的诗歌批评》(“The Nature of Evaluation in the *Shih-p'in* (Gradings of Poets) by Chung Hung (A.D.469—518)”)[1]这篇文章主要关注的是《诗品》中评价体系的性质问题。围绕这一主题，魏世德从钟嵘品评系统的产生背景、钟嵘所使用术语的性质、钟嵘评析时所关注的特性、钟嵘批评中暗含的价值标准、钟嵘用于诗人比对的不同手段以及钟嵘其作与一般艺术评价之关系问题这六大方面展开相应的论述。[2]

具体来讲，魏世德指出钟嵘《诗品》的产生背景离不开其建构文学品评标准与层级的动机，而且相应等级体系的形成亦与当时盛行的评议风气和“九品论人,《七略》裁士”的传统密切相关。另外，魏世德还较为详细地讨论了钟嵘关于诗歌和棋类间的类比关系问题。至于《诗品》术语方面，魏世德则指出，钟嵘的用语习惯体现了当时特性品评术语传统的风貌。而在随后论及钟嵘品评时所注意的特性方面，魏世德又指出《诗品》中存在大量体现层级性的价值描述；并且钟嵘所辨析的具体诗人诗作特性具有较高的抽象性和模糊性，具体的内涵也就较难确证。关于钟嵘批评体系所暗含的价值判断原则，魏世德主要是从《诗品序》切入展开具体分析的，他分别指出钟嵘以“赋比兴”为依据所定义的“完美诗歌”之内涵，以及围绕“直寻”所引申出来的反对用典和声律主张之诗歌标准。另外，魏世德还指出,《诗品序》中所彰显的相关品评标准，虽然在具体诗人评鉴部分依旧一以贯之，但其更多是作为一种暗含的价值判断背景，而并非是外显的具有操作性倾向的

[1] John Timothy Wixted, “The Nature of Evaluation in the *Shih-p'in* (Gradings of Poets) by Chung Hung (A.D.469-518),” in *Theories of the Arts in China*, eds.Susan Bush and Christian Murck, Princeton: Princeton University Press, 1983, pp.225-264.

[2] John Timothy Wixted, “The Nature of Evaluation in the *Shih-p'in* (Gradings of Poets) by Chung Hung (A.D.469-518),” in *Theories of the Arts in China*, eds.Susan Bush and Christian Murck, Princeton: Princeton University Press, 1983, p.225.

准则。在谈及钟嵘比对诗人的多样手段时，魏世德则总结出了四种类型：第一类是在具有相同特性的两个诗人间展开比对；第二类是通过比喻（包括暗喻和明喻）来比对不同诗人；第三类是依据诗人风格归类于不同诗歌渊源脉络从而形成对照来暗指一种比对；第四类则是从“三品升降”的整体来体现一种宏观比对。[1]

而在最后一部分讨论《诗品》与一般艺术评价之关系问题时，魏世德则指出钟嵘对个体诗人的具体评价是颇受后世接受的，但其“三品升降”的划分则频频引发争论。另外，《诗品》一方面体现出钟嵘的品评有受到其同时代相关评价的影响，另一方面则又彰显了他作为文学批评家的独特性。可以说，这篇文章从多个维度切入对钟嵘《诗品》作了一次较为多面向的考察，提出了一些颇有创见的观点。

至于魏世德的另一篇文章《〈古今和歌集序〉：另一种视角》（“The *Kokinshū* Prefaces：Another Perspective”）[2]，则主要是以一种影响研究的视角来探讨日本《古今和歌集》序言（包括“真名序”和“假名序”）对中国古代文学批评理论的接受与变创。其中，魏世德用了相当大的篇幅具体分析了《古今和歌集》两篇序言与钟嵘《诗品》在多个方面的相关性。最后，该文章还就两篇序言的异同问题展开了一定的论析，并进一步指出《古今和歌集》序言具有既承继于中国文学批评传统又独立于这一传统的特性。可以说，这篇文章虽然其主旨不完全是围绕钟嵘《诗品》的相关问题来展开的，但是其中对于钟嵘《诗品》与日本《古今和歌集》两篇序言之影响关联的揭示与分析，无疑是对钟嵘《诗品》研究的重要补充与丰富，值得我们进一步去深思和探索。

[1] John Timothy Wixted， “The Nature of Evaluation in the *Shih-p'in*（Gradings of Poets） by Chung Hung（A.D.469–518），” in *Theories of the Arts in China*，eds.Susan Bush and Christian Murck，Princeton：Princeton University Press，1983，pp.242–244.

[2] John Timothy Wixted， “The *Kokinshū* Prefaces：Another Perspective，” *Harvard Journal of Asiatic Studies*，1983（1）.

傅熊除了上文提到的关于钟嵘“其人”方面的1篇文章以外，另外还有2篇文章是讨论《诗品》“其作”的。傅熊在《诗人的典范：文学品位之合理操作的两种方法运作》（“Apotheosis of Poets：Two *modi operandi* of the Reasoned Exercise of Literary Taste”）[1]一文中，用平行研究的方法就钟嵘《诗品》的品评理论和文艺复兴时期意大利学者斯卡利杰（Scaliger）的相关诗歌批评展开了同与异的戏谑式比较。傅熊指出，钟嵘侧重于考虑诗歌感情的直接表达和自然音声之美；而处于亚里士多德和贺拉斯修辞传统中的斯卡利杰则偏向于强调诗人的道德目的，即诗人的说服力。另外，钟嵘主要是对诗歌“品质”作出“美学判断”，以体系化品级的排序来规范诗歌批评的价值评判；而斯卡利杰则更多是通过心理、时间和话题的三分来构筑一种客观的分类系统。[2]

傅熊的另一篇文章是《高风与真骨凌霜：钟嵘〈诗品〉解说》（“High Wind and True Bone，Defying Ice and Frost：Illustrative Remarks on the *Shipin* of Zhong Hong（467?—518）”）[3]。他在开篇处先简要介绍了钟嵘《诗品》所处时代的背景情况，并就《诗品》中的分品、“致流别”以及《诗品序》的主体内容进行了一定的概述。随后，作者明确提出一个观点，即《诗品》中的品第三分实际是建立在四分的基础之上的，这与儒家以“智”评价人的标准相暗合。紧接着，作者提出钟嵘《诗品》具有一种简要且含蓄的话语风格，并且其句法和文体风格方面也存在着相当的歧义。由此，作者引出另一个讨论命题，即通过分析具体的《诗品》例证对钟嵘评价性描述的模式进行阐明。

作者先是指出钟嵘对曹植的高度评价，并通过其关于刘桢与陆机的比

[1] Bernhard Fuehrer，“Apotheosis of Poets：Two *modi operandi* of the Reasoned Exercise of Literary Taste，” *Tamkang Review*，1993（2）.

[2] Bernhard Fuehrer，“Apotheosis of Poets：Two *modi operandi* of the Reasoned Exercise of Literary Taste，” *Tamkang Review*，1993（2）.

[3] Bernhard F ü hrer，“High Wind and True Bone，Defying Ice and Frost：Illustrative Remarks on the *Shipin* of Zhong Hong（467?–518），” *Bochumer Jahrbuch zur Ostasienforschung*，1995（19）.

对，引出对钟嵘品评刘桢时所彰显的比喻性描述式评价风貌的论析。另外，该文章还对诗人及其诗作间的复杂关系展开了相关的阐述。并且特别以曹操为例，提到了诗人的地缘背景与其特殊的诗歌风格之间存在着一种隐藏且复杂的关系。而钟嵘恰恰就习惯于使用这样一种暗指来定性诗人诗风，并且所用的具体表达又多出自诗人作品本身，如范云和丘迟的例子。随后，作者通过江淹的例子明确了钟嵘在《诗品》中还会使用逸事这样一种间接的描述性评价模式。文章的结尾，作者指出理解钟嵘《诗品》的一些困难，且提到了钟嵘《诗品》与孔子和司马迁的关联。总之，该文章通过详尽的例证总括了钟嵘《诗品》中所体现出来的三种惯常评价模式，为理解《诗品》的品评体系和理论内涵提供了有益的想法。

另外，除了上述提及的部分成果，英语世界《诗品》研究还有以下几篇重要的研究论文也值得我们多加关注。

首先是车柱环（Cha Chu Whan）的文章《探寻理想诗歌：以钟嵘为例》（"On Enquiries for Ideal Poetry: An Instance of Chung Hung"）[1]。该文章通过平行研究的方法，将钟嵘《诗品》的相关诗学理论与一众西方学者的观点相比对。具体而言，在论及诗歌情感问题时，作者将钟嵘与华兹华斯对比；在讨论个人化经历与诗歌的关系问题时，作者则以艾略特与钟嵘比照；在谈到"风力"概念时，作者援引了惠洛克的观点与之对应；在具体关注"比"的问题时，作者引述了雪莱、沃德和伊万斯的观点来展开；在关涉自然情感和自然感发的维度时，作者并举了济慈、克莱夫·桑松柯勒律治和约翰·利文斯通·洛斯这些西方文学理论的例子作呼应；在提及"钞书用典"的问题时，作者关联了莱斯特的观点进行论述；而在分析诗歌音韵对诗歌的消极影响时，作者引入了凯瑟琳·威尔逊和威廉·柯珀的观点来说明；最后在指出诗歌不应作为宗教和哲学之载体的问题时，作者也是以西方的数个例子来支撑

[1] Cha Chu Whan, "On Enquiries for Ideal Poetry: An Instance of Chung Hung," *Tamkang Review*, 1975（6）& 1976（7）.

钟嵘的相关看法的。可以说，车柱环的这篇文章通篇都在将钟嵘的诗学理论置于一种西方学术场域中，将西方的相关理论观点作为解读钟嵘《诗品》的辅助。

其次，叶嘉莹（Chia-ying Yeh）和王健（Jan W.Walls）的文章《钟嵘诗品评诗之理论标准及其实践》（"Theory, Standards, and Practice of Criticizing Poetry in Chung Hung's *Shih-p'in*"）[1]主要分为两大部分，第一部分主要讨论了钟嵘《诗品》中的理论标准问题，第二部分则通过选取个别诗人的品评对钟嵘《诗品》之实践进行一番探究。

具体来讲，第一部分作者在简单论述了成书年代及写作动机的问题之后，随即展开对钟嵘《诗品》理论标准的讨论。首先，作者指出《诗品》的首要贡献在于分等品评，以及钟嵘对部分重要诗人之风格的"致流别"。正如作者所谈及的，这两方面的贡献使历代对《诗品》的评价褒贬并存。但是无可非议，钟嵘通过梳理诗人间的影响关系，构建起了一种纵横结合的历史视角。接着，作者对钟嵘《诗品》的理论和标准展开了相应的分析。从钟嵘"自然感发"的诗歌发生论切入，作者总结出存在于钟嵘《诗品》中的两条诗歌品评标准：其一是与诗歌发生论相关，主张自然感发的真情实感和"直寻"的风格，反对用典和声韵规律；其二则是诗歌表达模式"赋比兴"的使用，以及"风力"和"丹彩"的并重。作者认为这两重标准是互为表里的，后者所谈及的诗歌表现手法正是呼应了前者的理论追求。换言之，前者是理论出发点，后者则是具体的表现手段。

文章的第二部分是通过考察钟嵘对个别诗人的评价，重点探究其中所彰显的四大要点：第一是钟嵘对诗歌中的情感，特别是哀怨的重视，作者指出这一点在"上品"的评价中尤为凸显；第二是钟嵘对"气""骨"和"风"这三大要素的重视；第三是钟嵘对"比""兴"和"讽喻"策略的重视；第

[1] Chia-ying Yeh and Jan W.Walls, "Theory, Standards, and Practice of Criticizing Poetry in Chung Hung's *Shih-p'in*," in *Studies in Chinese Poetry and Poetics* (vol.1), ed.Ronald Miao, San Francisco: Chinese Materials Center, 1978, pp.43–80.

四则是钟嵘对文学表达视听层面，即辞采音声之美的重视。总之，钟嵘对个体诗人的品评与其序言中所提及的理论标准是相关联的。最后，作者还提及钟嵘经常用具体的意象来阐发抽象观点的问题，并就钟嵘的批评理论和批评实践作出了几点宏观的概述。可以说，该文章通过大量细致的材料，就钟嵘《诗品》的理论标准及相关实践给出一定的评价和辨析，体现出宝贵的学术价值。

再有，阮思德（Bruce Rusk）的文章《钟嵘〈诗品〉中的一段衍文》（“An Interpolation in Zhong Hong's *Shipin*”）[1]是一篇非常有趣且条理清晰的研究成果。该文章讨论的主题是，就钟嵘《诗品》中陶潜条目的最后一句话“古今隐逸诗人之宗也”是否被篡改的问题进行重新阐发。阮思德主要采用的是文献考据的方法，通过文本比对和史料佐证的手段，从语法结构、文学溯源之修辞表述和具体用词这三方面切入，指出陶潜条目最后一句话与《诗品》其他部分的行文习惯和论述风格不相协调这一结论。

张爱东（Aidong Zhang）的博士论文《钟嵘〈诗品〉与六朝的美学意识》（“Zhong Rong's *Shipin* and the Aesthetic Awareness of the Six Dynasties”）[2]是目前可见的，英语世界中以钟嵘《诗品》为其研究主题的唯一一部学位论文成果。该论文是从整体的、系统的角度，对《诗品》的重要意义和创新价值展开了相应论述。整部博士论文除去导入和结语部分外，主体分别从钟嵘的诗学观、诗歌之“情”、诗歌之“味”和意象在《诗品》中的角色这四章展开具体论述。一方面对六朝时期文学论争和美学意识的背景进行了介绍和考察，另一方面则是结合这样一种广阔背景对《诗品》的关键概念和批评方法进行了论析。不仅揭示出《诗品》对相关理论的承继与发展，还关注了《诗品》对六朝美学意识的彰显与发挥。最后，该论文结论认为，《诗品》标志

[1] Bruce Rusk, “An Interpolation in Zhong Hong's *Shipin*,” *Journal of the American Oriental Society*, 2008（3）.

[2] Aidong Zhang, *Zhong Rong's* Shipin *and the Aesthetic Awareness of the Six Dynasties*, University of Toronto, 1996.

了纯粹诗歌批评方法的确立，是体现着体系化倾向的一次重要批评尝试，其概念术语和方法论均对后世诗学产生深远影响。

综上，虽然英语世界中关于钟嵘及其《诗品》的研究成果有限，但细致分析各中内容还是能够挖掘出相当的学术价值，为汉语学界钟嵘《诗品》的研究生态注入新鲜元素。

三、从变异学看英语世界成果对汉语学界的意义

总体来看，英语世界对钟嵘《诗品》的探讨是从研究开始的。最早出现的成果是1968年发表在《文林》上的两篇文章：卫德明的《论钟嵘与〈诗品〉》和白牧之的《〈诗品〉解析》。而直到1976年，真正可以被单独算作《诗品》英译的成果才出现在英语世界中，即魏世德在其博士论文《元好问的文学批评》[The Literary Criticism of Yüan Hao-wen（1190—1257）][1]的附录中所附上的《诗品》英译内容（包括"诗品序""上品"和"中品"部分的英译）。并且一直以来，英语世界对钟嵘《诗品》的关注也多集中在研究领域，翻译方面的情况相对冷清，截至目前仍未见全译本，魏世德的英译可算最接近全译本的材料了。

而具体到钟嵘《诗品》在英语世界的研究情况，则关于《诗品》"其作"的研究比关于钟嵘"其人"的研究更为丰富。从已有的状况来看，英语世界中最早出现且最有影响价值和学术意义的成果，基本上都是对《诗品》著作本身展开的研究。至于探讨钟嵘生平阅历的研究，除却部分文学辞典或文学史的介绍性材料，真正能够被视为学术研究的成果仅有傅熊在2004年发表的论文《钟嵘教育背景瞥见：评其著作中〈周易〉影响的表现》。可以说，英语世界对于钟嵘本身的探索还有很大的可为空间，这一点恰恰与汉语学界的

[1] John Timothy Wixted，*The Literary Criticism of Yüan Hao-wen（1190-1257）*，University of Oxford，1976.

钟嵘“其人”研究有所区别。关于钟嵘生平的考究，如生卒年、《诗品》成书年代、身世年表等，是汉语学界钟嵘研究的关注热点，即使相关结论仍难有定调，但是所涉成果颇丰，一般相隔一段时间就会出现一定的新成果。

至于《诗品》“其作”的研究，前期英语世界的成果主要集中在《诗品》品评体系的内部研究方面。如影响较大的《论钟嵘与〈诗品〉》（卫德明）、《〈诗品〉解析》（白牧之）、《钟嵘诗品评诗之理论标准及其实践》（叶嘉莹、王健）和《钟嵘〈诗品〉中的诗歌批评》（魏世德）。而后期的研究成果则逐渐较多地转向《诗品》的外部研究和考据式研究。如：研究外部思想关联的《钟嵘教育背景瞥见：评其著作中〈周易〉影响的表现》（傅熊）；比较文学影响研究的《〈古今和歌集序〉：另一种视角》（魏世德）和平行研究的《探寻理想诗歌：以钟嵘为例》（车柱环）、《诗人的典范：文学品位之合理操作的两种方法运作》（傅熊）；还有考据式的研究《钟嵘〈诗品〉中的一段衍文》（阮思德）。

总而言之，英语世界钟嵘《诗品》的研究状况是：文本注疏与考据方面的基础研究少，而品评理论方面的义理研究多；积极吸收借鉴汉语学者的相关成果，且跨文化比较研究价值突出，充分彰显开放性；独特的学术视角和另类的研究方法则在一定程度上体现出了有意思的创新性。

（一）基础研究少，义理研究多

由于语言的问题，汉语学界必然会出现更多注疏性质的钟嵘《诗品》研究成果。况且，文献考据式研究一直是汉语学界的显学。因此，国外汉学界的相关成果无法与之企及也是情理之中。英语世界中目前可见的考据类研究仅有阮思德的《钟嵘〈诗品〉中的一段衍文》一篇论文，其他成果多为讨论《诗品》品评体系或思想基础的义理方面的研究。不过，值得注意的是，日本和德国的汉学界还是出现了一定量的钟嵘《诗品》注疏类成果。如包含注释且作为第一部《诗品》日语全译本的高松亨明的《诗品详解》，德裔汉学家傅熊所译注的《诗品》德语全译全注本等。或许不同地域汉学研究侧重的不同，与相应翻译情况的盛衰有一定的内在关联。所以，在连英语全译本都仍未出现的英语世界中，注疏性质的基础研究就相应地有所缺失了。

（二）积极借鉴汉语学界的成果

相较于大部分汉语学者对海外《诗品》研究情况的淡漠态度，英语世界的相关学者却对汉语学界的《诗品》研究非常关注，这一现象在众多具体的成果中均有体现。如傅熊在其文章《钟嵘教育背景瞥见：评其著作中〈周易〉影响的表现》的注释5里就明确指出他文章中的部分内容受益于张伯伟关于《诗品》与《周易》之关系的出色研究。[1]确实，通过笔者的简单比对，不难看出傅熊在分析《诗品》与《周易》的思想渊源问题时，其所论及的六个方面几乎都能发现较为明显的参考借鉴张伯伟相关研究的痕迹。

（三）比较文学研究价值突出

在英语世界钟嵘《诗品》的研究中，有将近三分之一的成果是属于比较文学范畴的。而对比汉语学界钟嵘《诗品》的研究状况，就会发现汉语学者对于这样一种跨文化研究并不太重视，即已有成果的关注焦点更多是落在钟嵘《诗品》本身。目前汉语学界内关于钟嵘《诗品》的比较文学研究较为突出和主要的材料，有曹旭、张伯伟等学者关于钟嵘《诗品》在日本、朝韩地区的相关著述，还有在曹顺庆主编的《中外文论史》中提到的钟嵘《诗品》与阿拉伯“品级论”的平行研究。因此，当前英语世界中钟嵘《诗品》的比较文学研究成果无疑是对汉语学界相关研究的重要补充和丰富。特别是在中西平行研究的方面，由于汉语学界少见这一领域的成果，所以车柱环和傅熊两位学者关于关联钟嵘《诗品》与西方文学理论思想的研究可谓是凸显了重要的学术价值。

（四）独特视角与另类方法

由于语言转换的变异和文化思维的差异，英语世界的学者在研究中国文学相关问题的时候，其独特的解读视角往往会让汉语学界感到新奇，而且他

[1] Bernhard Fuehrer, “Glimpses into Zhong Hong's Educational Background, with Remarks on Manifestations of the *Zhouyi* in His Writings,” *Bulletin of the School of Oriental and African Studies*, 2004(1).

们有时候确实会采用一些另类的探究方法来展开具体的研究。笔者在系统考察英语世界的钟嵘《诗品》研究后，选取了以下两个特色较为鲜明的例子进行阐述。

1. 卫德明对于“长歌”和“陈诗”的独特理解

在跨文化文学交流的过程中，必然会出现各种层面的变异现象，这是由不同文化在根本质态上的异质性所决定的。而一旦某一文学现象经过文化过滤或文化误读后，我们就会发现一些有趣的变异情况。卫德明对于钟嵘《诗品序》里“非陈诗何以展其义，非长歌何以释其情”[1]一句的曲解，正是这样一种跨语际变异的彰显。卫德明对于“陈诗”和“长歌”的理解并非无意误读而是有意曲解，他非常清楚“陈诗”和“长歌”的一般意义，但仍坚持他的大胆解读。他从后一句“非长歌何以释其情”切入，通过确认“长歌”与乐府《长歌行》相暗合，从而推导出“陈诗”也应当与陈思王曹植之诗作对应。[2]不可否认，这种类似于“互文”式的解读方法，确实很符合中国古代文学文献研究的实际。但是，仅仅是出于《长歌行》与《诗品序》之相关描述在语境维度相契合这样的感性缘由，就以此为逻辑起点阐发出后续关于“陈诗”的解读，笔者认为这多少有些欠缺严谨性了。而且，“陈诗”一词应为六朝时期的惯用语之一，其基本含义是相对固定的，即“赋诗”[3]。所以，卫德明将“陈诗”和“长歌”作如是阐释是有悖常理的。当然，若站在变异学、译介学等文化立场来看待这一问题的话，不得不说这一“创造性叛逆”并非一无是处。

2. 白牧之借助《周易》卦象解读钟嵘与沈约的关系

由于《南史》中有这样一段记载：“嵘尝求誉于沈约，约拒之。及约卒，嵘品古今诗为评，言其优劣，云：‘观休文众制，五言最优。齐永明中，相

[1] （梁）钟嵘：《诗品集注（增订本，全二册）》，曹旭集注，上海古籍出版社，2011 年，第 56 页。

[2] Hellmut Wilhelm, “A Note on Chung Hung and His *Shih-p'in*,” in *Wen-lin*, ed.Chow Tse-tsung, Madison: University of Wiscon sin Press, 1968, pp.118-119.

[3] （梁）钟嵘：《诗品集注（增订本，全二册）》，曹旭集注，上海古籍出版社，2011 年，第 62 页。

王爱文，王元长等皆宗附约。于时谢朓未遒，江淹才尽，范云名级又微，故称独步。故当辞密于范，意浅于江。’盖追宿憾，以此报约也”[1]。所以，一直以来都有一种观点认为钟嵘反对声律说或贬低沈约的根本缘由在于私人恩怨。虽然中外学界就此论断的态度基本上是否定的，即认为钟嵘品沈约于“中品”的本质原因应是出于诗学主张层面的考虑而非纯粹的个人情感层面的考虑。

不过，这一则颇有意味的逸事仍然在人们论及钟嵘品评沈约相关问题时被反复提到。而在英语世界的相关研究中，白牧之在对待这一问题时的研究方法颇为值得关注。他在分析钟嵘贬低沈约的原因时剑走偏锋，选择了一种让笔者颇为意外的方式来展开相关的阐述，即问卦于《周易》以借助卦象来推导相应的结论。根据所得卦象，白牧之将钟嵘与沈约分置于“复古”和“趋新”两大阵营，认为二者冲突的本质因由在于两派势力的冲突。[2]虽然说钟嵘是否可以被归于“复古”一派，这一问题仍需要再作深论，但是起码白牧之的论断指出了一个很重要的观点，即钟嵘与沈约的矛盾在于诗学主张方面而非个人恩怨方面，这样的论断其实颇有建设性。无论白牧之的结论是真的求卦于《周易》所得，还是仅仅以《周易》的卦象爻辞为其观点阐发的切入点，他的结论本身确实是一个思考钟嵘沈约之关系的很有价值的视角。

四、结束语

综上所述，由于钟嵘《诗品》相较《文心雕龙》等理论性更突出的诗学著作而言，其价值更多体现在具体的品评实践中，所以英语世界对其的接受也更多不在专题研究而在直接援引诗人诗作评语方面。因此，专门针对钟嵘《诗品》的研究成果从数量的层面考察并不算英语世界汉学研究的热点大宗，

[1] （唐）李延寿：《南史》，陈苏镇等标点，吉林人民出版社，1995 年，第 1020 页。

[2] E.Bruce Brooks, “A Geometry of the *Shr̄ Pin̆*,” in *Wen-lin*, ed.Chow Tse-tsung, Madison: University of Wiscon sin Press, 1968, pp.147-148.

但是其在质量方面还是可以称得上精品的。从上述的分析中我们不难看出，英语世界的研究论断在相当程度上与汉语学界的相关情况近似，而且英语世界的研究者对于汉语学界的学术产出也是颇为关注和重视的。另外，在英语世界与汉语学界针对钟嵘《诗品》所产生的研究共识之外，又有一些源自英语世界学者变创与大胆尝试的学术闪光点。而恰恰是这些带着异质色调的研究火花，可以为汉语学界钟嵘《诗品》的新一轮研究带去助燃的推动力。

书 评

走向“历史”与“社会”的当代中国文学理论
——读方维规《文学话语与历史意识》

柏奕旻[1]

“理论何为？”20世纪末起，这一问题就不断为西方学者所考问。孔帕尼翁（Antoine Compagnon）对“理论与常识”关系的讨论便是一例。在其1998年出版的《理论的幽灵》（*Le Démon De La Théorie*）中，开篇即检讨了20世纪八九十年代欧美文学界日益制度化、教条化的理论境况。在他看来，六七十年代强烈的理论冲动，早已被冻结在不经思辨的解释框架与知识生产体制中，本应警惕、反思常识与庸见的“理论”，其批判性与论战性愈来愈无迹可觅。[2]

孔帕尼翁笔下的“欧美文学界”虽并非指涉单质、均一的对象及状况，但对理论花火日益黯淡的焦虑，却日渐为更多学人分享。问题不止于此。他详尽查考了20世纪60—70年代法国文学理论的各面向、诸要素，以寻得纾解现实焦虑的解答。至于这些理论与其时社会历史间若何构成张力，激活它们在当下意味着什么，及一旦将理论研究视为人文研究的重要环节，它将如何形塑人文研究的品质，促发与现实状态的切实互动，这些议题多少有些意犹未尽。

而当西方始借“文化研究”视野的转向与勃兴以求突围时，20世纪80

[1] 柏奕旻，北京师范大学文学院文艺学专业博士生。

[2] ［法］安托万·孔帕尼翁，吴泓缈、汪捷宇译：《理论的幽灵——文学与常识》，南京大学出版社，2011年，第4页。

年代的中国知识界却正为“落伍”感焦灼，并产生了对西方理论的引介与追慕。从“审美”的狂欢、“主体”的狂欢、“语言”的狂欢及“建立中国式文化研究”的吁求声中一路走来[1]，时至今日，几乎所有外国时髦理论都被译介，中国的理论现状却以更严峻的样态逼视着身处其中的学人：一方面，学界之于理论的态度显得复杂参差，慨叹“后理论时代”来临者有之，号呼中国理论学派走向世界者有之，汲汲于前沿理论者有之……另一方面，诸种看似纷繁的观念背后，在方向和底层逻辑上却又是相当连续的，即为后社会主义的内在历史势能与理论惯性高度形塑。[2]

就此，对当代中国文学理论研究而言，一旦开展对上述议题的考辨、审思，则意味着有更多前提工作要做。首先，需对三十年来学界翻译、述评、研究西方理论的成果加以清理、总结、定位，在此基础上，将之作为观察当代中国理论品格与知识感觉的视点，以期为理解现有知识境况、激发新的思想实践提供可能。在这一方面，方维规教授的近著《文学话语与历史意识》，为我们的思考提供了契机。

一、以守为进：“朴素”研究的知识品格与现实意义

阿多诺、本雅明等理论家可算中国学人的“老朋友”了。且不论对二人翻译、研究已有的丰富成果，每年仍有相当体量的论文继续推进着对二人思想理论的研究。此外，因其观点的批判性质与尖锐气息，往往能成为吸引分析者借以批判现实问题的理论资具。关键是，即使在以德语为母语的研究者看来，阿、本的著作也未免艰涩难懂，缘何他们能在中国成为热门研究对象？此外，当理论的运用者倾心其概念语汇的批判力量，未经转换地用以分

[1] 童庆炳：《〈文艺学与文化研究丛书〉总序》，载程正民、程凯：《中国现代文学理论知识体系的建构——文学理论教材与教学的历史沿革》，北京大学出版社，2005 年，第 2 页。

[2] 贺照田：《后社会主义的历史与中国当代文学批评观的变迁》，载《当代中国的知识感觉与观念感觉》，广西师范大学出版社，2006 年，第 55 页。

析待反思的现象，并陷入此种知识生产感觉时，往往易失却朴素面对理论的心情。此处“朴素”指的是，有意识克服对理论浅尝辄止的满足，深入把握理论诞生、沿革的来龙去脉，对它的适用范围与限度保持紧张感、分寸感。该著第一、二辑对“文学社会学”、“接受美学”的重拾与再考究，既虑及论题的复杂性、认识的变化性、相关争议尚无定论等因素，更意在针对中国目下理论理解的现状，重新把问题说清楚。

以对本雅明政治美学与艺术思想的考察为例，该著于各处对学界纠缠、苦斗多年的“技术”（Technik）、“技术复制”（Technische Reproduzierbarkeit）、“光晕”（Aura）等关键字眼作出译法的廓清与商榷[1]，注重概念来源、适用范围，兼及对上下文中意涵的考辨，更关涉如何确切定位具体概念在西方思想史的位置，并力图理解其在本雅明本人的思想流变中有何意味。

这一直面本雅明理论概念本身的朴素方式，首先需要研究者具备突出的语言功底与对外文材料的搜集、筛选、把握、理解能力。作为西方理论的研究基础，外语掌握既非易事，更大的挑战还在于，对外语的熟练运用必须高度配合使用者的思维能力、对外国文化足够深入的了解，才能保证吃透该外语写作的理论著作。而获致对一理论概念的理解后，通透确切的翻译是构成进一步介绍与讨论的前提，这就连带要求研究者对汉语的语言、文化与思维习惯保有持续的敏感。由此观之，该著风格上的凝练晓畅，用词展现的节制感与对精准性的追求，并非仅具有形式意义，而是内在关联于作者对研究对象高度的把握力。在作者看来，译介质量的良莠不齐，是中国三十年来翻译成为重灾区，对不少理论研究不断、进展寥寥的重要缘由之一。[2]

经由上述例证，考察该著所作的反思与贡献，可借“以守为进”四字加以概括。值得注意的是，“守”意味的工作内容，对研究者学术格局的考验不止于语言与材料层面。就问题意识而言，对理论对象的判断、甄别、遴

[1] 方维规：《文学话语与历史意识》，复旦大学出版社，2015 年，第 61、72 页。由于本文所引例证皆出自该著，为节省篇幅，下文将不再逐一标注页码。

[2] 方维规：《中国翻译重灾区》，《中国图书评论》，2011 年第 10 期。

选，须基于特定的反思性与问题感。换句话说，一方面，对诸多看似“古老”的概念与论题，其价值与重要性一经确认，就必须予以坚决的重返与厘清。在这一点上，序言对“比较文学”这一简略称谓之来龙去脉的说明，尤其对该专业在西方学术发展过程中意涵变迁的爬梳，是必要的。西方没有中国的“文艺学”学科，而对“比较”头衔的望文生义以及“比较文学”引入中国高校学科建制后发生的实际嬗变，致使中国文学系的学生在选择具体研究方向时，每每踌躇于“比较文学”与“文艺学”专业的差别。不厌其烦地对“比较文学”概念加以澄清，非意在强调严守学科建制的界限，而是为我们反观中国“比较文学”“文艺学”等学科三十年来的发展状况提供参照。

另一方面，则表现在引入未被现有理论体系囊括的理论。这种理论引介的意义，并非“填补学术空白”之谓。填补学术空白固然也需对现有学术思想体系建构的来龙去脉和具体状况形成综合性把握，但此基础上引进的理论，仅仅被视为填充物，它与其他理论的互文关系、对话根基，进而对整个知识网络的增补意义，并非引入者最大的关切。

考察该著第二辑的内容安排，之所以将标题提炼为对德国“接受理论”的汇考，在于考察对象并非止于阐明西德“接受美学”原理，还及于东德“交往美学”的新引介。值得注意的是，该辑引入以瑙曼为代表的“交往美学”理论，虽客观上构成对现有读者理论、接受理论等脉络的知识补强，但这一补强却是在下述意义中实现。一，指明东、西德两种模式起初完全独立的发展状况，将益于读者了解20世纪60年代欧美文学理论界对传统阐释方法、文学史编撰状况的普遍不满，从而对一种新的理论思潮或研究视野的转换及其背后缘由，形成更明晰的把握。二，通过查考交往美学的兴起状况与具体内容，将其与接受美学相比照，不仅帮助我们对二者间的影响层次、对话关系形成有效认识，更重要的是，将避免我们“绝对化地”理解接受美学在接受理论脉络中的具体位置。借用近年史学家对“主调”与“低音”关系的讨论[1]，这就意味着，接受美学思想并非当时的一颗孤星，它所以能成为我们理解该段理论史的主调，恰源于我们遮蔽、掩盖、边缘化了同样具有意义的交往美学思想。反过来，唯有深入抵达交往美学的问题意识，我们才能更好地对自以为老生常谈的接受美学，对其指向与意义，形成恰切适当的理解。三，一旦注意到东、西德理论间的主调-低音关系，就将导引我们连带思考此关系得以成立的缘故，在于冷战思维主导下学术交流、知识传播与历史定位等的限制，而这种具有充分历史感的认知，又将为我们真正理解两种理论模式内在的视野与限度奠定基础。

因此，某种程度上说，该著展现的工作性质或是保守和朴素的，但这一保守性、朴素性中，却蕴涵着更为深厚的理论感觉。首先是以扎实有效的语言、材料功底，对理论对象加以贯通，进而拒绝将理论闭合于抽象的术语、概念、体系之间，对理论的把握与引介代之以切实的问题意识。这一方法意味着，一方面，将理论视为特定历史时空中开放的、活泼泼的“事件”，作为特定社会结构、历史脉络中的对象；另一方面，通过将理论回置于批判性与创造性的语境，观照于沿革、接受的历史，从中召唤出回叩历史、反思现实的力量。进而，理论本身也被视为反思常识、反抗规训的批判性思考方式。

二、“历史性”的张力：方法确立与实践难题

值得追问的是，何以理论能既为对象，又是方法；既为思想和知识的形式，又是介入现实研究实践的方式？换言之，上文所述理论感觉的养成，是以何种研究品质与学术视域的有效树立作为前提？

考察方维规教授近年撰写、出版的一系列著作，从《文学社会学新编》至《20世纪德国文学思想论稿》，及至《文学话语与历史意识》，将发现其在

[1] 王汎森：《执拗的低音：一些历史思考方式的反思》，三联书店，2014 年，第 1–2 页。

理论绍介与意涵阐发背后“历史意识”高度彰显的过程。[1]不同于大量将文学理论研究视为“文学”领域内部事业、退回“内部研究”的做法，作者在意的是“历史”对于体悟文学、深入文学理论的核心意义，缺乏历史意识与历史把握的文学分析、理论探讨必然是跛足的。从该著的标题中，亦不难发现作者为此作出的自觉提炼，即突出强调文学理论研究中“历史意识”这一核心理念，他兼以“历史性”替换这一概念，并在两个层面进行论述。

首先，就研究的方法论层面而言，历史意识是深入的历史考证、详尽的实证方法。表现在考证对象上，即重视文献资料的可靠性，以尽可能收集到的、足以征信的史料，对经验和行为、人和事物的历史存在加以说明。表现在考证过程中，是“重考据”“重材料功夫”的态度与追求。

其次，在更富哲学意味的层面上，将“历史性”运用于文学理论研究，意味着，其一，强调在历史语境中解读文本，强调理论及认识的历史之维，这是“理论的历史性”。这既指涉了查考理论诞生的历史条件，也涉及廓清理论的生成、发展、变化与创新的一整套历史关联。由此，重视理论的互文性，是必须将理论充分回置于思想史的脉络，考察它的位置与创造性所在。二，强调解读行为本身的历史性，强调理论的解读者面对理论时自察现实语境，尤其是自身选择性甄别理论的机制、现时状况对理论理解的影响等，这是“理解的历史性”。在此，我们可以见出伽达默尔及赫施关于阐释学理论中“含义”（Sinn）和“意义”（Bedeutung）的说法：所谓“含义”，即历史事实赋予文本的客观性内涵。而理解和阐释的历史性，并不是改变文本的原初“含义”，而是文本的“意义”发生了变化；新的历史条件下的理解，催生新的意义。[2]

[1] 参见方维规主编：《文学社会学新编》，北京师范大学出版社，2011 年；方维规：《20 世纪德国文学思想论稿》，北京大学出版社，2014 年。

[2] 参见［德］汉斯 – 格奥尔格 · 伽达默尔，洪汉鼎译：《真理与方法：哲学诠释学的基本特征》，上海译文出版社，1999 年，第 2 版序言，第 7–8、13 页；［美］赫施，王才勇译：《解释的有效性》，三联书店，1991 年，第 16、244 页。

在认识论的层面上，上述道理并不难懂，对每一要点的理解，多少已成为理论研究者的共识。在此更关键的问题是：在何种意义上，上述“历史性”的方法论运用才真正有效？例如，一旦查考既有研究成果，我们会发现，尽管不少研究致力于对理论各环节加以详尽的历史考据，也在事实上显示了扎实的材料功夫，但为何这种扎实性却无法帮助研究者获致对理论对象、对自身意识的有益理解？此外，面对同一则历史材料，不同研究者得出的结论常有云泥之别。就此，对材料考稽的重视程度本身或无法助益于我们判断研究品质的高下。简言之，上述“历史性”意涵的两个层面之间，常常并不具有必然的顺承关系，也即，对历史细节的详加考证无法必然使研究者对“理论的历史性”“理解的历史性”有所观照，以真正获得对理论内涵、乃至该内涵指向的社会历史经验的有效理解。因此，二者何以能切实关联，即该著在研究过程中具体做了怎样的工作，才是我们考察“历史性”提法真正创造力的入口。读者需结合文本的具体实践，对“历史性”意涵进行再剖察、再读解与再展开。

方维规教授与刘禾就如何解读“夷/barbarian”进行的商榷，令人印象深刻。刘禾在《帝国的话语政治》中引入衍指符号（supersign）概念分析西方近现代帝国的话语政治。她认为，中国语言中的“夷”在《天津条约》的翻译中，被英方刻意译为“barbarian”（野蛮）这一贬抑、蔑视的表述。刘禾认为，二者的符号关联是英国人生造，而强行为之的目的，是借禁止中国人对外用“夷”，宣示、稳固自身的霸权。

作者注意到，刘禾视《天津条约》前的“夷”为表示“籍贯”的地理概念，近似于“foreigner”一词的中性义，她的立论前提就在于此。而诸多书评或读后感对刘禾研究的讨论，基本围绕她所给定的立论前提，而未思考这一前提本身是否足以征信。由此，文章以历史的真实境况与延续性切入，追溯了19世纪大量官方文献和民间用法中的“夷”，指出，“夷”不仅是地理概念，更是国人用以强调外来人种文化低劣性的符号，位于与“华”“夏”对举的价值序列中。同时指出，《天津条约》的效力并非一蹴而就，就算是到

《北京条约》签订前后，中国社会已发生从“夷”到“洋”的使用转变，也并非源于帝国主义话语政治的约束，而是基于“崇洋”心态。更进一步，作者指出，文章没来得及完成但显然可推进的工作，是考究围绕“夷”字发生的中英纠纷，是否果真如刘禾所述具有影响中英关系及中英交涉的重要性；以及，刘禾着力论证的“大事件”，是否果真贯穿整个近代中英冲突并成为其关键论题。

该文论述充分，但具体论证细节并非我的主要关切。我关心的是作者在此过程中展现的方法论敏感。首先，他指出，刘禾虽提供了许多信而有征的史实，但为何这种史料工夫在面对具体历史事件时，阐释力反而有限？由此，他提出历史及历史观念的“总体性”视野，一方面，面对材料时，研究者与读者的问题意识易限于“真/伪”之辨，似乎对材料真实性的确正就代表研究工作的完成，或潜在地假定，真实的材料必定能无缝衔接到最终推出的结论。作者肯定刘禾提供史料的真实性，但指出，一旦将这些史实置于“复杂的总体关联中思考”，这一片面的真实性实是对其他更具历史决定作用的史实的遮蔽。

另一方面，刘禾在《帝国的话语政治》中的论证，也可被视为她搭建了自身看待历史事件的总体框架与历史结构。作者对其观点的商榷，是以对每一环节的推敲、反思、辩证为基础。也就是，与刘禾的商榷并非对其整体论证加以通盘否定。当前不少商榷文章采用整体对话的方式，虽也能达到质疑原作观点的目标，但说服力往往不那么强。方维规教授的处理方式是，在直面刘禾的论证整体时，将她建立的、看似自然的历史结构加以拆解、分析，从具体史实到材料读解，从理论运用到推出结论，逐层环节之间如何连接以及每一步连接间是否合理展开逐一考察。其中，他肯定刘禾引入“衍指符号”考察晚清翻译政治的学理性，但具体到“夷/barbarian”问题，则认为走得过远。同理，他指出刘禾研究的方法论根底在福柯的话语理论。而一旦以话语定理论作为方法论指导，就必须充分顾及该理论自身的问题域与针对性，并警惕自身研究时的历史位置，以防过度以理论逻辑带动对材料本身的切割理解。由此观之，欲真正做到“历史”与“逻辑”的统一，兼顾“理论的历史性”与“理解的历史性”，并非易事。

三、重塑敏感力：社会的认知要求与理论研究的触发

该著第三、四辑收录了作者近年撰写的一系列回应文章，统言之，第三辑主要围绕“文学形象学”主题，第四辑则紧扣“国际汉学研究”的相关问题。诚然，阅读这两辑内容的一种常见且有益的方式是，将其视为作者专攻术业的成果。作者所属的德国亚琛比较文学学派的“形象学”传统及其博士论文、教授论文等与“形象学”密切相关的研究主题，使其对形象学历史、方法和特点的评介显出特别的学术启发。同时，作为曾长期在外的学人和海外汉学的直接参与者，作者对汉学研究中的相关问题亦具有更内在的把握。

但解读的可能性非此一种。我认为，学理阐微的内容而外，该著选择问题对象的角度及其反映的理论敏感，值得引起读者特别关注。也就是，若从表面考察，这两部分处理的问题具有相当的学科意义，但深入下去就会发现，作者选择的对话对象，从周宁的《天朝遥远》，张国刚、吴莉苇的《启蒙时代欧洲的中国观》，到刘禾的《跨语际实践》《帝国的话语政治》，都共享了同一问题感，即进入21世纪以来，伴随着中国经济的发展与在国际舞台上扮演日益重要的角色，怎样定位中国自身的崛起，如何处理中国与世界的关系，尤其是中国与西方社会之间的关系，成为中国社会的普遍关切。在此意义上，学术界、理论界对这一系列具有浓厚现实性问题的回应，一旦进展顺利，往往能从学理的角度为我们思考问题提供有力支撑，进而通过正面的知识传播、舆论宣传等社会性方式，使它能为人们吸收与内化，形塑国人在新的发展形势下，对自我、对他人更为恰切妥帖的认识感觉。而若学人自身对问题的理解有所谬误与偏差，一方面，由于他们开展问题思考的方式，并不总是直面现实政治文化事件，而是选择特定的历史对象作为切入口，因而，考察中蕴藏的错误感觉往往很难为非专攻者觉察，却又会在客观上引发

一般求知者对历史、进而是现实问题的不恰当判断。另一方面，这种偏差如仅被视为纯学术性议题探讨，而无法深进偏差背后、研究意图的实际指向，就会对现有观点的影响力估计不足，造成学界知识生产与社会主流印象间相互印证的恶性循环。

该著针对中国“史密斯热”现象撰写的论争文章《谁造就了“史密斯热”？——就〈中国人的特性〉与诸学者商榷》一例，可为思考上述问题提供启发。20世纪90年代起，中国对美国传教士史密斯《中国人的特性》一书屡次重译或翻印，在方维规教授看来，这一文化现象中包含着不少荒谬的成分。广告运作固然值得批判，但学者们热烈甚至夸大的吹捧就显得更是可疑：《中国人的特性》一书充溢着对中国人的贬抑、嗤笑，当年在中外的出版均影响惨淡，鲁迅“力荐”该书更是无稽之谈……

这些只需稍加查证的历史细节，本不值得作者花费相当笔墨、精力，对其版本、内容、学者荐语等作全方位检讨。但令人遗憾处恰在于此：原本并不难解的问题，竟多年未被学者与读者觉察。而该文所达致的目标，就是戳破这被华美但不实荐语包装的、层层叠叠的“迷思”。由此，作者完成的是材料考证与历史重返的工作，但这一工作客观上为追索下述问题提供了方向：将《中国人的特性》一书视为“国民性批判”的代表作，而对国民性议题的热切关注，且常与之伴随的消极负面评价，是20世纪80年代以来社会广泛掀起的思潮之一。通过对此历史感觉的把握，将引我们反思，如，如何将这种社会思潮的发生，对应于80年代中国在社会主义革命遭遇挫折时刻的社会现实与心理转换？该思潮为何常借重“五四”时期鲁迅对国民性的批判为历史资源，其批判的问题指向与对批判后中国社会的发展方向、中国人的精神状态有何期许？何以这一在发展中实际包含矛盾的思潮能至今发生影响，乃至成为学者与公众的“常识”？学者与理论研究者在这一过程中发挥着什么作用，内含了怎样的学术与文化空气，而我们又将如何看待这种作用？对上述各问题的逐一领会、解答，又能如何在当下提供新的动能？

该著对中国近年形象学研究的评述也同样具有鲜明的反思指向。作者认为，这些研究努力于考察西方的中国形象，并尝试对该形象的生成与转变、转变后更深刻的动机、更广阔的意向结构提出见解，是理论自觉的表现。但实际理解时，仍存在偏差，如混淆“形象”与“幻象”概念的差别，同时，过于强调“他者”或“异国”形象，而未能将“自我形象”这一与“他者形象”无可割裂的部分纳入视野。此外，一些研究过于沉浸在“形象”问题中，着力于解释形象背后的差异性，而对形象背后实际的历史结果却避而不及。假如中国形象只是西方自我认识的坐标，那么，西方实际产生了切实的、关于中国的学问，这一真实存在的历史结果又要如何回应？又如，部分研究受后现代史学思路影响，对价值判断显得十分小心，在研究中避免使用肯定/否定、好/坏等看似“二元对立”的标签概括西方对中国形象的态度。而作者强调的是，价值判断、褒贬划分并非没有意义，因为真正重要的是“历史”本身，因为“史实本来如此”。学人须时时警惕自身固执于某种历史眼光的“政治正确”性，同时，不止步于对价值判断的辨认，更要进一步分析其背后的“价值观”。

历史延续与社会现状的展开背后，意味着理论研究的关键环节，并不在于理论概念的介入和方法论的操演，亦不在于以鲜明的政治立场或意识形态取向站队，而首先在于直面理论对象的历史性、社会性，以客观态度面对研究对象。过犹不及，“汉学主义”论中“自我汉学化”和“学术殖民化”的相关表述，或也是缺乏自信的症候。而现状的另一端，却是20世纪80年代以来海外汉学在国内的蔚为大观之势与“显学”化过程。肯定汉学带来开阔学术视野的同时，盲目信奉外来的和尚会念经，盲目膜拜西方汉学的“成就”，诸种怪相令作者痛心疾首。如上，理论研究被视为回应社会感、时代感的径路，而唯有建立此连带感，才能令研究者在看似隔世的学术研究中，始终保持充盈的意义感。如何在全球化语境中寻求中西对话的可能性？中国的理论研究者应如何确立自身的研究自信？反思三十余年的学界生态后，又将以何种状态与风貌继续征程？该著所展示的一系列努力，既是庄重的，也是切己的。

结　语

作为年轻一代的理论研习者，包括我在内的许多同龄人都曾萌发过困惑。譬如面对西学，理论研究看似遍地开花，而实际上，却始终缺乏一种有效的认知方式、切入路径、视野容量作为着力点，以促发面对理论的综合性能力的养成。与师长辈相比，学生世代对理论的感知多因循轨道，一方面，目眩于体量壮阔的理论学说，而与之关系却往往只是知识性联系，即使在进入理论时的意义感有所伸张，也常常徘徊于学术感受力层面，而难以建立对理论与活泼泼历史、现实究竟在何种意义上发生连带的认知。另一方面，由于缺乏参与历史的经验，现有的理论体系何以在20世纪80年代及至当下的历史过程中生成，相应的时代感觉与知识氛围如何潜在影响如今中国理论思考的现实品格与认识装置等，这些问题就更难以为青年学人充分捕捉，由此，其面对理论的思想方法、主体位置与内在视野，就不易培养，进而转化为助益理论在中国成长进步的作用力。

在此意义上观照方维规教授在《文学话语与历史意识》中的工作，知识视野的拓展固是其益处，而我以为，更具意义的是其展示的方法论追求，以及这一努力看似为“文学理论”话语所界定，却实际溢出多年来主流印象中的“文学”/“理论”意涵，而试图摸索一种重新归位文学/理论与历史、现实相处的方式。诚然，一部著作撑开的空间总有其限度，方向既已明晰，我们还有更多工作要做。

从高度融合走向理论创新：评顾祖钊主编《文艺学教程——中国文化诗学的新阐释》

洪永稳[1]

【摘要】 顾祖钊主编《文艺学教程——中国文化诗学的新阐释》从中国文化诗学的视角探索文艺学，给文艺学带来了诸多创新：其一，从文化视角考察文艺的性质，将文艺归为文化中的审美文化，使文艺找到了自己的本位，这是对审美反映论的超越；其二，提出“历史文化语境”的新范畴，并将其贯穿于整个教材体系，提出历史文化语境是文学创作的发端因素之一，也是文学接受得以形成的根本原因，同时又是一种批评方法；其三，关注当下文艺新现实，在理论探讨的同时也密切关注新媒体时代的文艺新现象，做到理论和实践相结合。

【关键词】 文化诗学　审美重塑　历史文化语境

顾祖钊先生是新时期以来中国文艺学的开拓者之一，对中国文艺学学科的建设和发展作出了重要贡献。他最近主编的《文艺学教程——中国文化诗学的新阐释》（北京师范大学出版社，2018年5月出版）又是一部力作。这是我国新时期以来出版的一部最新的高校文艺学教材，反映了21世纪中国文艺学建设的最新成果。本书凝聚全国部分高校文艺学教学第一线专家学者的

[1] 洪永稳，黄山学院文学院教授，文艺学博士，研究方向为文艺学、美学和艺术学。

集体智慧，吸收了新时期以来中国文艺学研究的优秀成果，继承了中国古代哲学文化智慧，融合了中西文论的合理内核，站在时代的高度，坚持民族的立场，从文化诗学的视角对文艺学进行了新的探索，其突出成就可称得上是“从高度融合走向理论创新”。

一、文艺性质的新阐释

本教程从一个全新视角——“中国文化诗学”来探索中国文艺学，是一部系统贯穿了“文化诗学”理念的文艺学教材力作，对中国文艺学教程的编写和探索起到了一定的示范引领作用。自“五四”以来，国人对文艺学的探索已有百年历史。纵观百年，中国文艺学研究经历了一个曲折的历程，对文学的阐释，要么在哲学话语中寻求生机，要么到政治学话语中寻找出路，有时又到社会学、语言学、经济学、心理学等学科中摄取建构的资源，一直以来，始终依赖其他学科话语寻求生存。20世纪90年代，西方的文化诗学、文化人类学以及文化研究思潮传入中国，在中国兴起了文化研究热，一时间大有用文化研究代替文学研究的势头。面对这一研究范式的冲击，童庆炳、钱中文等文艺理论家在坚持审美研究方向的同时，也开始着力思考、建构融合审美研究与文化研究之长的“文化诗学”。这种中国式“文化诗学”的自觉探索甚至早在格林布拉特的新历史主义和文化诗学在中国大热以前即已开始（见《从“文化诗学”到“文化研究”——北京师范大学童庆炳教授访谈》）。他们在充分吸收西方文化研究理论和文化诗学理论合理性的同时，又吸收了中国古代哲学智慧和马克思主义唯物史观，形成了“中国文化诗学”。因此可以说，“中国文化诗学”是在融合西方“文化诗学”、巴赫金的“历史诗学”、中国古代诗学、马克思主义的文化观以及中国古代哲学智慧的基础上形成的新的诗学体系，具有较强的科学性和高度的涵摄力。本教程主编顾祖钊先生也是主推“中国文化诗学”的著名学者之一，其理论主张一以贯之，也自然也成为这部文艺学新教程的重要学理基础。

传统文艺理论对文艺性质的认识，无论是“反映论”“能动反映论”还是“审美反映论”，都是用哲学化思维方式和语言表达形式对文艺性质进行概括，进而得出“文艺是对社会生活的反映”式的结论。这种“反映论”的哲学话语总是跳不出庸俗社会学的怪圈。本教程从“中国文化诗学”的视角认识文艺的性质，将文艺归属于文化范畴，并进一步界定其“审美文化”的性质，提出“文艺是作家、艺术家通过艺术虚构进行审美重塑的结果”[1]。这一界定更加科学合理地把握了文艺的本质属性，而且在中国文艺理论史上第一次提出了“审美重塑”的概念。所谓“审美重塑”，就是指作家和艺术家在审美理想的指导下，对现实生活的原型进行“诗意裁判”，从而创造出一种审美文化。“审美重塑”论既突出了文艺的审美属性，又突出了艺术家的天才创造性，而且联系着现实生活的原型，因此是关于文艺性质的一种科学的认识论。

教程根据中国传统道家“道生一，一生二，二生三，三生万物”的哲学思想，对文艺性质提出了“三分式”的概括思路，为理解文艺性质开拓了一条新的通途。所谓“三分式的文艺观”，分别是指“以再现历史真实为追求的文艺”，“以抒发情感为追求的文艺”和“以表达哲理观念为追求的文艺”。[2]本教程从创作实践和人类对文艺的理性认识出发，论证了三分式文艺观的客观事实和发展进程。先看“以再现历史真实为追求的文艺”。在西方，自亚里士多德始，新古典主义的卡斯特尔维屈罗、启蒙时期的狄德罗、德国古典主义的黑格尔、批判现实主义的巴尔扎克等都有明确的相关观念和论述。在中国，从孟子的“王者之迹熄而《诗》亡，《诗》亡而《春秋》作”，到唐代史学家刘知几的“则文之将史”，再到明清的金圣叹、钱谦益、叶昼等人相关言论，都表明古人对文艺历史观的认知。从创作实践看，在“模仿说”的主导下，西方许多文学作品都具有史诗的品格，如《荷马史诗》、古希腊悲

[1] 顾祖钊主编：《文艺学教程——中国文化诗学的新阐释》，北京师范大学出版社，2018 年，第 21 页。
[2] 同上，第 55—68 页。

剧、莎士比亚的历史剧、巴尔扎克的《人间喜剧》以及批判现实主义作家的众多作品等都追求一种“历史真实”。中国古代的《史记》和《汉书》兼文学性和历史性于一体，唐代的杜甫以诗记史，秉笔直书，被称为“诗史”，明清小说如《三国演义》《水浒传》《红楼梦》等名著，也通过艺术虚构诗性地表达了那个时代的“历史真实”。再看“以表达哲理观念为追求的文艺”。在人类文艺史上也有一条演变的清晰线索。中国古代儒家的象征文艺观、孟子的“理义悦心”说、董仲舒的“天人感应”论、王充的“意象”论、王弼的“象征”说以及中国文论中“文以明道”“文以载道”“文道合一”的传统观点等，无不体现了文艺表达哲理的诉求。在文艺创作实践上，先秦的哲理文学（如《道德经》《庄子》等）、魏晋的玄言诗、唐代的佛理诗、宋代的哲理诗以及清代的宋诗运动等都显示了文艺对哲理的追求。至于文艺对抒情的追求，早已成为众所周知的共识，本教程也进行了追根溯源式的探析。总之，本教程在文艺性质的概括和论证上，观点明确，持之有故，言之成理，显示出雄辩的学理性特质。“三分式”的概括较以前“一元论”和“二分式”概括更科学更合理，也更符合文艺的创作实际。

二、“历史文化语境”新范畴

本教程的突出贡献还在于编者有意识地“历史文化语境”作为文艺学的重要范畴贯穿于教程的整个理论系统。“历史文化语境”概念简称“文化语境”，来自巴赫金的“历史诗学”。巴赫金说：“文艺学应当与文化史建立更密切的联系。文学是文化不可分割的一部分，脱离了那个时代整个文化的完整语境是无法理解的。”[1]在巴赫金看来，文化是一个共时性结构，又是一个历时性过程。文学作为文化的一部分，不仅仅是对现实生活的反映，即对

[1] ［苏］巴赫金：《答〈新世界〉编辑部问》，转引程正民：《巴赫金的文化诗学》，北京师范大学出版社，2001 年，第 258 页。

一定的“时代背景”和“时代精神”的反映，而且关联着更为丰富复杂的历史文化语境。文学的阐释只有联系一定的历史文化语境才能得到合理而准确的阐释。文学家创作的作品如果只反映“时代精神”和“时代背景”，便会随时代的结束而消亡，而经典作品则蕴涵着丰富的历史文化内涵，是一个民族的历史文化语境经过长期孕育的产物。“中国文化诗学”继承了这一概念，并对此加以进一步阐释，贯穿于教材整个理论体系之中，实现了文艺学新理论、新成果的运用和推广。

在创作论上，本教程将“历史文化语境”作为文艺创作发端性的要素之一，指出：“文化视角为创作论带来两大新质要素，即历史文化语境和文化焦虑。”[1]教程对“历史文化语境”作了进一步界定：“所谓历史文化语境，简言之就是社会存在为文艺的创作和批评提供的文化条件的总和或整体。”[2]历史文化语境对文艺家的创作有着重要影响，能够使文艺家产生一种“创作语境”，如郭沫若现代诗代表作《凤凰涅槃》的创作，如果仅仅只从“五四”时期狂飙突进的“时代精神”或“时代背景”出发来理解他的“创作语境”显然还不够，因为在这里，“远古文化原型的因素已经占据前台的位置。一个具有悠久历史和灿烂文明的民族，被压抑已久的集体无意识中储存的不服输情绪和民族的英雄主义豪情，像火山一样喷发出来。同时，它还在审美理想中重塑和畅想了祖国新生的未来：一个光明、雄辉、华美、芬芳、和谐、自由、欢乐的新中国。”[3]这是中华民族精神的一个折射，通过“时代精神”或“时代背景”爆发出来，共同构成了一个“历史文化语境”，因此，“只有将历史文化语境与文艺创作联系起来，才能够完整、深刻地揭示出文艺创作发生的原因”。[4]

本教程还强调了历史文化语境和接受者的关系，认为二者结合形成的是

[1] 顾祖钊主编:《文艺学教程——中国文化诗学的新阐释》，北京师范大学出版社，2018年，第211页。

[2] 同上，第211—212页。

[3] 同上，第32页。

[4] 同上，第212页。

“接受语境”，而“接受语境”是文艺接受得以形成的根本原因。教程认为历史文化语境对文艺接受起着决定性作用，主要表现在以下三个方面：其一，历史文化语境是文艺接受的限制性条件。由于历史文化语境是一种具有约束效力的心理、行为习惯与社会规范，一旦形成，会使社会中交际行为主体产生一种较为稳定的认知习惯，这对于文艺接受者的主旨偏好和选择等都会产生影响。其二，历史文化语境是文艺接受的生产性条件。教程认为，历史文化语境是艺术文本产生意义的文化空间，从共时性上说，历史文化语境为艺术文本的解读提供系统而必要的依据，从字句训诂到题旨阐发，历史文化语境构成了艺术文本意义的运行机制。从历时性上来说，历史文化语境的文化视野、文化心理与文化成规是历史和当下共同作用的结果，同时也保持对未来的开放性。其三，历史文化语境是文艺接受事件的意义框架。在中外文艺接受史上常常出现一些接受热，使文本接受成为接受事件，如“五四”时期关于“娜拉走后怎么办”的讨论。在这场文学接受的“文化事件”中，历史文化语境中的妇女解放的话题被凸显，历史文化语境成为其意义阐释的框架，确定了历史事件的发生“现场”及其在历史中的具体位置，为揭示事件发生的根源、过程及与其他历史事件之间的特殊勾连提供了条件。

在文艺批评中，历史文化语境又成为一种新的批评方法论。教程认为：“我们需要综合考量现代批评的成果，摒弃它的种种弊端，建构一种新的历史文化语境批评，并将其建筑在尊重文艺审美与历史文化的内在本质联系之上。”[1]历史文化语境批评之所以能成为一种批评方法，是因为一个时代的社会政治经济，一定文化与审美思潮及其全部文化条件，包括深层的社会心理、集体无意识以及表层的审美思潮或时尚等，都是文艺作品形成的不可或缺的条件。因此，从历史文化语境入手对文艺作品进行批评，将会给文艺批评带来方法论的创新。这主要体现在以下方面：第一，“摆脱语言论和文化主义的盲视，重建文艺与历史的关系”；第二，“超越了庸俗社会学的机械决

[1] 顾祖钊主编:《文艺学教程——中国文化诗学的新阐释》,北京师范大学出版社,2018年,第290页。

定论，探索文艺在文化语境中的内在生成机制”；第三，“批判消解文学性与审美性的虚无倾向，重申文艺的审美文化属性”；第四，“走出西方中心主义及其话语霸权，实现文艺批评的中西融合与多元汇通”。

总而言之，“历史文化语境”观首次系统贯穿于文艺学教程，不论是文学创作论，还是文学接受论或文学批评论，都发生了根本的变化，这是对同类教材的超越。

三、当下文艺生态的新关注

本教程还体现了与时俱进的当代性，密切关注当下文学创作的实践，做到了理论和实践相融合。以前的文艺理论教材大多在理论体系中言说理论，与文艺实践脱节。本教材密切关注理论和文艺创作实践的联系，不但在各个章节的理论阐释中联系文艺创作的实践，还对当下媒体时代的文艺实践进行理论概括。教程从文艺的现实生态出发，探索了现代传媒对文艺发展的影响。提出文艺的视觉化是文艺发展的趋势，经典名著被一再改编成影视艺术，如中国古典四大名著的影视改编等。同时，文学文本写作也向着视觉化的方向演进，如苏绍连的网络诗歌《人球》，在网络上以动态的形式弹跳出来，给人以视觉冲击，审美效果也走向图像化。随着互联网的快速发展，诞生了网络小说、微信文学和微电影等，使文艺前所未有地走向大众化、娱乐化和世俗化，传统的文艺观念也发生了重要变化。教程对这些现象都给予了关注和讨论。

教程对网络文艺的新特征进行了总结。一是读者参与创作。在过去，作者和读者的功能泾渭分明，作者创作，读者阅读，当下的互联网时代则改变了传统的模式，使读者参与到创作中来，“互联网一个突出特征就是交互性，包括同步交流和异步交流，前者有聊天软件等，后者有邮箱、博客等”[1]。通

[1] 顾祖钊主编:《文艺学教程——中国文化诗学的新阐释》，北京师范大学出版社，2018年，第363页。

过互联网的互动平台，创作者和读者进行互动交流，创作者及时看到读者对作品的评价、建议等。二是多媒介的表达。多媒介也叫多媒体，其中的媒介包括语言、图像和声音等，当代文艺创作注重多媒体的使用，尝试各种媒体的结合：有语言和图像的结合，语言和声音的结合，语言、声音、图像的结合等。三是创作速度激增。网络文学是网络写手的在线写作，这就要求网络写手每天的创作量能够满足网民的阅读速度。阅读速度的加快要求创作速度的提升，网络文学惊人的创作速度改变了传统对中长篇小说的界定标准，一般认为，20万字是短篇，50万字为中篇，100万字以上为长篇，甚至更长。

本书还进一步探析了新媒介给当下文艺带来的新变化。首先，经典作品因新媒介而获得了新生。新媒介独特的储存方式和多媒介的传播方式为经典作品的传播带来了新的机遇。例如，在传统媒介方式下,《红楼梦》名列“死活读不下去的书”的榜单，但在新媒介的互联网时代，跨超本《红楼梦》出现，实现了《红楼梦》传播的质的飞跃。其次，实现了新作品在传播中的淘汰或提升。新媒介传播是多媒介传播，具有很强的互动性，网友的点击、互动和评论对创作的影响很大，尤其是点击率已成为新媒介中的一个重要指标。网络作品被接受的情况主要看点击率，因此，新媒体时代媒体传播左右着作品的淘汰或提升。再次，新媒介为文艺的发展开拓了无限的空间。科技已成为一种“本体性”的存在，支配着艺术的生产和传播，由于当代的新媒体艺术实现了科技和艺术的联姻，使文艺飞跃到一个新时代，科技渗透到文艺创作、传播和接受的各个环节，使文艺发生了新变化：即文艺创作的智能化、审美空间的纵深化、审美感知的全面化、艺术边界的模糊化、艺术媒介的综合化等。这些变化预示着文艺有着无比灿烂的发展前途。

本教程的创新点很多，在此不能一一列举。但教程也还存在一些问题，如教材体系上还是承接了童庆炳先生主编的全国高校主流教材《文学理论教程》的板块式结构，这种结构给人零散化的感觉；再如历史文化语境的范畴在作品论上贯穿得不够具体和充分，有待进一步充实和加深；部分章节在语言的表述上还有点粗糙，不够圆融，一定程度上还存在着哲学化语言表述的痕迹。这些不足之处希望在未来的再版中逐渐修正。

总之，顾祖钊主编的《文艺学教程——中国文化诗学的新阐释》是一部优秀的大学文科文艺学教科书。教材实现了古今中西的融合，体现了民族文化的创新性，第一次以中国文化资源参与了文艺学理论的建构，纠正了传统文艺学跟着西方走的弊端，体现出中国民族文化的深邃性和前瞻性。这是在党的十九大精神鼓舞下，在新时代中华民族伟大复兴的战略进程中诞生的一部具有民族品格和世界视野的优秀著作，体现出当下文化自信、理论自信的时代精神，是中国文学理论研究者贡献给世界文学理论界的一份珍贵的精神文化财富。

编后记

2019年上半年刊《文化与诗学》终于编竣，紧张的心情这才得到片刻的舒缓。

本辑主题大致聚焦在文艺美学的近现代转型。在文艺学领域，从总量上看，这方面的研究还是偏少。相关研究在新意上一直得不到很大的突破，或许需要当代学人砥砺耕耘才能有所收获，有所发展。比较幸运，本辑得以刊载几位年轻学人在这方面的耕耘所得。诸雨辰博士探讨清末民初诸位文学家在语文学方面的潜在争议，程园博士爬梳以高步瀛为代表的转型期学人的文化取径，康建伟博士解析“五四”时代文学思想史中“为人生”话语内在歧向，唐卫萍博士发掘发轫时代艺术学思路对近现代文化传统和西方文化科学的承继或借鉴，都体现了年轻一代学人对文学研究和文艺美学的基于历史的沉潜耕作。由此，近现代文化转型时代在文学、艺术、美学思想和方法上的重构及其线索，也呼之欲出。他们的努力和支持令人欣慰。在同一主题之下，冯强博士对“五四”时代新诗主体经验的研究，高明博士对延安秧歌从“新人新事”到“实人实事”的转向研究，也都在更广阔的领域，细致呈现出文艺美学的现代转型的进程及其深化的取向。

本辑同时在古典文教和美育方面，收录了不少有分量的论文，李建中教授、徐承博士、徐佩辉博士、刘洪强博士的观点和论述，都给人以深刻的印象。在当代文化与文论方面，张硕果教授对电影文化制度和设施方面的研究，体现了当代文化研究的一个很好的方向，而姚云帆博士对伴随一代人文化生长的动画片及其症候，进行了细致入微而又思想深刻的解读，别有意趣。

另外，本辑特意邀请黄金城博士重译了哈贝马斯的名文《现代性——一个未完成的方案》，希望加深对经典的精准理解。张春田博士专门撰作的吴兴华年谱，希望也能帮助这方面有兴趣的学人。

编　者

2019年4月18日